性与瓷器年代·第三部

彼岸

蜀山野驴 著

中国文联出版社

图书在版编目（CIP）数据

生于喧嚣年代. 第 3 部，彼岸 / 蜀山野驴著 . -- 北京 : 中国文联出版社 , 2015.5
ISBN 978-7-5059-9938-1

Ⅰ.①生… Ⅱ.①潘… Ⅲ.①长篇小说－中国－当代
Ⅳ.① I247.5

中国版本图书馆 CIP 数据核字（2015）第 114910 号

生于喧嚣年代　第三部　彼岸

著　　者：蜀山野驴

出 版 人：朱　　庆

终 审 人：奚耀华　　　　　　　复 审 人：周劲松

责任编辑：曹艺凡　　　　　　　责任校对：郭文静

封面设计：钟　　原　　　　　　责任印制：陈　晨

出版发行　中国文联出版社

地　　址：北京市朝阳区农展馆南里 10 号，100125

电　　话：010-65389147（咨询）65067803（发行）65389150（邮购）

传　　真：010-65933115（总编室），010-65033859（发行部）

网　　址：http://www.clapnet.cn

E - mail : clap@clapnet.cn caoyf@clapnet.cn

印　　刷：重庆市白合印刷厂

装　　订：重庆市白合印刷厂

法律顾问：北京市天驰洪范律师事务所徐波律师

本书如有破损、缺页、装订错误，请与本社联系调换

开　　本：700×1000　1/16

字　　数：210 千字　印张：16

版　　次：2015 年 7 月第 1 版　　　印次：2015 年 7 月第 1 次印刷

书　　号：ISBN 978-7-5059-9938-1

定　　价：32.00 元

目 录

第一章
你是我的女人，我再也不会让你从我身边跑掉

1

国庆假期还没结束，梁载道便约我在杭州西湖见面。

西湖边的中式别墅会所里，灰色砖墙木质门廊故意被做旧，建筑虽是仿古赝品，却尺度从容有亲切感。从圆形拱门到圆形木窗，透出外面回廊曲径，修竹疏影。移步换景，妙趣横生。墙上挂着各种临帖作品，文墨灵动。包间里，半靠在仿古式样的红木太师椅中，隐隐听到传自大厅的古筝评弹，叮咚如泉水流淌。四周风物，尽皆散发一种传统文化底气和细腻的江南风韵。

远远看得见半山下的西湖。微微阳光下，一片灰白色水面与绿笼如烟的柳树。我一边欣赏这座拆除围墙的人文湖泊，一边跟梁总聊着一些风月话题。我们彼此不熟，又分属不同领域，在开始正题之前，需要一些文艺的前戏。

面前这个中年人，大约40岁出头，眉目顺畅，带着无框眼镜，儒雅中透出胜券在握的自信。他穿一件看不清标牌的深色T恤，腕上手表像是宝铂，价值不菲。脚下穿着一双意大利皮鞋，擦得铮亮。举手投足，是一种被香车豪宅美女簇拥下的品质印记。漫不经心的讲究和暗藏奢侈的精致，虽不是暴发户气质，却仍然感觉被随身穿戴的上百万人民币垫高了身板，从容了姿态。

他淡然问道："余总，觉得西湖如何？"

"我这是第二次到这儿。第一次是穷困潦倒路过，为了省门票，隔着围墙看了看，水是灰的，柳树没精打采，没觉得跟诗词里的描写有什么关系。算是焦大不爱林妹妹。刚才找这个会所，沿着西湖走了20分钟，感觉挺有韵味。现在才有些明白，为什么中国那么多名山大川，偏偏有那么多文人喜欢这里。"

"那你觉得是什么缘故？"

"我说不好。好像从东晋开始，江南就是文人和美女扎堆的地方。文人和

美女之间的风流韵事总是令人神往。在这方面，能够跟西湖媲美的只有秦淮河。不过，那个地方属于政府扫黄打非的范围，无法重建。总的来说，西湖骨子里是风花雪月。画舫灯影，玉人吹箫。这地方辛弃疾没法写诗怀古，只是柳永、苏轼、苏小小唱和风月的场所。我刚才沿着苏堤白堤走了一会儿，感觉真是一代名妓照汗青，没有她们，这里就是个寻常公园。"

他笑道："余总真是视角独特。我来了几十次，对这个古代风月场所流连忘返。除了文化的东西，其实，更重要的是转换气场。在上海，我们通常是拿着合同，逐条探讨，那是一种强烈的商业气场。在西湖，我们可以聊着风月，喝着龙井，搂着美女，慢慢谈理想，谈理念。谈笑间，百亿资金纷至沓来或者灰飞烟灭。我们从事的这个职业，不太需要固定场所，有一台可以联网的电脑就够了。我们需要的是在不同环境，跟不同的人交流。上海不过是个大型舞台，是个演员扎堆的地方，而导演和制片人都在其他地方编排剧本。"

必须承认，他的开场白有种大戏开幕前的浑厚气场。

"梁总这番话让我印象深刻。我从上海开车过来，看来一定不虚此行了。上次，嘉通与佳美争夺浦东项目，正是贵公司的投资导向起了决定性作用。晚上，我还要请你喝酒，表示感谢呢。"我欠了欠身道。

"其实，比起佳美，我更看好嘉通的经营方式，所以才约余总来西湖喝茶，沟通理念。"他浅浅挥了挥手道，"余总目前在上海渐渐打出了局面。你的浦东项目我看了，有一定潜力。听罗总说，你们的根基在成都，进军上海，除了全国布局需要，还希望获得上市资格。我想先弄明白，您想上市究竟是出于什么目的？"

我笑道："我不懂金融。上市的想法，说来可笑。早年我的合伙人在深圳投资股票，我也在广州投资了一大堆法人股，结果全军覆没。后来，其中一个企业奇迹般上市了，让我手上的一堆废纸变成了巨大财富。这些奇奇怪怪的经历，让我忽发奇想，有朝一日，我们经营了自己的公司，做大做强的终极目标，就是成为上市公司。"

他也笑道："你的目标，和产生这个目标的理由，简单朴素。其实很多搞实体的企业家，到了一定阶段都有些找不到方向，就干脆以上市为目的。企业上市，说白了，就是将股权公众化。把企业的价值按现价评估，提前兑现给你。比方说，你的浦东项目，价值大概有 30 个亿。你要想实现这个价值，必须开发经营若干年。如果上市，则很快便能套现。你可以拿着这 30 个亿去做更多事情。不过，这世界没有免费的午餐，你套取了大量现金，就得让渡部分股权和管理权。这就是所谓上市。不过，我刚才告诉你的，都是写在大学金融专业教材里面的东西。问题在于，你知道美国纳斯达克么？那里随便什么企业都可以上市，没有什么神秘的东西。而在中国，绝大部分企业都对上市趋之若鹜，国家却像管理战备物资一样，控制着上市指标。除了我们通常意义说的，是为亏损国企找到一条直接融资的生路，你没想想还有其他的原因么？"

"隔行如隔山。我对这方面真是非常陌生。"

他看了看我，忽然话锋一转道："在探讨这个问题之前，我还是想先问你一个问题，老余，你喜欢权力么？"

我一愣道："不知你指的是哪方面的权力？"

"权力是一个泛指的概念，它不仅仅是官员们手中的政权，还包括管理权、控制权和支配权。你要知道，权力是一种毒品。对权力的追求和享受都让人上瘾。时间长了，你可能会对这种毒品麻木，而要命的是你失去这种东西时那种被整个世界遗忘的孤立感，会让你没有退路地去依赖它。权力场天然是一种不可逆的单行道，权力只能通向更大的权力。一个官员失去了权力，会觉得丧失了大半生命；一个演员失去了舞台中心位置，失去了对观众控制的权力，会变得无比沮丧；一个商人，没有了支配和决策的权力，便像是一个废人。这个古老的帝国，从来都迷恋和崇拜权力。什么终南隐士，不过是一帮表演清高的演员。还是刘邦和项羽表述得直接清楚，他们看到秦始皇的仪仗队列，一个说，大丈夫就应该这样威风凛凛，另一个说，老子也可以取代他享受这样的权力。古往今来，对于权力，没有谁比这两人看得更透彻。我们是商人，在商言商，我们享受的权力，都是建立在金钱和对金钱的控制上。你喜欢用几百万来经营，还是喜欢控制几百亿来做一些呼风唤雨的大事？你希望上市，不就是在追求更大的控制力，更广阔的支配权么？"

"我以前仅仅把企业上市看成是一个奋斗终点，但今天听你这么一说，好像真有些道理。"我点点头道。

"呵呵，老余，在中国，企业的终点只有一个，那就是倒闭。除此之外，你只能不停地发展，转换形式和行业的发展，根本停不下来。否则，你现在所享受的那些尊敬、赞颂都会消失，那些景仰追随你的员工，都会离你而去。当你雄心勃勃开疆拓土时，是你引领着大家在走；当你知足常乐裹足不前时，就会感到是你的员工，你的合作方，你的利益关联体共同组成的力量，在推动你走。"

我认真听着他的谈话，发现自己平时的散碎想法正得到他强烈而系统的支撑。

他继续说道："中国的股市其实就是一个大赌场。上市公司，就是一个个的赌台。你看看5.19行情，哪一个跟企业真实业绩相关？中国股市每一轮行情，都是由政策推动，庄家进驻，散户狂热参与所产生的。所以，在中国，每一个上市公司都是一些机构的摇钱树。当你的股票参与到二级市场，就根本不再是你能控制的东西。看看现在疯炒的网络概念股，哪一家是真实地投资运营网络？我想告诉你的是：你苦苦追求的上市目标，你梦想中发展的终点，其实是一个崭新的起点。你站在这个起点上，会发现一个更加广阔的天地。有一些盟友会自然而然地找到你，与你合作，共同演绎资本市场传奇。问题的关键是，一旦成为上市公司，你就成为资本圈子里的一员，必须去遵守这里所信奉的游戏规则。你考虑过这些，准备好这些没有？"

我摇头道："我不太明白你说的这些规则，也不清楚需要准备哪些方面的东西？"

"很简单。比如，一旦成为上市公司，你就需要跟庄家合作，按照他们的要求来发布信息，提供报表，给予他们操作必要的支持。"

"我如果拒绝呢？"

"那要看你的实力而定。如果你背景强悍，可能大家不会拿你怎样。如果你没什么背景，还敢于违背游戏规则，大家通常会封杀你，不让你的股票有良好表现，也不给你再融资的机会。"

"上市的申请还有哪些游戏规则？"

"在国内，上市指标也是一种有价证券，也需要支付费用。这些名义费用都是小钱。最重要的是，谁是你的合作者？这才是问题关键。谁都明白股票一旦发行，立即就能保证20倍以上市盈率的发行价格。那么，这种增值收益，必须有人分享，你的股票发行才会获得通过。也就是说，在你改制的股份公司里，必须体现掌握权力者的利益。否则，中国那么多可以上市的公司，你又凭什么可以脱颖而出呢？这就好比一个导演说过的，什么是娱乐圈的潜规则？这世界上那么多漂亮女孩，你不付出代价，凭什么要把你培养成明星呢？"

我笑道："明白了，每个行业都有自己的规矩。"

他也笑了："余总一点就透。至于那些写在上市要求中的连续三年业绩、净资产收益率等等，都是技术性问题。弄明白了游戏规则，这些技术性问题都迎刃而解。在这个国度里，成功是必须付出代价的。你要做出的选择，不需要哲学思考，也无关道德评价，它仅仅是一道关于利益得失的简单数学题。"

2

回上海的车上，我收到了晓雅的短信：

"余大哥，我要结婚了。祝你幸福。"

我把这短短十几个字，反反复复看了多遍。脑子里一片空白。

"小王，把车直接开到浦东机场。"我对司机说道。

到达成都已是晚上9点。来到公司，我开上自己的车直奔晓雅家。在楼下，我给她发了条短信："晓雅，我在你家楼下，只想见你一面。"

几分钟后，我收到回复："余大哥，我们别见面了。忘了我吧。"

我回复短信："就算永远告别，也要搞个仪式，不是么？下来吧，我等你。"

我靠在车门旁站着，抽到第三支烟时，看见她犹豫地走了下来。她穿着一件蓝色高领毛衣，配着牛仔裤，长发整齐地梳在后面，用发簪别好，神色间有迟疑也有不安。我拉开后座的车门，微笑着对她道："上车吧。"

我需要一个安静的地方，也需要酒。我开车前往一家外资酒店开的红酒坊，里面有音乐，有红酒，有独自或两两喝酒的人。在车上，我们都没说话。汽车飞快掠过这个城市熟悉温暖的夜色。我早晨在杭州，中午在上海，晚上在成都。车上有我爱着的姑娘，她要嫁人了。我想要一个答案，然后跟她永远告别。这世界让我感觉时空错乱，我忽而感觉自己的存在有些荒谬。

红酒坊内只有寥寥几个顾客。我带着晓雅来到靠窗一个角落。灯光半明半暗，卡座柔软舒适。服务员按我要求，拿来一支1974年的拉菲。在远处，靠近吧台的地方，一个学生模样的女孩，穿着白色连衣裙，在弹奏钢琴。这是一个浪漫的夜晚，属于情人拥抱或分手的良辰吉日。我为晓雅杯中斟上浅浅红酒。钢琴曲明亮地流淌着小溪般清澈的音符。

我微笑道："晓雅，收到你的短信，我就从上海赶了回来。你擦亮了神灯，只想告诉我，以后别来了。可我仍然出现了。我只是想见见你，即使告别，我们今后也应该有一些可以回忆的东西。"

晓雅出神地看着酒杯，不知该说什么。她脸色苍白，神情温柔而憔悴。她总是这么让人心碎。

我举起酒杯，洒脱道："来，晓雅，喝酒吧。我说过，人生除了生老病死，没什么大事。让我们享受这个夜晚。无论是为了分手，还是永别。"

她喝下几杯红酒，脸上开始泛起红晕。她看着我，眼神柔美凄凉。

"小野哥，我们何必还要见面？"

我笑笑道:"我们去三亚之前,是好朋友。回来后,就形同陌路。为什么?难道就因为我们接过吻?你只要告诉我,那是意外,纯属酒后误伤,让我别自作多情就行了。我最多要求你赔偿我几十块钱青春损失费,咱俩不又可以和好如初?何必弄成现在的样子,连面都不愿意见。"

她难堪道:"小野哥,我真的不知道该怎么面对你。从认识你开始,我一直觉得你有趣,有时像大哥哥,有时像大顽童,就毫无防备,跟你越走越近。在三亚,我们走得实在太近。牵手游戏之后,你突然告诉我,要告别大家了,我不知该怎么办?那晚喝酒,吻你,然后……接吻。醒来后更心乱如麻。我只有躲着你。"

我直直地盯着她说:"晓雅,我只问你一句,你喜欢过我么?"

她温柔地点点头。

"我现在才发现,自己犯了一个很大的错。不过,应该还有改正的机会。"我说着,伸出双手握住她放在桌面的右手。

她有些意外,微微地想挣脱,却发现我握得越紧。

"来,晓雅,坐过来。"

她愣愣看着我,像被催眠一般,慢慢走到我身边坐下。

我用右手有力地搂住她,她微微挣扎着,直到我吻着她的嘴唇。她双眼紧闭,在抗拒,在颤抖,在发烫,在呻吟。

短促的嘴唇相接之后,她喃喃道:"小野哥,别这样,放过我吧……"

我再次寻到她的嘴唇,她慢慢滑到我怀里,浑身在发热。我们开始接吻,我感受到她温润灵巧的舌尖跟我的舌头纠缠着。我抱紧她,热烈地吻着她,一次又一次。

她躺在我怀里,眼眶湿润道:"小野哥,我该怎么办?"

"晓雅,我爱你。这个婚你结不成了,因为我要娶你。我再也不会让你逃走了。"我认真说道。

我搂着她,走出了红酒坊。几乎把她抱进了车里。

我稳稳开着车,坚定地穿过一个又一个路口,开进住宅小区。下车后,我抱着她上楼,来到我家里。关上房门,我们开始热吻。我的欲望在沸腾,那种被压抑至深,深至灵魂的火焰全部腾空而起。我一件件地脱着她的衣服,手指在战栗、颤抖。

深夜里,我们一次次地做爱。那种身体之间激烈美妙的融合,如风雨横飞,如海啸翻滚过夜色苍茫的大海。她柔软的身躯,细腻光滑的肌肤,让我如痴如狂地想要吞没，想要一次次地征服。我从来没体会过如此销魂蚀骨的快感，被一次次抛向云端，又被一次次击碎。她是我的女人，妖精般的女人，让我快乐到巅峰、到痛楚、到战栗的女人。我第一次发现，真正的性爱是一种灵与肉的狂野交织与纠缠，无比美妙。

当阳光照进房间，看着身旁肌肤白皙如雪的女人，香甜地睡在我身边，我感觉世界如此美好，再没什么值得焦虑和心忧。她醒了，温柔地朝我微笑，我吻着她柔滑的唇，像饮着一杯甜美的酒。

"小野哥，你好霸道，你强抢民女，像野蛮人。"她柔声在我怀里道。

我搂着她柔滑的肩膀道："我早就该这么干了。在三亚，那天晚上，我就该把你抢走。真不该像个太监一样把你老老实实送回房间。你这个小妖精，让我整整痛苦了一年。"

她微笑道："现在我是属于你的小妖精了。"

我紧紧搂着她："你是我的女人，我再也不会让你从我身边跑掉。"

我们的嘴唇再次交融在一起。

3

我把晓雅再次带到三亚海边，那个熟悉的别墅里。三亚机场已经通航，不需要再通过海口中转。我感觉自己已经奔忙了十年，这是第一次安静地陪着心爱的姑娘来度假。我告诉罗媛和冯志，天塌下来也别给我打电话，我要安静几天。

晓雅靠在我肩膀上，在沙滩一起看夕阳。故地重游，我有种时空错乱、头晕目眩的幸福。

"晓雅，你这个狠心的小妖精。我给你发短信，说我想你，每天想你，你不理我。我在电话里向你表白，我爱你，你哭着哭着就把这事儿糊弄过去了。我长这么大，从没为哪个女孩这么心碎过。不行，我得检查一下你的心是什么做的。"

我说着作势要去摸她胸口，她嬉笑着顺势躲进我怀里。

"小野哥，你别生气了。我现在不是在你怀里了么？你抱着我，我好开心。"

我一声叹息道："我现在明白了，幸福只能靠自己的双手去抢。退一步，哪里是海阔天空？明明是人去楼空。那天晚上我抱着你回去，一路上不停问自己，究竟是抱回我房间，还是送到你和菲菲的房间？思想斗争极其惨烈。最后，圣人柳下惠附体，余公公战胜了自己的狂野欲望。"

"既然是余公公，怎么会还有狂野的欲望？"她顽皮笑着。

"因为余公公把你送回房间后，才发现自己是个正常男人，欲火焚身，后悔莫及。"

"小野哥，没有这些曲折经历，你怎么会这么爱我？说实话，一直以来，我既怕你，又喜欢你。想远离你，又身不由己靠近你。我有男朋友，你又在追求清楣，我就觉得自己是安全的。那天刘悦堂从美国回来，请大家吃饭，你向清楣表白，感动得我热泪盈眶。我从来没发现你是那样一边微笑一边心碎的男人。后来到了三亚，我从杯子里抽中你的名字，就感觉冥冥中好像有天意在让我不断靠近你。我们去做那个牵手的拓展游戏，我蒙着眼睛找错了人，只待了一个小时，就被请到台上，看着你又整整在黑暗中寻找了我两个小时，直到全场只剩你一个人。那个时候，我才发现自己已经爱上你了。不过，你那时候注意力还在清楣身上。你为了她要告别大家。我痛苦得要命，只好喝酒。离开三亚后，你从上海发来短信。我也不知道是不是因为我们酒后接吻你才这样对我？直到那天，你在电话里毫不犹豫说爱我，我才相信你是动了真心。可我又该怎么办？我已经快要跟老吴谈婚论嫁了。这个时候，让我怎么面对那么多亲朋好友？我只是一个柔弱女子，无法面对那些指责规劝，飞短流长。所以，想来想去，就想跟老吴平平静静结婚，慢慢忘掉你。我不敢见你，就是因为害怕一见到你，所有这些努力就白费了。没想到你，你真是个野蛮人。毫不犹豫，根本不让我半推半就，便把我抱走了。你把我抱上楼时，我就想，看来自己命中注定是你的女人了。"

我抚摸着她的头发道："你说的对，晓雅。如果那天在三亚，我们酒后在一起，你会认为我是酒后冲动，而且你也无法面对这些同学朋友。我必须这么做。就像前天，我也必须抢走你。因为只要你喜欢我，这个世界就没有什么可以阻止我们相爱。让我来面对这一切。当你需要我保护的时候，我才觉得自己是个真正的男人。我这一年痛苦心碎，没有白费，经过了这些，我才知道像我这样的野马和浪子，也会为了一个女孩神魂颠倒，完全身不由己。"

她温情地趴在我膝盖上道："小野哥，你要对你的小妖精好一点。她这一年，可能比你还要痛苦。她为你郁郁寡欢大病了一场，她为你整夜流泪，一直在关注上海的天气，想知道你的消息。她在清楣家里看到你的时候，快要虚脱了。她是你的小妖精，只对你一个人妖媚。"

我紧紧搂着她，让她的脸颊靠在我的脸旁。

"晓雅，这么多年我一直很孤单。没有亲人，也缺少朋友。我有时候甚至不知道自己这么努力是为了什么？为了虚荣，还是名利？现在有了你，我感觉生活才有了意义。以前我像野马一样到处疯跑，放荡不羁，现在，我要安定下来。你的亲朋好友肯接纳我，我们就呆在成都，如果拒绝，我们就先到上海。我会慢慢让他们接受我。"

"我跟你私奔，他们肯定会反对的。包括清楣。"

"你只需要告诉老吴，你爱的是我，不能跟他结婚。剩下的事情就由我来解决。"

"小野哥，有你真好。你是那种什么都难不倒的男人，跟你在一起，心里特别踏实。"

"你父母和好了么？"

"他们现在很生疏，很平静，彼此像客人一样。也不知道能维持到什么时候。对了，听菲菲说，是你大闹联大，色诱那个女博士。她说，你明明假公济私拐走美女，还说是为我做的最后一件事。"

"菲菲太不够意思。什么色诱？我是让她到我上海公司去做助理，给她一个发展平台。这个世界，有些女孩以爱情为终点，有些则以事业为目标。那个自强不息的女博士属于后者。我自作主张，你不会怪我吧？"

"小野哥，我知道你是在为我好。不过，当初，还是信以为真，认为你拐走了女博士。你身上有种不同寻常的能量，会有很多女孩喜欢你。"

"呵呵，瞧你把我说得这么炙手可热。我记得一年前还被你们称为牛粪哥，怎么现在就成了抢手货？"

"我告诉你，你可不要得意啊。我们几个女孩里，除了清楣，都喜欢你这种类型的男人。有阅历，有力量，玩世不恭，危险刺激，又敢于担当。不过，小野哥，你以后不能再这样天马行空了，你要爱护小妖精。如果你对她不好，她就会悄悄躲起来，藏在一个你找不到的地方。"

我把她搂得紧紧的："小妖精，我不会让你再从我身边溜走的。如果你偷偷跑掉，我找遍世界也要把你找回来……"

夕阳撒满海面。热带大海让人意志消沉。我已经领到了奋斗多年后，命运对我的奖赏。依偎在我怀里的这个妩媚入骨的女孩，让我重新审视自己的生活。我从20岁起跟这个世界恋爱，怀着对它的美好幻想，投身其间，被欺骗，被拒绝，被践踏，被轻蔑。这十多年来我挣扎谋生，怀着对贫困刻骨的恐惧，对尊严近乎畸形的捍卫，对成功执迷不悟的追求。内心深处那股黑暗的力量，让我无比强大，百折不挠。而此刻，我却陷入一种从未有过的倦怠。如果人生的剧本是以成功和爱情为主要线索，我想，自己的传奇剧本应该收篇了。一个企业不需要太多传奇，否则将长期处于险境；而一个人的传奇，也总是跟伤痛险阻有关。我不需要票房，也不需要再对这个世界剑拔弩张。此刻，心中那座金光闪闪的巅峰，正渐渐被这一望无际的大海所取代。

4

"林伯伯，能再帮我个忙吗？"

林董放下毛笔，无奈苦笑道："这次，又是什么项目？"

我有些腼腆道："我想以您的名义给联大捐款1000万，设立一个奖学基金，扶持那些贫困学子。"

晓雅眼中即将面对的一团乱麻头绪，在我眼中却无比清晰。我只是让她暂缓公开我们的恋情，给我一两个月时间重新粉墨登场。

林董抬起头，诧异地看着我："怎么突然想起做这个事？"

"您记不记得，我最初来找您的时候，答应过您，我一旦成功，就会去帮助那些跟我当年一样的贫困学子。现在，我觉得时机成熟了。"

他看着我，目光柔和，充满嘉许。

"小余，我没有看错你。企业要有社会责任，做人更贵在言而有信。那么多年了，你来我办公室说过的话，我已经淡忘了，可你还一直记着。把承诺看得高于一切的男人必定成就大器。况且，那么多显赫校友，又有几个敢于像你这样大手笔捐赠？我支持你。不过，你的好意我领了，千万不能以我的名义。别忘了，我严格意义上可是一个官员。这笔钱别说捐赠，拥有都是罪过。"

我深受鼓励道："林伯伯，那就麻烦您帮我联系一下联大电气工程学院和经管学院的领导，学校里，我现在谁都不熟。1000万也不算太多。我想各分给这两个学院500万。联大实在太大了。这笔钱杯水车薪，只能定向捐赠。一个是您当年所在的学院，一个是我就读的学院。我可以不用您的名义捐赠，但我的成功离不开您。所以，要捐就捐给跟我们息息相关的地方。"

林董笑道："这是件大好事。你让我来操办，还是想把美差交给我啊。"

我在公司里召集董事会，专程把罗媛从上海叫回成都。

今年铁定是个丰收年。虽然还没到12月，全年现金利润早就超过亿元。这还不算双林项目巨量的资产增值收益，而浦东项目二期还有十多万平米的核心商业，更是后劲十足。

我向冯志和罗媛道："今年我想拿出1亿元给股东分配，让大家见见这么多钱究竟长什么样子。"

冯志道："董事长肯定有情况。平时根本就不怎么花钱，跟苦行僧一样。现在这么大手大脚分红，急等用钱，也不知泡上哪路明星了？"

罗媛道："我赞同老冯的意见。希望董事长从实招来。"

我笑道："老冯，你以为大家都像你一样，在汽车后备厢装满现金，不是去打麻将，就是跑到地下娱乐圈混？呵呵，没出息。我要给母校捐1000万资助贫困学生。这是我多年的梦想。"

冯志道："董事长不厚道。这种好事不带我们玩，自己要吃独食。我建议按股份比例分担。当年人家李嘉诚资金那么紧，还在全力投资汕头大学，最后成为香港首富。我也不想成为首富了，就跟着董事长凑个份子吧。"

罗媛道："冯总说的，我完全赞同。这种尊师重教，积善成佛的大功德，董事长不能独享，还是应该让我们这些小股东均沾。"

我微笑道："好吧，大家有福同享，有善事一起做，不过，你们可想清楚了，这可是我的母校。"

冯志道："捐给谁不是善事呢？再说，我们也要感谢你的母校，如果你当年不从里面扫地出门，逼着自己创业，如今也不会有这么大成就。联大会多一个平庸的毕业生，嘉通公司将少一个英明董事长。"

这样一笔私人大额捐赠惊动了校方。在此之前，只有香港邵逸夫等几个富豪才有这样的手笔。由于涉及两个学院，联大专门派出一个副校长来跟我接洽。杨副校长问我，为什么定向捐给这两个学院？我说，自己当年在经管学院读书，因为贫困而辍学，发誓有朝一日成功后，一定去帮助那些贫困学子。而我事业上的导师来自电气工程学院，没有他的帮助，我不会有今天的成就。杨校长立即发现了其中可歌可泣的先进事迹 一个当年因贫困辍学的联大学生，卧薪尝胆，终于创业成功。他也最终实现了自己的诺言，成功后不是花天酒地，而是去帮助那些贫困学子。杨副校长问我还有什么要求么？我说，想见见我的老师们，其中包括我一直很仰慕的何存厚教授。

杨副校长专门搞了一个热烈的捐赠仪式，邀请了两个学院领导和一些知名教授，加上记者和工作人员，整整上百人。晓雅的父亲何教授赫然在列，让我暗自兴奋。其实，他才应该是今天捐赠仪式的主宾。此外，还专门请来了林董。

当年自己的老师们，有的对我还略有印象，有的几乎已经完全忘记。我激动地跟这些老师握手、拥抱。自己终于不再是一个不成器的学生，因为打架被处分，因为没钱而辍学。自己终于衣锦还乡了。我给所有老师都准备了一份礼物，感谢当年他们的教导之恩。仪式进行到发言环节，我站在讲台上对台下教授和老师们说道：

"各位尊敬的领导，教授，我亲爱的老师们，我曾经是这个学校一名普通学子。尽管当年我因为贫困而辍学，没有毕业。但内心里，我一直以自己曾是这里的学生而感到骄傲。这座百年名校是我精神的殿堂。这么多年，我的成长，我的进步，都跟这所学校密切相关。我一生中最美好的时光是在这里度过的。在我最困难时，是这里的校友和我事业的导师，在孜孜不倦地帮助我，扶持我。人们说，如果有人帮助了你，请你也去帮助其他需要帮助的人，这就是感恩之心的轮回，爱心与善良的传递。我感谢那些曾经教导我的老师们，感谢那些曾经扶持和援助我的校友们。现在，我有了一定能力，我想把这份感恩的心意传递下去，把这份关爱送达到那些勤奋刻苦却没钱读书的贫困学子身上。让大家都知道，在这所百年学校里，爱在轮回，爱心在传递。为此，我还要请上我事业的导师，我的学长校友，林铭笙董事长跟我一起献上这份爱心。这么多年，没有他的关心和支持，我走不到今天。"

我随着大家热烈鼓掌，欢迎林董上台。

林董显然没有想到我会临时请他上来。之前，他一直跟何教授坐在一起，偶尔聊上几句。当我提到他名字时，他有些意外。不过，毕竟是久经各种大场面，他镇定自若，微笑着上台后，接过话筒道：

"余野先生，是我们这所学校年轻一辈中，心怀责任，自强不息的一个青年楷模。充满爱心，富有社会责任感。我为母校有这样年轻一代的优秀学子感到骄傲。我也非常荣幸，此刻能够站在这里，有机会向各位学校领导、老师，表达我们这些联大学子对母校的敬意。感谢你们，感谢联大。祝百年联大越办越好。"说着他向台下深深鞠躬。我也随着他向台下教授老师们鞠躬致敬。一时掌声雷动。

仪式结束，自己艰难绕开一路包围的记者，走到门边，对林董道："林伯伯，谢谢您。我也借着这个机会向您表示最深的敬意。"说着对他深深鞠躬。

林董微笑道："小余，你为母校争光了，为你感到骄傲。对了，这是何教授，晓雅的父亲。"他指着身边的何教授道。

我赶紧诚惶诚恐道："何伯伯，您好。您是我们联大著名的教授，一直听说您的大名，今天才见到您本人。"

何教授笑道："林大董事长的徒弟，果然名师高徒。呵呵，年轻人，好样的，见到你真的很高兴。"

林董笑道："老何，你又调侃我。"

仪式结束，我把车开到僻静的地方，兴奋地给晓雅打电话道：

"小妖精，我今天大获成功。"

"你上次诱拐女博士后，现在又成联大的明星人物了？"

"嘿嘿，我已经把岳父大人搞定了。他今天拍着我肩膀说，年轻人，有前途，见到你真的很高兴。过几天他就会非常惊讶非常高兴地在家里接见我这个女婿了。"

"讨厌。呵呵，小野哥，你不会一掷千万，就为了博我爸爸一笑吧？"

"当然不是。林伯伯说，我是联大青年学子中的楷模，母校的骄傲。我自己演讲说要让爱轮回，让爱心传递。我怎么会只是博岳父一笑呢？我当然主要是博我的小妖精开心。"

"你的嘴真甜。不过，听到你这么说，我真是心花怒放。"

"必须心花怒放。你就等着我的好消息吧。下个月，我还要竞选本地十大杰出青年。我要扛着那块铜匾去见我未来的家长。唉，有了这个金字招牌，他们不想把女儿嫁给我都难啊。"

"哎呀，你可真能闹。不过……不过，你真的像那个电影里的至尊宝，身披金甲战衣，驾着七彩祥云，来接自己心爱的姑娘。有哪个女孩不梦想这一天呢？"

"我才不当那个孙悟空呢，为了取经凄凉地留下了自己的姑娘。我要当猪八戒，背着美女就入洞房。哈哈哈……"

5

几天后，我在本地报纸上读到一个青年企业家感人肺腑的先进事迹：他家境贫寒，却自强不息，考取了名牌大学。在学校他勤奋学习，却因为父母病故，无力维持而中途辍学。他早年在广州创业，历经坎坷，虽有短暂的成功，却最终失败，负债累累。他坚守承诺，多方努力，最终还清全部欠款，然后回到成都第二次白手创业。他励精图治，终于发展壮大，并且进军上海，成为内地企业中少数敢于率先迎接世界级竞争的企业。他肩负社会责任感，在企业里大量招聘下岗工人，残疾人，流浪者。他成为本地商贸企业中纳税前五名的明星企业，对地方经济做出卓越贡献。他成功后，个人生活极为简朴，现在还住在 90 平米的公寓中，却一次性为母校捐款 1000 万元。除此之外，还有许多小故事，包括有一年冬天他走在街上，看见一个老婆婆靠在路边灯杆旁卖报纸，下班人群车流来来往往，这个时间已经没有人会去买报纸了。他却走过去，买下了老婆婆剩下的所有报纸，还亲自送老婆婆回家。多年来他一直淡泊名利，勤恳创业，到现在都还没有成家。最后总结，他是这个时代青年一代的楷模，在新千年到来之际，他给予广大青年莫大的鼓舞和力量。

我把几篇报道读了又读，深深被自己的先进事迹感动了。好像时代主旋律里的优秀人物事迹都跟我有些相仿。成功真好，让人对你的解读方式完全不同。比如，我住公寓，是嫌一个人住别墅太辽阔空旷，但一结合捐赠事件，便成了自己吃粗糠，把白米捐给学校。有了这样的官方档案，自己个人历史便成为不容置疑的光辉奋斗史。

从报纸登载开始，我的手机便处于不间断接听状态。四面八方的朋友熟人，领导、下属，或者生意伙伴把我的电话快要弄残了。两三个小时便要换一块电池。祝贺的，调侃的，约着吃饭的，感觉不可思议的，总之，都被身边潜伏着如此可歌可泣的时代偶像感到惊讶。傍晚时分，我已不胜其烦，手机仍执着地嗡嗡不停震动着。一看，竟然是市委宣传部的朋友。我接起电话，对方说道：

"老余，你不够意思啊。去年让你竞选十大青年，你跟我玩低调。这回怎么弄得沸沸扬扬？又是电视新闻，又是报纸长篇报道？这些也就算了。我看到你竞选十大青年的报名资料了。省里也有人帮你打招呼。你也太不拿我们当朋友了。凭你的资历，去年就够格，有必要惊动省里领导么？纯粹画蛇添足。你小子还淡泊名利，我怎么看你是沽名钓誉呢？改天请吃饭。自己先罚三两，做个深刻检讨。"

"大哥，我这不是在谋划公司上市么？人家专家让我包装一下，说买股票就是买董事长。我琢磨着自己怎么也得有点卖相啊。下周我带几瓶好酒负荆请罪，深刻检讨，不醉不归。"

"行行行，这事我给你办了，让你卖个好价钱。记着，以后不要乱投庙门。"

我刚挂上电话，又有来电。一看是晓雅，立即眉开眼笑接起来。

"呵呵，小野哥，我看了报纸了。怎么好像写的是另外一个人呢？"

"晓雅，不能对我有成见啊。今天在报纸上看到自己的先进事迹，我都被感动了。哈哈哈，为了我的小妖精，我已经粉墨登场，成了又红又专的青年标兵了。"

"报上说你为了事业，都没有成家。小野哥，有没有美女给你送照片递简历啊？"

"行了，小妖，别损我了。要不是为了讨好岳父岳母大人，让你那个大家族接纳我，我何必受这份罪呢？今天我手机电池已经换了三块了。好多朋友第一句话就是，前几天咱俩还在探讨日本 AV 女优，怎么今天你就成了青年楷模呢？哎，让我这老脸往哪儿搁啊。你快过来吧，还要帮我补习功课呢。"

她咯咯笑道："你是坏学生，总是骚扰女老师。"

我已向联大提交了申请，请求修完学分，最终成为联大合格的本科毕业生。晓雅晚上总是抽空给我补课。这段时间我们没有住在一起，我需要些时间给自己做形象建设。每逢晓雅跟我在一起的时候，我对补课老师总是比对课本更感兴趣，功课因此推进缓慢。

我已经为自己铺垫得差不多了。如果只是一个企业主，一个有钱人，要和一个社会名流相比，差距实在太大。幸运的是，作了这么多铺垫后，我荣获十大青年几乎没有悬念了。像我这样色艺俱优的青年企业家，竞聘何教授家的女婿，应该是有把握的。

剩下只有一个人，我需要去面对。那就是清楣。公主和王子过上幸福生活后，一直也不清楚他们近况。我为她准备了一份嫁妆或者叫做学费。100 万美元。这是我专程到香港成立了一家贸易公司，才换得这么大笔美元。在国内，美元是银行专控品，很难兑换。我办了一张花旗的银行卡，在美国和欧洲可以自由使用。以林董与清楣的性格，他们不会接受，想来想去只能走夫人路线。

第二章
这个神气活现的公主，像只柔弱的小鸟依靠着我

1

老冯一脸沮丧来找我喝酒。如今我春风得意，光环闪闪，通体都是正能量；情场商场，场场出彩，撒向人间都是爱。看着这老哥们却像个被人绑了票的土财主，萎靡不振。

"我跟雯雯分手了。"

"这是你们第几次分手了？"

"我觉得这次应该是真的。"

这对活宝情侣，自交往以来，平均每三个月宣布分手一次。去年春节，老冯带着雯雯回西安见父母，两个老人欢喜不得了，只是担心每年都是不同的女孩，再三叮嘱老冯不要再换了。一顿饭吃下来，把雯雯名字叫错三次。当晚在酒店，雯雯便开始向老冯发难，要求他具结悔过状，坦白当花心大萝卜的不堪往事。老冯嬉皮笑脸说，那不得写几本小说？这下彻底惹恼雯雯，两人大吵一架。雯雯负气夜遁，不辞而别，直接去机场等票回成都了。老冯觉得在父母亲戚面前大大丢脸，恼羞成怒，当即在电话里宣布分手。不过，一个月后，痛不欲生的老冯，烟瘾发作般乖乖回到雯雯身边，声泪俱下痛斥自己。两人相拥而泣，破镜重圆。几个月前，老冯周旋在双林县政府和各大银行之间，晚上经常在酒局和KTV应酬。有次，深夜醉醺醺回家，被明察秋毫之末的雯雯检查出衬衣上有几根女人的长发。第二天无论老冯怎么解释，雯雯还是毅然离家出走。老冯指天划地表示这次自己清白如玉，决不妥协。硬撑了一周，然后魂飞魄散天天在雯雯家楼下程门立雪，不断发短信给雯雯，说该死的董事长搞上海战役，给他下达开业融资的死命令，害得他天天泡在酒桌上，有家难回。申诉自己冤情似海，不跳府南河无以明志。

"这次又是什么情况？"

老冯心老天山沧桑叹息道："这个女人是神经病。温柔起来妩媚到骨头里，可转脸就可以横眉冷对，狂风大作，经常跟我吵得天翻地覆。她身上好像有个开关，一会儿是西施，一会儿是孙二娘，说变就变。她老是神经兮兮犯疑心病。以前那些女人也有病，莫名其妙发短信说什么想我了，'今夜你会不会来？'这些东西，拿到我手上，最多发个黄段子嘻嘻哈哈就打发了。可偏偏经常被她截获。你让我怎么解释啊？我快要被她弄疯了，老命非栽在她手上。"

"既然性格不合，就算了吧，别强求。该散就散吧。"

"董事长，你怎么没心没肺的？见死不救，这么冷漠？"

"嘿，你小子长点良心好不好？老子陪你喝酒，给你解闷，千方百计把你从苦海里捞出来。你还说我冷漠。"

老冯瘫在沙发上，香烟燃了一支又一支，烟灰飘舞撒落一地。

"师爷，我现在明白了。男女情爱，跟做企业差不多。投入越多，就越在意。以前我身边那些女人，分手真像脱衣服，说扔下就扔下。可遇到雯雯，真是收我老命。哪是在脱衣服？简直是剥我的皮。每次老子赌咒发誓，绝不回去找她，可只要一离开她，我满脑子都是她的影子，她发的那些洪水都忘了，想的都是她的柔情似水。整晚失眠，感觉活得一点意思都没有。感情投资真他妈是一笔烂帐，越投越空虚，越投越身不由己。你说这是在爱这女人，还是在爱自己的投资呢？"他自顾自说着，"唉，其实，只要不碰到她身上那个开关，雯雯真是个好女孩，还会做菜煲汤。高兴时非拉着我在客厅里跳舞。她跳舞的时候真好看。对了，你说，我要不要去写份深刻检查，再把她诓回来？"

"我就没见过像你这样一贱到底的男人。"我语重心长道。

"大哥别说二哥。林大小姐抛弃你那阵，你还不是整天疯疯癫癫的？师爷，我没辙了，雯雯是你推荐的，你是做老大的，不能这样撒手不管。"

2

我把老冯和雯雯郑重叫到我家里，雯雯起初赌气不来，说已经跟老冯没一毛钱关系了。我说，过来吧，这是家宴，只对最亲的朋友。

晓雅还没有正式登场作为女主人，不过，饭菜却是她安排的。她不便出席，安排好了便飘然引退。席间，我一改随和亲切的作风，拿出董事长的威严跟他俩认真谈话。

"老冯，雯雯，今天请你俩过来，有几句话要跟你们说。"

"别把我跟他扯到一起，我们早就散了。"雯雯赌气道。

"杜雯，听我说完。"我脸色一沉，今天得拿点气势把场面镇住。

"你们俩相处快一年了。算是我牵的线吧。搭上手，就跟你俩没完没了的渊源。雯雯，我想告诉你，老冯这次对你是动真心了。这个，你应该比我清楚。每次你俩吵架，事后，总是他里子面子一起扔掉向你告饶。他以前还真不是这种人。老冯是做企业的，算是场面里的人。这些混场面的人，有一个算一个，没哪个算是正人君子，也包括我。你能叫得出名字的那些商业英雄，企业领袖，无不如此。本地媒体有几篇写我的报道，你去看看都把我写成了什么人？简直是一个道德标本，模范僵尸。没有七情六欲，只懂奉献和责任。这还叫人吗？我想说的是，我们都有一段不堪回首的往事，但，那只代表我们的过去。老冯不能给你一个干干净净的过去，但可以给你一个清清白白的未来。如果他不是真心待你，我不会把你们一起约到家里来。这里只接待我最亲近的人。雯雯，相信老冯，也要相信你自己。"

老冯缓缓道："雯雯，老余的话，句句是我心里想说的。这些话你在外面报纸上是看不到的。真的，我没办法给一个干干净净的过去，但真的愿意给你一个清清白白的未来……"

雯雯脸上经历阴晴交错，此刻终于光亮起来。

"余大哥，你把我们请到家里来，说这些话，听着挺真诚。我认识老冯跟你有很大关系。你说你这儿只接待最亲的朋友，这可算是拿你的信用为老冯担了保。我信你。"

"对对对，老余从来都是一诺千金的人。当年我俩还开着一辆破面包车，折腾在温饱线上，有次路过锦江，他指着联大校门说，今后如果发达了，一定给联大捐款，帮助贫困生。那时咱俩盒饭钱在哪儿都不知道，这不做梦么？但你看现在，他真是说到做到了。雯雯，相信余大哥的话，相信我，我一定会让你幸福。"

饭开始吃得有滋有味起来。

"雯雯，咱俩一起敬敬大哥吧。"

两人默契地举起杯子，老冯道：

"师爷，不仅我跟你有缘，现在是我们俩都跟你源远流长。我跟雯雯的事儿今后就是你的事。你别想躲开，袖手旁观，谁让你是当老大的。是吧，雯雯？"

雯雯一脸光彩道："这是当老大最起码的职责。必须的。是吧，大哥？"

我一口喝光杯里的酒，苦笑着看这对经常原地掉头，高性能转换立场的神经侠侣。刚才还彼此针锋相对，现在便夫唱妇随，一致对外。

风子，我跟你，还有你那土匪女朋友真是有缘，一辈子的缘分。我他妈彻底栽进你们两口子的混战里，一管就得是一辈子。

3

趁着林董去西安出差之际，我在周六上午来到林家。专程去见何阿姨。

"何阿姨，清楣什么时候去美国啊？"

何阿姨道："学校已经联系好了。奖学金也落实得差不多了。应该是在春节后去。"

"今后清楣去美国了，我就多来看望你们。"

"呵呵，小余，老林经常表扬你，说你是个成大事的人，这个徒弟没收错。"

"对了，何阿姨，我也算清楣的娘家人，这张卡您先保管着，等清楣去美国时交给她。她这个大小姐，总不能到了美国靠刷盘子勤工俭学为生啊。"

我将那张银行卡交给何阿姨。何阿姨问道："你直接给她不就行了？也是你一片心意啊。"

"是啊。可清楣的脾气您知道，上次我开辆车过来，被她狠狠批评一顿。我怕了她。对了，林伯伯那边，您最好也别说。我林老师太清高，只有送石头笔墨他才收。清楣走之前，你交给她就是了，也别说是我拿来的。她老喜欢跟我赌气。"

何阿姨笑道："清楣总欺负你是么？唉，是我们把她宠坏了。"

话音未落，清楣穿着羽绒服已经从外面开门进来。

"你们俩嘀咕什么呢？我刚进门，就听到有人被宠坏了。余野，谁被宠坏了。"

我一边示意何阿姨赶快把卡收好，一边支吾道："我最近养了只小狗。正在跟何阿姨聊呢。"

清楣狐疑地看着我："你现在已经是新时代楷模，你会跟我妈聊猫猫狗狗？"

何阿姨嗔道："这丫头。好了，去换身衣服吧。我跟小余聊点事情。"

"你们俩能聊什么？不会背后嚼我舌头吧？"她看看我，又看看何阿姨道。

"这丫头，没大没小的。快去吧。"何阿姨道。

客厅的电话响了。清楣走过去，随手接起。

我跟何阿姨又聊起美国那边的情况。何阿姨说她们有亲戚在那边，清楣和晓雅都去过几次。

正在接电话的清楣神情凝重起来，口气也变得急促。

"那现在该怎么办呀？好吧，我先去找药，你们赶紧让人过来拿吧。"

何阿姨奇怪地问道："清楣啊，什么事？看你慌里慌张的？"

清楣放下电话，焦急地说道"爸爸冠心病又发作了，正在西安医院里抢救呢。刚才爸爸单位人打电话说，让我们把爸爸的专用药送过去。可西安那边从昨晚开始下大雪，今天上午雪都没停，又起了大雾。预计一两天内航班都没办法正常。这可怎么办？"

我对清楣道"西安也是大城市，医疗水平不比成都差多少，应该没问题吧？"

清楣急道："你知道什么，爸爸这种冠心病很特殊。前几年在美国治疗一次，病情控制住了。现在每年都要从美国那边买一种特效药。这次也不知怎么他出差时没带在身上。"

何阿姨也有些慌乱："你爸爸已经有一年多没有犯过了。这次实在大意了。那他单位同事是什么意见？"

"他们说派人过来拿药，然后在机场等着。只是不知道航班什么时候能恢复。干脆我也到机场等着吧。"清楣显得非常焦急。

我打电话到航空公司的朋友那里，对方的回复几乎跟清楣得到的消息如出一辙。西安暴雪，今天前往西安的航班已经全部取消。明天能否恢复，要看天气情况。不过，按通常情况，即使雪停了，清理跑道至少还需要一天时间。

我想了想对清楣道："西安机场那边又是雪，又是雾，也不知要等到什么时候。这样吧，清楣，我们兵分两路。你让人拿着药在机场等着，航班一旦恢复，便赶过去。另外，林伯伯的药如果有多的，拿给我一些。现在还不到中午 11 点，我开车过去，最迟明早能到。"

何阿姨道："下这么大的雪，路上安全么？"

我笑道："放心，何阿姨。我以前开车走过一次。就算下雪，也是秦岭那边的路难走一些。我再找个司机换着开，连夜过去，估计明早 10 点以前能到。"

我打电话安排越野车时，何阿姨已找出两支全英文标签的塑料药瓶交给我，嘱咐我千万注意安全。

清楣盯着我，突然道："我跟你一起去。"

"我们要赶时间，路上有危险。清楣，别去了，在家等我消息。"

清楣执拗道："爸爸那边在抢救，我这个做女儿的，不去怎么行？"

"你等航班吧，早迟就一两天恢复。而且你在车上，我们不敢把车开得太快。"

清楣道:"我宁愿在车上,也不愿意呆在家里干着急。"

我看着何阿姨。何阿姨试图说服清楣,而清楣这次非常坚持。

眼见陷入僵持,我便说道:"何阿姨,那就让清楣跟我去吧。我会照顾好她的安全。您放心吧。"

4

趁着清楣上楼拿衣服,我给晓雅打了个电话。告诉她,林伯伯生病,西安机场大雪,航班取消,自己得开车去送药。她又千叮万嘱,让我注意安全。

司机把越野车开了过来。清楣却建议让司机回去,她来做我的副驾。我说要开十五六个小时的车,可不是开玩笑。她坚持自己已有三年驾龄,除了下雪的山路,其他道路都不在话下。我想想也好,也许这样可以在路上把晓雅的事情跟她好好聊聊,争取一个可靠的盟友。

开上越野车,直奔北门的高速公路。正值周末,路上车辆很少。开到绵阳后,我借着在加油站休息机会,让清楣开一段试试。她倒也没怯场,低速适应了几公里后,便自如地开了起来。她一直开到广元,高速路结束了,我才换下她。过了棋盘关,便出川了。前三个小时车程,非常顺利。

从棋盘关出去,穿过一片丘陵谷地,便是汉中平原。人就像走进了一张三国演义的地图。五丈原、陈仓之类路牌,让那些古战场的名字随处可见。路上只有些大货车往来,我开得挺快。清楣睡了一个小时后,精力充沛。下午5点左右,我们已经开到了汉中。天空灰蒙蒙的,却并没有下雪。

我对清楣道:"过了汉中,开上一百多公里,就接近秦岭。其实,这座山不高,盘山路也不到两百公里。翻过秦岭,便没有什么险路了。很快就能到达西安。"

清楣道:"这里怎么没有下雪?"

"被秦岭挡住了。每次西北的寒流都被这个大屏风挡住很大部分。要不然我们成都可没那么舒服。"

她看着前方忽而问道:"余野,最近过得好么?"

我正准备介绍秦岭六月飞雪等地理奇观,没想到她话锋急转到个人身上。

"还行吧。"我心里嘀咕着怎么找个合适机会说自己跟晓雅的事情。

"还行是什么意思?"

我愣然道:"就是,还过得去,马马虎虎的意思。"

"你在上海呆了一年多,回来就捐款1000万,电视报纸上频频看到你的身影。感觉好像变了一个人。"

我笑道："我一向淡泊名利，低调做人，可一不小心，还是成了青年楷模。唉，树欲静而风不止啊。"

她侧过脸道："先不跟你扯这些。我问你，上午在我家，你跟我妈都聊什么？"

"这个你也要盘问？我就是跟何阿姨聊聊家常。当然，也关心你什么时候去美国。"

"哼哼，别以为我不知道，你是不是塞给我妈一张银行卡？我都看到了。你是给我存学费还是置嫁妆呢？"

我单手握着方向盘，对她道："哎，我身为林家关门大弟子，师傅师娘可是认可的啊。身份说清楚了，再讲道理。我就不能给小师妹准备学费，置备嫁妆么？清楣，别把钱看得太重，咱兄妹情谊能用金钱来衡量么？"

"谁把钱看得太重？哎，你讲不讲道理？我又不是贫困学生，你捐款给我干吗？哎，不对不对。我的意思是，我可以勤工俭学。这怎么叫把钱看得太重呢？哎呀，简直被你饶糊涂了。"她的思路确实有点被我搅乱了。

我笑道："清楣，咱俩别谈这个了。上次我们已经和好了，别又因为这些小事情闹僵了。就当我给师娘表示一点心意，好么？"

她扭过脸去："这几年，你一直为我们做这个，做那个。节假日、我的生日、我毕业的日子，你人在上海，都要派人悄悄送礼物过来。最夸张的是六一儿童节，我居然收到一大桶空运的哈根达斯。保温桶里塞满冰块，里面的冰激凌可以吃一个月。虽然没署发货人名字，我一看送礼风格，就知道是你。那次为了送车的事情，我还跟你争论过。开始，我以为你是讨好爸爸。后来，发现你处处在暗中关照我，我仅仅是在证券公司实习，公司要拉业务，你远在异地居然都知道了，还悄悄帮我推荐几个大户。你给联大捐款，让爸爸也很有光彩。现在，爸爸生病，你二话不说就开车送药。我发现，再这么下去，我欠你的东西越来越多。你以前风格张扬，为了追求我，送那些大得夸张的花到学校，还在朋友面前公开宣布，喜欢把事情弄得尽人皆知。现在，你一副不计回报，默默奉献样子，就像今天上午你悄悄给妈妈送卡。这一年，我总是听爸爸妈妈表扬你。余野，你让我该怎么办呢？"

"请叫我雷锋叔叔。"

"我不跟你开玩笑。我不让你的司机开车，就是想在路上跟你好好谈谈。你这人从来不让人省心。以往你做企业很低调，这次从上海回来，突然高调捐款，高调宣传。我知道，当初我选择刘悦堂，你就一直憋着一口气。在三亚，又是焰火晚会又是告别派对。现在，你使劲出名，就是去弥补自尊心的伤口。你觉得是因为刘悦堂跟我门当户对，我才成了他女朋友。"

"呵呵，不是这样么？"

"余野，我今天就把话说清楚。刘悦堂应该算是我漫长的初恋。我从上大学开始，就跟他书信往来。我去美国探亲，他就陪我四处游览。他回国，我也陪他逛街聊天。这么多年，好像彼此都没有把这层关系说破。直到你横冲直撞跑来追求我，他才向我表白。我很高兴。这么多年我拒绝了校内校外那么多的明示暗示，就为等待他。我等了他五年，这份感情应该有个结果。"

"燃烧自己，照亮别人。我哪是灯泡啊，简直是根蜡烛。"我说着，顺手超了一辆蹒跚上坡的大货车。

"你别打岔。你以前跟我捣乱，我还觉得好收拾你。你现在躲到一边，默默奉献，我真不知道该拿你怎么办。"

我正色道："清楣，你放心。我不会干扰你的生活。以前，输给老刘，我是觉得不服气。不过，现在，我已经有女朋友了。"

"是你拐走的女博士，还是哪个女主播、二线演员？你不用告诉我。你其实是欲盖弥彰。还是让我来说吧，以你的性格，下一步一定是要让她过上皇后公主的生活，恨不得把这世界上所有好东西都给她。以前，你是跟刘悦堂竞赛，现在，是希望这个女孩超越我的生活。你现在拼命抬高自己的名望地位，你敢说不是为了她？你敢说不是跟我赌气？"

我已经把晓雅这两个字都送到嘴边了，又生生咽了回去。

"清楣，我真没跟你赌气。人家菲菲说我三亚告别时，像耶稣一样，一边心碎流血，一边向你们表示祝福。其实像我这样的男人，胸怀相当广阔，至少装得下五六个足球场。下一步公司要上市，我需要自我包装一下。下个月我还要竞选十大杰出青年呢，总不至于一气之下，拿这块牌匾跟你炫耀。哎，清楣，你别说，成为明星企业家后，还真的挺招人疼。联大有五个自称校花的女孩给我写信，表示要陪伴我此后的人生不再孤独；我们经常在卫视看到的那个女主播，那次录完节目，非让我请她吃饭，还对我动手动脚的，让人很不踏实；还有团市委组织的交流活动，一个单身美女企业家拉着我诉说她其实特别小女人，就是没人敢靠近。你说像我这样名满家乡的企业家，怎么会心理阴暗，总是纠缠不清呢？"

清楣笑盈盈道："是不是特得意？特有一种众星捧月的簇拥感？还特别想让以前拒绝过自己的女孩仰望自己的成就？"

前方没有什么车，我在弯道上来回切着内线，有种很流畅的驾驶感觉。

"嘿嘿，我可没你想象的那么小人得志啊。清楣，说实话，咱俩从认识开始，就一直斗法。这么几年，其实谁也占不了上风。你刚强霸道，我就消极抵抗；你不理我，我就轰轰烈烈捣乱；你跟刘悦堂好了，我就远走他乡，眼不见心不烦。现在，你马上去美国，我也成了地区偶像、时代楷模。咱俩都在成长进步。我建议咱俩从此握手言和。今后想想这些事情，真的挺有意思。蓦然回首，那人却在灯火阑珊处。那人就是我。你以后很难再见到像我这样做人行云流水、落花流水，还一江春水的朋友。上次有个女孩说我挺极品，我还没理解是什么意思。今天跟你这么交流，我才发现自己真是很极品。一个深谋远虑的神经病，一个又红又专的老顽童。哈哈，谁也不知道我能干出什么事情。包括我自己。"

车开到一个小镇上，我在一家街边的面馆停下。已经快到晚上 7 点了，天基本黑透。我让老板煮了两碗面条，喝着热腾腾的汤。从这里到秦岭还有一百多公里，路算是好走。

休息完毕，再次上路。我让清楣换着开，自己扣好安全带，准备睡觉。清楣问我，你就这么放心我开车啊？我说，相信你，没问题。这次换手后，我就一路开到西安了。

5

我迷迷糊糊睡了大概一个多小时，醒来时，看见清楣目不转睛看着前方，紧紧端着方向盘。我笑道：

"你这样全神贯注，会累得要命。"

她侧了下头："你可算醒了。晚上开这种绕来绕去的路可真累。"

我点燃一支烟道："再坚持一会儿，我要抽支烟。"

她开车的样子挺可爱。这个女孩在扔掉矜持后，露出的单纯特质也是这个世界越来越稀有的东西。她是这个社会最正面的氛围中成长的女孩。从不缺少什么，心里没有阴暗和愤怒，身上总有种理想主义的光彩，时时打动人心。

我接过方向盘。车转过一个谷地，开始进山了。清楣给家里打了个电话，那边仍然没有进展，航班恢复遥遥无期。

空中飞舞起细小的雪花，地面有一层浅浅的薄雪。路上的车越来越少，我专注地控制着方向。越野车轮胎抓地能力很强，还没有侧滑的反应。山谷中，车灯劈开厚重黑暗的夜色，像行驶在茫茫大海中的一艘船。清楣睡着了，我安静地开着车，驶过一个又一个弯道。地面的雪越来越厚，在每一个弯道，都必须减速慢行。孤独的车灯照亮大山腹地，越来越像一次奇特的旅行。

凌晨两点过，清楣醒来，我已经在山里转了一百多公里。车转过一个山坳，露出一个观景平台。我停下车，对清楣道：

"下来休息一下吧。这里是山路最高处，往前一两公里后就全部是下坡。"

我们站在被车灯照亮的平台上，车外寒风凛冽，夜色中的大山漆黑一片。而头顶斜上方，阴霾密布的天空竟然裂出一小片星空。我们仰望着这片厚厚云洞中的星空，像看到了稀有奇幻的美景。

清楣道："这片星空真美。如果不是给爸爸送药，现在的感觉就像是旅行。"

我忽然想起多年前陪丁兰看星空的时光。年代久远，那个女孩已经变成心中一个灿烂而模糊的影子。

"我以前在联大喜欢过一个女孩，属于暗恋那种。那时候我没财也没色，一点泡妞资本都没有。有天晚上跟她一起看星空，就想有朝一日，等我征服了世界回来向这女孩表白。结果，等我现在有了条件，她早就人去楼空，嫁作他人妇，说不定小孩都可以打酱油了。男人都是这样，喜欢刻舟求剑。现在跟你看星空，突然想起她。男人傻傻地陪着看星星的女孩，最后准是别人的女朋友。"

"你这是胡乱联想，乱用对比。"

"当年，我如果有钱请她看美国大片，而不是看免费的星星，现在……唉，男人可以没色，不能没钱啊。"

清楣笑道："你现在也没色相啊，泡妞还缺一半资本。"

外面太冷。我们回到车里，继续行驶在山路上。

清楣忽然问道："你以前暗恋的那个女孩漂亮么？"

"校花。比你略逊一筹。不过，跟你气质挺像，都像矜持的公主。"

清楣笑道："你以前追求我，是不是在补偿当年暗恋校花的痛苦经历？"

"旧伤未愈，又添新恨。"我也笑道，"不过，清楣，我算是明白了。输给刘悦堂，我也不冤。你们俩在一起太顺理成章了，让人无话可说。对了，一直没问你，现在你们俩怎么样，该谈婚论嫁了吧？"

她沉吟不语。我扭头看了看她，她则看着车灯照亮的一隅道路。

"他没有欺负你吧？敢这样，我买张机票到美国去揍他。"

她喃喃道："其实我现在也越来越弄不明白。彼此的感觉越来越平淡，在一起时相敬如宾，分隔两地也没有特别想念。电话越来越少，电子邮件里的文字，也越来越没有温度。挺奇怪，是么？"

我大喜溢于言表："有什么好奇怪的？你们俩在一起太顺理成章，一点需要克服的困难都没有。我给你们捣乱的时候，反而让你俩有滋有味。你们这种情况就应该直接结婚。轰轰烈烈的爱情就别指望了，除非当时你选择的是我。"

"我就知道，你肯定幸灾乐祸，高兴得不得了。"

我乐道："菲菲说很多女孩都想跟我谈一场悲壮的恋爱，然后才跟别人走进婚姻殿堂。你省略了跟我激情燃烧的环节，人生都不完整了。"

清楣沉默不语，看得出有心事。我也不再在这个话题上喋喋不休了。想把话题转移到晓雅身上，有些不太合适。再等等吧。

下坡的山路比上坡还要难开。幸好路面上覆盖的是新雪，没有被来往的车辆碾成薄冰。我熟练地转动着方向盘，沿着弯弯曲曲的山路行驶。整整又开了两个多小时，终于在一个大坡结束后，来到了一马平川的渭河平原。

我点了支烟，庆祝自己顺利翻过秦岭。这条积雪道路，让人开得全神贯注，如履薄冰。清楣又睡着了。现在已经接近凌晨4点，从这里过去，再开两个小时，便能进入市区。比我预想的时间大大提前了。

我嚼了几片西洋参，给自己提提神，继续上路。

清晨7点左右，在医院门口我摇醒清楣说，我们到了。

6

多年来，在我为目标奋斗的光辉历程中，常常栽花不开，却插柳成林，指南打北神功已臻化境。

当我追求清楣时，她无动于衷，她身边的女孩们却感动得芳心暗许；离开成都时，我情深深雨蒙蒙，送她一辆宝马被无情拒绝，在上海逢儿童节，自己恶作剧般寄回一桶哈根达斯，却让她感慨唏嘘；我立志以电器商贸为主业，结果最火的是商场内的餐饮娱乐配套；如今我捐资助学1000万，本为迎娶晓雅，对自己形象描画金身，不想，经媒体连篇报道后，各种荣誉呼啸而来，在上海选成人大代表，在本地弄成政协委员，简直应接不暇。更一不留神火了嘉通商城的生意，善良的顾客们在嘉通踊跃购物时，总得到一种资助良心企业的心理暗示。

我在西安陪伴了林董几天，他的病情已逐渐好转。回成都不到一个星期，我便正式接到当选十大杰出青年的通知。颁奖晚会将在下周末举行，电视台、报纸又将进行一轮宣传。

晚上，我正跟晓雅在家里电脑上为自己的光辉简历润色化妆，清楣的电话来了。我问道："清楣，有事么？"

"你过来一下。我难受。别问什么事。"从她的声音里听得出情绪很低落。

我把晓雅送回家，然后急急赶往清楣约定的一家小酒吧。这个地点让我奇怪。到达酒吧时，看见她正在吧台独自喝酒。旁边有个粉面油头的男子正磨磨唧唧跟她搭讪。我走过去，把那个男子的酒扔到一边。他看看我，我狠狠瞪着他，这家伙知趣地走了。

"清楣，什么事不开心？一个人喝闷酒呢？这可不是你经常来的地方。"

"我就不能来这儿么？我就不能喝酒么？"她很烦躁地说道。

我笑着让服务员拿来了一打啤酒，说道：

"好吧。咱俩还没单独喝过酒，今晚陪你喝个痛快。"

她情绪低落地喝着酒，沉默不语。我也不问，只陪着她一杯杯喝。她的性格我太清楚了，得反其道而行之。

"余野，你相信这世上有真的感情么？我现在感觉一切好虚无。真的。"

我心里已经明白了七八分，这事儿肯定跟刘悦堂有关。

"我觉得，人的感情是阶段性真实的。某个阶段火山爆发了，能量消耗空了，要么转入亲情，要么彻底消失。"我平静地说道。

"可我们从一开始就没有火山爆发，没有激情，难道也消耗空了？"

"平平淡淡才是真。歌里都是这么唱的。"

"平淡之后是冷淡。余野，我心里难受。菲菲不在，晓雅又在跟老吴闹矛盾，我不知道该找谁。"她沮丧地说道。

"清楣，究竟怎么回事？能告诉我么？"

她端着酒杯，出神说道："我跟刘悦堂的关系越来越冷淡了。很长一段时间，我们邮件里，说话越来越客气。像普通朋友，根本不像是恋人。前几天，我告诉他，爸爸生病的事情，他只是礼貌地问候一声，冷冰冰的，非常心不在焉。我生气了。就问他对我们的感情究竟是怎么想的？他竟然说，大家都应该重新冷静考虑一下，彼此是否真的合适？"

自从我们一起开车去西安送药，彼此都有了一种跟以往不同的亲切。以前，像这样的真心话是听不到的。

"为了这段感情，我等待了那么久，付出了那么多，得到的就是这样一句回答。"她说着，眼泪忍不住流了下来。我从盒子里拿起纸巾递给她。

"清楣，别难过好么？你们可能是因为见面太少。等过了春节，你到了美国，应该会好起来的。"我安慰着她。

"我们在一起时，他也总是心不在焉的样子，彼此越来越找不到话说。我的脾气不好，可为了他，我总是克制自己，委屈自己。这段感情，我真的维持得好累。"她说着，哭了起来。

我已经找不到合适的语言来安慰她，只是扶着她的肩膀，想让她平静下来。她转过身，伏在我肩膀上抽泣起来。我自然而然搂着她的肩膀，心里并没有乘虚而入的快乐。我正在跟晓雅热恋，此刻，对清楣最多是种复杂的关爱。不过，当这个骄傲的女孩在我怀里哭泣时，自己心里却充满了一种被人依赖的满足感。我感到自己的命运非常奇特：当我全力以赴追求这个女孩时，她断然拒绝了我；当我放弃努力后，她竟然又在我怀里哭泣。如今，我已对自己颠三倒四的际遇报以心安理得。

人是需要发泄的，尤其在孤独的夜晚。有了我的肩膀，看样子她准备把这多年的委屈都痛痛快快用眼泪倾泻出来。我的毛衣已经被打湿了。好吧，清楣，情感这道选择题，你做错了。我原谅你，大方地把肩膀借给你用。早就告诉过你，小白脸是靠不住的。特别是有钱的小白脸。你在我怀里哭，我理解为一种深刻的检讨方式。不过，估计到了明天早上，你醒来想起曾在我怀里痛哭，肯定会希望我有多远滚多远。我们俩势均力敌斗法了这么多年，让你一夜就认输，太困难。

我轻轻搂着她，她身上的清香和柔软的身体都刻印在我身上。男女之间真的不能靠得这么近。不论以什么理由，什么方式，在这样的夜晚孤男寡女靠在一起，身心所产生的感觉，都绝不会是一种我嘴上标榜的兄妹情谊。

我一直等她哭够了，才拿起纸巾帮她擦眼泪。她扭过脸，从我怀里挣脱出去。

"走吧，酒也喝了，哭也哭了。回去睡个好觉。明天眼睛肯定是肿的，别跟人说，今晚跟我在一起啊，让人觉得是我欺负了你。"

我扶着她的肩膀走出酒吧。在出租车上，她的头自然地靠在我身上。我又下意识地搂着她的肩膀，让她舒服地倚在我肩上。我喜欢这个平时神气活现的公主，现在像只柔弱的小鸟依靠着我。

在她家门口，我下车，看着她孤零零走进门去。心情突然很复杂。

不出我所料，有几天，她都没有再理我。女人是一种非常情绪化的动物，几天前我是她温暖的港湾，现在估计已经成了她眼中的垃圾站。倾倒了情感垃圾，她可以继续轻装上阵跟刘帅哥谈恋爱。不过，我已有晓雅了，早就摆脱了召之即来、挥之即去的做二爷悲惨命运。

第三章
世界已崩溃成星云，我沉没在火山炽热的岩浆中

1

梁载道约见我的地方也是一家高档私人会所。看来他对成都并不陌生。

这并不是谈发展的好时机。最近，我头顶桃花盛开，老树思春，无心国事。可毕竟他亲自飞来成都，而且告诉我，还有一个更加尊贵的客人。上市计划目前而言，并不显得迫切。上海方面的资金已经出现盈余现金流，而成都项目每年至少有两亿的盈余现金。我可以慢条斯理地将这些盈余现金投入到浦东项目二期的建设。这场会见对我仅仅是尽地主之谊的一场应酬。

在会所包间，我见到了姗姗来迟的梁载道和他身后一个表情倨傲的年轻人。我跟梁握手时，他却毕恭毕敬地让开，引着我来到身后的年轻人面前道："这位是陈总。"握手时，陈总几乎像女士一般，跟我的手略碰了碰，便撤了回去。看他的年纪不过20多岁，瘦高个，穿着看不出品牌的休闲西装，皮肤保养良好，一脸淡漠。这样摆谱，应该是官宦子弟。

对于这样的公子哥自己从来不怵。场面上的人我见多了，越是有力量手段的人，越是谦虚低调，或故作低调；越是把老爹的官衔摆在自己神色间的，越是草包。我不打算求人合作，甚至不打算跟这两人交朋友。所以，从容不迫到了心不在焉的程度。

包间里只有我们三个人。我举杯道：

"陈总，梁总，欢迎到成都。今天算是我给两位接风洗尘。有什么需要我效劳的，尽管吩咐。"

陈总坐在我右侧，对杯中的红酒浅尝辄止。我也不打算跟他酒逢知己地豪饮，也细细地品着杯中的拉斐。

梁总见我总不冷不热扯一些闲闻，便主动把交谈拉向他的主题。

"余总，上次在杭州跟你交流上市的思路，现在有没有考虑？"

我微笑道："梁总，我回来跟几个合伙人商量了一下，大家都觉得这种事离我们太遥远。暂时还没提上日程。"

"余总，古人说得好，人无远虑，必有近忧。实话实说，成都是我们这次考察的第三站。主要是针对你的嘉通公司。在这之前，我陪着陈总去了北京和南京。那里分别有两家商业模式跟你们几乎相同的电器销售公司。除了你的老对手佳美，还有一个后起之秀叫苏购。有意思的是，他们也跟你一样，不仅正在谋划全国布局，而且，佳美已经开始向香港联交所咨询上市细节。你们这些电器商城，没有技术含量，没有行业壁垒，拼到最后的，一定是规模。谁能够率先进行全国布局，谁就能抢占先机，立于不败之地。我说得没错吧？"

他说的那家苏购公司我有耳闻，并且已经在上海见到，也是最近一两年迅速崛起的电器公司。它跟佳美的发展模式相近，都是规模优先，轻资产上阵，开店速度惊人。我明白他说的有道理，更对佳美的上市企图暗自心惊。表面上看，我的持有型物业增值惊人，但核心问题在于，它必须依托电器商城的良性发展。如果电器商城被人打垮，商业资产增值便无从谈起。从现在算起来，我应该还有两三年的时间，要么坚持全国布局路线，跟这两家拼规模，拼速度；要么把电器卖场转让出去，转型为单纯的商业地产开发商。

"梁总，你刚才分析非常到位。我也清楚，要么去拼全国市场，要么拿着现有资金作一些小打小闹的开发项目。不过，要想全国布局，不仅得谋划上市，获取巨额资金，还得培养大量的职业经理人团队。这个工作对我实在是太艰巨了。目前，我暂时还没下定决心。"

一直没怎么说话的陈总忽而说道："余总，不知你还有没有印象？我们其实在双林县就有过合作。"

我惊讶道："不会吧？陈总，咱俩今天应该是初次见面。"

"当然是初次见面。不过，你在双林项目那块地，却是我转让给你的。"

"这么说你才是那家北京公司的老板。"我恍然大悟。

他微笑道："不仅双林项目用地，据我所知，你在浦东那块地，也拿得非常侥幸。如果你今后还想做开发，可能再没那么好的运气了。你在成都，之所以受地方政府欢迎，并不是因为你的地产开发，而是电器商场对商业的拉动效应。设想，两三年后，这两家企业成为全国性大公司，他们搞一次统一的降价促销，便可以置你于死地。如果没有电器商场作依托，你商业资产的价值又如何保障呢？"

我淡定地看着陈总，心里却在翻腾。这个公子哥模样的人看来也不是个草包，一出手便点在了我的死穴上。

我沉吟道："不知陈总有什么好的建议？"

陈总微微一笑，看了看梁载道，后者随即会意。

"我来说吧。"梁载道扶了扶眼镜道，"如果跟陈总合作，在上海，在江浙地区，甚至在全国经济发达城市里，你看上哪块地，都能给你拿下来。而这还仅仅是一部分优势。合作成功后，一年之内便能让嘉通上市。为你筹集数十亿资金，让你能够从容地进行全国布局。"

梁载道所谓这个合作题目显然太大，我不知该如何回答，一时踌躇不语。

梁总继续道："余总，为了让你明白这种合作的意义，我再把话说远一些。现在余总你背靠的是华蓉集团。这个系统在成都算是大树。但在江浙，在全国，根本不值一提。在当下，一个企业想要发展成全国性公司，要打通那么多地方政府关系，获得资源和支持，没有一个全国性的支持系统，是难以想象的。商业的背后是政治，商人的背后当然是政治家。现在《胡雪岩》这套书全国热卖，大家都在学习这位红顶商人的发迹史。可胡雪岩最后之所以倒闭，并不是因为跟洋行商战，他是输在系统。左宗棠已经没落，而李鸿章正冉冉升起，弃暗投明，或者说步入更高更大的平台，是一个商人必须去做出的明智选择。我想，我表达的已经非常清楚了吧？"

这哪里是洽谈上市，分明是暗示我改换门庭。我如梦初醒。

"陈总，梁总，我不太明白的是，嘉通在上海只是一个小公司，为什么会让两位如此看重？"

梁总道："还是让我来回答你这个问题吧。嘉通跟上海的许多公司相比确实属于小公司。不过，目前经营良好。在上海崭露头角，发展势头很不错。公司的经营模式，我们非常看好。国家一两年内便要实施全面的土地招牌挂制度，今后要在土地市场上拿地，不再像现在这么方便了。而嘉通以电器商场为主业，无论是否实行招牌挂制度，都可以用商业项目来进行土地挂牌，可以成功绕开政策壁垒。其二，目前嘉通的盈利能力和净资产情况，我们也略知一二，基本是符合上市条件的。最后，嘉通是外地公司，跟本地官场没有任何瓜葛。陈总身份很特殊，需要跟这样干干净净的公司合作，当然，也需要有合适的人选在前台表演。"

我心头一片乱麻，沉吟半支烟功夫，重新堆起笑容道："合作的事情，容我考虑几天。大家今天能聚到一起是缘分。来，我们喝酒……"

2

在剑门蜀道的翠云廊，有一颗长歪了的千年柏树，被称为"阿斗柏"，树干中空，可容一人藏身。据说是当年蜀国被灭，阿斗被押解去许昌途中避雨的地方。在成都武侯祠，有一座诸葛亮的衣冠冢，厅堂里题满文人名士的纪念文字，如今已被改造成一个幽静的公园。我在这两个蜀国故地，都发过思古之幽情，对六出祁山胸怀天下的诸葛亮心怀敬意，对未及享乐便不幸被俘的阿斗深表同情。千秋功业如梦，最终不过与映阶碧草与隔岸黄鹂为伴。其实，穷困潦倒时，人人心中都有一份慷慨激昂的"出师表"，不获荣华终不还；功成名就后，人人心中又各藏着一个"阿斗"，桃花灿烂，何苦北伐？

会议室里，我正在跟老冯等人开会，讨论公司战略转型以及是否启动上市工作。自己有些拿不定主意。从格局上来看，不谋全局者不足谋一隅。无论跟梁载道合作与否，家电零售业大竞争格局已然形成。佳美、嘉通、苏购，三国争霸，不进则退。就奋斗初衷而言，如今似乎已功德圆满，该当南窗高卧，背对喧嚣；携着如花美眷，和一屋子金银财宝，逍遥浮世。心中的孔明和阿斗开始交战不息。

接到清楣的电话，感到非常意外，对她是否还需要租借肩膀，颇为好奇。

"余野，我在峨眉山。你能过来一趟么？"

"我的大小姐，大冬天的，你跑到峨眉山去干吗？好好好，别挂电话，具体哪个地方？我马上开车过来。"

我放下电话，中断会议，心急火燎开车向峨眉山奔去。还好，她在报国寺。峨眉山有个著名的舍身崖，在接近金顶的地方，壁立千仞，无比陡峭。那里每年都有不少痴男怨女飞身而下，是国内著名的殉情圣地。我生怕她告诉我，自己在金顶附近，想再见我一面。高速路还没有通车，我只能走老路。路况差，车流量大。我一路见车超车，车开得疯狂野蛮。总算运气不错，没被埋伏路旁的警察拿下。即使这样，到达峨眉山脚也用了三个多小时。

拨打清楣电话，无人接听。我只好气喘吁吁疾步来到报国寺。再次拨打，还是无人接听。我简直要疯掉了。这个傻丫头从没受过挫折，又心高气傲，现在不知会不会因为感情问题想不开。我在报国寺内焦急地四处寻找。冬季，这里游人稀少。我蹿上蹿下乱找一气，心像是在油锅里一样，无比煎熬。我不停拨打她的手机，正在绝望之际，忽然有人接听了，正是清楣的声音。

"清楣，你人在哪儿呢？我都把报国寺找了几遍。"

"你这么快就到了？啊，我在红景山宾馆等着呢。"

这家宾馆是本地著名的度假宾馆，离报国寺非常近。我急匆匆赶过去，在宾馆大厅休息区，看到她坐在那儿发呆。

我铁青着脸坐在她面前，她诧异道：

"你这么严肃干吗？我欠你钱了么？"

我声色俱厉数落道："清楣，你多大了？以前你说我是大玩童，你看看你，大冬天，跑到这冰天雪地、荒山野岭来干吗？我刚才打你电话，一直没人接听。快把我急死了。幸好你说是在报国寺，我想你最多削法为尼。你要说你在舍身崖，我打不通你电话，非下到崖底找你不可。你想吓死我么？"

她惊讶地看着我，笑道："我要是在舍身崖，你打不通我电话，难道会跳下来找我么？"

我气呼呼道："别以为我不敢。我疯起来，这世上就没几件我不敢做的事。"

她深受触动，柔声道："余野，真的不好意思。我刚才手机扔在房间里，没想到你来得这么快。回房间才发现你给我打了十多个电话。对不起啊，别生我气好么？"

"叫我大哥，请我吃饭，让我消消气。"我梗着脖子气呼呼地看着她斜上方的天花板。

"好了，好了，余大哥，我请你吃饭。这么大人了，还要我哄你。我不过来这里散散心，哪有你想的这么严重？"她笑道。

我扭过脸看着她："你说你究竟怎么回事？一个人不声不响跑到这儿来。这什么地方？冬天本地人谁到这里来？你最近为情所困，这里有殉情圣地舍身崖，我又打不通你电话，哎，你说说，我能不着急么？"

"我就是想出来清静几天。把许多问题想清楚。一个人呆得无聊了，就给你打电话。没想到你气势汹汹，一来就教训我。"她微微噘了噘嘴，有点撒娇。

我真有点傻了。这个大小姐真的有点要人命。

"清楣，我上辈子一定欠你几两灯油钱，要不然不会被你这么折磨。好吧，你都参悟了哪些人生重要道理，说来听听。"我抚摸胸口道，"唉，现在心里还没消停，我的小命迟早要被你收掉。"

"你真的这么在乎我？"她眼波盈盈地看着我。

我无法回答这个问题，也无法面对她这种布满柔情的眼光。相比之下，自己反倒更适应以往那个咄咄逼人的林清楣。

"吃饭，吃饭。我刚才担惊受怕，现在饥寒交迫。得去喝二两小酒压压惊，走吧，我的大小姐。"

她高高兴兴跟我上车。我们在附近找到一个吃汤锅的地方。当热腾腾的什锦汤锅，和本地流行的煮啤酒上来时，我已经原谅她如此鲁莽的召见了。

"余野，我敬你一杯啊。刚才让你担心了。不过，我真的挺感动。"

"你是妲己，专搞烽火戏诸侯。"我笑道。

她把玩着手中的酒杯缓缓道：

"那次刘悦堂请客，你当着大家向我倾诉时，我理解不了那种感受。现在，我明白了。余野，谢谢你能这么在乎我。就像那天晚上，我在你肩膀上哭了一晚，才感觉到，有这样一副肩膀在我身边，真好。"

我越听越不对劲。孤男寡女在这月黑风高的异地，这样暧昧地喝着酒聊往事非得出事。她看我的目光异常柔和，甚至带着某种亲密。我有种在劫难逃的痛苦预感，混合着对接下来将发生什么的致命好奇。

"那天在酒吧里，好多人看到这么漂亮的姑娘在我怀里痛哭，都想揍我。"

"你就是欠揍。你对谁好的时候，无微不至，赴汤蹈火。然后突然就玩消失，人影都见不到。本来使唤你都已经习惯了，忽然你人去楼空，会让人很不适应。你总这样欲擒故纵，是不是？"

"我上次给菲菲提意见，让她不要再叫我二爷，不文雅。她就给我起了个绰号，叫替补情人，或者爱情备胎。总之是给人做偏房的意思。等原配不行了，就升我来填房。她说女孩最理想的配置是，一个正儿八经的爱人，一个像我这样的替补选手。跟原配闹翻了，就在我肩膀上哭一晚，然后继续跟正室缠斗。哎，我凭什么就一定是千年老二？大家讲道理。你和刘悦堂好的时候，嫌我碍眼，我就乖乖消失。现在你们俩闹别扭，一个电话，我就八百里加急飞奔过来。有这么欲擒故纵的男人么？我在家里都不喝茅台，只喝'剑南春'。像我这样的贱男，也在渴望春天。"

她咯咯笑道："你真的像个怨妇，唠唠叨叨的。"

"被你逼的。"

她幽幽道："谁逼你了？我就是给你打个电话，你也可以不来啊。"

我叹息一声道："清楣，在国内，你一个电话，我随时随地，一张机票就飞到你身旁。今后到了美国，可别这样任性了。要学会照顾自己，好好生活。我经常宠着你，因为年龄比你大，阅历比你多。你和刘悦堂之间，更多应该是一种平等，相互的关爱。美国，实在太远了。我除了祝福，没有别的办法来帮你了。"

她幽怨地看着我："你知道我最烦你什么？就是一直吊儿郎当，玩世不恭，然后冷不丁用一堆肉麻的话感动别人。真的烦你，烦你……"

我拿她没有一点办法，灌了自己几口闷酒。

她仿佛陷入沉思："那次，我问爸爸，是怎么跟你认识的？爸爸说，当初，你风风火火跑到他办公室来，本来是谈项目，被拒绝后，变成你激情倾诉梦想。他迷迷糊糊就被你打动了。爸爸是在开玩笑。不过，我们确实经常迷迷糊糊被你打动。去年春节，你从上海赶回来到我家里过年，你眼圈红红的对爸爸妈妈说，他们今后就是你的亲人，我们都被感动了。余野，你一直很强大，从不认输。我从来没见过这么强大的男人，会为这么一点点温暖细节落泪。从那个时候，我就不自不觉开始牵挂起你了。"

我低头看着酒杯，不知如何是好。林伯伯全家如今待我如同家人，此刻清楣又说心里开始装着我。我跟晓雅的事，可怎么说得出口？

"清楣，以后别乱找地方思考人生。我刚才路上一直在想，你在报国寺干吗？我生怕自己来晚了，到了寺里，看见一个光头妙龄女尼对我说，施主请回吧，贫尼法号清眉。"我努力跟她打趣道。

"我才不会呢。这么好看的头发我才舍不得剃。"她抚摸着自己的长发，眼波流转看着我道，"余野，你说我长得好么？"

我盯着她红润的脸，缓缓道："你是大美人。不过，美得霸气，恃强凌弱的那种。"

"谁恃强凌弱了？我凭什么就不温柔了？我现在就柔情似水给你看。"她说着，赏了我一个妩媚眼神。

我摸着胸口道："别这样看着我。大小姐，你这样让我很不踏实。不要把你的魅力施展在我的痛苦上。我有女朋友了，马上就要谈婚论嫁了。"

她狡黠道："那为什么我一个电话你就风风火火地跑来？刚才找不到我，急得魂都没了？"

我无言以对。

酒不能再喝。我草草结束宵夜，开车回到宾馆停车场。从车上下来，夜风刺骨寒冷。清楣只穿了一件长毛衣，缩着身子跟我并肩向宾馆走。我脱下外套，给她披在身上。她默默裹着我的衣服，很温顺。走到半路，她停下来，指着夜空对我说:"看到星星没有?这里看到的星星比去西安的路上还要多。"

我冷得发抖,打肿脸充胖子,无可奈何颤抖着看着满天繁星,感觉一点也不浪漫。

"你不是说,跟你看星星的女孩,最后都是别人的女朋友么?"

"我现在有钱了,都是陪女朋友在美国大片里看星星,不看免费的那种。"

她忽而说道:"我决定了,不去美国了。"

"为什么?中国的星星比那儿的漂亮?"我恨这星星恨得咬牙切齿。

"因为你。"

我愣住了,傻傻地看着她。她也看着我,目光如火焰跳动。

"我冷。抱着我。"

我脑子一片混乱,手臂却在缓缓移动,轻轻地搂着她的肩膀,将她揽近我的胸口。她的嘴唇自然而然地靠近我的嘴。我绝望地挣扎了几秒钟,嘴唇浅浅地跟她的唇轻轻碰撞,试探,随即便放弃了一切努力,跟她热吻起来。这是一种无法描述的感受。一种征服的快乐,一种随波逐流的颓废,一种火焰扫荡般的痛快和焦灼,一种不计未来只活在此刻的狂热。我吻着自己曾追求多年的女孩。这个高傲的公主,现在已在我怀里,这样的吻充满刺激和挑战,深渊一般令人战栗,悬崖一般令人诱惑。它早已超出肉体欲望,变成一种灵魂深处的快感。黑夜和闪亮的星光都倒灌进我沸腾的心里。我吻着这个美丽的女孩,感觉世界已崩溃成星云,自己已沉没在火山炽热的岩浆中。那座金光闪闪的顶峰在我心中晃动着……

一直来到清楣房间门口,我才以最后残存的理智从疯狂的激情中艰难挣脱出来。

"晚安,清楣。"我扶着墙壁,带着崩溃前的最后宁静说道。

她眼神复杂地看了看我,犹豫了片刻,轻轻走进了房门。

3

这个古老国家的国运,据说跟季风密切相关。每年春天,携带着暖湿气流的东南季风吹拂大陆,跟西北来的冷风交汇,产生降雨。东南风跟西北风交锋的范围和地点经常发生变化,导致旱涝不均。季风不至的地方,土地干旱,颗粒难收;季风超长停留的地方,大雨如注,洪水泛滥。古老土地上很难有风调雨顺的时候。历史上的那些饥荒、动乱、战争,都直接或间接源自这股难以捉摸的风。

一个规划局的朋友告诉我，以前像他们这样毕业于冷门专业的大学生，走上工作岗位，又是专业性极强的清水衙门，非常清贫。他结婚时，租用别人的房子，家电都是用了一年时间慢慢置齐。他过着清苦安静的日子。忽而有一天，国家取消了福利分房，房地产企业如雨后春笋涌现。越来越多的人开始踏进他们这个曾经冷僻的办公室。这些人会请客吃饭，送烟送酒，逢年过节还要带来一两千的礼金。除了这些普遍性礼节，如果遇到规划指标调整，会有更高酬谢。刚开始，他胆战心惊收下这些礼金。后来，渐渐成为一种行业惯例。再后来对一些特殊项目特殊指标的调整，直接带来上百万收益。他的财产迅速增长到上千万。那天跟我单独喝酒时，他说，已经有种不祥的预感了。离开酒桌时，他告诉我，命运很奇怪，在一段时间里，什么也不给你；又在另一段时间，把你想要和不想要的东西一股脑塞进你的生活。几天后，因为一个被曝光的违规审批案，他被纪委双规。

十大杰出青年颁奖晚会的电视节目播出后，各路朋友纷纷祝贺，几个地级市的领导纷纷邀请我去投资项目，表示愿意给我最好的地段，最优惠的待遇。

我疲惫地应对着各界的问候祝贺。这不是我想要的结果。当初，仅仅是想拿这块铜匾为自己开光添彩。如今，我却给自己的命运打了一个死结，无法面对。

我不知该如何同时面对清楣和晓雅。我已把温柔妩媚的晓雅当作自己的妻子，而美丽高傲的清楣也几乎同步与我的命运缠绕纠结。30 岁以前，我的情感世界一片空白，只有跟我相处半年的秦娅，还有自己暗恋的丁兰。现在，我却同时获得这对姐妹的爱情。对一个男人而言，跟她俩之间的每一份感情都值得耗尽一生。而同时收获这两份珍贵情感，却是有罪的，暴殄天物，不可饶恕。我想不出答案。坐车或开车在路上时，甚至希望能发生一起车祸，得到一种彻底的解脱。

千禧年元旦越来越近。所有的媒体，所有的关注，都齐刷刷投入到对 2000 年的探测、憧憬和遐想中。那些关于千年虫的无聊讨论，那些关于千年之交灾难降临的传说，那些关于新千年奇思妙想的电影，充斥在周围。人人都喜气洋洋等待着十多天后的钟声，等待着千年一次的传奇故事。热恋的情侣准备在这一年结束爱情长跑，年轻夫妇准备在这一年生养千禧宝贝。企业家们等待着国门开放后，WTO 全面来临。所有人都在期待，只有我在等待着命运的审判。

这个盛大的元旦庆典，她们俩姐妹都会让我单独陪伴着去见证这伟大千年的来临。我只能暂时消失，等元旦后，再把自己交给她们审判。

我原本已经得到了这世界上自己渴望的最高奖赏。一个我爱的女孩，一个来自名门大家族的温柔妻子，一个温暖的家庭，一个自己努力奋斗多年的归宿。现在，如果不能迈过这道坎，一切都将归于虚无。

4

龙哥的电话把我从呆坐家中的沮丧中暂时拯救出来。他要秘密带着老婆、孩子来成都。半年前，我已经为他选好了一处房产。他来看过后，非常满意。我已经把房子装修一新，所有家具家电全部置办齐备。这个小区物业管理良好，里面住着几千户居民，非常适合安静无为地生活。

整件事情都由我一个人秘密经办。这是龙哥再三嘱咐的。在机场，看到龙哥，甚至都没有热烈的拥抱和问候，彼此点点头，他和身边的一个抱着孩子的女子，便跟着我上了车。如同当年地下工作者秘密接头。我直接把车开到装修好的新房子里。三室一厅的房子，装修简洁不奢华。家电家具一应俱全。儿童房的墙纸上，贴满蓝色星星，温馨宜人。龙哥看了良久，叹道：

"兄弟，费心了。"

"龙哥，跟我还客气什么。等会儿我们一起吃饭吧。"

他摇摇头道："我跟她们母子等会儿在楼下随便找个饭馆吃饭，晚上咱哥俩好好聊聊。"

我点点头，摸了摸那孩子红彤彤的小脸，对那女人道："嫂子，我先走了。今后有什么事情随时给我打电话。"那女人点点头，她是那种普通到不能再普通的闽南女子。

晚上8点，我把龙哥接到一个私密的会所里。

"龙哥，怎么这么谨慎？"

他端着酒杯，欣赏着里面的金黄色液体："老弟，我告诉过你，干我们这行的，找不到上岸的时候。现在，我最牵挂的就是她们母子俩了。把她们安顿好，我就什么也不怕了。呵呵，这次来，除了安顿老婆孩子，也想跟你再叙叙旧。咱哥俩能走到今天都不容易。"

"是啊。我们挣扎了这么多年，其实真不知道最后能剩下些什么？"

他盯着我道："老弟，你正是春风得意，怎么也这么悲观？"

我拿出一张股权证书，递给他道："你上次转过来的3000万，我全部给你投到上海项目里。以嫂子的名义持股。"

他收下这些证件和文件，道："她们母子俩现在住的房子，好像是你单独出的钱，我回去后划给你。"

"就当我一点心意吧。咱们兄弟俩不要算得那么清楚。"

他笑道："我一生不想欠谁，可这次确实不想算那么清楚了。谢谢你，老弟，我想让孩子今后过得清清白白。有了这份基金，我就放心了。今后如果有什么不测，还要拜托你照顾嫂子和侄儿。"

我低沉道："这事义不容辞。龙哥，我还能为你做些什么吗？"

他摇摇头道："你已经做得够多了。呵呵，现在该谈的是，我能为你做些什么？"他从口袋里掏出一张图纸，"这是三亚海边的一块地。口岸很好，价格也公道，我想帮你拿下来，投资酒店或者房地产，都行。你放心，我的公司不会搅和进去。算是我个人的一点心意。"

"龙哥，咱俩的交情还要搞这些礼尚往来吗？"

"兄弟，我把老婆孩子托付给你，有可能是一阵子，也有可能是一辈子。有句老话叫：挑担子，远路不轻。我得给你备一份礼物，算给儿子聘请一位能带他走正道的师傅。这样心里才会踏实。兄弟，抽空去看看那块地，别急着拒绝。"

话说到这份上，我只好举起酒跟龙哥碰杯一饮而尽。而后，沉默不语，心神不定。

"你怎么心事重重的？"他问道。

我低着头，把弄着酒杯，想了又想，终于忍不住道：

"龙哥，我现在遇到一件非常棘手的事情。原本，像这样的事儿，应该我独自去面对。但这段时间我左思右想，实在没有办法。想听一下你的意见。"

他好奇地看着我道："哦？还有让你老弟束手无策的事情？说来听听。"

"我一直希望像你那样，找一个自己喜欢的女孩，生儿育女，过上正常人的生活。几个月前，我追求到了一个好女孩。为了她，我才出头露面，又是捐赠，又是十大青年。为的是让她家里人接受我。麻烦的是，我以前追求过她表姐，被拒绝了。前段时间，不知怎么回事她表姐跟男朋友闹矛盾，我一直安慰她表姐。结果，有一天彼此都没克制住，迷迷糊糊就走到一起了。我现在无论怎么做，都必然要伤害她们俩，实在是束手无策。"

他不以为然道："你说的那么隐晦。一个应该是林小姐，另一个也应该是上次来海南的几个女孩之一。我猜，是那个叫何晓雅的。"

我惊讶地盯着他道："你怎么知道的？"

"老哥毕竟是走江湖的，没点眼力怎么行？那拨女孩里，我看能入你老弟法眼的，也就那么两个。林大小姐是你恩师的女儿，你一直想报答。那个何晓雅，温柔乖巧，给你做老婆挺合适。让我来给你分析一下吧。换作其他的女人，不要说同时喜欢两个，就是左搂右抱七八个，对你这样的成功人士又算得了什么？你以前追求林大小姐没成功，来海南时，我看她有男朋友。你不知怎么又跟她表妹好上了，而且动了真情，正打算大张旗鼓迎娶她，结果被林大小姐杀了回马枪，你顾念旧义，没有拒绝。所以，现在脚踏两只船。一只船叫情，一只船叫义。这两个女孩都不是凡品。你左右为难，情义难以两全。选择了何晓雅，你便得罪了恩师，伤害了他女儿。选择了林小姐，你的绝配老婆又飞了。现在弄得束手无策。是这样吧？"

我黯然道："只怕两个都要飞走。还有林董，待我像自己儿子一样。可现在，我把自己最在乎的人伤害得一个都不剩。龙哥，你知道，我虽然是个混蛋，可从没伤害过对自己有恩的人。如果可能，我愿意拿出我的全部财产来弥补自己的过错。可没用。这真不是钱能解决的事。我倒真希望出一场车祸，一了百了。"

"呵呵，这个世界上能用钱摆平的事情，就不算个事情。同样，这个世界就算一了也并不一定能百了。余野老弟，想听听我的建议么？"

我萎靡道："你说吧。龙哥。"

"你是个男人么？"

我惊讶看着他："我说错什么了么？龙哥。"

"当年刀架在脖子上，没见你服软。亡命天涯，没见你萎靡。现在你怎么了？是个男人，就要敢于担当。错了，就去承担后果。想什么车祸？还要一了百了？当年我们敬你一声师爷，凭的就是你一身血性。现在你有钱有势有地位，怎么却像个软蛋一样？你要想感恩赎罪，首先得好好地生活。君子报仇，十年不晚，君子报恩，十年也不晚。我告诉过你，你最大的毛病在于性子太刚烈，动不动就想放下一切，不计后果。你知道现在有多少人把希望寄托在你身上？包括我，也要求助于你，把老婆孩子托付给你，你扛得起这份责任么？师爷，永远别忘了，你是有血性的男人，能屈能伸，不是个遇事就想放弃的软蛋有钱人。"龙哥激动地说着，我已经很少看到他这样动情了。

"龙哥，你真的把我骂醒了。我明白了。谢谢你。老大哥。咱们一路从社会底层走上来，必须要随时提醒自己，不能忘本。不能染上那些有钱人的娇贵脾气。"我如梦初醒，满满地斟上一杯酒，一口喝下。

龙哥缓了缓神，笑道："你小子不仅欠揍，还欠骂。当年跟我使勇斗狠那股劲，没剩下多少了。老弟，我提醒你，无论遇到什么事情，想想我们当年是怎么过来的。"

这一晚，我跟龙哥喝得酩酊大醉。心里那个死结，不需要解开了。我做错了，我愿意承担一切后果。像个真正的男人那样。

5

我在上海迎来了千禧年元旦，又在两天后飞回成都。

没有别的目的，暂时躲开清楣和晓雅，等过了这让人激动兴奋不眠，让人期待憧憬的千禧年前夜后，回来坦白自首。

在上海，我从罗媛那里大致了解陈总的身份，上海滩人称大公子，背景深厚。与他合作，确实有着眼花缭乱的前程。不过，现在，我不是一个冷静的企业家，而是一个痛苦煎熬的男人，根本无心那些成功霸业。龙哥说得对，当情义不能两全时，我却脚踏情义两只船。

我约清楣见面的地方，仍是那家红酒馆。有位哲学家说，历史上的事情，总是出现两次，一次是悲剧，一次是喜剧。我觉得自己在这里的经历正好颠倒。

我没有去家里接她，下飞机后，直接来这里等待。

弹钢琴的女孩变成了一个中年女人，运指更加娴熟，弹着我听不懂的世界名曲。音符跳跃、动荡，像心绪不宁的独白。旁边有几对外国男女在轻声聊天，喝酒。世界仍然安定祥和，我却要面对自己难堪的命运。

清楣比约定时间晚到了几分钟。看得出是化了妆而来，眉线精致，口红印出优美唇型，眼睛中焕发着神采。她脱下大衣，露出修身的米黄色毛衣，身材婀娜。她是为约会而来，我却注定成为摧毁这个夜晚的混蛋。

她微笑看着我，我勉强微笑相应。峨眉山之后，她对我真的不同了。

"什么时候回来的？"

"刚下飞机不久，直接过来等你。"

"怎么不到家里？非来这儿？"她自然地问着，有种别样的亲昵。

看着她眼中流露出那种只有恋爱女孩才有的脉脉温情，我感觉自己积攒的那一点勇气正在灰飞烟灭。我在心里不停骂着自己混蛋，脸色在痛苦中黯淡下来。只是不停告诉自己，我是个男人，必须承担这一切。

"你怎么了，脸色那么难看？"她关切问道。

"清楣，我犯了一个大错。请允许我一口气说完。否则我真没勇气说下去。"我点燃一支烟，手在颤抖，低着头，稳了稳神道，"几个月前，我一直想告诉你，可一直没有机会。我对你说我有女朋友了，那个女孩就是晓雅。"

她惊呆了，目光直直看着我。

我低着头继续道："其实从三亚回来，我们俩就有点弄假成真了。不过，她无法面对家庭和老吴，一直没再跟我联系。直到有一天她给我发短信，说要结婚了。我意乱情迷，当天就飞回成都，就在这里，我吻她，让她跟我走，嫁给我。她没有拒绝。我们就正式在一起了。我害怕她家里还有你们这些亲戚反对，让她给我一段时间。我捐款给联大，参选十大青年，都是为了提高身价，为见她的家人做好铺垫。中间，林伯伯病倒在西安，我跟你一起去送药，我一路都在找机会想告诉你，可阴差阳错，都没有交流成功。碰巧你正遇到跟刘悦堂的感情危机，你约我喝酒，我安慰你，谁知竟越走越近，直到在峨眉山，我没有克制住自己。请相信我，我宁愿自己去撞车也不愿意伤害你。可现在，这些都是废话。我做错了。我愿意承受一切责罚。"

她呆呆地看着我，眼泪滚滚而下。我心痛得难以复加。

良久，她缓过神来，努力用一种镇定的语气问我：

"我想知道，你现在是怎么考虑的？"

我沉重地说道："清楣，以前我一直追求你。你选择刘悦堂之后，其实我也就死心了。你跟刘悦堂青梅竹马，门当户对，我感觉自己有些自不量力，干脆躲得远远的。后来我跟晓雅好了，感觉自己这么多年终于找到了感情归宿，在心里已经把她当作我的妻子。没想到现在却犯下这样的错误。如果你和晓雅肯原谅我，我会迅速跟她结婚，到上海或者国外生活。如果你们不原谅我，我也会理解，那是我自作自受，我会永远退出你们的生活。"

她点点头，冷冷说道："我不会原谅你的。祝你和晓雅幸福。"说着拿起提包和大衣，站起身向门口走去。

我跟在她身后。她一言不发走出门，站在路边，向远处出租车招手。我沉默地站在她身旁，感觉说什么都是多余。出租车停下，她坐上车头也不回地走了。

我呆呆看着她远去，直到酒馆服务员追到街上把帐单递给我。

无论结果如何，我终于开始面对自己的命运。

6

我回到家里，晓雅在等我。

我拉着她的手，跟她一起坐在沙发上。她温柔地看着我，眼中闪烁着柔情和依赖。那目光像是冰河世纪来临前的最后一抹温暖夕阳。

我从几近麻木的状态中苏醒过来，缓缓将这段时间发生的一切都毫无保留告诉了她，包括刚刚跟清楣结束的对话。最后，我说道：

"晓雅，我一直认为你是我这么多年情感长跑的最后终点，我的归宿。在我心里你已经是我的妻子了。我可以放下现在的一切，放下野心勃勃的事业，跟你去国外找一个安静地方生活。我只希望你原谅我的错误。我对清楣的感情是感恩和报答，对你，是爱。晓雅，我离不开你。"

晓雅静静地流着眼泪，听我说完，一言不发。

"晓雅，说话呀。你肯原谅我么？"

她泪眼婆娑看着我道："小野哥，我该怎么办？清楣是我表姐。林伯伯是我姑父，也是你老师。如果我原谅你，我们又该怎么办？我们该怎么面对他们？"

我垂着头道："我们没法面对他们。我想好了，只要你跟我在一起。这里的企业我都不管了，那些荣誉和地位都统统扔掉，一切都无所谓了。我们一起去美国，或者欧洲，用时间来解开这个结吧。"

她摇摇头道："我们不能这样一走了之。不解决好你跟表姐之间的问题，我没办法安心跟你在一起。我的根还在这个大家庭里，不能跟你私奔。你要爱我，就得明媒正娶。要让我堂堂正正地嫁给你，就绕不开姑父和表姐。"

我感觉晓雅的态度并没有拒人千里之外，给了我一个空间和余地。

"你说得对，逃避是没用的。我惹的祸必须得去解决。唉，可清楣说了，她不会原谅我。我该怎么办呢？"

"表姐性格刚强，服软不服硬，从不愿认输。"

"是啊。她家根基深厚，根本不在乎钱。我又没有色相，怎么感动她呢？"

晓雅想笑又气，眼泪流了下来。

"小野哥，这个时候你还有心乱说话。"

我赶紧说道："晓雅，别生气。我现在脑子乱糟糟的。但请你相信我，我一定会把这件事情处理好。为了你，我会想尽一切办法的。"

我将她抱在我怀里。晓雅喃喃说道：

"小野哥，现在我原谅你。可你不要再伤我的心了。如果今后你对我不好，我真的要躲起来，让你再也找不到我。"

第四章
守住爱情的，永远不是道德，而是魅力

1

老沈已调至华蓉证券任老总，几次盛邀我去他办公室。这次，我动心了。清楣在那儿上班。春节后，她真的没去美国，也再没搭理我。

看着他办公桌上摆着三台电脑，我笑道：

"老沈，你一个人看三台电脑，累不累啊？"

"老余，这你就不懂了。我们靠行情吃饭，得一边看大盘，一边看个股，还得同时关注新闻。"

"现在股市挺火，老沈，你们赚大发了吧？"

"别提了。我刚来半年，前段时间公司跟炒网络股，亏得一塌糊涂。我一直想说服林董跟基金联手控庄，他不愿意。现在公司自营盘亏损几个亿，我正发愁呢。你老兄不是外人，得帮我想点办法。"

"我又不懂股票，能帮你想什么办法？"

"你不看僧面看佛面。今年集团投资了几个大型项目，遇到国家政策调整，大部分停工。几个亿的呆账坏账不知该怎么处理。你知道林董为啥把我从信托公司调过来，就是想通过证券自营，弥补亏损，结果让我又添了几个亿的新窟窿。我辜负了领导的信任，让林董现在的日子非常难过，四面楚歌。老余，林董那么扶持你，这种时候，你总不至于袖手旁观吧？"

"真有这么严重？"

"当然了。现在国有企业都在搞兼并重组，这个节骨眼上出现这么大亏损，集团地位将受到空前挑战。这还不是最重要的。像我们这种国有企业里，派系林立，各个背后都有山头。现在不知有多少参劾林董的本子都摆在省里，一旦亏损不能挽回，林董不仅要狼狈离职，一世英名都将付之东流。"

我惊讶道："从没听林董说起过这些。没想到他现在处境这么艰难。"

"他那么要强，怎么跟你这个学生说这些？"

我点点头道："听说他女儿也在你这儿？"

"没错。我把她放在政策研究室。工作轻松点，还能学到些东西。"

我脑子里转过几个念头，问道："老沈，前段时间有个上海的证券公司跟我谈公司上市事情，你觉得有价值么？"

"当然有价值了。你成了上市公司后，不仅可以融资，还可以在二级市场跟庄家合作，一起联手坐庄。那才是呼风唤雨呢。"

"我听说公司上市前，要进行股份制改造，引进有影响力的战略投资者，如果让你们集团战略持股，那么一年后我的公司上市，你们不是可以大赚一笔？"

"理论上是这样。不过，上市指标非常紧俏，你有那么大能耐保证公司一年就可以上市么？如果不能上市，那么这些战略投资又成了死钱。"

我点燃一支烟，若有所思道："你别管我能不能做到。你只需要告诉我，如果我有家上市公司，你们集团如果跟我一起操作，能不能在二级市场赚到钱？"

"百分之百赚钱。这个市场上哪个庄家不是跟上市公司紧密合作获得成功的？简单说吧，我们建仓时，你就放利空消息。等我们完成建仓后，你再告诉大家，你的利润暴增。我们顺势拉抬，等炒家大量跟进，我们便出货。你以为做庄很神秘么？不过如此而已。"

"这样操作，法律上有没有问题？"

"股市里群雄逐鹿，成王败寇。庄家都是这么干的。关键看你是输是赢，如果你赢了，你就是合法的；如果你输了，你可能就是非法操纵股市。目前，关在大牢里的，都是输家。"

我认真对老沈道："我明天就飞回上海。两个星期之内给你答复。如果这条路可行，我需要你做到两点：第一，说服林董参与我公司的股份制改造；第二，让他的女儿参与到项目组。你觉得如何？"

沈总兴奋道："如果真能这样，老兄，你就帮了我们华蓉集团的大忙，还给你的老师解围了。我们感谢还来不及，会有什么问题？你提的两个条件，根本就不是什么条件。我等你消息。"

我第二天就跟冯志一起飞往上海。跟罗嫒会合后，秘密地呆在一家酒店房间里召开董事会，认真探讨关于上市的问题。

"老冯，小罗，我以前说过，我们的企业发展不是无止境的，它需要一个终点。

这个终点就是上市。前段时间，梁载道带着那个陈公子来成都专门跟我探讨公司上市的事情。我当时没答应。现在，国内家电市场里，苏购正迅速崛起，佳美也在谋求香港上市。虽然我们在成都仍然占着上风，但佳美在上海已经有五个店了，今年在上海的销售收入将远远超过我们。当时梁载道跟我说过一句话，他说等佳美和苏购这些企业完成全国布局，搞一两次大降价，便可以置我们于死地。我起初不太相信，但现在看来有些道理。做企业也像人在江湖，确实身不由己。所以，我想，得认真考虑公司上市问题了。"

冯志问道："董事长，公司上市一直是你的梦想，你拿主意不就完了，还需要大老远地把我叫过来开会么？"

罗媛缓缓道："听董事长先说说吧。"

"上市不是那么简单的事情。我的意思不是程序有多复杂，而是付出的代价是复杂的。"我看了看两人，站起身在房间里来回走动，"小罗知道，陈公子很有背景，他选择跟公司合作，无利不起早。在中国，上市指标是极为稀缺的东西。他能搞到这个指标，必然待价而沽。梁总和陈公子都是野心勃勃的人，嘉通一旦上市，必然成为他们在二级市场的摇钱树。我问过证券业内的朋友，他举过一个例子，说这个行业每五年就会换一拨叱咤风云的人物，前浪不是被后浪拍在沙滩上，而是被政府关在了大牢里。如果我们以特殊通道成为上市公司，就必然会成为这个庞大利益链条中的一个环节。"

"我也听过这个笑话，说证券市场最早的几个前辈平时难有时间聚会，突然有一天，他们开始朝夕相处，不过，却是在监狱里。"罗媛道。

"既然风险这么大，那干吗还要上市呢？"老冯迷惑不解道。

"有两个目的，首先是大量融资，然后在全国范围内开店。我们这个行业，没有规模就没有未来。还有一个目的，是套现。公司上市后，我们几个手中的流通股可以卖掉，拿到现金后，我们可以在上市公司之外进行新的投资。公司上市，其实是一场赌博，我们需要两边下注。"

罗媛道："董事长，您的意思是等公司上市后，我们卖掉部分手上的流通股，开辟第二战场，设立新公司，投资新项目。那部分不能流通的股份就放在上市公司里，随波逐流或是等着发展壮大。"

我点点头："就是这个意思。"

2

梁载道的办公室位于 35 层大厦的顶楼，视野空阔，足以俯瞰周围高低错落的楼宇和远处的黄浦江。

我跟罗媛在梁载道的办公室里喝着咖啡，与他的谈判像是在进行一场心理和气度上的博弈。

"余总，罗总，你们最后选择与我们合作，我很高兴。不过，我们的条件是，我们与关联方的战略持股要达到总股本的 40%，而且最多给你们两倍溢价。比如，如果最后设定的公司总股本为 5 亿股，那么我们投资 4 亿元，持股 2 亿股份。"

我摇摇头道："这个比例太高。你知道我们这家企业的根基在成都，这么多年一直受到华蓉公司扶持。这次上市我必须要考虑给予华蓉公司 20% 的战略持股，能够给予你们的持股比例也是 20%。"

他笑道："老余，你算过账没有？如果这家华蓉公司投资 2 亿元，购买你 1 亿股，就按 40% 的流通股比例，20 元的发行价，只要公司一上市，它便可以坐地套现 8 亿元。你这笔人情帐送得未免太昂贵。"

我也笑道："没有这家公司就没有嘉通公司的今天。就像没有你们加盟，我便很难上市，这是一个道理。梁总考虑一下我们的条件吧。我想说的是，初始发行利润，仅仅是一小部分。我相信真正的利润还在于大家在二级市场的合作。"

梁总想了想道："你这是站在自己角度考虑问题，感情因素大于客观的权重。如果我们换一个角度，能不能这样来思考，用 40% 的股权来获得一张稀缺的上市指标，是市面上一个通行价格。至于你愿意给予其他利益方多少回馈，跟这个上市成本无关，只是你们内部的股权分配。"

梁总态度比较坚决，自己也弄不清他说的这个市面价格的真实性。我犹豫着是否继续探讨下去。电话响了，菲菲的来电。这么重要的会谈，原本我是不会接听一些无关紧要的电话。但现在谈判陷入僵局，我干脆也不回避，直接在沙发上接听了。

"老余，你上次托我的事情，我有办法了。下个月歌神要到成都开演唱会，你去搞几张位置好点的票，我正好把清楣和晓雅都约上，她们两个都是歌神的超级歌迷，大家借着看演唱会的机会聚一聚，争取能够和解。正好，下个月晓雅过生日，你也可以借着演唱会拉拢一下你们之间的感情。"

这段时间，我跟清楣、晓雅之间非常尴尬。清楣不理我，晓雅顾虑重重，她们俩姐妹之间也相处别扭。我找不到更好办法来解决这些问题，只好请菲菲来做和平使者。

挂上电话，我也没避讳梁总，顺势便对身旁的罗媛道：

"罗总，下个月歌神到成都开演唱会，你给办公室交待一下，帮我弄几张位置好一点的票。"

罗媛笑道："董事长还有这个爱好？是不是讨你的那个小女朋友欢心？"

"我现在还是个老光棍。公司上不上市都是其次的，人生短暂，我不能总这么孤苦伶仃过日子，得先解决老婆问题。罗总你就不能同情一下我么？"

梁总笑道："余总这样的知名企业家，何必搞几张票呢？不如直接搞个专场歌友会。你说的歌神，他的经纪人正好跟我挺熟。我可以帮你联系，也算是给你老兄一个见面礼。"

梁总见我转移话题，也顺势找了个风花雪月的题目来冲淡僵局。

"搞个专场歌友会得多少费用啊？梁总，你别告诉我一个天文数字，然后让我用上市的利润来填窟窿。"

"呵呵，余总真会开玩笑。像这样的小型歌友会，经纪公司报价一般在四五百万，不过，我可以保证你在两百万以内搞定。这点小钱不会让你倾家荡产吧？"

罗媛叹息道："花两百万，博小美人一笑。你们这些男人好大的气魄。"

"我一把岁数了，哪有那么多风花雪月的调调？争取毕功于一役吧。梁总，你可得帮老哥我这个忙。"我诚恳地对梁总说道。

梁总笑吟吟道："我们从上市合作的商务谈判，谈成了解决大龄青年的相亲问题。像我这么有社会责任感的企业家能不照办么？咱们一言为定。不过，到时候，余总得请我来观礼。我真想看看是什么样的女子让余总能够放下上市大业，甘心攘外必先安内。"

3

我仰面靠在老沈办公室沙发上，像个收账的债主大爷。

"老沈，等会儿你请林清楣组长来面谈一下，然后找个借口溜走，我还有些私事要跟她谈。"

老沈一脸坏笑道："老余啊，你这算是公私两不误啊。怎么，贼心不死，还想当林家乘龙快婿？"

"哎，我说，你也是老江湖了。这些事情你非得弄明白吗？你现在应该关心的是嘉通上市大业，对男女娱乐新闻就不要太在意了。赶快去安排吧。"

老沈笑笑，拿起电话让秘书通知清楣到他办公室。

几分钟后，外面响起敲门声，清楣一身工作西装婷婷地走了进来。她的长发自然飘落肩膀，脸上画着淡妆，包裙下露出细长的小腿，穿着淡色丝袜。职业干练，素洁表情覆盖着雅致姿容，如银妆公主。

"沈总，你好，找我有事么？"她向沈总打着招呼，同时看到了我，一脸愕然。随即好像明白了什么，开始对我视而不见。

"小林啊，请坐。"沈总让清楣坐在对面沙发上，又指着我道，"这位余总，你应该很熟。他是你父亲的学生，现在也是我们的重要合作伙伴。我昨天开会让你负责的投资项目，就是对余总公司参股上市的计划。你是这个项目的负责人，今后要跟余总通力合作。"

我欠了欠身道："清楣，你好。"

清楣冷淡地瞟了我一眼，轻轻嗯了声。

沈总故作不见："嘉通公司各项财务报表都在这里，我们首先要从这些财务数据入手研究投资嘉通的可行性。"

清楣犹豫片刻道："沈总，您知道我刚工作不久，对这种专业性投资项目实在没什么经验，能不能请李经理他们来负责这个项目？"

沈总大手一挥道："小林，让你来牵头，是公司慎重考虑的。目前公司情况不佳，希望你能够勇挑重担。"

正说着，办公桌上电话铃声响起。他接起电话问答了几句，放下电话对我们道："余总，你们先谈。我还有个短会。"

沈总离开办公室，我和清楣开始单独相对。

"清楣，你还好么？"

清楣冷冷看着我道："余野，这是你的主意吧？我刚工作，从没经历过这样复杂的投资项目。你故意做这些干吗？想找机会见我，求得我原谅？"

我看着她有些憔悴的面容，心中翻腾着愧疚和怜惜。

"清楣，我没那么无聊。我原本在考虑公司上市计划，正巧碰到沈总。他告诉我，现在林伯伯的集团在项目投资和证券投资上都很不顺，亏损了近十个亿。现在林伯伯处境很不妙。我跟老沈商量，让华蓉集团战略持股我的嘉通公司，然后申请上市，通过资本溢价和二级市场操作来弥补亏损。这么多年，嘉通是被林伯伯一手扶持起来的。清楣，你认为我这是赎罪也好，报恩也好，总之，我希望这次我们一起为林伯伯做件有意义的事。这件事关系到你父亲的清誉和名声。我欠你的，跟这些事情毫无关系。"

清楣道："你可以直接跟我爸爸谈这些事，把我卷进来干什么？我现在根本不想见你，更不要说合作共事。"

我诚恳说道："清楣，无论你怎么讨厌我，你爱你的父亲，我尊敬我的老师，希望能尽自己一点努力帮助他扭转困境。我想这就是我们合作的基础。我现在不指望你能原谅我，但希望你能努力投入到这项目里面。你仔细想想，这样的项目，涉及我们两方许多核心商业机密，除了你，还有更合适的人选么？"

清楣低着头，没有说话。

我盯着她，一时也无话可说。房间里弥漫着一种令人痛苦的沉默。

良久，她抬起头说道："余总，没其他事，我就先过去了。"

我站起身，看她犹豫了片刻，还是拿起了茶几上的文件袋。那里面装着嘉通全部资料。我目送着她离开，心里松了口气。

项目组成立后，清楣立即便投入工作。不过，需要跟我交流时，她总是派出项目组其他人，很少跟我正面接触，保持着一种公事公办的态度。项目推进得非常顺利，两周时间，我们已经完善了基础数据，以及各项合作条款的制定和探讨。

项目合作框架协议签订时，沈总专门设宴招待双方主要参与人员。他兴高采烈地跟我频频举杯。我则心不在焉应酬着，眼睛总不自觉地瞟着隔壁桌上的清楣。由于双方高管全部参加这个仪式，首桌上全是老总级人物。清楣坐在邻桌，让我心神不定。老沈这种目光毒辣的老江湖很快便发现了我魂不守舍。他问办公室主任，怎么安排的位子？这个项目的负责人都没在这桌呢？办公室主任连连称是，赶紧让服务员在我们桌子上加了一张椅子。然后赔礼认错请清楣把位子换过来。清楣不愿意。沈总干脆亲自点名让她坐过来。她这才无奈坐到我们桌子上。

酒过三巡，趁着周围双方公司的人员捉对拼酒，我端起杯子来到清楣身边，对她道："清楣，辛苦了，谢谢你。"

她平淡地端起一杯饮料道："余总，不客气。"

"等会儿宴会结束后，我们能找个地方谈谈么？"

"没有这个必要。有什么事我们周一在办公室里谈吧。"她还是冷淡应答道。

我端着酒杯回到座位，情绪忽然很低落。

宴会结束后，沈总拉着我去 K 歌，我推说有事，下楼坐在车里等候清楣。众人散尽后，我远远看见清楣在路边等待出租车，便让司机把车开回酒楼。

我的车刚到，一辆出租车也刚好停在我车后。清楣拉开后座车门坐了进去，我下车，拉开出租车副驾的车门也坐了进去。

清楣愣住了，我却坦然对出租司机道："师傅，往前开吧。"

清楣道："余野，你究竟想干什么？"

我转过脸道："清楣，我们找个清静地方，不耽误你太多时间，给我半小时，好么？"

她没有说话，我让司机把车开到附近一个咖啡馆。

清楣气呼呼地下车。我跟着清楣走进咖啡馆内。

在座位上，清楣看着手表道："说吧，只有半个小时。你抓紧时间。"

我挠挠头发道："清楣，我也不绕弯子了。能告诉我，我究竟该怎么做，你才能原谅我？"

她冷淡道："你这么无聊把我带到这儿，就跟我说这个事？我原不原谅你，对你很重要么？"

"非常重要。得不到你的原谅和祝福，晓雅不会安心跟我在一起。"

她生气道："你跟表妹的事情，为什么总要跟我扯到一起？余野，你做事情怎么这么矫情？难道非要我给你发一张原谅证书么？我再说一遍，你们的事情跟我没关系。我只希望你不要这么缠着我，行么？"

我黯然道："清楣，我的生活乱七八糟。命运要么什么都不给，要么就一股脑地把好东西都塞给我。别的，我不多说了。上市工作一旦完成，我能够为林伯伯做的事情也就差不多了。我不会再这么胡缠你了。清楣，我只想告诉你这些。"

"希望你今后别这么无聊，见到你很无趣，再见。"她提起手袋，甩了甩头发，翩然离开。

4

我在大街上闲逛。

有些夜晚是艰难的，在那些有钱有闲甚至有召之即来的美女的夜晚，内心却空虚得像一场凌晨街头的车祸，一片支离破碎的现场，凌乱、陌生、诡异，布满碎片和血泊。目送清楣打车离开，自己心里空空荡荡。对这个女孩，自己一直就没真正弄清对她的复杂感情，或许她也是。彼此都这么迷迷糊糊过了几年，一直对抗，长期制衡，她退我进，她进我退，纠缠不清。真要到一刀了断，才发现彼此精神上竟然血肉模糊地相连。

一个陌生电话打来，我如释重负。在这样无聊透顶的时刻，哪怕是推销保险的电话，对我也是一种安慰。我接听道："你好，哪位？"

"余野，我在玉泉的小酒吧等你。"

"你是……"

"吴少华。"

电话已经被挂断。老吴的来电。好吧，一想到是老吴，我反而兴奋起来，自己必须去面对他。抢走了他的女朋友，我已经从他的一般朋友变成了不可饶恕的敌人。面对道德审判，混合着面对情敌的邪恶激情，让我血液流速加快。脑海里翻腾着许多凌乱画面：七八个愤怒男子在街上围住我痛殴，老吴手持一把军用匕首寒光闪闪地思考是否对我处以极刑，而我……我一声不吭，歪歪地站在街边，嘴角流着鲜血，轻蔑地面对距离我半米之遥的死亡。我等不及了，拦住一辆的士，急急前往那个小酒馆。

顾客稀少的酒馆里，没有凶神恶煞的打手，门外也没有故作闲淡表情的伏兵，几对男女在安定祥和地喝着暧昧小酒，音乐舒缓，灯光半明半暗。老吴坐在角落里，桌上堆放着五六瓶黑根啤酒，全是250毫升小瓶装，毫不气派。无论泡妞还是跟情敌对决，桌上至少该摆一瓶芝华士或者轩尼诗洋酒。这是气度，跟价格无关。他的脸色阴郁苍白，却没有决一死战的杀气。我心里一阵失望，老吴太不讲究了，老子主动送上门找打，他竟然一脸文艺，抑郁地喝着几瓶小啤酒独自等我。

我从容地坐在他对面，同样要了半打黑根啤酒。他没说话，我也不打招呼。服务员端来酒，我旁若无人端起瓶子解渴一般灌了一瓶。

"说吧，找我来干吗？"我抹去嘴角泡沫道。

"余野，你不觉得自己很无耻么？"

"你打电话通知我来，就是为了告诉我这个？老吴，我有耻无耻很重要么？"

"余野，晓雅是我未婚妻，你连朋友的妻子都要抢，你还是人么？"他变得激动起来。

我笑道："晓雅也顶多算你女朋友。你说我横刀夺爱，老实说，我确实参与了一场竞争。记着，对于感情上的竞争，不要拿道德来审判。"

"真没想到你是这种人，毫无羞耻之心。你以为有些臭钱就可以为所欲为么？"他几乎要站了起来，手直指我鼻子。

"别急着发火骂人。我们能不能像男人一样谈谈？"我淡然道。

他气哼哼地看着我，回到座位上，努力压住怒火："你说吧。"

"你了解晓雅么？你知道她想要的生活是什么？"

"你有什么资格告诉我，你比我更了解她？"

"我也许并不完全了解这个女孩。但我告诉你，这么多年她心底的激情，从来没被你激发出来。她在你身上可能从来没有体会过那种刺骨的疼痛和尖锐的快乐。你能给她的，仅仅是一种安分守己，循规蹈矩的生活。可这并不是她渴望的东西。她心里的浪漫幻想需要用多年柴米油盐生活才能磨灭。而在这之前，她却遇到了我这个天马行空的神经病，在劫难逃。我是说，对她，对我，都是。可以说，她在我身上发现了自己心底也有的一种力量。我唤醒了她，除了燃烧，没有别的办法消耗掉这样一座苏醒的火山。这就是为什么从海南回来，她整整逃避了我一年，但只要见到我，一切努力便烟消云散。而我，除了可以拉着她一起天马行空，也肯为她放弃宏图事业，甘愿回归平凡。"

"你先去追清楣，被拒绝，又去招惹晓雅。你仗着有几个臭钱，故作潇洒，把自己包装得像个情圣，骗取女孩子欢心。余野，你真虚伪。"

我对着瓶子又灌了一大口啤酒，音响里传来轻快鼓点，旁边有对情侣在狭窄的厅堂内翩翩跳起舞。

"老吴，我一直以为今晚你会痛打我一顿，结果你一直无聊地在骂。要不这样，你使劲骂吧，我听着，等你骂够了，我们就散伙走人。"

"我知道你欠揍，可我不想揍你，你太脏，不值得弄脏我的手。"

我哈哈大笑道："这儿还有两瓶酒，喝完我就走。除了谩骂，你啥也不会。跟你聊天毫无乐趣。不过，在我走之前，我想告诉你，在这个世界上，一个男人必须强大。这种强大不是拥有得多，而是敢于孤注一掷。你要知道，守住爱情的，永远不是道德，而是魅力。我并不是因为有实力才有魅力，而是因为我敢于舍弃拥有的一切，这些东西在别人眼里如此丰厚，所以我才显得既疯狂又有魅力。"

"不要太得意忘形了。你以为自己很强大，很有魅力么？其实你永远摆脱不了一种自卑，无论你百般掩盖，这种自卑是刻在骨子里的。有钱算什么？你追求清楣，追求晓雅，就是想证明自己属于上流社会，属于被人认可的阶层。"

"透彻。老吴，我喜欢这样交流。骂要骂到点子上，伤要伤到痛处。"

"既然说开了，那我也不客气。余野，你出身平民阶层，没有背景，没有靠山。所以，你用尽全力攀附到林伯伯这棵大树上，拼命赚钱，然后挥金如土，祈求社会对你的尊重。像你这样的人，原本应该老老实实待在社会底层，因为这个混乱时代，你侥幸成功了。所以，你忘乎所以，为所欲为。像晓雅这样单纯的女孩，短暂被你蒙蔽了。可你身上始终缺少上流品位，你沾沾自喜的野性，其实是一种粗野，正是底层生活带给你的印记。说白了，你就是个暴发户。就这样的素质，你怎么配得上晓雅？"

我微笑道："有见地。还有么？你干脆一次把话说透，入骨三分才好。"

他喘着气，见我无动于衷，自己脸上因为激动而变形的表情渐渐平复。

"我说完了。"

"那好，我来说说自己的看法。中国从隋唐开始，便开创了一项伟大的人才选拔制度，科举制度。这个制度让所有寒门学子看到希望，知道自己能够通过努力改变命运。即使在腐败的清朝，也会为了维护这个制度杀掉许多舞弊的官员。如果一个社会的阶层稳如泰山，王侯将相都是父子相传，那么这个社会将必然被动摇。所以，我要感谢这个时代，它至少能够让生活在底层的年轻人看到希望，通过奋斗实现梦想。我不否认自己出身贫寒，也不否认自己曾用尽全力生活。正因为没有任何依靠，所以我总为一丝渺茫的机会拼尽全力。我毫无疑问带着粗野生活的痕迹，也根本不想掩饰，这是令我骄傲的伤痕。而你，一个没落干部家庭的子弟，以为可以靠着父母的荫蔽享受社会上层的待遇，可惜商业时代来临，天下礼崩乐坏，你同样没有靠山，也同样必须像我这样重新开始。你以往靠着出身的优越感，混到了大学毕业，却因为老爹人走茶凉，突然感觉地位一落千丈。我不想鄙视你，但想告诉你，你既没办法靠老爹上位，也缺乏努力成功的品质，你是这个社会最边缘的一群人。除了抱怨怀旧，你的生活毫无希望。"

"你是个不折不扣的混蛋。"他的脸色青白，表情恢复了扭曲。

我晃晃最后一个空瓶，对他道："再见。老吴，谢谢你没有揍我。"

他忽然猛地扑上来抓住我的衣领，将我从座位上拉了起来。

有若干目光注视着我们这个角落。局促中，我还是缓缓对他道："这才像个爷们。到外面再动手吧。"

来到街面上，一股新鲜空气扑面而来。小街上各式店招闪烁，俗艳而凌乱。有人扶着喝多的同伴在街头粗着嗓门聊天，往来行人不紧不慢行走。尽管已是深夜，可身外世界仍然从容不迫地弥漫着享乐气息。我微笑道："动手吧。"

"滚吧。我再也不想见到你……"他怒不可遏推开我，头也不回地离开了。

5

我对晓雅道："晓雅，后天你过生日，正好碰上歌神的歌友会，我知道你是他的超级歌迷，就一口气买了五十张票，都是最好的位置。把你的朋友都请来吧。"

她淡淡笑道："我哪有那么多朋友？这种专场歌友会的票都很贵，别浪费了。"

清楣的事多少令她跟我有些隔阂。她的笑容不再从心底浮现，彼此间似隔着若有若无的距离。

"你的生日正好碰上这样的机会，我就多买了些票。你也可以送一些票给同学、亲戚嘛。你看看我们的座位，都是前排的最佳位置。我找了主办方的头头，好不容易才弄到这些票。"

她指着桌上一堆包装袋道："这是你给我的礼物么？"

我笑道："这算什么礼物？我的礼物还没弄好呢，到后天才会送来。这些衣服你试试看，都是前几天我陪你在恒美专卖店看你试穿过的。当时你不愿让我买，说太奢侈。我后来偷偷买下来的。我想让你在生日时候光彩照人。"

晓雅靠在窗台，温情道："后天，我想请表姐也来，这段时间我们之间有些疏远了。我想找个机会跟她好好聊聊，你觉得呢？"

我尴尬道："晓雅，你觉得合适么？不是别的，我主要害怕大家见面尴尬。"

"小野哥，我觉得我们始终要去面对表姐。不如借着这个机会冰释前嫌。"

看着她充满期待的样子，自己实在不愿扫她的兴。这段时间我已经尽力了，可清楣始终对我不理不睬。我想晓雅说得也许有道理，无论如何，我们绕不开清楣。那就干脆坦然面对吧。

晓雅生日这天，不是周末。演唱会晚 7 点开始，我们草草吃了顿快餐，便来到文化艺术宫。歌友会设在这里一个可容纳几百人的大厅里。

观众陆续到场，让晓雅惊讶的是，除了她送票的同学朋友，其他观众也大多都跟我熟悉。我们坐在第一排，我却不时要跟后面的人挥手点头。菲菲、袁东都来了，坐在我们附近。演唱会开场前几分钟，清楣也来了，晓雅专门把她的位置安在自己身旁。她想跟表姐坐在一起，能够有机会好好聊聊。

我扭头看见自己的朋友同事基本也都到了。罗媛也专程从上海飞回来，不喜欢听歌的老冯也在，一边带着雯雯，一边陪在梁载道身边聊天。我跟梁载道意味深长地挥挥手打招呼。他微笑着给我做了个 OK 手势。

歌友会开场，当主持人宣布请歌神上场时，全场沸腾，我看见晓雅激动万分看着台上，就连一脸平淡的清楣也专注凝视舞台。不仅仅她俩，我们这代人都是听着歌神的歌长大的。在他的歌声中我们渐渐不再那么年轻，听着听着就老了，岁月忽已晚，回首往事不胜感慨。

歌神走上台，全场起立，呼啸沸腾。他似乎永远不老，脸上看不到岁月流逝的痕迹。我们离他不到 20 米，这跟大型露天演唱会简直是天壤之别。身边，晓雅激动得险些热泪盈眶。我搂着她的肩膀，心想，我的小姑娘，这才刚刚开始，后面还有好多节目呢。

当他的歌声响起，那些熟悉的老歌，那种跟时光相互刻印的旋律，让我们仿佛回到了校园浪漫时光，回到那些青涩年代。那时候，爱情和阳光在我们的生命中飞扬，梦想和激情如汩汩清泉。一时间，感动和怀念同时涌起心头。我第一次发现，原来近距离聆听歌手，与在音响里闲听根本是两回事。从第一首歌开始，没有人再坐着，全场观众站立着一起跟着吟唱，声音越来越大。眼泪已经在清楣和晓雅等女孩子眼中滚动。当那首《穿过你的黑发》歌声响起时，全场观众几乎在歌神领唱下，一起放声合唱。这首歌当年曾唱遍大街小巷，现在，时光在静静倒流，感动如洪水泛滥。许多跟我岁数相仿的中青年紧握双拳，一边声嘶力竭高唱着，一边热泪盈眶。

十多首歌后，歌声消歇，氛围却达到了炽热程度。观众不停地热烈鼓掌，呐喊，呼啸。

歌神稳稳站在台上，静静等待大家平静。好一阵喧闹之后，他才手持话筒，用带着港味的普通话说道：

"非常荣幸能够来成都，跟我的歌迷们一起度过这个难忘的夜晚。现在，我的心情非常激动，感谢你们的热情，感谢你们的支持。岁月会老去，我希望大家永远是朋友……"

他的讲话又被山呼海啸的掌声和呐喊声打断。等全场归于平静，他才微笑说道："在这个难忘的晚上，我还要请上一个美丽的女孩，今晚是她的生日。让我们一起祝福她，好不好？"

全场一起喊着："好！"

歌神对后台道："灯光。"

一时间，舞台灯光只剩下一束射向观众席首排的追光。

　　这束光鲜明地照耀在晓雅身上。晓雅惊呆了，完全不知所措。歌神微笑着对晓雅道："我能请这位美丽的女孩上台来好吗？"全体观众一起热烈鼓掌叫好。

　　晓雅靠在我肩上，激动得浑身颤抖。我笑着对晓雅说，傻姑娘，让你上台呢。在全场有节奏的掌声中，我扶着神魂颠倒的她来到舞台阶梯旁。

　　"晓雅，上去吧。"

　　我目送着晓雅走上舞台，舞台灯光一时全部亮起，歌神友好地对晓雅道："何晓雅小姐，我能叫你晓雅么？"

　　菲菲和袁东等人尖叫起来，太难以让人置信了。歌神竟然能叫出她的名字。晓雅站在台上，激动得无法说话，只是点点头。

　　歌神走近晓雅身旁，然后对观众说道："今天是晓雅的生日，让我们一起祝福她。"

　　全场报以沸腾相应，台上的晓雅却紧张得不知所措。歌神接着道："我的一位朋友告诉我，在这个日子，他专门为晓雅送上一份独特的生日礼物和祝福。让我们有请这位朋友好么？"

　　我穿着一身黑色休闲西服登上了舞台。台下又是一阵山呼海啸的掌声。我走到歌神身边，跟他友好地拥抱了一下，然后接过他递过来的话筒对台下观众和目瞪口呆的晓雅道：

　　"谢谢歌神，谢谢各位朋友们。今天是我女朋友何晓雅的生日。我也非常荣幸能够借这个机会来祝福晓雅。"我说着，转身温情地看着台上手足无措的晓雅道，"晓雅，今天是你的生日，我有件礼物想送给你。"

　　我从口袋中取出小礼盒，打开盒子，露出一颗流光溢彩的钻石戒指。我走近晓雅，双手拿着钻戒，单膝跪下，对着主持人递过的话筒道：

　　"晓雅，我亲爱的姑娘。这么多年来我一直非常孤单。我知道在这个世上，一个男人必须奋斗，必须努力才能生存立足，才能赢得荣誉。这么多年我一直在奋斗，也一直感觉自己在漂泊，找不到方向，直到遇到你。晓雅，嫁给我。我愿意用全部的生命来爱你，用一生来保护你。我希望自己的人生从此不再孤单。答应我吧。晓雅。"

　　晓雅已经泪流满面。好一会儿，才颤抖着接过我的戒指。

　　我紧紧拥抱着她，眼中也噙满泪水。全场掌声雷动。

　　在我们身后，歌神说道："现在，让我把一份祝福，一首你们熟悉的歌，送给这位朋友，和他心爱的姑娘。"

我拥抱着晓雅走下舞台。台上，歌神与一位女歌手献给我们一首情歌对唱：

"我会送你红色玫瑰，你别拿一丝眼泪相对……"两人唱得深情款款。晓雅已经没有在认真听歌，她靠在我怀里，沉浸在强烈的幸福中。我看见清楣、菲菲，还有罗媛等女孩都是热泪盈眶。直到这个时候，大家才恍然大悟，这竟然是歌神为我和晓雅举行的专场演出，而我和晓雅请来的嘉宾和朋友，都在不知不觉中成了这场浪漫求婚中的群众演员。

6

梁载道坐在我面前悠闲地喝着咖啡。我喝着茶，眼神飘忽，魂在别处。

"怎么样？老兄，那场演唱会还满意吧？"

"嗯？那还用说，实在太满意了。我简直想不到一个歌手，会有这么大的能量。我女朋友幸福得要死，那么多朋友感动得要命。我的求婚工作胜利结束。老梁，这次，算我欠你一个人情。"我回过神来说。

他笑道："呵呵，小事一桩。税后200万的求婚，老余，你应该感谢这张银行支票才对。不信，你只花200元求婚试试？"

"说什么钱不钱的，俗。现在，我在大家眼里基本属于情圣一级的人物。哎，就算是花200万，你送辆豪车，送套房子，能有这样的效果？"

"你这大龄成功青年终于抱得美人归了，现在，咱们是不是该来说说合作上的事情了？"

"唉，又要谈工作。我现在恨不得马上就去度蜜月。先飞巴黎，然后从西欧各国转到地中海，从西班牙飞到土耳其，从以色列进入埃及，再转到坦桑尼亚、肯尼亚，最后到达南非，一定要去好望角。在那儿结束旅行。老兄，我现在满脑子就是这些线路和地名，实在没心情谈生意。"

"你这样不理朝政可不好。老余，男人没有事业，就没有魅力。你以后有的是时间卿卿我我，但机会却不等人呐。"

我无奈道："好吧，老梁，咱们国事为重。你说吧，什么章程？"

"会计师事务所已经把嘉通的审计报告拿出来了。应该说，效果很理想。负债少，净资产高，企业运作良性。上市各项指标都符合。现在，我们需要探讨的还是战略投资人的持股比例。上次我开出的条件，你考虑得如何？"

我想了想道："我跟华蓉那边也商量过了。他们提出可以减少持股到15%，这样的话，我可以让你们的持股比例提高到25%。我也问了一下行业惯例，通常战略持股都在 10% 左右，我们给出的比例已经很高了。"

梁总慢条斯理道："你说的行业惯例 10%，是正常上市途径下的战略投资人持股。而现在，你需要走的却是特殊通道。在这条通道上，有太多利益方，所以，不要认为是我们要得太多，而是每个环节费用都不低。我跟陈公子也认真商量过了，最低不能少于 30%。如果你坚持华蓉持股 15%，你得说服公司原股东，还得拿出一部分股份才行。"

我算了算，这样一来，我们三个创始人的股本只有 55%。这哪儿是雁过拔毛，简直是被强行劫走了一半股份。

"这件事情，涉及我的几个合伙人，我得跟他们商量一下。下周之内，给你答复吧。"

"越快越好吧。老兄，那张上市指标可不会等着你啊。"

我离开梁总，开车回公司，一路想着他开出的最终条件。晓雅的电话来了，听她急急说道：

"小野哥，你在公司么？"

"晓雅，别急。有什么事么？"

"清楣出事了。她给家里留了张纸条，说要出去散散心。没说要去哪儿，也没有说什么时间回来。手机现在也打不通。现在姑妈和姑爹都急坏了，我现在就在姑妈家呢。"

我听晓雅说完，心像被揪住，把车减速停在路边，对她道："晓雅，我现在就过来，等着我。"

当我来到清楣家，已经围了一屋子人。清楣的亲戚朋友几乎都来了，大家七嘴八舌，却莫衷一是。林董一改平日的从容淡定，显得有些疲惫憔悴。见到我来，只是简单点点头，让我坐下。

我从晓雅那里，基本弄清楚了情况，原来昨天清楣一早便出去了。家里人直到晚上没见她回来，觉得奇怪，便给她打电话，结果手机关机。再到她房间里，才看到这张纸条，上面写着："爸爸妈妈，我出去散散心，别担心，很快就回来。"结果，到了今天，仍然不见踪影。林董急了，询问亲戚朋友和清楣的同学，这才发现，她除了跟老沈请了几天假，其他谁也没有联系，就独自出去了，现在联系不上，也根本不知道去了哪里。

我问何阿姨，清楣带了哪些衣服行李？她说，没见少什么衣服，好像只少了一个小提包，还有少了一件羽绒服。我心想，这应该说明，她出发得很仓促。

现在快到四月了，带羽绒服说明去的是比较冷的地方。我问菲菲，清楣最近有没有跟她聊天什么的。菲菲抓耳挠腮说，上个星期是在一起待过，不过她好像神不守舍的，没说什么特别事情。忽然，菲菲说道：

"对了，清楣好像提到了一张照片，说很漂亮，要能去看看就好了。"

我急忙问道："什么地方的照片？"

"好像是西藏的。就是我们喝咖啡地方放的那种杂志上登的。"

我开车带着晓雅和菲菲来到那家咖啡馆。菲菲找到当时她们坐的位置，开始在报刊架上翻找，很快她便翻到了那本杂志。图片是蓝天白云下的大昭寺和虔诚膜拜的朝圣者。文章介绍拉萨风情，除了大昭寺，还有布达拉宫和圣湖纳木错。里面有一句话："这里有纯净的天空，有虔诚的信仰，有金属般的阳光，还有你一直想弄清的前生和来世。"我想起清楣带着羽绒服，忽然能够断定她应该是去了拉萨。菲菲回忆说，当时清楣翻这本杂志，不想说话，盯着这张照片看了很久。菲菲见她出神，问她，她才感慨，要能去看看就好了。

打电话询问航空公司，每天只有早上8点有一趟飞往拉萨的航班。我对晓雅和菲菲道："我明天去拉萨找她。你们要上班，就别去了。晓雅，你多陪陪林伯伯和何阿姨。我一定想办法把清楣找回来。"

晓雅关切道："小野哥，你也要多注意啊。那里是高原，听说高原反应很厉害的。"

"放心，晓雅，我身体好着呢，扛得住。"

菲菲道："老余，我有个预感，你一定能找到她。你前段时间那一番感天动地的求婚，太刺激人了。别说像清楣那样跟你有过往事的人难以承受，就连像我这样跟你没有感情纠葛的人，也觉得生活一点意思都没了。幸好我现在手头没有男朋友，要不，肯定当场休掉。你这个大情圣，把自己的浪漫建立在别的女孩痛苦上。我看了看，当天哭得最厉害的都是女孩。不光清楣，还有你们公司的那个美女老总都哭成了泪人。老余，你太残忍了，让大家往后的日子都黯淡无光。我们对小妖精简直嫉妒死了……"

我不得不打断她喋喋不休的阐述。

"菲菲，咱们先别探讨浪漫的问题。现在是寻找失踪少年，你就别添乱了。"

"谁添乱了。我是在做心理分析。我要是清楣，肯定也会感觉四大皆空。首先是去寻求宗教力量，来证明色即是空。对了，其实，你也没什么姿色……"

第五章
当我回归尘世的时候，她又开始跳起了飞天舞

1

飞机降落拉萨贡嘎机场，我感觉世界完全不同了。这是一个透明的世界，天空蓝到了泛神程度，白云低到仿佛伸手可以触碰，阳光清澈强烈，带着金属质地，像针一样刺痛眼睛。我戴上墨镜，走进出租车。

从踏上西藏的土地，满眼尽是荒原。拉萨只是这荒原中诞生的一片绿洲。除了河谷绿洲，便是连绵无尽的荒山。几乎保留着创世纪之处的原封模样。山没有绿色，只有裸露岩石的堆砌，滚滚而来，满眼纯粹的褐色，胀满了人的双眼。人们会亲切注视路上遇到的每一棵树，每一片闪烁着阳光的绿叶。

我在大昭寺附近找了一家酒店。安放好行李，换好衣服，出门准备先吃饭，结果发现自己脚下像踩着棉花，头也开始昏昏沉沉。吃完饭回来，就发现自己不行了，头疼得厉害。只能躺在床上，不敢乱动。

晚上，口干舌燥，不停喝水，非常难受。掀开被子，大片火花噼噼啪啪作响，相当壮观。好容易呻吟着熬到第二天早上，竟然发现头仅仅有些晕，精神明显好多了。看来，到这高原上来的人，都得交点投名状。

我起床洗了个澡，顿时感觉神清气爽。窗外已是阳光灿烂。

吃过早饭，我来到大昭寺。

这座并不高大雄伟的寺院，却有如一个灵魂磁场。沿着八廓街转经的人，匍匐在寺前磕长头的人，或是仅仅坐在那里对着信仰发呆的人，构成了这里古怪的激情与虔诚。就连门庭下的地石，也在幽暗中反射着奇异的光泽，仿佛被信仰者的身躯无数次打磨成的魔镜，折射出信仰无比坚韧的力量。

我不打算去别的地方，这里是信仰的中心点，磁石般的魔力场。

无所事事的时候，我研究着那些转动经轮的朝圣者，打量他们的沧桑脸庞，从他们的瞳孔中总能看到一种神秘和孤独，目光里有一种苍凉和迷恋，仿佛是对不可知事物的惶恐敬畏。而最终落在他们脸上的，却只有一种映照心灵的平静。看到那些匍匐在地的衣衫褴褛的朝拜者，每个人都会像修行者般审视自己：穿越世间繁华，剩下心中空洞般的荒芜。那转动的经轮能够为自己的心超度么？别人艰辛的磕头之路，也是自己求得解脱的心路么？

拉萨这么大，我不可能四处寻找，只能守株待兔，等在这里。我给晓雅打电话，吹嘘说自己没什么反应，让她放心。

每天，我待在大昭寺门口的台阶下，躲在高台遮蔽出的阴影里，坐看日影，发呆，看着来来往往的藏族朝圣者，围绕八廓街虔诚转经或在大昭寺墙外匍匐跪拜。

就这么一连等了三天。说也奇怪，像我这样一个呆不住的人，竟能安安心心在大昭寺门口发呆三天。如果不是担心找不到清楣，我简直觉得自己在度假，无比自在和漂浮，仿佛那些功名利禄都化作了浮云。其间，接到梁载道电话时，我简直不知道他在说什么，只好支支吾吾告诉他，我在拉萨，一切等我回来再说。我对公司上市感到遥远，对自己的生命感到贴近。自己的精神状态也一天比一天好，除了不能快步走路，几乎感觉不到高原反应。

第三天仍没见到清楣踪影，我有些沉不住气了。看着身边匍匐参拜的人们，我也学着三拜九叩，全身匍匐向佛像礼敬着虔诚。希望佛祖保佑，能够让我找到清楣。

中午时分，我靠在高台下的阴影中眯着眼睛打盹。稀疏游客中，一个熟悉的身影出现在我面前，她背对着我，安静地看着膜拜的人们，尽管头上裹着纱巾，我依然觉得她的举止非常熟悉。当她侧过身来，露出半边戴着墨镜的脸，我站了起来，走到她身旁，轻轻道：

"清楣，还好么？"

她浑身一震，惊讶地转过身来。果然是她。

她呆呆看着我，我却有些激动地说道：

"我在这儿等了你三天了。怕你不来，早上还专门跪拜了佛祖，求他让我找到你。谢天谢地，你终于出现了。"

她浑身颤抖着扑到我怀里，跟我拥抱在一起，眼泪滚滚从墨镜下流出。旁边转经的人群投来异样目光。我拍着她肩膀，万分怜惜道：

"清楣，你不该这样不辞而别。你知不知道，现在一大家人，还有你的同学、朋友，都在为你担惊受怕。幸好佛祖保佑，让我找到了你。"

她只是伏在我肩膀抽泣流泪，一句话也不说。

我叹息一声，安静地等待她发泄完情绪。

良久，她才平静下来。我扶着她肩膀，一起来到那个叫做玛吉阿米的甜茶馆。

<h2 style="text-align:center">2</h2>

她安静地坐在我对面，孤独而忧郁。我先没顾着跟她说话，而是给晓雅打通电话，让她告诉林伯伯、何阿姨，我已经在拉萨找到了清楣，让他们放心，一切都好，我会把清楣安全地送回来。

"你怎么找到我的？"她幽幽问道。

我不敢向她发火，只好唉声叹气跟她诉苦。

"清楣，我的大小姐，真的，我求你了，别像我年轻时候似的。天不怕，地不怕，说走就走，四海为家。你父母这次可真的急坏了。好几天没有消息，你平时又是乖乖女，再找不到你，我们可真的要动用警方力量了。"

"你怎么知道我一定会来大昭寺？"

"我问了菲菲，她说你对着大昭寺那张图片长吁短叹。我猜你一定会来这里。你很少叛逆，并不代表你没有说走就走的勇气。不过，你是女孩子，总得给家里人说一声吧。我在这儿等你，很奇怪，虽然等了很长时间，却有一种信念，相信你一定会来。你果然就来了。"

她用手衬着头，幽然道："我那天看了大昭寺的介绍和图片，就什么也不想做了。只想到这儿来看看纯净的天地，虔诚的信仰。来的前两天，高原反应很严重，没敢出门。后来适应了，就到处走走，去看了托布林卡，布达拉宫，今天是我第二次到大昭寺。刚才在八廓街，我突然非常强烈地想见到你，结果，到了大昭寺门口就听到你叫我名字，这是宿命么？"

我听得怦然心动，却又无可奈何。自己已经在峨眉山犯过一次错，前几天更是惊天动地向晓雅求婚，此刻，再也不敢不顾死活靠近她。

"余野，你还爱我么？"

"清楣，何必这么问呢？过去的事情就让它过去吧。"

"你在这里等我三天，真的是出于一种关心，一种愧疚，还是一种你自己也不敢承认的感情？"

我简直要无力招架了。看着她憔悴忧郁目光，听到她直刺内心的发问，我感觉自己快要被逼上绝壁。

"清楣，一边是晓雅，一边是你。我们之间真的已经无路可走。你想想，如果我仍然在你们姐妹间左顾右盼，脚踏两只船，我还能算个人么？"

她盯着我道："这一切不是因你而起么？我原本打算忘掉你，不再跟你有任何瓜葛。你偏偏又找上门来，让我参与你的上市项目。你不觉得自己很残忍么？让我每天都看到你，想着你。我的项目组同事说，你为了上市付出了巨大的代价，运营如此良好的企业完全没有这个必要。你不就是为了让我明白，你是为我和爸爸做的这一切么？余野，是你把我逼得无路可走。"

"清楣，这么多年，上市一直是我的梦想。况且，林伯伯又处在困境中，我终于能够为你们做些事情，实在义不容辞啊。"

她若有所思道："为什么我跟大家失去联系了，那么多亲戚朋友同学都没有出来找我，只有你，不仅来了，而且找到了？余野，这是缘分，还是命运？不要骗自己。你还是舍不得我，放不下我。如果你不相信，我们可以再试一次，下次我再失踪了，无论你是否已经结婚，你还是会义无反顾出来找我，而且，一定会找到我。"

我几近崩溃："我求你了，清楣，千万别再玩失踪了。这种躲猫猫游戏一点也不好玩。你知不知道这些天我受的煎熬？你家人受的煎熬？好吧，我承认，我心里还是放不下你，如果你再失踪，我仍然会放下一切出来找你。可这有用么？如果现在我身边是别的女人，我会毫不犹豫抛下她们，跟你在一起。可现在我身边是晓雅，你的表妹，现在已经是我的妻子。你和晓雅，都是那种必须让人耗尽一生感情的女孩，但要是同时面对你们俩，那就是自寻死路。就连我这样胆大妄为的人也不敢。每个人都有自己的命门，我的命门就是你们俩，无论你们俩谁出什么事，都会要我的命。求你了，大小姐，别再折磨我，好吗？"

她的眼泪夺眶而出："那天歌友会，你当着那么多人向晓雅求婚，你说的那些话，我听得泪流满面。在这之前，你也曾向我倾诉过，我却没有珍惜。菲菲说得对，你就像一种毒品。平时在人身边，让人刺激，让人过瘾，却从不重视。只有当失去这种毒品时，人才会发现无精打采，失魂落魄。你说得对，我和晓雅都不是一般女孩。我们以为自己可以过那种循规蹈矩的日子，但心底都有一种激情。是你，把我们这种激情搅动起来。余野，我不要求你做什么，也不管你是否跟晓雅结婚。只要你还爱我，就够了。我已经中了你的毒，你必须给我时间，让我戒毒。直到我能够摆脱你，戒掉你。"

窗外强烈的阳光穿透屋檐，楼下是潮水般涌动的转经人，转着手摇的经筒，在烈日和阴影中穿行。我一支接一支抽着烟，脑子里一片混乱。

"清楣，我脑子很乱。这里本来是高原，你说的话让我更缺氧了。咱俩前生是不是已经纠缠不清，所以到现在还是一摊扯不清的帐？从咱俩认识开始，就没消停过，见不得又离不得。你以后爱怎么样就怎么样吧，我拿你一点办法也没有。只希望你早点跟我回成都，今后别再失踪了。你要知道牵挂一个人，就像给她当了人质，在被赎身或被撕票之前，只能任由摆布。"

她幽怨道："你以为我不痛苦么？我不想让你滚得远远的？咱俩这场对抗里好像真的没有赢家。明知无路可走，两败俱伤，却仍然欲罢不能。"

我长叹道："就咱俩这品质，都应该在这儿把头发剃了，整日念经超度。前生苦大仇深，今世更纠缠不清。算了，不跟你探讨这些超自然哲学了。你玩够了没有？咱们明天回去好么？"

"我不想回去了，你想走就走吧。说不定哪天我在这儿真的想通了，就把头发剃了。我死心了，你就省心了。"

"好好好，我的大小姐，你不走，我就不走，咱们看谁耗得过谁？别忘了，你老爸现在内外交困，你就忍心让他整日在公司疲于奔命，还要为你担惊受怕？"

"你是不忍心让你的娇妻美眷独守空房吧？干吗总拿我爸来说事儿？"

我无可奈何道："我以前以为你是仙女下凡，自己是天魔转世。现在，我才弄明白，原来咱俩是一个单位的。好吧，我陪着你。明天我就让人把生活用品空运过来。"

她破涕而笑："谁跟你是一个单位的？"

"又哭又笑的，今年多大了？"正说着，手机响了，一看，竟然是林董的电话，我赶忙接听。

"小余，你跟清楣在一起么？她还好么？"

"林伯伯，我跟清楣正在大昭寺旁边的甜茶馆聊天呢。她还好，您放心。我会把她平安送回来的。您要跟她说两句么？"

我把电话拿给清楣，她像个做错事的孩子似的，有些不情愿地接听着。

"爸爸，我在拉萨，一切都好，你们不用担心我……"

她说着说着，眼泪便流了下来。这种眼泪是受了委屈，见了亲人后才会流落下来的。身边的人越来越多了，很多是外地慕名而来的游客。这里只有长条桌，所有的人都不问亲疏坐在一起。聊天、喝茶、发呆，看着熠熠生辉的天地下，阳光和它投放的影子不停变化。楼下八廓街，转经人的队伍时断时续，他们摇着手中转轮，虔诚走在自我救赎的道路上，坚定，简单，毫不怀疑走在通往来生的旅途。我看着头顶的白云无声流过，影子掠过参差房顶，像一些无名大鸟飞过。这是一个充满宗教冥想的世界，让人安静自足，可以浮想联翩或是什么都不想。

清楣已经接听完电话，正在对着手机发呆。我不知道林伯伯都对她说了些什么，只好任由她自己沉思。

"爸爸说，让我多玩几天，到西藏各处去转转。说有你在，他放心。"

"那当然，林伯伯知道我在你面前，完全没脾气。"

她没理会我的调侃，自顾自道："可我觉得他的声音很疲惫苍老。他从不责备我，反而让我更难受。"

"今后你再任性，折腾，我也只好耐心等着你良心发现。"

"余野，我们明天就回去吧。我有点累了……"

3

我答应了梁载道的条件，从自己股份里拿出5%，给他凑够了30%的持股比例。这样，整个上市计划书趋于完善。新组建股份公司中，总股本设定为5亿股，原有股东持股55%，新引进的两家战略投资人分别持股30%和15%。折股后，每股收益达到1.5元左右，在股市里属于绝对的绩优股。

新公司更名为"嘉通国际"，主营业务为电器营销、商业房地产、生物科技、网络技术等等。但凡市面上流行的行业，在我们的营业范围内都能找得到。

一连两个月，我陷入了文件的海洋里。梁载道找来了会计师事务所、法律事务所和证券公司几方面的专业机构来共同开展公司股份制改造。这就好比一个美女原本天生丽质，却仍然要聘请顶级化妆师来把她弄成埃及艳后。我看着自己的公司被一天天地化妆一个集信息技术、网络科技之大成的股份公司。这几个所谓的专业证券咨询机构，干的其实就是美容院的活。

各项文件就绪，嘉通国际公司正式组建。我作为法人代表和公司董事长，冯志仍然作为公司总经理，梁载道进入公司，作为副董事长，罗媛作为公司常务副总。华蓉公司仅仅委派了老沈作为公司董事，并没在管理团队任职。新公司正式向证监会提交上市申请，以及全套法律文件。这里有一个较为漫长的审核与等待过程，即便走绿色通道仍不能确定什么时间可以完成审批。我的工作和使命已基本完成，轮到梁载道接过革命火把奋勇前进了。

从那次求婚之后，我和晓雅便正式住在一起了。我还专程去见了她父母。

在晓雅家里，何教授见到我时，果然赞赏有加。我前期的铺垫工作非常到位，几乎从进入她家门那一刻便赢得了好感。晓雅母亲的家族在加拿大从事贸易，而她本人也是从市商贸局退下来的干部。跟我聊天时，对于本市商贸业非常内行。在晓雅父亲眼里，我是一个有理想和社会责任感的年轻企业家。在她母亲眼里，我则是一个成功的商人。这场家庭面试非常成功。两位家长得知我没有亲属时，还唏嘘不已。其实在他们眼里，等我跟晓雅结婚后，就不是半个儿子了，而是整个儿子。联大东校门附近的河边正在开发商品房，我瞒着晓雅，以她的名义给她父母买了一套接近 200 平米的河景公寓。拜访了晓雅父母几次后，他们便开始询问我们结婚的时间，我的意见是尽快去领结婚证，但举办婚礼仪式一定要给我点时间，我需要给晓雅办一场隆重的婚礼。

领证时间定在了下个月的 22 日，这是晓雅母亲查阅黄历确定的。

从拉萨回来后，清楣便一直没跟我联系过。开始我总是提心吊胆，后来便感觉一切如常了。也许每个人都有情绪失控的时候，被孤独和抑郁弄得近乎崩溃，而一旦过了那个坎，也许便豁然开朗。

没有人天生就该做一匹野马，我端正心态准备去过那种平实有规律的生活。这是我因为缺少故而渴望的，却是令不少正常人沮丧烦闷的。

周末下班前，我接到了清楣的短信："刘悦堂回来了，他约了我几次，我现在不想见他。"

我回复短信："需要我揍他一顿么？"

良久，清楣回复："你帮我揍你自己一顿吧。我讨厌他，但更恨你。"

女人真是不讲道理。当年如果不是那个刘帅哥横刀夺爱，我怎么会放弃追求她？不过，没有这个刘悦堂，我也不会远走他乡，逼着自己在上海干出一番光景，也不会得到晓雅。这混蛋倒也不是全没功劳。

晚上，我陪着晓雅在看着电视，商量着拍摄婚纱、联系婚庆公司的种种细节，晓雅像每一个新娘那样，对这些细节充满快乐，为之忙碌，乐此不疲。而我则宁愿看着她快乐的样子。至于这些细节本身，对我似乎没有太大吸引力。我可能正处于生活的转型期，告别单身，告别粗放生活，开始被生活丰富的细节所包围。这些生活的细节包括电视节目、晚饭、早餐、营养、衣服、家具等等吧，总之，无论自己如何想结束自己孤单的人生，当最初面对这些鸡毛蒜皮细碎家务，我还是需要一个适应过程。

清楣的短信又来了："我跟刘悦堂见面，喝酒，那种很闷的酒。我一直在研究当初这个光鲜的稻草人为何会让我为之倾倒？"

晓雅在身旁，我狠了很心，没有回复短信。

第二天，快下班时，又收到了清楣的短信，不过，这次是直截了当的语气："晚8点在玉双小酒馆等你喝酒。"

我赶紧回复："清媚，我现在是已婚男人了。行动不便，敬请谅解。"

没有回复。我基本能够想象，到了晚上8点，她独自在小酒馆喝酒的样子。这种较量毫无悬念，必然以我的屈服为结果。我打电话给晓雅，让她别等我吃饭，我还要加班。电话里传来晓雅温柔而失落的声音。我一声叹息，作为一个即将已婚的男人，我首先得学会用一些善意的谎言来哄老婆。

晚8点，我准时踏进那家小酒馆。清楣独自在一张桌子上喝酒，见我到来，也不诧异，点点头示意我坐下。

我不服气道："你怎么知道我就一定会来？"

"我怎么知道你来不来？反正我要来。"她不屑道。

"有霸气。像我当年的风采。"我无奈地笑着，一边倒上酒，"清楣，找我来有事么？"

"没什么，就是请你喝酒。"

我认真说道："清楣，今后闷了，想找我喝酒，我能把晓雅也带着么？没别的意思，就是怕她误会。"

"你告诉她，来单独跟我喝酒么？"

"我怎么敢这么说，不是找死么？"

她微笑道："还没结婚，就学会撒谎了？余野，你就能保证今后自己不会越走越远？"

"只要你林大小姐不出手，其他女人，我还真没有兴趣。"

"谁强迫你了？我就是告诉你自己今晚要在这儿喝酒，来不来是你自己的事。"她眉毛横竖，把脸扭在一边，生气了。

"好好好，算我说错了。是我半推半就，好了吧？"

她扭过头看着我道："让我好好看看圣徒柳下惠同志。你别告诉我，你身边没有交际花飞舞？"

我笑吟吟道："我算啥圣徒。取此花丛懒回首，半缘修道半缘君。前几天还有个二线女演员，不知从哪儿知道我搞过一场歌友会，以为我跟娱乐圈很熟，非拉着我投资她的新戏，唉，整个过程，真是十八般色诱，我竟然大义凛然挺住了。

呵呵，我现在都很佩服自己。"

清楣喝着酒，对我的调侃心不在焉，情绪忽而低落下来。

"那天见到刘悦堂，他向我道歉，恳求跟我重新开始。可我再没当初的感觉。一个绣花稻草人竟然会让我坚持了五年感情，还错过了你。"

"你说过的，我是毒品，揽在手里让人害怕讨厌，没货了，就会让人失魂落魄。照这样说，刘帅哥就像路易·威登的A货，属于假冒伪劣的名牌。"

"我突然好怀念西藏。那种弥漫在阳光和荒原中神圣的宗教，呆在那里，感觉每个人都是被神灵庇佑的。能陪我再去看看么？"

我沉吟道："清楣，下个月，我跟晓雅领结婚证，你觉得让你表妹的老公陪着你去西藏，合适么？"

清楣看着我，忽而笑道："那么紧张干吗？你以为我真的强买强卖？今天约你出来，原本想告诉你，我已经戒掉你了。谁知道你一副慷慨就义的样子。逗逗你，还当真了？"

我摸着胸口笑道："唉，你早说嘛，让我坚贞不屈了那么久。清楣，你知不知道，现在我每次见你，都要先气沉丹田，害怕你一施展魅力，我又被弄得丢盔卸甲。"

她端庄地举起杯子道："这杯酒祝你们幸福。抽空代我向表妹问好。"

我迷惑地看着她，当我回归尘世的时候，她又开始跳起了飞天舞。

4

公司上市工作推进顺利，证监会审核也已经接近尾声。梁载道通知投资各方在上海会面，除了与上交所衔接上市前期的工作，还需要召开股东大会，明确许多战略性决策。

华蓉公司方面，由沈总带队，共有四人参加，清楣也在其中。

为了工作方便，我把一行人的房间都订在闸北的喜来登酒店里。我喜欢黄浦江，喜欢看到对面的浦东新区。这是第一次到上海时便生出的情结。

原本担心见到清楣会比较尴尬，此想法纯属多余。她根本就对我视而不见了。投资各方齐聚上海，最主要目的是股东会。沈总还有另外一个目的，他要跟梁载道治谈在二级市场的合作。

当晚，我在酒店设宴款待各位股东代表。沈总第一次见到梁载道，为了下一步合作的铺垫，频频举杯跟梁总套着交情。我端着酒敬清楣时，她只是举起橙汁冷淡地应付一下。冯志和罗媛穿插在众人中间，联络各方感情。梁载道举杯来到清楣面前时，不禁赞美道：

"沈总，你的部下真是国色天香啊。"

沈总就势介绍道："梁总，这位是我们公司嘉通项目的负责人，林清楣。联大硕士研究生。来，清楣，敬梁总一杯。"

清楣微笑着拿起一个空杯，斟上红酒，对梁总道："梁总，初次见面，以后还请关照。"

梁载道笑道："林小姐，我们现在是一家人，都是嘉通的投资代表。今后千万别这么客气。咱们还是先交换一下名片吧。"

席间，罗媛也频频向梁载道敬酒，不过，好像他的注意力已不在罗媛身上。他问清楣道：

"林小姐在证券行业从业多久了？"

清楣礼貌笑笑道："其实我刚入行不到半年。全靠沈总指点和各位同仁帮助。"

梁载道笑道："刚入行半年，就能参与这么重大的项目，看来一定是沈总的爱将了。我为证券行业里有林小姐这么美丽优雅的女性感到荣幸，来，敬你一杯。"

清楣喝下酒，脸色红润起来。

"梁总是证券业内的大腕，今后可得对小林多多指教啊。"沈总道。

梁载道笑道："沈总过奖了，不过，能够对林小姐有所帮助，将是我的荣幸。"

梁载道年龄比我略大，戴着眼镜，显得睿智而老谋深算。以往我很少看到他对哪位女士如此殷勤。我这个董事长像傀儡一般，被晾在一边。整个晚上，只听他指点江山，谈笑风生，还经常对清楣表现出不同寻常的热情。我尽管心里不舒服，不过，清楣确实太漂亮了，在哪儿不成为焦点呢？

晚餐后，梁载道盛情邀请大家去唱歌。沈总笑道，恭敬不如从命。冯志和罗媛看看我，我点点头。大家又坐车来到附近的一家歌城。在一个能够容纳十多人的包间里，梁载道让大堂经理拿来两瓶路易十三，然后率先点唱。他跟我年龄相仿，所唱的大都是我们那个年代的歌。老沈一直想找机会跟梁总聊天，不过，梁载道的兴趣完全在娱乐上。不唱歌时，总去邀请清楣跳舞。

我既不唱歌，也不跳舞，酒喝得极闷。偷偷看着清楣，她好像感觉还不错。梁载道甚至专门邀请她来了首情歌对唱。清楣唱歌挺好听，两人声音和谐缠绵，赢得众人阵阵喝彩与掌声。我也虚情假意地鼓掌，心里越来越不是滋味。

捱过两个多小时后，我提议散场回去休息，梁载道还执意不肯。老沈附和着我，说有点累了。他的表态举足轻重，清楣是他的属下，得跟着他走。梁载道见大家均有退意，便吩咐结帐。服务员进来报出帐单，消费五万多。梁载道淡然拿出信用卡付账，一幅视金钱如废纸的疏阔气度。

回到酒店，我走在清楣后面，趁着后面的人还有点距离，轻声问她，累不累？她淡然道，还好。转身用房卡打开房门，进屋，关门，头也没回。我若无其事掠过她的房间，百般滋味搅和在心头。

5

第二天股东会，由我来主持。主要讨论公司上市当年的目标计划，包括业绩预期和全年主要工作。冯志作为公司总经理，对公司当年目标作了阐述，给出的业绩增长率是 20%。家电行业如今竞争惨烈，毛利率逐年在降低，这样的增长率，已经比行业平均水平高出了 10 个点子。主要是基于公司的资产增值收益。会场上，其他各方均无异议，只有梁载道不以为然。

"冯总，我建议把公司业绩增长目标调整到 50%，个人认为这是对经营团队最保守的业绩要求。"

冯志愕然道："梁总，我们这个行业没有任何企业能达到这样的增长水平。公司的股本基数已经非常大了，如果在这个基础上增长 50%，至少需要增加 3 个亿利润，这些钱反算到销售收入上，至少需要增加 30 亿。"

梁载道笑道："冯总，你是按常规经营模式作出的测算。别忘了，我们即将是上市公司，一个上市公司的盈利不会仅仅局限于主营业务收入。你已经站在一个全新平台上，但是思想仍然停留在原地。"

冯志耐着性子，不置可否。老沈见我没有表态，也保持沉默。我用眼角余光观察着坐在后排列席会议的清楣。她表情严肃，目光里没有赞同，也没有否定。

罗媛见大家陷入沉默，便笑着说："老梁，你可能不了解我们这个行业。就算我们拿到上市募集的资金，以最快速度开店，也需要至少一年时间；要达到稳定经营水平，又得一年。况且，目前家电销售业的平均毛利不到 10%。我算过，如果想在现有基础上，提高 15 亿销售收入，至少两年时间，而要想一年增长 50% 的利润，就根本不是这个行业能承受的。"

梁载道仍然笑道："罗总，你也在用传统思维运作上市公司，还得与时俱进呐。"

我还是第一次经历这样巨大的股东分歧。我是嘉通的创始人，冯志跟我是兄弟加战友，沉浮挣扎，相濡以沫十多年，而罗媛基本是我们一手提拔扶持起来的。以往股东会，简单而高效。一般由我提出想法，他们大都只是围绕执行做文章，研究风险和防范措施。如果我的想法不成熟，他们会提出疑问，提醒我深入考虑。我们之间有着心领神会的默契，这样的配合只能产生于患难与共的积淀。

如今我面对的，的确是一个全新的平台。尽管还没有敲响上市钟声，可股改后的公司里，两种性质的资金在貌合神离地合作。老实巴交的产业资金，沿着自己的传统脚步踏实发展；浮躁激进的金融资本，在天马行空地腾挪跳跃。尽管人民币每一张都相同，而因其所有者各异，也带来了迥异的血统。当我明白了这个道理，忽然觉得上市是一件挺荒谬的事情。我们跟这些所谓的战略投资人之间，没有共同理念，没有共同目标。我们的合作注定将是一场同床异梦的游戏。

全场都在等着我的发言。我从容地看了看大家道：

"嘉通的经营团队，包括我本人，仍然停留在原有的发展思路上。上市公司对于我们，仍是一个陌生的词汇和全新的命题。我们不知道公司上市后会发生哪些质的飞跃，会产生哪些新的利润增长点，这些都是我们应该去学习的内容。至于公司明年业绩增长目标，股东之间存在分歧，我认为很正常。刚才梁总提到需要引进新的经营模式，大幅度增加公司业绩。对此，我表示欢迎，并且愿意认真考虑。不过，制定和落实公司业绩目标，是一项非常系统的工程。在股东会议这样的层面，没办法开展如此深度的讨论。我建议下来后由冯总跟公司几个主要负责人再进一步研究。今天的股东会可以先就一般性问题表决。"

我一路太极拳，绕开了对公司业绩的争执。毕竟，现在是上市前夕，需要团结所有股东。再说了，大雁还没打下来，就讨论是清蒸还是红烧，岂不很可笑？

梁载道也没有再说什么。一般性提案都是常规性的，如董事会人员构成，这原本就是大家商量好的，现场举手表决仅仅是走个过场。

股东会结束后，各方股东代表还需要留在上海几天，上交所还需要公司股东各方签署一些法律文件。剩下的时间有些无所事事，我犹豫着是否陪清楣逛一逛上海。老沈拉着我，说晚上跟梁总谈联手控庄，让我也要参加，毕竟他跟梁总没什么交情。我问，就我们三个么？老沈笑笑说，梁总希望小林也参加。我脸色有些不好看了，对老沈道，这么内幕的事情，让清楣搅进来干嘛？风险太大。她直接连着林董，如果出了什么事情，连回旋余地都没有。老沈无奈地说，他也没有办法，梁总指名道姓要清楣参加。

我对老沈道："这不行。我现在都后悔不该让她参与这个项目。证券行业水太深，藏在桌面下的东西太多了。我当初是想为林董解围，你可别让我不仅把救兵赔进去，还要搭上林董的女儿。"

老沈苦笑道："我说老余啊，谁想这样折腾？昨晚你都看到了，那个姓梁的家伙整晚围着小林转。把我们这些人晾在一边，场面上的规矩都不懂。我要不是为了集团扭亏，才懒得伺候这样的神仙。况且，项目离上市只有一步之遥，咱们还是委屈求全吧。晚上吃饭的时候，我会悄悄拉着他去谈联合操盘的事情，你帮我策应一下。不要让小林介入太深，就让她来活跃一下气氛。有我俩在，难道那个姓梁的，还能对小林动手动脚？"

我想了想，叹口气道："好吧。晚上你要找机会跟他密谈。这种事情千万不能让清楣参与。否则我宁愿退出上市进程。还有，明天你回成都，把清楣也一起带回去。我来跟这个姓梁的周旋。今天股东会，算是给他点面子，他敢把我当傀儡，我就要拿他当小木偶提着玩。"

"明白。咱们晚上见。"

晚7点，南国酒楼包间里坐着我们四个人，梁载道，老沈，清楣和我。无论从哪个角度，这个组合都非常奇怪。老沈做东，坐在主位上，梁载道和我作为嘉宾，分别坐在他左右手位置，清楣坐在梁载道旁边。

席间，老沈说大家都是证券业同行，这次因为嘉通项目又成了一家人，所以，有必要小范围聚会一下。梁载道明白这是些虚头的场面话，也是随意应承过去。大家喝酒聊天，梁载道信口谈及政治局一级的国家大事，央行证监会一级的金融圈内幕，让我跟老沈除了附和一两句，基本插不上话。席间，仍然重复着昨天的情形，梁载道高谈阔论，主要谈话对象仍是清楣。

"林小姐，结婚了吗？"

清楣笑道："现在还没把自己嫁出去。"

"像我这样单身，是因为忙于事业。林小姐天香国色，怎么会至今还单身呢？"

"没人要呗。"清楣把脸扭向梁载道那边，我看不到她脸上的表情。

"呵呵，林小姐真会说笑话。应该是林小姐条件太高吧。不过，说实话，一般的凡夫俗子，的确配不上像你这样气质优雅的女孩。我敬你一杯，以表达对林小姐的欣赏之情。"他说着举起酒杯跟清楣对饮起来。

我实在不想让这台酒成了梁载道的征婚聚会,便随口补充道:

"小林是华蓉集团林董事长的女儿。"

梁载道笑道:"怪不得林小姐气质不俗,原来是大家闺秀。失敬了,我还得再表达一下仰慕之情。"说着又端起酒跟清楣碰杯对饮。

"梁总,您太客气了。"

梁载道说:"林小姐,我有个不算恰当的比喻。不知道你怎么看上海这个城市?在我看来,解放前,这里是十里洋场,冒险家的乐园。如今,这个城市每年都吸引着全国精英,前赴后继来到这里。他们怀着野心和梦想,跟当年的冒险家如出一辙。但真正能够在这里享受生活的,永远是少数人。更多人为了这里的一套房子而奋斗终生。我有时候看着这些憔悴的年轻人,非常同情他们。五年或者十年后,他们中大部分人将黯然离开这座美丽繁华的城市。他们的青春和梦想,也许仅仅换来的是伤痛和疲惫。这里其实就是一个赌场,赢家只能是少数的成功者。这些梦想家和淘金者之所以离开,是因为他们根本配不上这座城市。就像刚才我形容你一样,没有人敢于接近你,是因为他们根本配不上你。"

老沈跟我面面相觑。我俩成了不折不扣的陪衬,得由着他对清楣殷勤备至。我注意观察清楣的表情,她从开始的礼貌,已经渐渐地变得很受用的谦虚,然后是甘之若饴的快乐。我无言,只能叹息女人的智商不仅仅在热恋中低迷,在别人的称赞中也基本为零。

趁着梁载道面向清楣喋喋不休地探讨上海魅力,我向老沈使了个眼色。他心领神会,说道:

"老余,你不是还有些事想跟小林交待么?我跟梁总喝酒,你们先去把正事谈了吧。"

果然是老江湖。不动声色支走我们,便于跟梁载道密谈。我顺势道:

"我差点搞忘,清楣,林董让我跟你交待几件事情。我们另外找个地方谈。"

我站起身,等着清楣。她笑着对梁载道说道:"梁总,那你和沈总先聊。"

在楼上的茶艺馆,我对她道:

"清楣,知道为啥把你叫出来么?"

清楣坐在我对面,一脸淡然:"我不清楚,也不想弄清楚。"

"把你叫出来,是不想在这个项目上,让你卷入太深。这个资本圈子远比我想象的复杂。现在沈总想跟梁载道谈的事情,你最好不要打听,也不要介入。

这是我们男人的事情。再说了，那个梁载道，也并不是个善鸟，保持距离才是明智的选择。"

清楣笑道："余野，你是个善鸟么？你总是看不惯这个，看不惯那个，你想告诉我什么？天底下只有你是好人，只有你才是男人中的男人。梁载道是好是坏，跟你有关系？跟我有关系？你操哪门子闲心呢？你是已婚男人，管好你自己吧。"

这是清楣第一次笑着跟我发火，比气势汹汹骂我更难受。我无言以对，只好一支接一支地抽烟。

我不说话，她也不说话，玩着手机，给人发着信息。

"清楣，对不起。我当初不该把你拉到这个项目里面。"过了痛苦沉默的几分钟，我说道。

"呵呵，余野，这世界有后悔药卖的话，你帮我也买几颗。你把爸爸拉进来了，你把我也拉进来了。现在你说后悔了。还算是个男人么？"

"好好好，千错万错都是我的错。清楣，我只有一句话，谁要敢伤害你，我绝对饶不了他。"

清楣笑吟吟地看着我道："余野，你是不是有点精神分裂啊？谁在伤害我？不正是你么？我真的很想看看你准备怎么跟自己拼命？"

我用两个大拇指揉着左右太阳穴，闭着眼睛，再次陷入无可奈何的沉默。电话响了，老沈打来的，说跟梁总谈得还算可以，不过梁总仍然兴致勃勃要约着去唱歌，否则合作再谈起来就有些白费功夫。我心里喊了梁载道十多声"龟儿子"，非这四川方言，不足表达我对他的敬意。老沈的意思再清楚不过，如果不去唱歌，今晚基本白谈。我想，反正明天老沈就把清楣带回成都了，老子今晚舍命陪君子，跟你姓梁的耗上了。

我对清楣说，他们谈完了，还想一起去唱歌。你想去么？清楣表示无所谓，沈总让她去她就去。

尽管我们换了一家歌城，但程序和内容基本复制昨天。梁载道仍然邀请清楣情歌对唱，继而搂着清楣跳舞，仍然是让我和老沈当观众，还让我们对他们的歌声舞技表示赞美和夸奖，仍然是几万元消费，不过却是老沈咬牙买的单。

我不动声色忍耐着。老沈也是被逼无奈，清楣却玩得挺尽兴。我以邱少云忍耐全身着火的定力把这两个多小时煎熬挺了过去。在心里已经把梁载道的十八代祖宗问候了个遍。

11点过，我跟老沈轮流表演困倦，然后一唱一和地明示暗示该散场了。即便如此，梁载道还是盘旋了半小时光景，才收住神通。

终于曲终人散，梁载道名义送我们回酒店，却一路对清楣十八相送到大堂。我已经准备好翻脸发作，只要他敢跟清楣提想去她房间坐坐。不过，他毕竟老道，假装跟我们打招呼，道晚安，这才依依不舍离开。

明天清楣便回成都了，我长嘘一口气，对自己说，终于可以睡个好觉。

6

第二天我醒来比较晚，9 点左右才出现在早餐厅。

我惬意地看着窗外的黄浦江，吃着早点。上海的早晨，充满一种行色匆匆，又朝气蓬勃的气息。

早餐厅里人不多，我朝更远处卡座上投去一瞥，几乎不相信自己眼睛。那里坐着一个漂亮女孩，侧着脸看着窗外江景，悠闲地喝着咖啡。竟然是清楣。

我不声不响地走近那个卡座，突兀地坐在她对面。她愣了愣，随即恢复了从容神态。

"清楣，你怎么没跟沈总回成都？"

她扭头斜看窗外，淡然道："我还没来过上海，想多呆几天。"

我愕然道："沈总是你的领导，他都调不动你么？"说着拿出手机。

她淡定说道："你不用给他打电话。他现在应该正在飞机上。其实，我是打着你的旗号留下来的。我告诉沈总，昨天我俩在包间外聊天的时候，我请你派人带我逛一逛上海，你同意了。"

"为什么这么做？清楣，上海你可以随时来玩。但现在，我不希望你搅进这一潭浑水里。"

"我不会搅进什么浑水里。梁总答应今天带我去参观上交所。像我们这样从事证券行业的人，谁不想去看看这个充满神秘的交易中心？"

我心里一沉："清楣，能听我一句劝么？那个梁载道背景复杂，心术不正，你最好离他远点。"

她嘲讽地看着我道："我为什么要离他远点？他单身，我也单身。在你眼里，向我献殷勤的男人都是心术不正，是么？你有什么资格这样评价别人？还是管好自己吧。"

我被她呛得无言以对。她放下咖啡杯，说道：

"我吃好了。先走了。"

我呆呆看着她离开的背影，陷入一种无可名状的失落中。草草吃过早饭，回到房间，发现自己再也无法平静下来。梁载道绝非善类。我这么多年的江湖阅历，基本不会看走眼。想到他对清楣露骨的殷勤，就让我坐立不安。可现在，清楣对我的规劝充满反感，她性格固执，不会轻易改变主意。

老沈给我留下了一个巨大的麻烦，我根本无心做任何事。

我下楼，来到酒店大堂等待。翻看茶几上的时尚杂志，如坐针毡。大约 11 点过，一辆黑色奔驰停在酒店门口。几分钟后，我看见清楣穿着粉红 T 恤衫走下楼来。奔驰车门打开，梁载道笑容可掬走下车，请清楣坐进后座，然后从另一个门坐进车。汽车缓缓开走，我脑子里一片空白。

我完全不知道自己该干点什么？心乱如麻。这个梁载道身上弥漫着一种寻欢作乐的气息。他老谋深算，挥金如土，清楣这样单纯的女孩，根本没有抵御能力。

我百无聊赖回到房间。度日如年。打开电视，用遥控器不停切换频道，却什么电视节目也看不进去。冯志在上海公司整理资料，我独自在房间里来回走动，感到前所未有的孤单。

不能这样闷在房间里，自己必须做点什么。

我开车来到公司，叫上冯志跟我一道去拜访君华会计师事务所的董总，他是梁载道一手指派的中介公司，跟梁总很熟。我们在进行上市前的公司审计时，经常打交道，感觉人挺厚道。

我跟冯志一直等到下午 4 点，他才急匆匆地赶回办公室。我拉拉扯扯地跟他探讨一些上市工作情况，一直盘桓到下午 6 点，不由分说把他拖去吃饭。

席间我跟老冯轮流敬酒，他的兴致渐渐高涨起来。我问道：

"老董，梁总好像跟你挺熟么？现在他是我们公司副董事长，我的合作伙伴。我感觉他可不是一般人物。"

老董喝了酒，谈兴甚高："那当然。老梁跟我既是同乡又是同学。他现在身家过亿，在证券界呼风唤雨。这么多年，我是自愧不如啊。"

"董总是哪儿的人呢？"

"我跟老梁都是杭州人，在那儿一直读到高中，大学毕业后，才来到上海。"

我暗自高兴道："要说老梁比我岁数大，长得一表人才，怎么跟我一样也是单身呢？"

老董笑道："他可是新派人物。老婆孩子都在杭州，他一个人在上海逍遥。

我们都说他在上海过单身生活，每过几个月就会换一个女朋友。贪玩着呢。"

"怪不得老梁这么潇洒。原来，在杭州和上海各安一个家，老婆、女朋友相安无事。惭愧，惭愧，今后得向老梁好好取经学艺。" 我笑道。

场面上，这类事情司空见惯，实在不足为奇。我们的话题很快便掠了过去，东拉西扯，谈天说地，一直到8点过，才结束了饭局。

回到酒店，已经快9点了。我敲清楣房门，无人应答。心里一紧。她还没回来。自己一颗心再次悬空起来。

我无法在自己房间里安坐，只好在酒店大堂等待。酒店总台的墙壁上，挂着五六个时钟，标示着世界不同城市的时间。我痛苦地看着几个不同位置的时针慢慢转动，心中越来越焦急。当你牵挂一个人时，一颗心仿佛被车轮反复碾压，苦不堪言。酒店客人进进出出，每当有汽车停在酒店门口，便让我分外期待，希望进来的是清楣。可每一次希望都无情落空。我几次拿起手机想给清楣拨打电话，却又无奈地放下。我了解她的性格，这样做只能让她更加反感。

10点，10点半，11点……夜色越来越深，进出酒店的客人也越来越少，我看着落地玻璃窗外寂寥的灯光，心情几乎绝望。这才发现自己心底是如此在乎她，跟我平时想象的完全不同。我告诉自己，如果再过半个小时，她还不出现，我就会动用一切手段来寻找她。可我有什么手段呢？除了打电话给她，还能怎样呢？一想到梁载道这混蛋花天酒地的事迹，我脑子一片混乱，感觉自己正在濒临崩溃。

酒店外一辆黑色轿车悄然驶来，停在大门口。车门打开，走下来的正是清楣。她跟车里的人微笑着挥手，说了声明天见。关上车门，走进了大堂。

她径直走向电梯厅，按下电梯按钮，轿厢门缓缓打开，她走了进去。我趁着门尚未关闭的刹那，跟进了电梯。

她惊讶道："是你？"

电梯飞快上升。我们住在十九楼，也许总共等待的时间也不过十几秒钟。狭窄空间里的寂静凝固得像一块铁。她没说话，我铁青着脸看着电子屏，一言不发。

楼层到达，清楣走出电梯，我沉默跟在后面。她来到自己房间，用房卡刷开房门，正待推门进去，我的手也推在了房门上。

"你干吗？"她抗议道。

"我有事跟你谈。"我沉着脸，不由分说把她挤进房间。房门自动关闭，我来到靠近窗户的沙发上坐下，眼睛直直地看着她。

她有些恼怒道："余野，你究竟想干什么？"

"清楣，你知道么？我在这儿整整等了你一天。你再不回来，我真的要疯掉了。"我压住火气道。

她也毫不示弱道："余野，你这算什么？你是我什么人？需要这么大惊小怪么？我跟人出去吃饭看演出，有必要向你请示么？"

我冷冷说道："清楣，我希望你明天就回成都。这个梁载道不是你想象的那种人。"

"余野，我再说一遍。他是什么样的人跟你无关。我也不是你的下属。你深夜闯进我的房间，算什么意思？请你自重。"

我不屈不挠道："清楣，你可以自行其是，我也可以立即停止公司上市计划。"

她嘲讽道："你的事跟我无关，要停就停吧。明天我是不会回成都的，梁总明晚还要带我去东方明珠塔上的餐厅吃饭。这个应该不在你余董事长的上市工作范围内吧？"

我压着火气道："清楣，你知不知道，梁载道在杭州早就有老婆孩子。他在上海，两三个月就要换一个女朋友。这样花天酒地的男人，是你想要的么？"

清楣一愣，随即道："你胡扯。再说了，我也就是跟他吃饭看表演。"

"你明天自己问问他吧。他儿子已经上小学三年级了。我也是才知道的。"

清楣站在电视柜前，双手抱在胸前，显得很疲惫。

"你走吧。我累了。"她冷冷下着逐客令。

我站起身对她道："清楣，这次把你送回成都后，我绝不会管你的事，绝不再过问你的情况。我在这儿等了你一天，度日如年，担心你会出什么事，这种滋味太痛苦。根本就不是你能想象的。我走了，你好好休息。"

我用尽力气保持镇定，离开清楣房间后，却仍感觉自己浑身在发抖。

7

第二天是股东代表跟交易所人员对接日，需要股东各方代表签署一些文件。下午两点，所有股东代表和交易所办事人员都在会议室准时开会。梁载道春风满面，清楣神色平静，我一脸疲惫。所有摆在我面前的文件都懒得过目。我甚至想找个理由，停止上市，结束跟这帮莫名其妙人的痛苦合作。这个念头是疯狂的，不过我觉得更疯狂的是继续这种看不到未来的合作。

交易所人员在介绍这些文件资料，我背靠在椅子上发神。梁载道问我：

"余总，对这些文件有什么看法么？"

"没有。无所谓。"我回答得毫无生气。

他见我没有谈性，扭过头不搭理我了。

一个多小时会议结束，散会后，他走过清楣时，对她说："林小姐，下午6点，我准时来接你。"

我跟在他们身后，心如冰窖。昨晚跟清楣的谈话，似乎没有影响到他们之间的约会。我实在不想再过问。回到房间，越想越窝火。罗媛打电话给我，看我今天脸色不好，问我是不是不舒服？我说没什么，晚上没休息好。心里忽然有了想法，让罗媛把她的司机小宋留给我。罗媛问，董事长怎么突然想换司机？我说，小宋脑子灵光些，这几天需要去做一些私密会谈。

小宋是退役特警，身手了得，为人谨慎，很懂事。最初带他来上海，给我开车，并兼任保镖。后来，罗媛主要负责上海公司事物，我害怕她一个人不太安全，便把小宋安排给他作为司机保镖加助理。今天，我实在不愿再像昨晚那样，在酒店大堂痛苦等待。

小宋没到5点半便把车停在酒店大门旁的临时车位。我在车里告诉小宋，今晚要跟着一个人。他点点头，根本不问其他问题。这小伙子沉默寡言，却心思缜密。大约6点左右，一辆奔驰车停在酒店大门口。车门缓缓打开，一个男人走下车来，正是梁载道。他走进了大堂。大约又等了十多分钟，才看见他跟清楣一起走了出来。我透过车窗玻璃仍能够看见清楣脸色黯淡，并不像昨天那样兴奋。

我对小宋道，跟着前面那辆奔驰。前面奔驰开动起来，小宋也启动车，缓缓跟了上去。昨晚听清楣无意说起他们要在东方明珠塔的旋转餐厅晚餐。我不敢大意，害怕中间有什么变化，嘱咐小宋务必紧跟。绕过几条街道，奔驰车开往过江大桥，方向果然是浦东。

进入浦东地界，奔驰车沿着主干道行驶，又转过几条街，我已经能够非常确定，的确是东方明珠塔方向。

东方明珠塔上的旋转餐厅号称全亚洲最高的餐厅，可以俯瞰整个外滩，在上面看夜景应该非常漂亮。我还一直没有机会去体验。奔驰车进入停车场，开始停车。我们跟得很近，只好驶过他们，假装寻找停车位置。我通过后视镜看见清楣和梁载道都下了车，两人交谈几句便一起走向高塔入口的电梯。

小宋在附近的肯德基买了些鸡腿和汉堡，拿回车里跟我一起吃。我啃了一只鸡腿，便什么也咽不下去。等待是漫长的。小宋不爱说话，我也是简单地跟他聊聊工作上的事。夜色降临，外滩的灯光开始亮起，我还是第一次从浦东眺望外滩。那些在江边一字排开的洋楼气势非凡。这个城市只有在这里充满着沧桑历史感，其他地方被越来越多高楼占领，泯灭了风格与特质，变成了千篇一律的现代化。

过了8点，远远看见整个外滩灯火通明，游人如织。我心乱如麻正对着外滩方向发神。听小宋道："董事长，是不是那两个人？"

顺着他手指方向，看见挺远地方有两人缓缓走来，女的摇摇晃晃，男的将她搂抱着向停车场方向前进。距离太远，我还不敢确认。那女的时而向反方向转身，却总是被男的搂抱住，又过了一两分钟才接近停车场边缘。忽然看见奔驰车里的司机下来，走向那对男女。我能够确认了，那个摇摇晃晃走路的女人应该就是清楣。我对小宋道："我们过去。"

梁载道搂抱着清楣来到奔驰车前，清楣不知是喝醉了，还是不情愿，一直想挣脱梁怀抱。那个司机帮着把清楣胳膊架着，向汽车走去。距离很近了，我听到梁载道声音："把林小姐扶上车。"而清楣却带着醉意挣扎："放开我，我要回去。"

他们已经快到车门边。清楣被两个男人架着，扭动着胳膊，却无力挣脱。我快步走上前去，猛地从背后拉开梁载道的手臂，他转过身还没明白怎么回事，便被我重重推倒在汽车尾部。小宋几乎同时向梁的司机下手，一掌将他推开。那司机不服气地和身扑向小宋，被小宋一肘击在胸口，一声不吭闷倒在车门边。

我抱着清楣，对她道："清楣别怕，是我，余野，我带你回家。"

清楣醉意朦胧，看到我却哭出声来。梁载道靠在汽车后备厢旁，已经认出了是我，怒不可遏道："余野，你想干什么？"

我抱着清楣，一边冷冷指着梁载道："姓梁的，你听好了，我忍你很久了。这是我的女人，你敢动她，我就杀了你。"

梁载道嘲讽道："你不是刚向另一个女人求婚么？这么快就转移目标了？"

"这不是你该关心的事情。回去把你杭州的老婆孩子管好吧。"

梁总怒道："姓余的，你今天敢这样做，嘉通国际想上市，除非你跪着求我。"

我原本已经抱着清楣走向自己的车，听他这样说，又转身对他道：

"对了，梁总，有件重要事情我忘了。明天到嘉通公司来结账，拿走你的投资款，滚蛋。我不想上市了，更不想跟你这混蛋合作。"

这么多天，我忍辱负重，到此刻终于出了一口恶气。浑身爽快有如腾云驾雾。

我把清楣抱进车厢后座，让她躺在我怀里。她一直在哭，我安慰她道：

"清楣，别哭了。有我在，没人敢欺负你。"

她在我怀里哭道："我恨你，余野，你为什么要来，你能保护我一辈子么？"

我抚摸着她的长发，一声叹息。对小宋道，走吧，回酒店。

"你来干什么？为什么要带我走？我讨厌你，恨你……"

她一边哭着，一边用手胡乱拍打着我的胸口，我俯下身对她轻声道："清楣，别哭了，我带你回家。"她眼泪汪汪看着我，用手把我的脖子勾下来，我们的嘴唇又粘到了一起……

汽车开动起来，整个上海滩的夜色在车窗外梦幻般流动着。清楣柔软的身躯伏在我怀里，她渐渐睡着了，我感觉像在做梦。这个女孩一定跟我在前世纠葛，剪不断，理还乱。为了她，我可以跟投资人翻脸，放弃箭在弦上的上市工作。为了她，我整晚坐在酒店大堂，被焦虑和恐惧折磨得死去活来。我想起龙哥说的话，一个人可以天不怕，地不怕，却会为自己爱的人怕得要命。

我问自己，爱她么？这是自己一直在回避，也一直不想弄清的问题。即使刚才跟她热吻时，我也迷惑着。我爱晓雅，是因为一个温柔女人对一个男人最纯粹的吸引；而对清楣，则是一场漫长抗衡对立和相互征服。到最后爱恨交织，相互纠结，谁也难以离开对方。这几天，当她跟梁载道出双入对时，我才体会到那种惨烈心痛。不可理喻，无法医治。

车开到跨江大桥边时，怀里的清楣突然说想吐。我让小宋把车停在江边路旁，扶着她下车，让她对着一片草地。江风吹来，她忍不住呕吐起来，我拍着她的背，小宋从车上拿来纸巾和矿泉水。

我把她扶上车，继续让她躺在我怀里。汽车一路向酒店方向驶去，一向骄傲的清楣，此刻在我怀里像一只温顺的小猫。

到达酒店，小宋不声不响地开车离去。我抱着清楣穿过大堂来到电梯厅，原本想把清楣带到我房间，想了想，改了主意。从她小挎包里找到房卡，把她抱进了她自己房间。我把她轻轻放在床上，给她脱了鞋。把她的脚放上床，又轻轻盖上被子。自己正想走到餐台上给她烧些热水，却被她伸出手抓住。"余野，别走。我难受。"

我停下来，抚摸着她的手道："放心，我不会走，我会一直陪着你。"

我握着她的手，靠在床边坐着。她吐过之后，清醒了许多，开始喃喃对我说："余野，我好难受。这么多年，我一直是骄傲的公主，可就是找不到人爱我。下个月我就 26 岁了，菲菲有男朋友了，晓雅要跟你结婚了，我真的感觉好孤单。

这种感觉你懂么？"

"我懂。清楣，先休息一下好么？你今天喝得太多了。"

她仍然迷茫地看着我："别走么？我害怕。"

"我真的不走，就在这儿陪着你。"

她看着我，轻轻呻吟着，酒劲再次弥漫而来，没过多久，便又睡着了。

我长舒了一口气。从昨天到今晚，一直为她担惊受怕，现在总算能够把心放进肚子里。我把窗边的小沙发拖到床边，躺在上面休息。清楣不喜欢闻烟味，我等她睡熟了，才回到自己房间，连抽几支后，又回到清楣床边沙发上休息。

夜已经深了，我迷迷糊糊躺着。不知过了多久，听到她翻身的声音，赶紧坐起来看，她大睁着眼睛，呆呆看着我。

我笑道："清楣，你醒了？"

她裹着被子，躺在床上不说话。我以为她还不舒服，便说道：

"好些了么？刚才给你烧了开水，应该还没冷。我给你倒点热水。"

我从电水壶中倒了杯温热的水，端到她床头，扶着她坐起来，喝了下去。

"你一直坐在这儿？"

我放下杯子，说道："是啊，你喝成这个样子，我不陪着你怎么行？"看样子，她基本已经酒醒了。

"你没有对我动手动脚吧？"

我挠挠头道："应该没有吧。"

她仍大睁着眼睛看着我道："究竟是我对你没有吸引力，还是别的原因？"

我苦笑道："我的大小姐，我有贼心，也有贼胆。男人有的毛病，我一样不缺。可我怎么会在你喝醉的时候欺负你？那我不成了梁载道那混蛋么？"

"你怎么知道我们在那儿？"

"昨天你跟我吵架时候告诉我的啊。"我没告诉她自己跟踪了她。

她把目光转到我身边的沙发上，黯然道："今晚在旋转餐厅吃饭，我问梁载道有没有老婆？他开始说没有。我问他，儿子是不是已经上三年级了？他才慌了，说跟自己老婆感情不和，迟早要离婚。我问他，为什么要骗我？他解释了半天。我感觉很绝望，就一直喝酒。这种葡萄酒喝的时候没事，可说晕就晕。我感觉头晕，想走，他拼命留我，让我跟他走。我头晕得越来越厉害，他抱着我，我挣不开。后来，还有一个人来帮着要把我扶到车里，再后来，你就出现了。"

"清楣，放心。他再也不敢来骚扰你了。我已经跟他中止合作，明天让他拿着投资款滚蛋。嘉通不上市了，我们另外想办法帮助你爸爸。"

她温柔看着我："你是因为我才放弃上市的么？"

"我跟那个趾高气扬的混蛋没法合作，当然，跟你也有很大关系。"

她垂下目光，想着自己的心事。我也安静地看着她。也许，她认为我付出了巨大代价。可实际上，我还想感谢她。如果不借着今晚这事跟梁载道摊牌，我真不知道今后还要跟他纠缠到何时。尽管前期各种费用高达上千万，就当买个教训吧。

良久，她才说话："我饿了。"

我笑道："想吃点什么，我这就给你去买。"

"我想吃本地的馄饨。不过，这么晚了，也不知还有没有？"

"你躺着，我马上给你弄碗馄饨去。"

我快速下楼，来到酒店大堂，看看表，已经是凌晨两点过。我让酒店服务员帮我呼了一辆计程车。出租司机开车向浦西的小巷子钻去，不到十分钟便把我带到一个大排档。

半个多小时后，我提着用塑料薄膜封好的一碗馄饨返回酒店，来到清楣房间。她刚刚洗完澡，头发披散着，可眼睛里有了些光彩。我让她仍然躺在床上，自己半坐在床沿上，用汤勺喂着她小口小口吃着馄饨。

她吃着吃着，眼泪却滚滚地流了下来。我关切问道：

"怎么了，还不舒服么？"

她摇摇头说，想起小时候生病，爸爸把面条端到床上一口一口喂她的情景了。

我拿过纸巾，帮她擦干眼泪。她吃了几个馄饨，又喝了些面汤，点点头说吃好了。我把剩下的东西用塑料袋拴好，收拾干净。又给她端来热水，让她喝了几口。看着她精神渐好，我也开心道：

"刚才你吃东西，就像个受了惩罚的小女孩，一边哭，一边吃。"

她撒娇道："你还说呢。昨晚你跟我吵架，凶神恶煞的。我都有点怕你了。"

"你那么晚才回来。我在酒店等了你一天，生怕你出事，差点都要急疯了。你还不理我。你说我生不生你的气？"

她幽幽道："你真的这么在乎我么？"

她的发丝贴着脸颊，有些凌乱，脸色红润妩媚，靠着枕头半躺在床上，目光温婉，带着一种少有的柔情看着我。在这午夜时分，我们之间在这致命距离里，有种无可救药相互靠近的诱惑。有一瞬间我看呆了，当努力回过神，我叹口气道："我真是上辈子欠你的，还也还不清。好吧，我认命。你早点休息。等明天一早我就把机票改签了，陪你一起回成都。"

我帮她盖好被子，直起身想走，却又被她一把拉住我的手。

"还想让我给你讲故事，哄你睡觉？"我尴尬笑道。

她脸色红润，呼吸有些急促，声音柔和又有些迟疑说道："刚才在东方明珠塔，你从梁载道手里把我抢走时，我记得，你好像说过，我是你的，女人……"

我的心跳猛烈加速。她拉着我的手，看着我，只需要我轻轻俯下身来，今晚她就真正会成为我的女人。我感觉血液像岩浆一般炽热沸腾，这一场为期十多秒钟的搏斗惊心动魄，杀声震天。我艰难地从欲望的洪水中抬起头，几乎是浑身颤抖。

我俯下身在她的额头轻轻一吻，又轻轻地从她的手中脱离出来。

"再让我最后当一次圣人吧。清楣，至少以后，我会问心无愧。"

8

第二天一早，我不仅改签了机票，而且紧急让律师向投资各方通知，暂停上市一切工作。

老沈得到消息首先给我打来电话，问我究竟出了什么情况？我说跟梁载道弄崩了，具体情况等我回成都后面谈。老冯还是有些担心，如果梁载道不就范，我们将承受很大损失。我对他跟罗媛道，放心，一旦最后谈崩，由我作为公司大股东来承担一切损失。冯志和罗媛异口同声说，这个得大家一起承担。我说，这个问题先不讨论，我先回成都，梁载道如果找到你们，就让他到成都来找我。在上海，他是条呼风唤雨的龙，在成都，他就是个小爬虫。

我收拾好行李，敲响清楣房间。她已经收拾好了，在等我。她流露着倦容，看得出昨晚没有休息好。我朝她亲切笑笑，接过她的行李。一切都那么自然，仿佛经历了昨晚，我们之间已有了非同寻常的情谊。

小宋的车已在酒店门口等候。我们坐上车，看着沿路景色，感觉经历了一场又一场荒诞奇特的演出。清楣没有说话，多少有些尴尬拘束。我们坐在后排，有一段时间都保持着微妙的沉默。我伸出右手握住了她的手。这个动作无比自然，不需要解释，不需要理由。鬼才知道，昨晚我为什么放弃那样唾手可得的机会，现在却又握住她的手。我们静静坐在车里，不需要任何语言，有一种温暖在两手间传递。汽车开上高速路，路边的植物和房屋在飞快倒退着。她把头轻轻靠在我肩膀上，闭目休息。我用手臂搂着她肩膀，让她舒服地在我怀里睡去。我知道经历了这些天，这些事，我跟她之间已经无可挽回地越走越近。那条所谓的底线，正在被这种无声无息的亲近感悄悄拆除。我甚至不知道现在我们属于什么关系，我们的未来在哪里？但此刻，她靠在我怀抱里睡得如此踏实，充满依赖。她的长发拂着我脸颊，身上的清香阵阵撩动着我的心。车窗外，阳光破云而出，世界灿烂明亮，通往机场的高速路开阔辽远，我希望这条路最好不要结束。

我们到达机场，正在办理检票手续。电话响起，是梁载道。看到是他的名字，根本不接。他一连打了几个电话，见我不理会，又发来短信道："余总，昨晚我喝多了，实在抱歉。有非常重要的事情希望面谈。我知道你已到机场，现在我也正在赶来的路上。"

我想了想，回拨了他的电话："梁总，有事么？"

电话里传来他急切的声音："老兄啊，上市进程已经到了最后关头，你可不能说停就停。后面的法律问题可不是闹着玩的。"

我平淡道："哦，梁总，这些问题你可以直接跟我的律师谈。我马上要回成都了。有什么事情想面谈，到成都来找我吧。"

"唉，我不是那个意思。老兄，这样，你等我10分钟，我当面给你谢罪。"

这个趾高气扬的家伙竟然又是道歉，又是谢罪。我也觉得不好再把架子端大。对清楣道："梁载道赶到机场来跟我道歉。清楣，你先过安检。在里面等我，我来应付他。"

清楣温顺地点点头道："那我先进去等你。"

十几分钟后，梁载道终于匆匆赶来。拉着我到旁边咖啡店坐谈。我看着手表道："梁总，快要登机了。我们只有20分钟。有什么事，你尽快说吧。"

他气喘吁吁道："老余，昨晚的事情，是我的错。大家有什么好商量，千万不要影响公司上市大计。"

我淡淡道："梁总，这么多天以来，我一直忍着你。你不懂经营，只知道胡乱对公司正常经营指手画脚。我也把话说清楚，昨晚，只不过你点燃了导火线而已。我对跟你合作的前景很悲观。"

他缓了缓神道："余总，其实股东之间的磨合，跟男女谈恋爱差不多。彼此价值理念存在差异，这很正常。需要大家多多沟通了解。"

"这些场面上的话，我建议还是不说了。我提醒一下，还有15分钟。"

他尴尬道："老余，那你说，需要我怎么做？"

"我觉得，你首先要明白一些做人和做事的道理。并不是我在求着你上市。请你今后收起那副高高在上的嘴脸，我不喜欢。就算这上海滩有一半是你的，也别嚣张到我头上。另外，公司正常经营，你不懂就不要装懂。你只代表30%的股份，我可以轻易地否决你的任何提议。如果还想合作，请你尊重经营团队的意见。最后，我要告诉你，有些女孩你不能乱碰，弄不好会出人命。"

他苦笑道："确实要出人命。昨晚你的手下太狠，一下就打断我的司机五根肋骨。人现在还在医院躺着。余总，我也给你表个态。今后，我会注意自己的言行，董事会里的事情，大家商量着来。对于林小姐，你放心，我今后一定避而远之。昨天陈公子也狠狠地批评我了，还请你老兄看在他的面子上，多多包涵。"

话说到这个份上，我确实也只能见好就收了。我点点头道：

"梁总，这样吧，我马上要登机。回到成都，我第一时间跟其他几个股东商量，最迟明天给你回话好么？希望梁总能够理解，我上午才发布的命令，下午就取消，这个董事长岂不是朝定夕改，太没有水平了？"

梁载道无奈笑笑："好吧，余总，真心希望大家能解除误会，继续通力合作。"

我离开他，走进检票大厅，通过安检，清媚在入口等我。

我朝她笑笑道："没事了。梁载道赔礼道歉，希望挽回合作。我们走吧。"

当飞机起飞时，我突然再次感觉到不安。在成都，我的未婚妻何晓雅正在等着我，而此刻，她的表姐正把头靠在我肩膀上。我再次陷入茫然。

第六章
我平静地接受了命运给我开出的两份罚单

1

清楣的生日即将到来，而我跟晓雅领结婚证的日子也临近了。

我挺犯愁，该给清楣送什么礼物？

回成都后，尽管我们没有再联系过，但彼此都知道，即使不见面，没有电话短信，而相互都在关注着对方。就像在拉萨看到的那首诗："你见或不见，爱就在那里，不增不减。"诗的感觉如此美好，而搁在内心的感觉却让我心绪不宁。晓雅已经开始像一个妻子般照顾我的生活。她温婉美丽，对我是一种天然宁静的归宿。我有时也弄不清，自己究竟需要一种漂泊后的安静回归，还是继续在危险动荡的关系中寻找激情？

我跟晓雅以共同的名义买了份礼物。自己又悄悄去买了条精美的钻石项链，那串项链挂在香港周大生珠宝店橱窗的显要位置，属于镇店级珠宝。我看到便觉得投缘，进门还没等营业员介绍完这项链的精湛工艺和来历传承，便刷卡带走。

19日是她的生日，22日是我跟晓雅领证的日子，我没勇气单独去见清楣，便让公司的人把礼物和鲜花直接送到她单位。当晚，我收到了她的短信："礼物收到了，谢谢。"

我长舒一口气，感觉平稳地撑过了一个险滩。等我跟晓雅领了结婚证，也许那种危险的游戏便会告一段落。

上海方面非常顺利。自从我跟梁载道果断摊牌后，意想不到地获得了项目控制的主导地位。他再也不敢把我这个董事长当成阿斗，凡事都要先征求我的意见。我恢复了上市的各项工作。证监会审批已经正式过会，现在需要在上交所排队等候挂牌交易。我发现自己的威慑力，主要来自于间歇性的神经病爆发。如今在场面上行走，我总是收敛气场，温良恭俭让，一副识大体，顾大局的窝囊样子，而一旦触及我的雷区，那就得闹个天翻地覆，玉石俱焚。好在，我讲道理，不惹得我无路可退，自己也不会无缘无故犯浑。

清楣没像往常那样在家里举办生日晚宴，而是在外面找了个酒店，包下个小厅。亲戚朋友，现有同事，有五六十号人参加。我跟晓雅一起参加。老吴也来了，见到我们非常冷淡，形同仇人相见。晓雅颇为尴尬，幸好有菲菲等人在旁边活跃气氛。我让晓雅跟一帮同学聊天，自己跟林伯伯汇报着公司上市的情况，老沈到了后，也参加到我们谈话里。

客人陆陆续续到齐了，而清楣却一直没有露面。我嘴里谈着军国大事，心里却一直忐忑着，清楣在干吗呢？

终于有人登场了，是酒店驻场的主持人，他很职业地拿着话筒对大家道：

"今天是林清楣小姐26岁生日。在这个特殊日子里，让我们掌声有请这位美丽的女孩。"

我鼓着掌，心里却觉得挺别扭，这生日晚宴经过婚庆公司介入后，变得商业化和仪式化。以往清楣的生日，只邀请十几个同学好友，气氛亲切而融洽。

身穿晚礼服的清楣款款登场，场内一片惊叹。站在台上的清楣美丽不可方物。她平时不喜欢过分打扮，只是随意淡妆，穿着寻常衣服。而此刻，她穿着靓丽高雅的蓝色鸡心领晚礼服，波浪般的长发被空调风吹拂得轻轻飞舞。湛若秋水的目光沉着高傲，那种强烈魅力直刺人心，无可抵挡。白皙的脖颈下，我一眼看见自己送给她的钻石项链正在胸前璀璨闪亮。她接过主持人的话筒，落落大方地看了看场下，目光掠过我时，没有过多停留。

"我亲爱的爸爸、妈妈，叔叔阿姨，还有远在国外的外公外婆，在场的我的同学、朋友、同事和领导。今天是我26岁生日，我要借着这个机会，感谢我的爸爸妈妈，这么多年的养育之恩，无微不至地关怀，让我快乐地长大成人。我要感谢跟我一起度过青春时光的同学朋友们，这么多年，我们一起开心，一起烦恼，一起数着菜票穷高兴，一起度过人生中最青涩也是最甜蜜的校园时光。我还要感谢我的领导和同事，尽管我参加工作时间很短，但大家都对我非常关心爱护，跟大家并肩努力的日子让我感动……"

我听着她的致辞，忽然觉得清楣如此仪式化的生日宴会并非想象的那样简单。她继续说着：

"一年前，家里就安排我去美国留学。我因为一些人，一些事留了下来。时过境迁，那些让我留下来的理由已经越来越少。现在，我明白了，自己眷恋的东西其实就是那些跟大家在一起的时光。人生是需要爱和梦想的，我也需要属于自己的生活。前段时间，我跟爸爸妈妈商量好，过了这个生日，我就去美国。几天前，我办好所有的签证手续，订好机票，突然感觉很伤感。好像真的要告别了，就像有人说的，人生就是一场为了告别的聚会。那么多往事就汹涌而来，真的很舍不得。其实，一个人的生活就是由她身边那些人组成和记录的，他们相互映照岁月流逝，也彼此珍藏着对方的青春。我就是为了这样的告别，才把跟我有过往事的朋友们都请来，想告诉你们我的感激，我的怀念，我的伤感，还有我的爱。如果我曾爱过，那就让这份情感消融在岁月里，今天，我只想说的是，再见了……"

她已经热泪盈眶。林董走上台爱抚地抱住她的肩膀，她转过身伏在林董肩上泣不成声。

我的胸口像被钝器重重击打过。眼睛发热，却感觉有一股热泪在流向心底。我远远没有自己想象的那么坚强，我承受不了这样的离别。这个跟我爱恨纠缠的女孩，这个数日前还在我怀里痛哭的女孩，这个我曾爱过苦恼过逃避过的女孩，此刻，正在借着自己的生日，跟她的朋友告别，跟往事告别，跟我告别。

身边的晓雅和菲菲也在擦着眼泪。而我，黯然举起酒杯，跟着大家一起向她表示生日祝贺，脑子里空空如也，心里一片冰冷。那个法力无边，大闹天宫的孙悟空，将带着紧箍咒走向茫茫荒原，而他曾爱过的女孩将远离他的命运，去往他几世轮回也再无法触到的世界里。美国，也许仅仅是十几个小时的飞机航程。而对我，却感觉是一场永远的告别。

我心中的盛宴已经奏响了散场音乐。而清楣的生日宴会才正式开始。她由林伯伯和何阿姨陪着依次向每一桌亲戚朋友敬酒。来到我们这桌时，我们纷纷站起来跟她碰杯，她的目光短暂地掠过我和晓雅，坦然而轻快，微笑着跟大家表达着感谢。

在场的嘉宾，大都是熟人朋友，场面上气氛渐渐热烈起来。开始相互敬酒叙旧，觥筹交错，杯来瓶往。我跟晓雅端着酒巡回了一圈，除了林伯伯、何教授等几个长辈，我们还分别跟袁东、菲菲单独敬酒。礼节性工作完成，我感觉胸口发闷，呼吸艰难，对晓雅说，我到外面抽支烟去。

宴会厅外，有几个单独的会客室。我走进一间没人的房间，躺在沙发上，感觉自己腾云驾雾般的晕眩。酒喝得不多，可心情抑郁，对酒精几乎没有抵抗力。我点起香烟，看着袅袅升起的青色烟雾，想起不知在哪儿看到的一段诗："点燃香烟，思念在这段，微微火星在那头，四分之三支香烟，燃尽我一生思念……"
不知过了多久，门慢慢被打开了，清楣走了进来，我百感交集看着她，脸上却
只露着微笑。

"清楣，你也出来了？呵呵，没想到这么快就要去美国了，真是挺快的。
你今天非常漂亮，简直是光彩照人。真的，这一身搭配得真好看。"

我镇定地说着语无伦次的话。她走近我，我也站起身来。

"余野，谢谢你送的项链。"

"你戴着真得很好看。"

"刚才跟大家告别，现在，单独跟你告别。余野，还有什么想跟我说的么？"

我低着头，避开她的眼睛，喃喃说道："没有了。真的没有了。祝你幸福。"

"那就……再见了。"

我点点头，她缓缓转身而去。忽然，她好像放开了身上强加的绳索，转过
身扑进我怀里，我们的嘴唇热烈地粘在一起。我紧紧抱着她，狂热地吻着她，
仿佛要把爱和未来的岁月全部在这一刻消耗一空。火山般的热情，岩浆似的暖
流，混合着离别前的全部伤感，仿佛黄连与蜜糖搅拌在一起，那种痛苦的激情
击穿了我的灵魂。我带着破洞累累的心全力以赴地吻着她。意识模糊，时间停滞，
直到我隐隐有种奇怪的寂静感觉。我抬起头，恍惚地看着门口，晓雅呆呆地站
在那里，带着一种仿佛遭遇雷击后的枯萎表情，无比绝望和凄凉。

"晓雅？"

我放开清楣，呆呆喊出声来。她轻轻地关上门，迅速跑着离开了。

2

互联网正在以一种魔幻手法改变着生活，虚拟和成就着很多人的一生。他
们在网络中有许多身份，聊天，看信息，游戏，交友，发表博客。人与人之间，
再也不需要像当年那样当面交流。你甚至不知道整晚跟谁在情意绵绵对话，对
着某个名字莫名其妙地充满激情和幻想。黑漆漆的屏幕后面，深不可测的网络
世界像一片一望无际、没有形状的汪洋。人们不再用纸和笔写信，电子邮件方
便快捷得不可思议。整个世界被连接在一起，无论大洋彼岸的美国、欧洲，还
是亚洲的某个小镇。物理的距离仍然存在，可信息的洪水已经通过网络蔓延到
地球上任何一个覆盖网络的角落。那种基于交通落后信息闭塞而诞生的别离情
感，仿佛不再成立。那种"昨夜风雪中，故人从此去"的悲伤显得落后而可笑。

安装一个小摄像头，打开视频聊天软件，可以跟任何人面对面谈话，万里若比邻。人与人之间，那种传统物理距离已经被缩短到可以忽略的程度。也许再没有人到火车站哭着送别，泪流满面地跟着缓缓开动的火车奔跑，挥舞手臂，无奈地看着火车驶向远方。机场里人来人往，飞机起起落落，人与人之间，只隔着一张机票的距离，只隔着一条网线的宽度。

可我，怎么也找不到晓雅了。

那幢准备作为新房的别墅里，变得空空荡荡，刺骨荒凉。我和我的影子做伴，和电视里的声音做伴，和每一个沉入深渊的夜晚奈暗淡清晨做伴。

她留给我一张纸条："小野哥，我走了。祝你和清楣幸福。"

我经常痴呆地看着那张纸条，整晚整晚沉入虚空般的寂灭中。十多天来，我每天都在疯狂拨打她的手机，可永远是对方已关机的语音提示。我问遍了她的家人朋友和同学同事，没有人知道她在哪里。只有何教授告诉我，她曾给家里打了个电话，说跟你的感情发生了问题，想出去散散心，可能时间有些长。我完全失去了跟她的任何联络。她的电子邮箱，她的QQ里，永远一片沉寂。

屋里到处都是她的影子，她选的窗帘，她买的沙发，她摆在卧室里的毛毛熊玩具，她给我书房安置的躺椅、垫子，她给我选的衣服袜子，她为我整理好的书籍和各种玉石摆件。我们在婚纱影楼的摄影像框上还蒙着牛皮纸，她还没来得及挂在墙上，而我，根本不敢打开。我无法面对她的微笑。一个新娘子才有的发自内心的微笑，她的美丽绽放到最完美时刻的微笑。我把她的照片全部收拾起来，否则无法继续呆在这个房间里。她的身影每天深夜在我眼前晃动，无论喝酒还是不喝酒。寂静中，我会产生一些幻听，觉得她仍在这座房子某个地方，亲切地喊着我："小野哥，起来吃早饭了。" 每当开门回来，我会有种幻觉，她会快乐温柔地扑进我怀里，给我一个温暖的拥抱。这些细节在我脑海中不停回放，不可磨灭。

手机上有一条来自清楣的短信："余野，我走了。再见。"

以及我的回复："好好照顾自己。"

我平静地接受命运给我的两份罚单。不申述，不抱怨。这是我应得的。自作自受。也许，孤独是我的宿命。我曾从那种刻骨的孤独中获得一种黑暗力量，但现在，我发现那种勃勃的生命意志正在枯萎。心中的苍老，胜于两鬓星星白发。那天，为了陪我解闷，冯志和雯雯给我找来了一个艺术学院的女孩，不到20岁，惊人的漂亮，过人的开放。饭后，坐进我的车里，随我带到哪里去。我微笑着让司机将她送回学校，像一个老人般慈祥地向她挥手道别。看着她愕然呆在校门口的阴影中，自己平静坐车远去。我已经失去了爱的能力，也无法再接纳那些跟我的命运没有交汇过的生命体。我知道有一扇门已经沉重地关闭。里面有一些古老优雅的东西，像一个老院子，每一个角落都刻印着时光的记忆。

我并没有荒废朝政，但弄不清楚自己每天都干了些什么。我按时上班，过得非常正常。有些树被雷电击中后，表皮并没有露出烧焦的痕迹。它们仍然生长着，直到有一天轰然倒下，人们才发现树的中心已经被弄成一个空洞，它们原来一直靠着那层树皮支撑着活着。我活着，上班，下班，吃饭，穿衣，有时也对着窗外的远方微笑。

杨洋打电话说，她去办理欧洲签证时，那个中介公司的办事员让她帮着退还晓雅的一些证件照片和文件复印件。她现在通过特快专递给我寄过来。数月前，是她把那个办事员介绍给晓雅的。我清楚，当时我跟晓雅商量着度蜜月的线路。要从法国开始，一路从地中海沿线来到意大利，然后去土耳其、埃及，再从埃及沿着非洲东海岸一路游览到南非的好望角。收到杨洋寄来的这些办理签证的文件时，我忽然有种强烈的感觉，晓雅很可能去了法国，那是她一直向往的地方。

我抓起电话，请市局的朋友帮我联系出入境中心的熟人，查找近二十天来所有前往欧洲的成都人的名单。第二天，市局的朋友便打来电话，说查到了。两星期前，何晓雅是坐东航飞机，经停上海飞往的巴黎。我欣喜若狂，分别拨通冯志和罗媛的电话，告诉他们，我要出趟远门。公司的事情让他俩商量着办。

3

从巴黎戴高乐机场出来，接我的是一个中国留学生，小范，戴着眼镜，开朗活跃。他奇怪地问我，旅行社说只有一个客人，而且办的是长期商务签证，要包一辆车。这还是他头一次遇到。他很好奇，你究竟到法国来干什么？做生意么？我淡淡地说，来找人。

当晚我住在塞纳河畔的酒店里，看着这座像一个庞大历史展览馆的城市。7月的巴黎，夜晚凉爽宜人。小说中、电影里的塞纳河，此刻无声无息地在两百米前方流淌，河水笼在灰色雾霾中。大学时代我看过不少关于巴黎的小说，巴尔扎克、雨果还有大仲马。如今身在其中，仿佛进入了一个充满故事和传奇的世界。晓雅对这座城市充满向往，如果没有发生这场变故，我们应该是一起甜蜜地踏上这片土地。物是人非，世界总是这么阴差阳错地变幻着。

我躺在床上，寂寞从国内如影相伴到了国外。从明天起，我将在茫茫人海中寻找晓雅,这项工作如同大海捞针。我应该从现在起就做点什么。我告诉自己,不要躺在寂寞的阴影里,被一种沦陷的情绪控制着,无力自拔。

我拿起手机,开始给晓雅发送短信。从用拼音打出第一个字开始,一连三个月行程中,便再没停过。

......

7月8日,阴,巴黎

晓雅,我来到了巴黎。来找你。我犯了错,毁掉了一生的珍宝。如果命运愿意再给我一次机会,会让我在巴黎的茫茫人海中找到你么?塞纳河在我眼前流淌,你说这条河分隔左右,左岸是文化,右岸是生活。我现在正住在右岸,眺望着左岸,满脑子都是你的影子。

7月10日,阴转晴,巴黎

晓雅,我来到了艾菲尔铁塔,这是巴黎的标志。你一定来过。我知道自己这样找你,有些刻舟求剑。当我站在铁塔的二层俯瞰整个巴黎,有些气馁了。巴黎大到我视力无法企及的范围。我该到哪里去找你?导游小范说从未见过我这样的游客,来到这里不拍一张照片。我说,我来找人。他说那一定是个漂亮女孩,我说,是找我的妻子。

7月11日,阴转晴,巴黎

晓雅,我在蒙娜丽莎画像前,呆呆站了很久。我知道你一定也曾来过,而且看了很久。你说这幅画充满神秘,无与伦比。我站在离她很远的地方,游人一拨又一拨把这里围着,照相、膜拜、赞美,或者只是见证一下自己来过。我盯着蒙娜丽莎的眼睛看,她也在看着我。渐渐的,我看见原来是你透过画框向我微笑。

7月13日,晴,巴黎

晓雅,我找遍了香榭丽舍大道每一间咖啡馆,我觉得你很可能在那里喝咖啡,看书,欣赏浪漫的法国男女旁若无人地接吻。这里到处是金发碧眼的美女,还有高大英俊的男人。这是恋爱的地方,充满暧昧和激情,他们抽烟喝啤酒享受着生活。我独自坐着,一支接一支抽烟,一杯接一杯喝酒。很少有中国人像我这样孤单地坐在白人中间,肆无忌惮地发呆，出神，想念着自己的女人。

7月16日，阴转晴，里昂

晓雅，我离开巴黎，来到里昂。在小山顶的一个教堂里，我遇上了一场弥撒。所有人都安静地站着，唱诗班的歌声如同天籁。只有灵魂清澈的人，才会有这样的声音。上帝是慈悲的。我是个罪人，黑暗的灵魂此刻被这束光照耀着。我沮丧着，我长久忏悔着，在这个没有永生的世界里，我只祈求着你的原谅。

7月25日，雨，科隆

晓雅，我到了科隆。科隆下着雨。也许，我正像你一样，来过，伫立过，惊叹过。你说一直不明白为什么一座教堂会修建几百年，用尽全部力气向天空高耸，这是信仰的力量，还是人的精神？我在这里整整呆了一天，导游小范在车里睡觉。我看着进进出出的游人，他们拍照，惊叹，然后离去。美国人的炸弹绕过这座伟大的教堂。不朽，是如此的动人。雨停了，夕阳短暂出现又很快落幕。有上万游客从我身边走过，我没有等到你。

7月29日，晴，罗马

晓雅，我们今天开了很长时间的车。我跟小范换着开。罗马阳光灿烂，那种街头的松树像巨大的伞。我在许愿池久久地等着你，一直等到夜幕降临。你曾经一遍又一遍地看《罗马假日》，你快乐，你流泪，你说一定要去投下自己许过愿的硬币。夜深了，游人开始退去。你没有出现。我向着清澈的池水投下整整一把硬币，许愿让我再见到你。

8月3日，晴，威尼斯

晓雅，我终于见到了地中海。蓝色海岸是我们的约定。我们拟定的线路曾在这里发生分歧，要么向西前往希腊和西班牙，要么继续向东前往土耳其。我和小范已经奔走了一千多公里，追着这条线路，如同缘木求鱼。在海边广场上，鸽群飞舞。我做出了决定，向东前往土耳其，如果你正沿着这条线路在走，那么我很快便能追上你。

8 月 17 日，阴，伊斯坦布尔

晓雅，我已经来到了博斯普鲁斯海峡，眺望这座东罗马时代的历史名城。小范回去了。我独自站在高崖边，看着满城梦幻般的清真寺，感叹梦想的瑰丽。你曾告诉我当年整个基督教世界都竭力想从波斯人围困中，营救这座古城，它却仍然不免于陷落。你说想看看人类信仰精彩交汇的地方。我来了，可这里几乎没有中国游客。我用的是自己那本香港护照，才那么快就办好签证。你呢？是返身去了希腊，还是继续在我们设定的线路上走着？

8 月 26 日，晴，埃及

晓雅，我来到了埃及，看到了金字塔、法老墓和太阳神庙。那些墓地中的象形文字美极了，每个文字都像是一幅画，每段文字都由画面组成了故事。博物馆中的木乃伊很丑陋，人的肉体怎么可能保持永恒？金字塔前，我被骗去 100 美元，一个男人让我骑上骆驼，然后绕着金字塔走了一小段。让我给钱，必须是美元。我笑着被他夺走一张百元美钞巨款。我被太阳神庙无与伦比的巨柱震撼了，更震撼的是那幅埃及皇后的纸草画。他们不知用什么办法用金粉把人涂画得如此栩栩如生？那位皇后眼眶深邃，眼睛大大的，目光温柔感伤。我胸口火烧，像被重重击打过。那种眼神正像是你曾留给我，让我每晚都会梦见的。

8 月 31 日，晴，埃及

晓雅，我在尼罗河畔休息。我动摇了。不知道你现在是否已经离开了我们热议过多次的线路？尼罗河温顺而朴实，根本没有想象中美丽神秘。埃及城市里到处是未完工的民房，钢筋暴露在天空中，人们等着有钱后一层层加高。这些丑陋的民房其实代表着人们的期待，而我已经没有期待。这里正是夏天，阳光强烈，空气闷热。我已经找了你一个多月，音讯全无。我有些累了。

9 月 1 日，雨，埃及

晓雅，我得了重感冒。走的时候匆忙，没有带药。这里没有导游陪着我。我以为自己扛得住，结果还是病倒了。宾馆服务员为我找来了医生，我拒绝去医院，只让医生给我一些药。我的英语不好，不会说抗生素之类单词。随他了，给我什么吃什么。身上忽冷忽热，头昏昏的。夜里我惊醒了。我害怕你会在异乡哪个地方病倒，害怕没人在你身边，害怕你整夜孤独地哭着。想到这里，我心痛得像被刀割着。这里下雨了，晓雅，等我病好了，我一定会走下去，一定要找到你。

9月10日，阴转晴，坦桑尼亚

晓雅，我躺了一个星期，终于摆脱了这场感冒。我已经飞到了坦桑尼亚，要看看乞力马扎罗山。我要回答你的问题，为什么那头豹子会爬上雪山，会被埋葬在冰封世界里？那里没有食物，没有温暖，它却要执意走向风雪。它是迷路了，还是孤独而执拗地为了爬上金光闪闪的顶峰？为了你，也为了我自己，我想登上这座山去寻找答案。

9月16日，晴，坦桑尼亚

晓雅，我努力了，可还是没有登上那座雪山。我请了向导，买了羽绒服，整整向上爬了三天。向导说，按我这样的速度，还需要两天。我已经精疲力竭了。可我真的明白了，那头豹子决不会是因为迷路。因为向上的道路充满艰辛，顶峰对人仅仅是一种精神上的意义。那上面空气稀薄，寒冷，根本不是生存的地方。就像我这么多年，一直追求的成功，一直渴望的顶峰，其实是一种虚幻的胜利。艰难攀登的时候，我一直在心里呼喊着你的名字。有时候，走着走着，就睡着了，看见你正笑着在前面的雪坡上等着我。

9月25日，晴，肯尼亚

晓雅，我在雪山脚下休息了几天，今天才飞到了肯尼亚。这就是所谓的非洲巴黎。城市干净整洁。你问过我，在动物保护区，能看到真正的狮子么？夜里能不能开着车去找它们？我就装扮成狮子向你张牙舞爪，你扑到我怀里说狮子哥哥要保护好你。现在，我一想到你当时温柔的模样，胸口便滚烫着。我没有保护好你，我不知道这辈子还有没机会跟你一起来看草原上的狮子。

9月30日，晴，肯尼亚

晓雅，我在非洲草原上住了几天。有一天深夜，我睡不着，出来看夜景。漫天繁星的苍穹像倒扣在草原上的巨碗。人站在闪闪发亮的苍穹下，像做梦一样。我找着北斗星，那是我唯一认识的星座。我想家了。我想每天下班，会有一个温暖拥抱，每天清晨会有一只温柔的手捏着我的脸，让我起床。我不想在这荒原上看星星。我每天每夜都在想念你。

　　10月7日，晴，好望角

　　晓雅，我终于到了好望角。这是我们设计线路的终点。我走上悬崖上的瞭望台，来自南极的冷风吹痛了我的脸。站在悬崖上，看到色彩斑斓的印度洋和深蓝色的大西洋在这里惊心动魄交汇，像两头咆哮的巨兽，撕咬怒吼，奔腾不息。再没有别的陆地了。这里好像就是世界尽头。我想起你说过，如果我对你不好，你会躲到一个我找不到的地方。晓雅，我走了三个月，找了小半个世界，还是没有找到你。就像那次在三亚拓展训练里，我蒙着眼睛一直在黑暗中寻找你，却始终没有成功。现在，我累了，真的想放弃了。一想到今后有可能真的再也见不到你时，我忍不住泪流满面。这个海角英文名字叫：THE CAPE OF HOPE，一个充满希望的海角。我爱你，晓雅。尽管此刻这个世界尽头的海角，让我爱得如此绝望。

第七章
阳光越是强烈，阴影越是浓烈

1

"嘉通国际"在交易所挂牌的那天，我异常平静。

梦想是有边界的。年轻时，梦想带着鲜活的生命力，灿烂奔放如万千云霞；经历生活打磨后，梦想开始中规中矩，收敛如一份商业计划书。我从摆摊卖衣服开始，到拥有上市公司，历时十八年。梦想来到了终点站，岁月忽已晚。千言万语堵在心头，说出来的只有几个字：谢谢大家。

其实这几个字通常是用来谢幕的。金盆洗手，长啸而去，带着绝世美女归隐山林，留给江湖的只有背影。这是所有传奇故事的浪漫结局。一代枭雄如果没有战死沙场，最终也不过提着鸟笼在河边凝视夕阳。

英雄难逃迟暮，美人最终也被岁月毁容。敲响上市钟声，如同奏响奋斗终结的篇章。我忽然觉得没啥奔头了。站在交易所大屏幕前，自己满脑子都是下岗念头。股票发行价20.8元，开盘后被汹涌买盘推动着一路上扬，半小时后便涨到了26元。身边，冯志和罗媛都有些激动得不知所措。像我们这些以糊口作为生活起点，以一生温饱为梦想终点的平凡人，在巨大的财富面前，要么患上焦虑症，要么患上厌倦病。也许，我还比他们俩好一些，还有一些兼济天下的目标。我答应了联大，要去成立一个援助基金，专门帮助那些贫困学子完成学业。

下午3点，股市收盘，嘉通国际收盘价为33.5元。我端着香槟对梁载道和老沈说，西天取经已经成功，剩下的事情，你们俩通力合作吧。

梁总潇洒地举着酒杯道："余总，战略投资人和公司高管持股部分，必须半年后才能流通。所以，这半年，我们得火上浇油，把公司这把火烧旺才行啊。"

公司已经成功上市，我感觉大家共同的目标已经消失。痛苦的是，合作没办法到此为止，还得等半年后才能分赃。这就像一个由强盗、骗子、小偷等临时凑出的专业团队，现在已经砸开了银行大门。大家的初衷都是，拿着现金走人，可遗憾的是，抢到手的却是半年后到期的国债。

晚宴，庆功酒……好不容易等到热闹散场，我把冯志和罗媛召集到一个安静的会所，讨论下一步计划。我说道：

"梁载道跟我们完全不是同一类人。公司上市后，二级市场由他们说了算。公司经营也必然受他们的影响，早迟的事。我以前说过，上市是嘉通的终极目标，不管这个目标别人看来多么可笑，但我们真的实现了。现在，得考虑好退路。半年后个人持股解禁，我准备减持公司股份，套出现金开辟第二战场。现在想听听你们的意见。"

冯志道："董事长，没说的，我跟着你。梁载道说我们的股票合理价格至少上 50 元。半年后，也不知究竟会怎么样？"

"以他的口才可以把耗子药说成强身健体的补药。老冯，我们以前在股市可没少吃亏。别管别人赚多少，你只计算自己想要多少。"

罗媛道："董事长，这么多年我们都追随你左右。确实没啥好说的，听你的。"

"现在公司的流通股比例只有 40%，这就是说，即使到时候我们清空了手上的流通股，还能保持对公司的相对控制。我的计划是，成都北门有块 300 亩的土地，接近二环路，位置很好，是老厂拆迁后的整理地块。政府报价 5.5 亿。我想大家先用自己手里的股份到银行抵押贷款，等股市套现后归还给银行。我们先共同出资 5.5 亿，成立新公司，买下这块地。北门是成都目前最脏乱的地方，但也是商业聚集地。那块地是绝佳的商业口岸，我算过，即使按照市区土地每年 30% 的最保守的增值预测，五年后至少翻两番。这就算我们的养老项目吧。至于其他的钱，大家喜欢干吗就干吗吧。像老冯同志，可以在娱乐圈混个制片人什么的。"

老冯道："董事长，你就别拿我开涮了。我早就不走娱乐路线了。现在守着雯雯，过着标准的已婚男人生活。日出而作，日落而息。"

罗媛道："董事长，好奇问问，等卖出股票后，你拿那么多钱准备干什么？"

"我准备把钱都取成现金，每天在家里数着玩。呵呵，不开玩笑了。大家分头行动，一个月内要分别去银行完成抵押贷款。凑出 5.5 亿现金，完成新公司注册。我准备把上海这边的事情安排好，尽快回成都拿地。"

罗媛道："董事长，看你这样安排工作真好。前几个月你消失了，我跟冯总面对这大摊子事，都感觉没有方向了。"

我黯然笑笑："生活还得继续。不是么？"

嘉通国际募集到的二十多亿资金，大部分用于上海的购地和开店，其余部分进入广东和北京。我让猎头公司为嘉通物色合适的地区老总，分别负责广东和北京的片区业务。大的计划拟定了，剩下工作便交给罗媛去落实。嘉通国际总部搬到上海后，罗媛实际上成为主持业务的老总。老冯虽然顶着总经理头衔，仍然驻守成都。

我将主要精力放在成都拿地。

城北土地谈判工作并没遇到太多麻烦。我们是上市公司，是政府招商引资的重要业绩。况且，政府也正急需这笔资金进行拆迁和旧城改造。签署完土地出让协议，我心里一阵轻松，终于赶在国家土地政策调整之前，拿到了这块璞玉般的土地。城北从来就不是人们理想的居住地，况且本宗地块的全面交付还需要一年时间，这些不利因素令很多开发商却步。我却是求之不得。我以去年的价格购买，又根本不想在两年内开发这块地。三年时间积淀，会带来价值的发酵，绽放出时间的玫瑰。

2

我仍没有得到晓雅的消息。或者说，她还不想见我。清楣去美国后，偶尔会发个问候短信。我们之间的距离，已遥远到了礼貌的程度。她们两个同时来，同时离开。我想，这可能就是宿命吧。

我等待着晓雅。手机上给她发的短信已经整理成旅行日记。我全部拷贝出来，一口气再次发给她的电子邮箱和QQ里。电影里那个叫阿甘的男人，为他的女人奔跑了三年。我为寻找晓雅，走了十多个国家，经历两万公里道路，历时三个月。我想让她知道，我在救赎着自己，一直在寻找她。

我不到35岁，经常开始怀旧。那种年轻时的旺盛生命力渐渐消沉，一腔汹涌的心潮无端流入漆深暗河。在我高密度的跌宕遭遇中，我检讨自己的过失，也发现生活原本像一场荒诞的玩笑，无论我如何改头换面，在诸神眼中，始终是鼻子扑着白粉的小丑。

一个穷极无聊的晚上，自己忽发奇想，打电话给老冯，让他第二天给我取出100万现金。自己提着十多公斤的现金口袋，来到荒芜已久的别墅，在每个桌腿，每支椅腿下垫上一摞钞票。这场行为艺术，让我检阅着自己多年来奋斗的成果：战胜金钱，并让家里的每一只桌椅分享把金钱踩在脚下的喜悦。拍下照片后，我独自对着照片笑了很久，然后觉得自己应该去疯人院疗养了。

必须得做点事情，来对抗这种虚无。我急需找到一件比嘲弄钞票更有意义的事情。那些被压在桌腿下的现金是无辜的。多年来，我一直满脑子塞满钞票，如今，被碾压在地的，除了这些红红绿绿纸币，还有我的思想。

原打算等股市套现后，再向联大捐款3000万元，成立助学基金。但待在成都，每天都被往事折磨着，白天深刻，夜晚癫狂。我需要自我救赎，需要获得一种精神上的寄托。我正式跟联大的杨副校长联系，准备以个人名义再次捐赠。

我的第二次捐赠，惊动了陈校长。上次捐赠，他已经听说了我的故事。而这回，我不仅再次大手笔捐赠，而且是作为一个上市公司董事长。他专程请我面谈。在这位学者风范的老人面前，我表现得毕恭毕敬，让他深受感动。我向他简要谈了些自己的成长经历，他听得津津有味。临走时他说，这次捐赠，不仅要搞一个校级大型仪式，而且希望我对学生们作一次演讲。题目就是关于成长。还有什么比一个没毕业的联大学生奋发图强，最终成长为一个上市公司董事长更精彩的故事？还有什么比这个学生不断地为母校贫困生捐赠更让人感动呢？我推托不掉，只好接受了这篇命题作文。

捐赠仪式被安排在学校大礼堂。里面可以容纳上千人。

入场后，发现联大校级领导几乎全部参加，端坐在听众席的第一排。我作为主要嘉宾，被安排在陈校长旁边。身后是校方应我要求，专门请来的林董夫妇与何教授夫妇。我站起来向他们鞠躬致意，他们摆摆手，微笑着示意我坐下。整个礼堂黑压压地坐满了热情的观众，我年轻的小学弟和学妹们。

9点半，仪式正式开始。首先是杨副校长简单介绍我两次向联大捐赠，资助贫困学子的先进事迹。接着由主持人请我上台。

我从工作人员手中接过一张KT板制作的支票模型，在观众的热烈鼓掌下，将支票模型移交给杨副校长。

"下面，让我们以热烈的掌声有请余野董事长做关于成长和成功的演讲。"

台下一片热烈掌声。我站在演讲台前，看着底下的人群，看到一张张充满梦想朝气蓬勃的脸庞，忽然感到自己好像真的来到了那座梦想的巅峰。

尊敬的陈校长，杨副校长，各位学校领导，尊敬的各位老师，同学们，大家上午好。我演讲的题目是陈校长交给我的命题作文，关于成长。

我把题目变成了：一个普通学子的梦想与成长。

我叫余野。出生在一个普通家庭，父亲是工程师，母亲是教师。这在当年，便算是书香门第。我们都成长在那个物资匮乏的年代，邻里之间的贫富差距最多只是一台黑白电视，或者一台单开门冰箱。当然，跟现在一样，车辆也是家庭财富的标志，只不过现在推崇奔驰和宝马，那时候崇拜的品牌叫凤凰和永久。（掌声和笑声）

我们从小学到初中不太需要家长督促，因为他们总是告诉我，只有考上大学才是唯一的出路。否则，我们将只能在摆地摊、收废品和捡垃圾等少数岗位里选择职业。我们的家庭大都有兄弟姊妹，我家里比较特殊。哥哥在5岁时病故，然后才有的我。在座各位同学基本都是独生子女，没有比较的优势。而我那时候就是家里的独苗，属于时代稀缺产品，家庭重要成员。我把本应由两兄弟分享的皮鞭、拖鞋、竹条和搓衣板全部独享了。（掌声和笑声）

在父母棍棒的威慑之下，我的成绩一直名列前茅。不过，只要他们稍微放松警惕，我就会来到班上倒数几名。拿到这样的成绩单回家，有种奔赴刑场的感觉。所以，每每享受一顿大刑之后的学期，自己一定进入前三名。上高中以后，父亲经常生病，在医院住院。突然没有人管我了，我也突然明白，考不上大学真的无路可走。于是，发愤读书，乐以忘忧，不知高考将至。父亲的病让家庭经济本已堪忧，后来我以优异成绩考上了联大，又把家庭推向了更深的灾难。为了凑足学费，父母不惜四处举债。其实，那时候我们的学杂费不过几百元。这笔钱却成为我们全家的噩梦。父母一生清高，却为了这笔学费低声下气，四处奔走。这让我第一次对金钱产生了愤怒。愤怒出诗人，愤怒也出商人。（掌声）

进入联大后，我每月生活费只有30元。我想开源节流，争取考出好成绩，获得奖学金。不过，联大高手辈出，藏龙卧虎。我拼尽全力，可收成欠佳。每学期奖学金收入只有几十到一百元不等。那个时候，贫困是一个时代的疾病，无药可治。大家都在拼命学习。有一句话时时激励着我们：知识改变命运。像我们这样出身寒门的学子，都在全力以赴读书改变自己的命运。联大给了我们这样一个平台，这里的毕业生总能昂首走出校园，获得众多用人单位的青睐。

大学三年级时，父亲病故。几个月后，母亲也因为积劳成疾，相继病故。我失去了一切经济来源。老师和同学希望我申请贫困救助，可那时候，这是一套极其复杂的程序。因为整个社会都处于贫困边缘。我决定辍学打工养活自己。这条路走到今天，我整整用了快20年。我开过服装店，摆过地摊，卖过旧书和盗版碟，在海口当过保安，在广东创业，开过鞋业公司，成为千万富翁，然后又迅速倒闭，负债累累，被人追债到天涯。回到成都后，我再次创业至今。只能说，我幸运地成功了，因为这个时代给予的机会，因为生活反复的锤炼。但我要说，这条路太艰辛，也太艰险。一个人被生活逼到走投无路，才会为了生存而全力以赴；而一个为了活着而全力以赴的人，根本谈不上快乐。我没什么朋友，没有家庭，没有子女，除了事业，我一无所有。如果能够让我重新选择，我宁愿走一条更平实，更温暖的道路。（掌声）

我拿出那本毕业证：

这个毕业证是上周才拿到的。一个月前，我终于修完了学分。我该算是联大历史上最牛的本科生，我整整用了20年时间才从这个学校毕业。（笑声和掌声）我想说的是，这个毕业证，对我的意义，与其是一张学历证书，不如说是一个归属证明。当年我漂泊海南，闯荡广东，流落江浙各地时，从不敢自称是联大学生，因为拿不出这个小本子，害怕被人认为是骗子。直到现在，我才能骄傲地说，我是联大的毕业生。（掌声）

迄今为止，我一生最美好的时光，我生命中最重要的人，都跟联大息息相关。给过我教导和关怀的老师们，给过我无私帮助的校友们，给过我美好情感的朋友们，都是我成长中不可或缺的温暖和支持。这些，不是一声感谢便可以轻轻带过的。我需要接过责任，将爱传递下去，将联大的自强与互助传统传递下去。今天，我设立这个助学基金，正是希望去帮助那些努力奋斗以改变自己命运的同学们。给他们一些机会，让他们能够公平地参与到社会的竞争中。（掌声）

在座的同学需要明白，这是一个高速发展的时代。除了奋斗，你别无选择。你们大都生于八十年代，在家庭中你们独享父母的爱护，可当你们走向社会，就会发现自身的尴尬。你们不再享受分配机制，你们工作后也不会有福利分房，而社会最丰富的创业机会正在趋于平稳。你们跟我当年一样，需要依靠自己的奋斗才能在这个社会立足。在学校，同学少年不相弃，你们有菜票，就有爱情；可毕业后，有了房子，才会守住爱情。这就是你们面临的现实。（热烈掌声）

世无英雄，使竖子成名。这个时代缺少英雄，所以才会有像我这样的人站在这里侃侃而谈。（笑声）从我的身上可以吸取的正面能量是，一个普通家庭的孩子，一个因贫困而辍学的学生，一个没有任何背景的普通人，只要努力奋斗，就会有成功的可能。不过，我还想告诉大家，在这种成功背后，代价同样深刻。阳光越是强烈，阴影越是浓烈；成功越是光彩照人，道路也越是荆棘密布。在这个越来越浮躁的世界里，还有什么比内心快乐更加奢侈的东西呢？尽管为了未来，我们必须奋斗。但一定不要为了成功，放弃你的亲情，你的爱人，你的朋友，你的健康。有一天，你会发现，这些才是你生命中最重要的东西。保护好你内心的阳光，守卫好那种爱的力量，这才是快乐的源泉。就像我今天站在这里，一直在等待着一个女孩的原谅，一直在寻找她的身影，一直在盼望着她能回到我身边。因为直到今天，我才明白：爱才是这个世界最伟大的力量，不是愤怒。

谢谢大家……

我被潮水般的掌声包围。这应该是我一生最辉煌荣耀的时刻了。面对台下沸腾起立鼓掌的人群，我对自己说。

3

如果人生是可以剪辑的电影，在某些精彩片断处剪下作为片尾，会是一部激情的励志片；若再拖沓些章节，便成了风情总被柴米误的庸俗生活片。电影的幸运是只有两个小时，动用剪刀便可以浓缩精华，加剧跌宕，深化对比，而人生的麻烦是冗长无味的道路中，精彩之后必然伴随暗淡。无论悲伤深刻，还是快乐如渊，之后，生活仍然会继续漫长平淡如催眠。

对联大捐赠后，我随即被包围在各种慈善活动的邀请中。各式各样的慈善协会、公益机构纷纷向我致以高贵敬意，并附带赞助邀请，有些活动还直接标出需要捐赠的数目。我的手机号码不知为何广泛流播，像应召女郎的接客电话。有许多根本不认识的人和机构踊跃来电，不胜其烦。有些电话劈头便是："老余啊，好久不见了。最近忙吗？哦，对了，最近省里要搞一个大型慈善活动，影响巨大，我从内部帮你争取了一个入场名额，捐赠超过20万就行。领导们对你都很期待，怎么样？"我只会回答一句："你谁呀？打错了。"然后，挂断电话，一概拒绝。我不会穿梭在这些多如牛毛的捐款活动中，不停地花钱，努力维持一个大善人形象。这个世界上，维护一个好人形象，成本高昂到难以承受。一个好人，做了99件好事，再做1件坏事，就成了伪君子和衣冠兽；而一个坏人，做了99件坏事，再做1件好事，便会被人点头赞美，感动得热泪盈眶。善哉，施主，你终于放下了杀猪刀，立地成佛。

除了台面上花团锦簇的邀请，我还收到了匿名信威胁。有两封秘书不敢擅自处理的信件摆到了我案头。信封上的字是手写体，看得出是一个人的笔迹。时间相隔一周。在信封右上角，还专门注明"绝密"。秘书就是因为这两个字不敢将信扔进碎纸机。我看到不禁好笑。这是哪个骗子在故弄玄虚？搞得跟军国机密似的。第一封信主要揭露自己当年在广东行骗的往事，第二封表达出尽快面议封口费的愿望。署名，一个故人。从发掘出我的史料看，这个人对我广东的经历非常熟悉。会是哪个混蛋呢？当年自己开皮包公司的经历，只有几个人清楚。小魏和李小妹，他们的文化程度没达到能写匿名信的水平。难道是刘总和孙律师？这两个混蛋当年卷款天涯，销声匿迹。难道这几年经济不景气，他们又开始重操旧业？

无论是谁，我都坚决置之不理。自己的成长史离经叛道，不堪推敲。唯有用成功证明一切。想从我这儿讹封口费，白日做梦。

我只接受了一个邀请：同学会。其实，这么虚荣的聚会，在我内心一直期待多年。我想见见丁兰和小马，想在他们身上看到流逝的岁月和当初的诺言。有些人把诺言刻在树上，石头上，或是刻在心底，而当初，我把飞黄腾达的誓言刻在了丁兰和小马的记忆里。我希望他们看到我时，会怅惘追忆：那个脸色苍白，目光如钉子的家伙，死死盯着目标，一诺十余年，终于赢得了他想要的胜利。

4

期待这场民间组织的同学会，会像老朋友见面一般轻松自然。各路同学，怀着对当年班花究竟嫁给了哪块牛粪的好奇，如今是否离婚的悬念，也带着对当年班上出类拔萃班委们，如今是否从事手机贴膜，牙膏传销等行业的疑问，特别对那些当年曾有过暧昧思念的女生，是否会旧情复燃的期待，哪怕浪漫相约黄昏后，却只买到一份人寿保险，也算是人生变幻莫测的惊喜。对于我，即使要刻意掩藏成功光环，也带着少许生疏别扭，但老同学见面，更多分享的，应该是每个人脸上刻印的时光，那些被匆忙日子淡忘的快乐细节。我们都想在对方脸上辨认出自己的青春。

可当我怀着少许兴奋，如约来到名仕酒店宴会厅，才发现学院主要领导几乎悉数到场，系领导班级老师群贤毕至，大多数同学到了，可我期待的小马没来。当然，自己最期待的丁兰也没来，她不是我们班上的同学。

我被安排在坐满学院领导的首桌，跟顾院长比邻而坐。无论自己如何故作低调，仍然是众星捧月的焦点。我向每个学院领导致意，跟每个同学握手言欢，端着酒壶，穿梭在每一桌，大杯喝酒，生怕慢待了哪一位同学。班上男生一半臃肿发福，女生一半憔悴如大嫂。我却只敢对一些男生调侃："老高，原来班上最瘦的是你，怎么现在厚重成这个样子？"

"嗨，我哪能跟你这种成功人士相比呢？你看你，身材保持多好，样子一点没变，年年去瑞士打羊胎素吧？"老高如今已是河北某县的副县级干部，说话竟也酸溜溜的。

"张美女，你还是这么漂亮。涛声依旧，班花依旧，对你的景仰依旧哈。"

"得了吧，余董事长，我们都老了，哪像你春风得意，越来越年轻。"

"顾院长，您老神采不减当年。"

"小余啊，希望你多回学院来看看，多承担一些责任，多资助学院的项目。"

我满脸堆笑，鞠躬敬酒，却感觉越来越没劲了。因为人尽皆知的成功，我已经被屏蔽在同学情谊之外，成为一个溢出的符号，一种财富的标志。谦虚，显得做作；而高调，则会让所有人皱眉。当同学会变成一种人生成就展示会，它已经跟情感无关，只是一种走秀舞台。

这台酒喝得像一场商业应酬。

送走学院领导和班级老师，大家筹划着第二台节目，去歌厅K歌。我也受到了礼貌邀请，尽管自己心里挺别扭，却仍欣然前往。这个时候推说公务繁忙，掉头走人，只能被扣上更多矫情的帽子。

去歌厅的人已经比聚餐时少了一半，气氛却好了一倍。领导走了，酒也差不多到位了，同学情谊终于借助酒精突破地位落差和财富分类，原生态地涌现出来。我们坐在大包间里，有人声嘶力竭唱歌，有人暧昧多情跳舞，更多人聚坐在一起大声谈笑聊天。话题仍然集中在同学之间。我问已成为公务员的老高道

"小马怎么没来？"

"他现在上海一家证券公司工作。这两天好像正在出差，赶不回来。"

"外语学院的大美女丁兰现在有消息么？"

"呵呵，余老板，今年班上好多男生都在相互打听这个问题。听说她还在美国呢，当年高高在上，如今还是遥不可及。"

"搞了半天，丁美女原来是全班男生的梦中情人。几个班花要是知道我们这些男生精神出轨，暗恋其他学院的美女，一定不来同学会了。"旁边男生补充道。

坐在一旁的美女张晴调侃道："你们几个男生嘀咕什么呢？谁精神出轨了？"

几个男生不约而同指着我，我无辜道："嫂子，我还没结婚呢，你说我能朝哪个方向出轨啊？"

"你叫我什么？"她故意竖起眉毛，凶巴巴看着我。

我赶紧修正道："大家私下都这么叫，偏偏我就不小心喊出来呢？张晴，你就当什么都没听见啊。"

她已经醉意朦胧提着酒瓶过来了，不由分说给我倒满一大杯芝华士，递到我嘴边说："以前叫我班花，现在喊我大嫂。你还想说岁月无情是吧？错了就得认罚，才不管你什么董事长呢。"

我欣然喝下这一大杯洋酒，兴致高涨起来："张晴，这就对了。刚才吃饭时候大家太生分，挺没劲。"

她有些情绪低落道："刚才酒没到位呗，大家都拘束。都是同班同学，怎么十多年过去，变得跟陌生人一样。"

老高道："同学少年不相弃，五陵裘马自轻肥。刚才你没见老余同志，不就是一脸的功成名就，拒人千里的矜持样子？"

"说谁呢？老高，你刚才饭桌上那一脸笑容才像是塑料做的。张美女，我告诉你，这帮男生都是来找满足感的，说你们当年眼高于顶，班上男生晚上只好念着其他学院女生的名字做梦。现在么……"

"现在怎么了？现在我们都成残花败柳，你们却个个功成名就了，是吧？余董事长，我发现你跟老高简直是同类，在班都是上不声不响，一副用心学习，非礼勿视的样子，其实心里挺躁动的。压抑久了吧？"她说着大笑。

班长文辉端着酒杯凑了过来道："聊什么呢，这么高兴？"

"还不是聊公务员和资本家。要说，这两个家伙在班上从没被看好，怎么一毕业，突然就发育得人模狗样的呢？"张晴叹道。

"后悔了吧？班花。那个时候哥哥我正落魄校园，你们这些美女嫌我瘦，嫌我矮，正眼都不赏我一个。就连余野都比我出名，他至少因为打架斗殴，上了学校的处分榜。我当时就给你们几个班花算了命，有一朵算一朵，都是插牛粪的命。怎么样，被我说中了吧？"老高趁着酒劲得意道。

"老高，没想到你心理这么阴暗。我必须替天行道了，不收拾你简直对不起全体女生。"张晴说着给老高灌了满满一杯洋酒。

文辉叹道："班上倒是出了一堆中产阶级，但真正混成资本家的，只有余野。比尔·盖茨就是退学后成大老板的。看来，退学才是王道。顺利毕业的，都是小富即安的家伙，像老高这样的，才混到副县级，就已经唱起大风歌，挽起袖子准备鱼肉一方了。"

老高苦着脸道："你们刚才在声讨资本家，怎么说着说着，就挤兑起我了？对了，余老板至今单身，不会是对班上某人有所期待吧？你说呢，张美女？"

他这一招顺水推舟，果然让大家兴致盎然。张晴兴奋地问道：

"老余，你怎么回事？暗恋班上哪位女同学啊？我告诉你，你要是暗恋我，基本就没戏了。我老公对我好着呢，你得加倍努力才行。"

老高舔着脸道："那我也刚刚恢复单身，我也努力行不？"

"一边呆着去。"

轮到老高点的《在雨中》，一首老掉牙的对唱情歌，他果断地把另一只话筒递给张晴。张晴也没拒绝，两人一起唱了起来，声音缠绵而肉麻。

听他俩唱得水乳交融，我笑了："我发现这同学会是容易出事哈。你说他俩青春期都没咋发情，怎么现在开始叫春了？"

"老高叫春都这么南腔北调的，一定吃的是过期春药。"

几个人一起哄笑举杯。

我的电话振铃持续响起，老冯的。包间里音乐声太大，我只好有些步履蹒跚地来到走廊上接听。

"董事长，在哪儿风流快活呢？"

"胡扯啥呢？老子跟大学同学唱歌。"

"跟男同学还是女同学一起唱呢？"

"你关心这个干吗？老子要是变成工作狂，对公司只会造成更大伤害。"我带着酒气，抑扬顿挫说道。

"那是当然。不过，董事长，有一个老朋友来找你，却找我这儿来了。我帮你安顿好了。你跟女同学HAPPY之后，最好去看看这位老朋友。"

"谁呀？"

"见面就知道了。反正你肯定想见到。"

"是晓雅么？"我感觉自己忽然像冷水淋头般醒来。

"不是。你来了就知道了。在锦城酒店 301 房间。"

成都街头的冷风中，我开始有些清醒。老冯不会轻易给我卖关子，这个人一定跟我有过至深渊源。不是晓雅，难道是龙哥？不会的，龙哥到成都，只会跟我单独联系。那会是谁呢？我断然离开同学会现场，拦了一辆出租前往锦城酒店。

老冯等在酒店大堂里，我故作淡然地问，究竟是谁啊？

他笑而不答，带着我来到 301 房间，刷卡打开房门，对我道：

"她可能睡着了。晚上，她给你打过电话，你没回，就打到我手机上，我见到她时，看她疲惫不堪，好像病了。她说想休息，让我帮她找个地方，洗个澡，睡个觉。然后让我联系你。"

我跟着老冯来到床前，一张熟悉的面孔正安静地陷入熟睡，脸色白皙如纸，神情安详如小女孩。这个沉沉熟睡的女子，竟然是秦娅。

5

元旦春节前的家电市场陷入一片混战。

佳美即将在香港上市，开始像一头发情老狗般躁动，频频打破停战协议，不停开展价格挑衅；而另一家江浙地带新近崛起的电器巨头苏购，也带着投资银行的雄厚背景，投鞭断流，气势汹汹杀向成都。成都家电市场维持了一段时间的二人转，变成了三国杀。两个外来家电商与嘉通三足鼎立，一时间，谁也吃不了谁。我刚刚在北京、上海、广州几个超大城市初步完成布局，一口气增加了近十二家门店，围绕春节旺季促销的价格大战便打响了。

佳美率先发起进攻，他们在成都打出"一降到底，血拼成都"的口号。我围魏救赵，直接到北京去抄他们老窝，把"成本价，零利润"的价格战燃烧到他的大本营。苏购不甘示弱，也在媒体上强势宣布加入战团。相互的探子每天都在对手卖场里侦查那些主力商品的价格变化。

这场三国演义最有意思的逻辑怪圈在于，佳美宣布其所有商品比嘉通优惠5%，嘉通通过宣传反击，若有任何商品比佳美贵，不仅立即无偿退货，还要按商品价格给消费者支付罚金。而苏购干脆以一敌二，宣布在佳美和嘉通最低的价格基础上，再优惠 3%。如果照这样砍杀下去，真的实现连环降价，三家公司都将在这个冬季一起倒闭。于是，在硝烟密布的口水战、媒体战、网络战之后，尽管各方杀声震天，锣鼓齐鸣，三家公司的价格尽管也都有所降低，却都良好地保持着相互间比价的默契，让所有消费者都分不清究竟哪家的最低。

在这二十多天的促销季节里，大家都明白了两个道理：其一，三国演义的局面还将存续很长一段时间，目前谁也奈何不了谁，尽管这个市场同时容纳不下三条大龙。其二，既然不想三输，就干脆想办法多赢。这个行业是充分竞争的行业，价格非常透明，大家都在一定刻度内玩雷声大雨点小的游戏。消费者激动地看着三家公司相互讨伐的檄文，纷纷出手抢购。而事实却是，三家公司心知肚明地完成了一次联合宣传促销活动。

我突然很想见见王明瑜。这个天生的好战分子会对三国演义发表什么精彩见解？看在自己跟他打得你死我活的交情上，我觉得他应该出手合纵连横，跟我短期结盟，修理一下最近势头正猛的苏购电器。既然有了新的敌人，按他的逻辑，我们应该自动升级成朋友。当然，还有一种可能，他正在跟苏购结盟，准备先剿灭嘉通，再跟苏购大打出手，一争天下。上次，在浦东项目的较量中，我大获全胜，策反他的主力将领，还断了他的粮道，使得他竞标失败。他一定会时时牵挂着我，说不定做梦都在呼喊我的名字，挂在墙头的飞镖靶盘上，印着我头像也未可知。有一段时间他没出损招来整我了，让我挺想他。

没等到王明瑜的消息，却收到了第三封匿名信。信封右上角仍写着"绝密"两字，像招牌一样。我饶有兴致拆开信，这次威胁的内容变成了竞争格局分析，说电器市场三分天下，嘉通以一敌二，本已陷入苦战。如果再被揭发出董事长的骗子老底，必将不战自溃。因此，200万封口费，不仅仅事关余董事长个人名誉，还牵涉家电市场整个战局。落款还是：一个故人。看来这个潜伏暗处的故人，一直在默默关注着我和我的行业。不仅作心理博弈，还作行业分析，锲而不舍，在这单敲诈业务中投入大量心血。

不管他是谁，我的回应是彻底不回应。在海南时，我也干过这买卖。但那时，我们手握李厂长的欠条和裸照，跟几十个混混血战一场，才拿到7万块。这位故人，你手上有啥？知道这行业的艰辛吗？

6

秦娅的病情渐渐有所好转。在病床上，她持续低烧了一段时间，说胡话，梦呓，甚至有时会陷入昏迷。整整输液了一周，她才在一个早晨神志清明地醒来。她说，我想回家。我把她接回我的电梯公寓，安置在主卧室，自己则搬到另一个房间。我对她有过承诺，要照顾她一生，而且，她的一生将并不漫长。医生说，她的时日无多。她形销骨立，胳膊和大腿上布满针孔，是长期吸毒留下的印迹，她得了艾滋病。

她躺在家里的床上，仍然嗜睡。曾经美丽的脸庞如今惨白憔悴，瘦得皮包骨头。我呆呆站在床边，良久盯着她看，一直看得心痛。她的小腿露在被子外面，曾经修长诱人的小腿，已显得干瘪松弛缺乏光泽。一件艺术品般的美丽躯体，如今千疮百孔，残破不堪。

她醒来时，在空调暖风经营的和煦气温中，脸上竟然泛起点点红晕，眼神无力，动作慵懒，却直直地看着我。

"你醒了？好点没有？"我轻声问道。

"谢谢你，余野，没想到最后会是你收留我。"她淡然失神道。

"秦娅，我答应过你，这辈子不会让你冷着饿着。"

她嘲弄地笑笑："当年我年轻貌美，不知有多少富商达官想要得到我。现在，我就像一堆垃圾，所有人都躲着我，像躲开瘟疫。余野，我有艾滋病。你不需要装作若无其事。我不求别的，让我住几天，给我些钱，我就会走。"

"你往哪儿走？这儿就是你的家。钱，我会给你，我有让你花不完的钱，但我要你戒毒。你还那么年轻，我会想尽办法治好你的病。"

"你是真的很天真，还是故意安慰我？艾滋病能治好么？有成功的案例么？我不是在自暴自弃，而是希望平静过完最后的这段时间。"她从容道。

我忍了又忍，还是压着火气道："秦娅，看看你都变成什么样子？你把自己毁得还不够么？我不怪你当初离开我，也不在乎你现在这白粉妹的鬼样子。但我不能眼睁睁看着你等死，你曾是我的女人，我绝不会让你活得没有尊严。"

她愣住了，良久，有两行浅浅泪水流出："余野，我还有救么？你能这样对我，我已经很满足了。我知道自己没多少时间了，只求让我死得有尊严些吧。"

我背过身去，浑身微微颤抖着。她自暴自弃得从容冷静，而我却按捺不住渴望奇迹发生。我背负着对她美好的过往与回忆，当年那妖娆的面容、性感的身影、缠绵的身躯，点亮我的广州往事，照耀我成都创业的蹒跚历程。我知道自己无法近距离地面对她一点点地毁灭。她将在我眼前，一天天衰败枯萎死亡，而我的心将被小块小块地凌迟。无计可施，无能为力。

几天过去，当体力恢复后，她开始陷入烦躁，流涕，甚至在床上翻滚的痛苦情绪。看得出，她在努力强忍着，对抗着，为着给我证明她正在为一线生机做着绝望挣扎。她痛苦的呻吟声音完全扰乱了我的意志。我明白，她体内毒瘾开始渐渐发作。自己束手无策，心乱如麻。

我在她床头扔下5万元现金，头也不回地离开房间。此刻只能自欺欺人地告诉自己：我尽力了。为了不让她的最后时光在毒瘾的煎熬中度过，我放弃了。如今的秦娅，只能由上帝拯救。

当晚我没有回家，在酒店房间里度过。我不愿意看着房间里那个白粉妹，将针管扎进自己手臂，在我面前醉生梦死，充满幸福幻觉。

三天后，当我回到家，秦娅已经不在。我随即发现了桌上的纸条。

"我在旁边的小区里租了一套房子。有空可以来看看我。"纸条后面写着小区名称和楼栋号。

7

我按照她给的地址，找到了几公里外的这个老居民小区。小区是七八年前修建的那种解困房，外墙没有过多造型，简单地刷着米黄色涂料，在多年酸雨的洗刷下，已经剥落污损，一副破败贬值模样。这里因为房租便宜，聚集着大量流动人口。小区门口开着一个近百平米的麻将室，5元一杯茶，10元租一副麻将，便可以在这里聚赌一天。这个活动室不仅吸引着小区内退休的大爷太婆，常客还有中年下岗妇女，衣着光鲜表情谦和的职业老千，以及其他面目模糊，饱经流窜风霜的各类人等。每天从早晨10点开始，这里便已客满，一直到深夜，哗哗如流水的洗牌声便一直欢快流淌。

几年前，官府曾雷霆抓赌，不要说这些光天化日之下旁若无人的聚赌，就算在屋里打家庭麻将，也有可能被警察神兵天降，将一屋亲戚朋友一起扭送派出所。批评教育罚款，让他们声泪俱下沉痛反省。很快，这项扫赌行动几乎激起民变。古往今来，巴山蜀水，遥隔中原三千里，远离战乱两千年，不打麻将，人生何为？一时间，婆婆大娘、老头老太义愤填膺包围派出所，跟民警反复理论，请问，根据哪条王法，打家庭麻将也要被抄家？你们懂不懂和谐社会？懂不懂以人为本？

本地官吏和社会学者也向纷纷管理四川的大都督进言，领导，这个地方自古丰衣足食，过得庸俗。打麻将是这里几千年的风俗，从金沙遗址里发掘的牛骨麻将距今有三千多年历史了。当年花蕊夫人说：十四万人齐解甲，宁无一个是男儿？痛恨这里男人不争气。其实，她是外地人，不知道成都人不想打仗，都想尽快解甲后回家打麻将。在这里只有四个人围在麻将桌前才会"血战到底"。再说了，天下未乱蜀先乱，后来治蜀要深思。一副麻将解决了这里数千万人的安定祥和问题，功在当代，利在千秋。你不让这帮人围在桌前，他们吃饱了没事可干，就要三天两头上街滋事，今天要民主，明天要自由，后天要打倒腐败。反正闲着也是闲着，一呼一定百应。只要有几个学生或者无业游民举着横幅去天府广场，喊几声打倒龟儿子，屁股后面一跟就是十几万人。您看，围攻外国领馆那次，全国其他地方最多几千人文明游行，惟独这里几十万人上街，火烧领事馆，要不是及时派出武警维持局面，早就把领事馆踏成平地了。大领导听后深思良久，从谏如流，从此放开麻将管制。于是，成都地区的住宅小区、深宅小巷、公园、茶楼里，再次响起响彻行云的麻将声，蜀地也重新恢复到安定祥和的局面。

　　我沿着灰暗破旧的老式楼梯走上五楼，楼梯是被踩得发亮的水泥地面，墙壁上色彩斑驳，当年刷的乳胶漆脱落大半。钢楼梯上木扶手多处残缺，灰尘密布。每个楼梯拐角处都堆放着纸箱或破沙发等杂物。居住这种环境里，人仿佛被暗示，可以干很多浑水摸鱼的事。

　　来到502房门前，这是一扇局部生锈的防盗门，门上贴满开锁撬门的小广告。敲门。里面有些响动，再敲，里面没有传来询问声，而是直接打开了。秦娅站在门口，看到是我，微微一笑，然后心不在焉地指了指长沙发，打了个哈欠，懒散地先自仰坐在单人沙发上。茶几上凌乱地摆着锡箔纸，和遗落的少许白色粉末。垃圾桶里扔着用过的针管，吃过的方便面盒。房间里有些旧家具，卧室里，被子被掀开一角，内衣胡乱地扔在床头柜上。她潦草地生活在邋遢的房间里，像刚刚注射过，神情悠远，不说话，脸上平静地闪烁着美妙的幻觉。

　　我铁青着脸，也不说话，等着神魂分离的她恢复正常。

　　"帮我打开CD机，里面有音乐。"她眼睛茫远地看着天花板，轻声对我道。

　　我默默地按下电视柜前CD机的播放键，里面播放出《神秘园》的柔美乐声。听到这样至纯至美的音乐，身心有一种被温暖抚慰的叹息。我没说话，她也侧躺在沙发上，安静地听着音乐，如痴如醉。

　　她比初见时恢复了些气力，脸色仍然惨白，眼睛却有了些光彩，大概是药物的作用。全身消瘦如柴，干瘪如枯木。

　　"好听么？"她仍然出神看着电视方向的墙壁，如凝望远方。

　　"好听。我听过很多遍。"我简单答道。

"它能溶到我血液里，渗到我灵魂里。听到这样的音乐，我会浑身颤抖，灵魂颤抖，比做爱还要美妙。它能带我离开这屋子，我好像可以在半空中打量你，看到春天盛开繁花的花园。有些时候，有些音乐像是切了我的血管，用针刺进了我的灵魂。我感觉自己是在用整个灵魂在听，整个生命都飘了起来。你能听到我这么深么？"

我看着她，忽然想起有首歌的名字叫"穿过骨头抚摸你"。如此深渊般的文字，一定是吃了迷药写的。

"秦娅，这不过是药物刺激。你迷恋也好，不能自拔也好，不用解释了。如果这样能让你快乐，随你了。你自暴自弃，我也想长痛不如短痛。我会每月给你钱，为你送终。"

她凄凉地朝我笑笑："余野，我知道你恨我。恨我当年不辞而别，恨我如今回来已经是垂死的白粉妹。恨我当年美貌如花，如今这么丑陋地回到你身边。可我真的要谢谢你，收留我，给我钱，陪我，一直把我送到骨灰盒里。"

"够了，你觉得对我还不够残忍么？"我感觉怒气上窜，难以弹压。

她仍然平和悠远地微笑着："余野，你不需要同情我，可怜我。你只需要给我钱，让我买药。放心，我不会连累你的。我搬出来，就是想自生自灭。我现在真的很快乐，飘飘欲仙。死亡真的很可怕么？我不觉得。有时候我会感觉来到一扇闪闪发亮的门口，走进去就会通身透明，化掉了，散干净了。多好。你们这些凡人恐惧的死亡，其实就是这样的。"

我站起身，拿出一张银行卡扔在桌上，"拿去买药吧。我养着你，一直养到你回到盒子里。"

她疲惫地站起来，带着迷幻微笑道："我有病，还在嗑药，没办法跟你做爱。抱抱我吧，以后可能没有多少机会了。"

我漠然地看了看她，径直转身走出房门。随手狠拉防盗门，身后，一秒钟后，响起刺耳响亮的关门声。

第八章
他眼中忽闪而过的杀气让我有些心惊

1

不知从何时起，我失去了目标，莫名陷入一种深刻的厌倦。这种怪异的情绪总是在午睡醒来，或深夜躺在床头时汹涌而来，将生活的意义扫荡一空。我感觉患上了一种叫重度空虚的病。整日无精打采，了无生趣。思考和冥想只会加重病情，若不用行动填满生活的坑，它就给你心里塞满野草。

事实上，为我实施治疗的，不是医院和心理医生，而是股市。

距离战略持股人和高管持股解禁日已不足一个月。电脑屏幕上，嘉通国际的走势越来越颓废，昨天收盘已经跌破 20 元。这个敏感的时间段，嘉通的 K 线图很快驱散了我的闲愁。为了获得城北项目用地，我们三个原始股东的股份已经抵押给银行，评估价每股 16 元。跟银行协议约定，如果股票价格低于 16 元，而不能提供足额的抵押物，则必须强制平仓。

股票永远给予人们一种纸上富贵。开盘后一周，嘉通冲高到 36 元，数月过去，公司运营良好，股价却跌落到 20 元附近。有了二级市场的交易，那种患得患失之心变得强烈，我还没有习惯在这种剧烈颠簸中睡好觉。没钱时，为明天的早饭操心，有钱时，为这些钱的增值操心。征途没有尽头，因为困境是永远的，欲望是无边的。

飞抵上海的当晚，我便在酒店套房里召开了一个小型会议。除了罗媛，还有赵琳和证券部等几个核心部门经理。赵琳如今已经是董事办主任，她做事情用功，性格稳重，头脑冷静，又是博士学历，假以时日应该前途无量。我当初仅仅是出于帮何教授解决麻烦才把她带到上海，而今，她却已经成为除了罗媛之外，我的得力助手。

几位部门经理简要汇报了一下近期情况。证券部经理汇报公司股价近期异常波动的分析结果。他说，股市惯例，每当限售股解禁，通常都会引发股民恐慌性抛盘。这个市场永远是追逐交易性机会，而不是对公司成长性本身投票。我问，最坏结果会是什么？他说，从技术层面分析，股价有跌穿15元的可能性。自己没有表态。这些神秘的K线和种种技术线条，在我看来跟上古时期占卜分析龟纹肌理相仿，都是一种超自然的分析方式。如果股市可以成功预测，就等于赌场人人都可以赢钱。我相信常识，胜过神秘高深的技术分析。

财务部汇报，公司现在没有贷款，还有3亿左右流动资金。这种财务状况，一直令我很欣慰。我不想被银行卡住脖子，要求帐上随时保证不低于2亿流动资金。李振代表运营部汇报，公司运营情况良好，预计今年全国的卖场销售收入将达到35亿元，利润上亿。浦东项目今年开始销售，大头的利润将来自商业地产，公司全年实现5亿元利润应该没有问题。这样看来，每股税后利润仍然可以保持1.5元以上。

情况很清楚，股价跟公司的经营状况正在背道而驰。

散会后，我单独留下罗媛和赵琳。

"现在股价涨跌，对公司运营没有任何影响。我们面临的，仅仅是几个主要股东的股权质押问题。今天股价收盘在17元，如果一旦接近16元底线，银行便会来找我们的麻烦。我想，明天开始，我们分别跟做市商，和银行谈判解决方案，应该可以找到一条解决途径。再说，我们不是没有钱，老冯早迟会把3亿元贷款搞定。那样的话，就根本不需要担心股价了。"

罗媛道："董事长，梁载道这个人让我有些捉摸不透。按道理，他们的战略投资股也面临解禁，应该跟我们目标一致，都想卖个好价钱。可我感觉他好像一点也不着急，一副隔岸观火样子。"

我思考片刻道："我跟他有些过节。为了一些事情闹得不愉快。这次，他应该是冲着我来的，准备袖手旁观。不过，明天我还是要跟他谈谈。商人之间无非就是个利字，大家的分歧其实就是个价格问题。"

赵琳保持着沉默，谨守着事不关己，三缄其口的原则。我对她笑道：

"赵主任，你现在是我们嘉通的大内总管，我想听听你的高见。"

赵琳淡然一笑道："董事长取笑了。我哪有什么高见？我只是听梁总开会时，说过几次，如果要想操作公司股票，必须跟机构谈条件。至于是什么条件，他没透露。我估计明天董事长找他，他一定会提到这些条件。"

我点点头道："赵琳说得对。老梁以前跟我提起过这些操盘原则。公司必须跟这些机构有一些秘密协议。他如今摆出一副不急于套现的样子，就是想等我开口，他好坐地开价。"

2

"做市商为什么要维持股价呢？大家都清楚，限售股上市，有人想卖个好价钱，这时候请做市商来抬轿子，谁会当这个傻瓜？"梁载道阴阳怪气笑道。

再次跟梁载道会面，主客形势已发生了颠倒。大半年前，他追到机场来负荆请罪，态度诚恳如肝胆冰雪，语言谦卑如膝盖触地。此刻，当初那个指点江山的梁载道隐隐又呼啸归来。

我平静道："有道理。我想跟你商量的是，现在股价这么低，有没有机构愿意来操盘？需要什么条件？如果你找不到，我来找。"

我今天不是来摇尾乞援，而是逼他出手。现在股价已经低于发行价，除了前期卖出的人，没人在这支股票上盈利。但公司业绩和成长性均保持优异，就算你梁载道不操作，我可以让老沈牵头来做一把。

他想了想道："余总，要找到机构来操盘，很简单。关键是，我以前告诉过你，庄家机构必须跟上市公司合作，这样操盘才能确保成功。你总是不以为然。所以，我干脆就不过问此事了。"

"我已经改变观念了。梁总，不妨详细说说吧，需要些什么配合条件？"

他喝了口茶，慢条斯理道："好，既然余总已经改变了观念，大家的合作基础便有了。嘉通要想在二级市场有所作为，至少需要这样几个条件：一，十送十的高送配题材，二，并购一家网络公司，或是跟其他企业搞资产重组，无论真假。最后，也是最重要的条件，公司的战略持股人和高管手中的股票，需要以协议价出让给庄家。否则，庄家就会感觉是在为这些人抬轿子。"

我思考片刻道："前两条好说，公司目前每股净资产较高，十送十的高送配没有什么问题。找一两家网络公司来签署并购协议，也简单，现在这些公司烧钱烧得山穷水尽，巴不得有人来当救世主。那么，还剩最后一条，我们手上的流通股，庄家以什么价钱收购呢？"

"这不好说，得双方谈判才能确定。"

"通常规矩呢？"

"通常，庄家会在现价基础上给予10%左右溢价。"

我点点头道："基本都清楚了。三个条件中，前两个问题不大。最后一条涉及各位股东自身利益，得分别去摸底。我们三天后再约吧。"

他补充道："对了，有个很重要的比例，需要你理解。只有当战略投资人和高管持股中可流通部分的95%以上愿意按协议价成交，操盘行动才会启动。"

当利益赤裸裸地呈现，分配方式也必须全裸出镜。不过，我喜欢这种毫不遮掩的表达方式。

"老沈，两天后，我跟梁载道摊牌。只要股价低于16元，我们就自己护盘。另外，大家干脆说个明确价格，就以20.8开盘价作为协议价转让，否则，放弃二级市场合作。" 我边看盘边打电话，征求老沈意见。

"梁载道真他妈毒。我跟你打赌，他们低价收购我们手里股票后，最起码会拉到翻倍。我们手上的流通股就成了他们的底仓。他们赚的是白粉钱，我们赚的是白面钱。" 老沈骂骂咧咧道。

市面上忽而开始流传嘉通不利的消息，说股东在经营上分歧很大，说公司因为过度参与行业竞争，业绩将大幅下降。一时间谣言四起，嘉通股价一路大挫至16元。我看着这条马其诺防线，异常紧张。这次股价并没有像往常一样，在16元止跌回稳，而是继续下挫。我知道这样下去，银行的人在收盘后便会带着律师来找我。我紧急通知罗嫒，将公司帐上3亿资金转入公司开设的股票帐户。

"老余，我这边已经准备好了。一起出手吧，咱们生产自救。"老沈在电话里说道。

下午开盘不久，嘉通便被悲惨地打在跌停板上。上面压着大量卖单。老沈电话通知，联合护盘的开幕式是连续十笔20万股的整单，看到这个信号弹，就杀进场助战，声势越大越好。公司的3亿资金已到账，我让罗嫒亲自来操盘，老沈那边连续大买单出现，这边以50万股为单位，大笔购买跌停板上的筹码。源源不断的整数大买单如同排着方队冲入敌营的敢死队。戏剧性的一幕很快出现，跌停板便被迅速打开，股价一路飙升。在收盘前又回到了17元，这一次过山车，把很多投资者弄得心跳超过170。

接连三天，嘉通一直围绕16元展开拉锯战。我这边3亿资金早已用光，老沈屯在股市的5亿资金也消耗殆尽。股价节节败退，收盘在16.3元。

"我让人查过了，大卖单大都来自上海杭州的几个营业部。有可能是梁载道在捣鬼。"老沈在电话里愤然道。

"现在无论谁利用限售股解禁的利空砸盘，咱们都扛不住。目前，只有两个办法。要么我再找林董短期拆借 5 亿，归还银行贷款；要么，答应梁载道的条件。"

"华蓉前期连续亏损，现在林董未必能再借给你 5 亿。解铃还须系铃人，趁着这个周末股市停盘，我建议再跟梁载道谈谈条件。"

3

深夜，我在上海的酒店里辗转反侧，想着如何化解股市危局。一个陌生的电话号码打来。响了第三遍之后，我犹豫着，最终还是决定接听。竟是龙哥的声音。

"龙哥，这是你新手机么？等会儿我把号码存了。"

"不要存。这个电话卡，我只用几次。过几天就会把卡扔掉。" 电话里龙哥平静说道。

"出什么事了么？"

"没什么事。不过，谨慎些总是好的。"

我听他的声音镇定而从容，也觉得可能是出于他的行业习惯。

"秀云和孩子都还好么？"他温和地问道。

"放心，龙哥，我每个月都会去看看我嫂子和侄儿。小侄儿 3 岁多了，在幼儿园过得很开心，现在都会唱英语歌了。"

电话那边一阵沉默，良久才听他平抚情绪后的声音："孩子开心就好，真想见见她们母子俩啊。"

"最近来成都么？"我问道。

"再说吧。这边有不少事情要处理。"龙哥顿了顿道，"对了，兄弟。海边那块地遇到些麻烦。有个上海财团跟我争那块地。听说他们挺有背景，否则，政府也不会一个劲给我施压。"

半年前，应龙哥邀请，我去看过三亚那块海滩地，周边已有大量国际品牌酒店开始动工，位置绝佳。地价却非常合理。龙哥执意要帮我拿下那块地。不过，酒店并非嘉通主业，项目对我仅仅是锦上添花。

"龙哥，你的好意兄弟心领了。可千万别为难。嘉通刚刚上市，正在全国布点开店。那块地就算拿到，也没精力来开发。"

"嘿嘿，老弟。混我们这一道的，要讲个面儿。这块地，不仅是我送你的礼，现在还是我的面儿。这就不得不争了。你不用操心，等我消息。"

"好吧，听你安排。"我无奈道。

我想了想，顺便向他通报了公司限售股解禁的问题，也提到了梁载道接盘的条件。电话里龙哥沉吟良久。

"师爷，明天我来上海一趟……"

这个回答完全出乎我意料。他投资的股份，一直由我代持，以往，从未对公司的大政方略有过任何意见。这次，他好像下定决心似的，要亲赴上海。

梁载道欣然同意跟我见面。这种兵败山倒的局面，我来找他，除了接受城下之盟，似乎没有其它可能。

茶艺馆里，他装模作样摆弄着功夫茶具，饶有兴致地欣赏身穿红色旗袍的女孩在茶台上洗茶，换水，偶尔还瞟一瞟女孩鼓鼓囊囊的胸部。茶汤调匀，他端起小杯，煞有介事闻闻明前龙井溢出的清香，一副等待接受我递交降书顺表的闲定气派。我介绍身旁龙哥时，他也仅仅抬抬眼皮，略微点点头。龙哥刚下飞机，行李还没放进宾馆，便匆匆随我来到茶艺会所。他穿一件普通的防寒夹克，一双看不出品牌的休闲皮鞋，眼神倦怠，灰白的头发有些乱。咋看，就是一个身体发福的中年商人，平淡无奇。在上海这样的社交场所，只有坐几百万豪车的成名大家，才有资格穿着如此随意。否则，会被人视作赤佬，或者，根本视而不见。

"梁总，股价跌成这样，咱们的做市商还准备坐视不理吗？"

"大盘低迷，限售股解禁，谁都没辙。"

"上次梁总提出的操盘条件……"

梁载道不等我说完，便挥手打断："余总，此一时，彼一时。以嘉通目前的走势，机构是否能按市价接盘都不好说。"

上次会面，他提出的接盘价大致在每股 19 元，刚过一周居然压到 16 元。趁火打劫之心不假任何掩饰。

"天华手里也有大把股票解禁，这么打折甩卖，不肉痛吗？"

他撇撇嘴角轻蔑道："我们做的是长线，不急于出手。余总，你要急于套现，还是另请高明吧。"

我无言以对。被哽得如鱼刺在喉，胸口气压骤然增高。

一直沉默不语的龙哥，缓缓对我道："老余，我订的是往返机票，今晚就得赶回海口。"他抬起手腕看了看时间，"还有一个小时，你就得送我去机场。这样吧，让我跟梁先生单独谈谈……"

我转身离开包间，一腔邪火上窜。龙哥不该掺和进来，这毕竟是证券领域，又地处上海，根本就不在龙哥的地盘。再跟梁载道谈下去，只能自取其辱。

在大厅卡座，我在烟灰缸里留下五六支还剩半截的香烟。思索各种善后办法。不就5亿贷款吗？老子砸锅卖铁也会还上。别让我缓过气来，否则，你梁载道也别想在嘉通这颗树上摇出元宝来。

一个小时后，包间门缓缓打开，龙哥一脸疲惫走出来。梁载道没出来，只是以奇怪的姿势呆呆坐在原地，脸色阴晴不定。

"走吧，师爷，去机场。"

"非要现在赶回去吗？今晚我还想单独跟你喝一台。"我开着车，瞥了一眼身旁副驾上的龙哥。他让我亲自开车，一定有话想单独跟我聊。

"梁载道是聪明人。我想，他应该会答应的。"龙哥答非所问道。

"答应什么？"

"你不是告诉我，让梁载道以开盘价20.8元接盘，对各位股东比较公平？"

"他这次感觉吃定我了。刚才已把价压到16元，怎么会答应那么高的价接盘？"

龙哥微笑道："刚才我一直劝导他，人生苦短。与人方便，自己方便。"

"龙哥，费心了。其实我跟梁载道有些私人恩怨。这个人在上海很有背景，你没必要帮我出这个头。"我忽然明白，龙哥的劝导必然伴随着刀光斧影。

他缓缓叹道："这也是在帮我自己。别忘了，我儿子的成长基金也在里面。兄弟，三亚那块地搞不定，我只能帮你把这事摆平。梁有没有背景我不管，敢动我儿子的奶粉钱，就是我的敌人……"

我扭头看了看他，他眼中忽闪而过的杀气让我有些心惊。龙哥卷入后，这事越弄越复杂。

"对了，兄弟，还有一件事情，算是帮我，也是帮你。我有三个兄弟，都是跟我出生入死多年的死党。现在我想让他们来投奔你。不需要什么特殊安排，有房子住，有口饭吃就行了。给他们留条活路，也算是给你老弟留下一个后路。有可能你一辈子也用不上他们。不过，一旦有任何事情，他们一定赴汤蹈火。这大概就是古时候说的那些死士吧，替我善待他们。"

我迟疑道："龙哥，我想多嘴问问，你是不是遇到什么麻烦了？"

沉吟片刻，他缓缓道："我以前的老大被提前放出来了。跟我不太合拍，底下的兄弟夹在中间，日子不好过。这三个兄弟跟我十多年，忠心耿耿，算我给他们找条出路吧。至于其他的，都是我们内部的事，你就别掺和了。"

"明白了。"

透过车窗，浦东机场的指挥塔已清晰在望。碎裂的晚霞把天地铺得辽远空阔，我们都沉默着。这次送行别有一番滋味在心头。

"兄弟，趁着还有点时间，再跟你聊聊吧。大哥说的话，希望你都能记住了。我们这帮人从社会最底层出发，已经走得太远了，超过了我们能承受的命。荣华富贵，即使得到，也会转瞬即逝。就像你现在，别看风光无限，可你只有加入一个更强大的系统中，才有可能继续发展壮大。老弟，每个人都有自己的界限。不要去挑战这个界限，否则，你将输掉现在的一切。师爷，我已经很久没有这么叫你了。记住你的弱点，要学会狡兔三窟，不要总是孤注一掷。"

车停在航站楼的送行车道。我认真地点点头："龙哥，我记住了。"

"师爷，那就，再见了。"

"再见，龙哥。"

我心情沉重地下车跟他握手道别。有些时候，有些人说的再见，好像是再也无法相见的意思。

4

几天后的成都，我见到了这三个投奔我而来的兄弟。他们真的是三兄弟，明华，明远，明志。明华是大哥，沉稳内敛；明远、明志精明强干。他们并没有剃着平头，脖子上也没粗大的黄金项链，根本不像道上的朋友。几个人都衣着朴实，外貌普通。只有盯着他们眼睛时，才会发现那种隐藏在温和外表下的阵阵杀气。

我把一套三居室的房子钥匙交给老大明华。房间早已打扫干净，所有家具都是现成的。晚上，我带着三人一起来到一家火锅店，要了个包间。我坐在主位上，请他们入座。几个人都不坐，我疑惑地看着明华道：

"怎么不坐？"

明华道："余总，龙哥是让我们来投奔你。我们现在落难，身份低微。你又是他的好朋友，我们不敢坐。"

我笑道："明华，你们是龙哥的兄弟么？"

明华点头。

"那就对了。龙哥的兄弟就是我余野的朋友。这儿听我的，大家都坐。呵呵，要不怎么吃火锅啊？"

其他两人都看着明华，明华看了看我诚恳的表情，点点头，三人依次坐下。

我给他们斟上酒道："三位小兄弟来投奔我，既是龙哥信任我，也是各位看得起我。我敬大家一杯。"

几个人诚惶诚恐地端起杯子，跟着我一饮而尽。我正待斟第二杯，酒瓶已经被明华接过去："余总，我来。"

三杯之后，我拿出一个信封。里面有一张银行卡，一张健身卡，一把车钥匙和三部手机。

"这张卡里，有10万块钱，你们拿去添置一些生活用品。这辆广州本田就停在你们住家的地下车库里，平时归你们用。今后每个月，我给你们三万生活费。平时的工作就是帮着守卫一下高档电器库房。你们年轻，不要太闲着。工作之外，可以去健身房锻炼。看得出来，你们几个都是练过功的，不要荒废了。以前的手机可以不用了，用这几个新的吧。我可能有很长时间不会找你们，但有事情，我会跟你们联系的。"

明华看了看桌上的这堆东西，说道："余总，今后你就是我们的老板了。"

"我们也是朋友。"我笑着举起酒杯，敬三个人。

三人纷纷端起酒杯，一饮而尽。

我接着正色道："有句话，我要说在前头。我跟龙哥都是做老大的。老大是需要面子的。你们是龙哥推荐来的，不能让龙哥丢了这个面子，也不能让我没面子。我想说的是，既然你们投奔到我这里，我会妥善安排你们的生活。不过，我们是上市公司，很正规。你们不能给我惹事。今后不要随身带着家伙。"

对付这些江湖人士，很多人都有误区，以为用义气两字便足以收服这些豪莽之人。我跟这些人打交道不少，非常清楚，必须恩威并施。气场如果镇不住这些家伙，他们不会真心服管。仅仅用钱是买不到他们的敬畏的。

明华尴尬道："余总，我们刚来，不懂规矩。今后不会这样了。"

他们的家伙都别在身后，一般人看不出来。不过，刚才明志弯腰时，后背衣服被手枪顶起了一个角。这个小小的破绽，成了我给他们的一个下马威。

我点点头道："你们跟我是单线联系。隐姓埋名，不需要抛头露面，以前的江湖恩怨应该找不过来。带枪在身上，反而更不安全。除了这些，今后凡事要低调。现在跟以前不同了，你们需要的是安稳。"

三个人点头道："余总，我们明白了。"

我恢复了笑容："大家喝酒。"

5

我来到欧品咖啡馆，菲菲已经等在那里。

"来了？余大董事长。"菲菲热情招呼着我。

我坐下来，淡淡一笑："菲菲姐召唤，我敢不跑快点？"

"别叫我菲菲姐，我比你年轻得多。"她笑道。

我点燃一支烟，从容颓废地抽着，直直盯着她不说话。

"怎么这样看着我？这月黑风高，孤男寡女的，余野，注意你的眼神。"

我微笑道："看你几眼就扛不了？你对男人怎么一点抵抗力都没有？"

"我是害怕你这种疯疯癫癫的男人。谁知道你会干出什么事情来？哎，听说你又轰动联大了。捐款三千万，现在你的演讲稿正被联大网站BBS转载呢。"

我淡然道："以前我出名，是为了讨好岳父大人。现在出这些风头，纯粹是生活空虚，没有目标。"

菲菲喃喃道"爱才是这世界最伟大的力量。我在等待一个女孩的原谅。呵呵，老余，花三千万，就为插播这样一句道歉广告。我有时候觉得以你这样高深莫测的神经病气质，不去搞艺术可惜了。"

"这怎么叫神经病呢？菲菲，男人的经历，概括起来就是挣钱和花钱两件事。像我这么特立独行的人，怎么会去走别人花钱的老路呢？"

"老余，像你这么不靠谱的男人，难怪要把两大美女都吓跑。嗯，你也别太灰心。没准我哪天头脑一热，也有可能发善心收了你。"

我长叹道："我看还是算了吧。咱俩要在一起，整个就是一对二百五的强强联手。我一狗追二兔，已经弄得鸡飞蛋打了。你再来搞三足鼎立，我的小命得栽在你手上。"

"清楣现在跟你有联系么？"她问道。

我摇摇头："我们很久都没联系了。对了，还没有晓雅的消息么？"

她似笑非笑道："我又不是你的情报员，你怎么总是找我要情报？她要想见你，自然会出现；她要不想见你，你再找也没用。"

"那我究竟要怎样做她才肯见我呢？"我万般沮丧道。

"说不定你下次再捐一个亿时发表演讲说，如果那个女孩再不原谅你，你就捐光家产，削发为僧。没准她就会出现了。"菲菲咯咯笑道。

我意味深长地盯着菲菲，菲菲故作迷惑看着我。

"菲菲，晓雅在你那儿吧。她还好么？"

菲菲抵赖道："我可什么都不知道啊。你不要捕风捉影。"

我单刀直入道："我知道我做错了。可那次清楣只是在跟我吻别。这么久了，晓雅还不肯原谅我么？"

"晓雅马上要跟你结婚了，你却跟她表姐吻别。这么没谱的事情你都干得出来，就算我也不会原谅你的。除非你像阿甘那样绕着美国跑上三年，哦，你以为自己到世界各地游山玩水三个月，写点游记就能表示悔过自新？简直没有诚意。"菲菲果然中计。

"你觉得我的游记写得如何？"

菲菲恍然发现自己说漏嘴了，捂着嘴笑道："文笔还行，就是内容肉麻了点。"说着笑得弯下腰。

我耐心地等她笑够了说道："菲菲，我能见见晓雅么？我想当面向她道歉，求得她的原谅。没有她，我的生活真的毫无意义，哪天真的就去当和尚了。"

"不行。她还不方便见你。唉，像我这样的革命觉悟，喝杯咖啡就把革命同志出卖了。你放心吧，她很好。哪天她觉得想通了，就会来见你。"

我激动地抓住菲菲的手道："菲菲，你骗得我好苦，前段时间我一直问你，你都推说不知道。今天约我出来，一定是有事情。能告诉我么？"

菲菲看着我的手道："哎，老余，你半年前跟她的表姐吻别，把她气走了。现在又紧紧握着她闺蜜的手，你又想犯错误了？"

我自嘲地笑笑，松开她的手道："菲菲，我可一直把你当好哥们儿。"

"我有那么失败么？枉自我也是经管学院第三号美女，怎么在你眼里，连个女人都算不上？"菲菲不满地抗议道。

我知道不把这位姑奶奶伺候好，她一定还会跟我纠缠不清。

"菲菲，你长得漂亮，身材性感，性格也开朗。不知有多少男人每天晚上流着口水想着你。不过，我例外。我已经被林大小姐，何小妖精折腾得半死不活。好好一个精壮男人，现在就像个公公一样，爱无能。你就别跟我一般见识了。"

菲菲笑道："余公公，我对你是哀其不幸，怒其不争。好了，不跟你一般见识了。今天约你出来，主要是看看你有没有洗心革面，改过自新表现。嘿嘿，我早看出来了，你那个没过门的少奶奶，虽然暂时不想见你，但又怕你继续瞎折腾。爱是这世界最伟大的力量，你现在正沐浴着这伟大的力量。现在花三千万发表一个道歉演讲，今后谁知道会不会倾家荡产，去上《感动中国》节目？"

我心里略感踏实，说道："好吧，菲菲，今后我每周来向你汇报工作，你要将我的立功赎罪表现如实地告诉晓雅，争取她对我宽大处理，尽快回到我身边。"

菲菲乐道："老余，我要是帮你把老婆争取回来，你该怎么谢我呢？"

"除了以身相许，你要啥给啥。"

菲菲捂着嘴笑道："你都成余公公了，还把自己的色相看得那么重？"

打听到晓雅的下落，我的精神为之一振。只要她还愿意给我机会，我一定会想办法让她回到我身边。再给她一些时间吧。

深夜，我回到别墅。自从晓雅离开后，我也不愿继续住在这里。看着停滞在时光中的婚房，阵阵伤感涌上心头。人生不应该只有事业和财富，还应该有完整的生活，有爱，有温暖和关怀。

我看了看表，已经夜里11点，我拨通菲菲电话，说道："菲菲，我有些话想跟晓雅说，你能帮我转给她么？"

"老余，你还让不让人活了？深更半夜这么扰民。她可能还不愿接听你的电话，你干脆发短信给我吧。哎，交友不慎，我现在简直成了你俩的情报交换站了。"

"好的，稍等。"

我拿起手机，认真写下了一段文字：

"晓雅，还好么？我一直在找你，今天才得知你跟菲菲在一起。我请你原谅我的过错，回到我身边。我现在就在我们的新房里，没有你，这里就是一片冷冷清清的废墟。现在，嘉通公司已经上市，联大的援助基金已经设立，我已经完成了人生的两个梦想，还剩下最后一个梦想，就是你。晓雅，我愿意放弃现在的身份、事业、荣誉，重新回归一个普通人的生活。我想陪着你走遍世界，然后找一个山清水秀地方一起安静生活。晓雅，回来吧。我爱你，每天都在想你。没有你，我的生活毫无意义。"

良久，传来菲菲的回复："老余，成功在望。继续努力……"

第九章

除了爱，我现在什么都有

1

成都的深秋是个让人失去幽默感的季节。阴冷，灰暗，天空像铺着一张黯淡废弃的灰纸，经常会有连续十多天的阴雨，萧瑟如末日，让人心情抑郁，了无生趣。如果恰逢恋人分手，股市套牢，似乎有充分理由去自挂东南枝，或纵身府南河。

可这么多年，我很少看到有人抱沙怀石，跳进泛着鱼腥味的府南河，偶尔听说有失意的醉鬼跌进河里，也是拼命挣扎着游回岸边，在河边看热闹群众的帮助下被打捞上来，继而被赶来的110巡警将其送到派出所批评教育。

成都人自我救赎的工具无非是麻将和火锅。有一半成都人在火锅中找到了生活的真谛，事业烦恼，生活压力，一烫解千愁，吃了再说；还有一部分借助麻将的力量，超度了一个个凄风苦雨的夜晚。这是一个信奉朴素哲学的城市，用食品治疗悲伤，以快乐作为信仰。在这里，孤独只会使人发胖。这个城市有着藐视苦难的强大气场。你的不幸，只是朋友同学的娱乐新闻。如果没点自我牺牲精神，最好不要抱怨和倾诉。你搞垮了三家公司，股票价格被腰斩，又被第五个女朋友甩掉，打麻将频繁点炮，一和牌便是诈和。就算你集各种倒霉于一身，也要保持一副破船三千钉的底气。即使展览伤口，也要显得体面阔气，以降低朋友们幸灾乐祸的乐趣。"老子昨晚被三个美女修理了。妈的，打牌非要穿低胸装，晃得老子牌都看不清楚，桌子上又输了好几十万……"要不动声色地抱怨这麻将打得香艳。再说了，老子一晚上输的钱够你挣一辈子，让你听到老子的伤心事也开心不起来。

可我，正在悖离这伟大的城市精神。如今，自己什么都不缺，可什么都没意思了。像我这样的人，幸福只有两种：从无到有或失而复得。此外，皆为赝品。

麻将对我已毫无吸引力，火锅仅仅是一种辛辣食品。我失去了成都人自我救赎的两件法器。当然，女人天然对我这样单身男子有着本能的吸引，可惜，我见识过绝品，又不具备河海不择细流的泛滥情感，对于寻常美女，最多隔岸观火地看看，对她们的美艳袖手旁观。

一个飞花摘叶掠过各种娱乐场，心不在焉地忽略身边美色的男人是神秘的。但凡他功能正常，就会对吊带短裙美女投以火辣的探测目光，或暗自吞咽口水。我并不高尚，也经常对身边美女的粉腿和胸部进行短暂扫描，可更多地喜欢看她们的眼睛，喜欢探测她们内心的黑暗混乱和沧桑的东西。这种颇为变态的审美，使我表现出对有阅历的女人更感兴趣。我喜欢跟半老徐娘或美艳少妇神侃，打情骂俏，开一些半荤不素的玩笑，百无禁忌，却不会去碰她们，除非极度沮丧的夜晚。

晓雅离开后，很长一段时间，我像太监一样活着。没有什么道德约束着我，我只是对性爱有了更高的标准与期待。那种出于本能的性和被爱催动的性，是两种截然不同的生命体验。一种是定期生理发泄，一种是灵肉至高享受。由俭入奢易，由奢入俭难。对车如此，对性也是如此。

我心不在焉地活着，像一辆自动巡航的车辆。

老冯在经历了黑熊扳包谷频繁更换女友的情路历程后，又跟雯雯搞了多次合久必分、分久必合的聚散活动，终于在本命年到来前，把自己搞得明心见性，宣布要进入正式的婚姻生活。他说那天傍晚他在阳台上眼望远方，天边有色彩斑斓的晚霞，奇形怪状，变化万端。他忽然像看到了神迹，总之各种天象人际均表明，他必须做出一个重要决定了。他风驰电掣来到雯雯家，一往情深地对着客厅墙壁诉说了半天，然后向一脸愕然的雯雯求婚，戒指都忘了买。可雯雯不仅毫不见怪，还感动得热泪盈眶。

老冯得意扬扬向我吹嘘："老余，你前段时间大动干戈搞演唱会，轰轰烈烈当众求婚，各种过场都要完了。看看我，平平淡淡才是真，我走进门，一脸严肃地告诉她，雯雯，我想跟你结婚，你愿不愿意嫁给我？她愣了几秒钟，就扑到我怀里，哭得一塌糊涂。"

"是哪个雯雯？我见过么？"

"董事长，别拿我开心了。我跟雯雯是经常闹腾，不过有情人终成眷属。这就是命，该我的，就乖乖逃不掉。"

"老冯，这些年你跟雯雯打打闹闹，时聚时散。这次你是真要结婚，真的没有头脑发昏？"

"过几天就去扯证。到时候小范围地喝顿酒。等我消息，到时候你必须把其他所有事都推掉。这么些年，我们三个股东，都奇奇怪怪地成不了家，必须有人打破这个局面。原以为董事长你能身先士卒，给大家做表率，结果，哎，还是让兄弟我就先行一步吧。"

凭我对老冯的了解，这几天对他将是一条鸿沟。对于一个自由闲散惯了的成功男人，要想获得婚姻，更多需要人世间的理由，而不是仰观天象获得启示。支撑他世界观的，既不是文学也不是玄学，而是人学。阅人无数，然后知进退得失。我想，他或许找到了一个新的探险领域：婚姻。但这个领域充满未知，足以令他兴奋与沮丧交替沉浮。

出乎意料，他竟没单独约我喝酒壮胆，而是在三天后直接打电话给我：

"师爷，我跟雯雯把结婚证领了。晚上一起喝酒吧。罗媛在日本，赶不回来，我们通了半个小时电话，她好像比我还激动，还问董事长什么时候请大家喝喜酒？"

"可惜了。今天你老冯结婚，对我们三个，都是大日子。真想大家聚齐了好好喝一顿。兄弟，准备几瓶好酒，我要好好敬敬你们两口子。"

2

老冯没选择豪华的海鲜酒楼，也没有选择在家里，而是选在一个别具风味的香辣蟹餐厅。这是他专门为雯雯投资的。为了清静，我们定了一个小包间。房间装修简单，仅仅是贴着米黄色暗纹的墙纸，进门对面的墙上挂着一幅水彩画，中间一张小圆桌，有六个位置。不过，来的人，加上我，也仅仅四个。

除了老冯，他新婚老婆杜雯，还有一个颇为面熟的漂亮女孩，我怎么也想不起她的名字。像老冯这样交游广阔的生意人，这样的大日子，狐朋狗友，同学亲戚，至少该招呼几十号亲近密友。但今天，他只请了两个人，除了像我这样的生死交情，这个女孩应该也非同一般。

"师爷，这是霍青青，雯雯的闺蜜小师妹。别告诉我你不认识了。你还当过护花使者，亲自把青青送到学校门口呢。"

青青个子高挑，束着马尾长发，大概不到20岁，脸上还写满稚气，是个青春洋溢气质外露的美丽女孩。我猛然想起，在晓雅不辞而别的最初几个月，老冯和雯雯善意地找了个女孩陪我喝酒解闷，希望转移我的痛苦。那晚我木然送回学校的女孩，便是青青。

"雯雯，老冯是我患难兄弟，一生一世的兄弟，你以后就是我的兄弟媳妇。真心祝福你们。" 我先向新婚夫妇祝贺道。

一向泼辣的雯雯这时却半是腼腆道："大哥，您请坐。"

我转脸对她旁边的青青道："青青，上次我魂不守舍，怠慢你了，不好意思。等会儿要好好敬你两杯。"

雯雯插话道："青青是我小师妹，也是我最好的朋友。我们老家都在湖南，在学校里又是一个寝室。"

青青没有说话，只奇怪地咬紧自己的嘴唇，显得有些拘束生疏。

"明白了，雯雯，伴郎伴娘都找好了，今天该算你们婚礼筹备的预备会议。"我笑道。

"师爷，瞧你说的。我的大哥，她的小妹，约的都是最亲近的人。我老冯今天告别单身，百感交集，只想跟你们倾诉一下。"

"说什么呢？老冯，不是你疯疯癫癫跑到我家，对着墙壁乱七八糟说了一大堆话，戒指都没带来，就哭着喊着要我嫁给你，你现在还百感交集了。你准备跟大哥倾诉什么呀？"雯雯竖起柳眉嗔斥道。

"我这不是怕刺激大哥么？他这颗钻石王老五都没找到归宿，我却先行先试，在茫茫人海中抱得美人归了。嫉妒之心，人皆有之，我是怕大哥顾影自怜，脸上微笑，心头滴血。"

"哼，这还像点人话。"

我笑而不语看着他俩。真是药到病除，一物降一物。像老冯这种百毒不侵老江湖，真得像雯雯这般个性火辣的女子才收拾得住。

两个女孩喝的是一瓶法国红酒。老冯跟我默契地在各自面前摆上一瓶15年窖龄的茅台，这样的日子，我俩都没准备站着离开这个包间。

老冯举起酒，站了起来，雯雯想跟着站起来，被他轻轻按住了肩膀。

"师爷，雯雯，还有青青。今天我老冯跟雯雯正式成为合法夫妻，从此结束无照驾驶的日子，心情很复杂，很激动，很感慨。我这辆风风火火的老爷车终于为这个女人抛锚了……"

"什么乱七八糟的，拜托请文雅一点。"

老冯一反温顺姿态，脸色郑重，没理会雯雯的抗议。

"我老冯今年35岁，游荡人世多年。经营管理上无才无德，吃喝玩乐上无一不精，圈子里人送外号，老顽童。我能有今天，必须先感谢我的师爷，我的大哥，我的患难兄长。从海南当保安，当盲流，当业余匪徒，到我们在广州创业，一起吃一起住，一起发财一起潦倒。大难临头的时候，师爷把最后20万交给我，让我独自逃生。这些年，我一直对师爷心怀愧疚。人只有在最艰难的时候，才看得见本心，只有在最富有的时候，才明白什么是过眼烟云。我想起我们一起回到成都创业，一碗盒饭可以分着吃，一件衬衣可以相互借着穿，一部手机可以轮流用。我们赚的钱都放在铁盒里，兜里零花钱没了，就自己去拿几张用。有时候我一觉醒来，总觉得这些事好像就发生在昨天一样。师爷知道，我不是一个喜欢表达的人，可我真是怀念那些创业的日子。为一天能赚几百块累得屁滚尿流，乐得眉飞色舞。每天起早贪黑，像驴一样干活，像猪一样高兴。我一向胸无大志，这么多年，一直追随师爷稀里糊涂地跑步前进。他拖着我在跑，跑不动就走，总之，不离不弃，富贵无相忘。我要的是一生温饱，他带给我的却是功成名就，事业荣耀。走到今天，我才明白，这个过程才是最刺激，最快乐，最难忘的。这些年，我就像猪八戒，信仰和目标都是师爷强加给我的，直到他梦想成真，拥有了上市公司。那天他告诉我，哥们，终点站到了。我突然很失落。他拖着我昏天黑地创业时，我老想着花天酒地，但有朝一日，生活里只剩花天酒地，就真没意思了。人都说，只有人老了，才会怀旧。我现在也变得多愁善感，经常想着过去的事，好像混着混着青春就没了，走着走着就不知道该干什么了。我看到师爷，就像看到镜子里的自己。他长白头发了，我长在心里。师爷，我想回高老庄了。退出江湖，安定下来，结婚生子，平凡终老。今天这杯酒，是我的喜酒，也是我告别咱们那段岁月的酒。心里挺酸的，脑子乱七八糟的，谢谢你，老大，你是我一辈子的兄长。"

我很少看到老冯这么动情，句句来自肺腑。但也只是我们两人的共鸣。两个女孩惊诧地沉默着。如果罗媛在，她一定听得懂。这些感慨跟那些相濡以沫的岁月有关。我脑子里闪现着那些海南、广州和成都的创业片段，老冯是刻印所有这些岁月痕迹的唯一活化石。我们俩互为对方的镜子，映照彼此青春的流逝。突然明白他为何想让罗媛来接替他总经理的位置。无论贫穷或富有，我们都要活在期待中。这种期待，有时是事业，有时是另一种生活。

我默默把酒倒进分酒的小壶中，杯子太小，容纳不下我们内心翻腾的感慨。

"老冯，咱们用这小壶喝吧。你以前经常说我是性情中人，很少听你由着性子说话。今天是你的好日子，也是我们这几个兄弟姐妹的好日子。这些年，咱们风风雨雨走过来，那些往事让人挺温暖。这壶酒里装着十多年情谊呢，干了吧。"

两个男人升级了喝酒容器，开始以一种奇怪的方式对饮。

"雯雯，我跟老冯都是老光棍，日子过得粗糙。他能找到老婆，是他的福气。不是说他不够优秀，而是我们心里装了太多东西，快没力气去爱一个人。现在，他把你看作归宿，好好照顾他，陪伴他。祝你们幸福。"

我拿出一个通体晶莹的翡翠手镯，一个冰种祖母绿观音挂件。这两件玉器，为我平时珍爱。

"这两件玉器，我已经在大邑古寺请老方丈开了光，都是可以传世的东西，观音挂件就送给老冯，玉镯给雯雯。戴在身上求一份平安吧。"

雯雯拿着镯子欣赏。老冯道："还不赶快感谢大哥。这支镯子，一直是他压箱底的。"

雯雯笑吟吟道："谢谢大哥，这镯子真漂亮。是大哥的最爱么？为什么老冯说是压箱底的？"说着拿着镯子远看近看，一个拿捏不稳，险些滑落。

老冯叹息道："雯雯，把镯子收好，这支镯子可以买下两三个这样的餐厅。是大哥的一片心意。"

雯雯惊讶不已，我笑而不语。

我跟老冯毫不节制地喝着，自己面前的那瓶酒只剩下小半瓶了。头有些晕，思维却活跃起来，想起旁边的青青一直没怎么说话，于是端起酒对青青道：

"青青，我敬你一杯。你好像不喜欢说话。"

她端起红酒，一饮而尽。然后却把脸转到一边，仍然不说话，好像跟我赌气。

我迷糊中感觉有些奇怪，不知自己什么地方得罪她了。

老冯醉意朦胧地拉着我："师爷，人生难得几回醉，咱们继续。"不知不觉，我们都把自己那瓶喝光了，相顾傻笑。老冯忽然哭了起来，我还在笑，拉着他说，兄弟，哭啥呀？他说，不知道，心里好像压着好多东西，想哭。雯雯吓着了，问我，大哥，他怎么了？我笑道，让他哭吧，这么多年，我们兄弟混得再惨再累也没在人前哭过。老冯原本是趴在桌上哭，趁我扶他时，省力地搂着我肩膀干嚎。我头晕得厉害，晃晃悠悠地想把他弄起来，可实在站不起来。雯雯抹着眼泪道，大哥，你们之间不会有超越兄弟情谊的感情吧？我惊讶地看着她，忽然笑得眼泪都出来了。昏沉沉的老冯终于被雯雯扶到椅子靠背上。我捂着胸口，上气不接下气道："把他，弄回去睡觉吧。"

恍惚中，看见老冯的司机上来，跟雯雯一起架着他走出包间。我脸上还挂着笑意，恍然看到一边不动声色坐着的青青。自己大口喝着矿泉水，希望能够稳住，不要倒下。趁着残存的意识，我给司机打通了电话。

站起来，走了几步，我便感觉眼前一黑。一种漩涡状深不见底的黑。

3

醒来，已是第二天早晨。天光从窗帘接缝处强烈射进来。头仍有些晕眩，可意识完全清醒了。我起身第一眼，便看见躺在床边沙发上的女孩，是青青。她蜷缩在沙发上，盖着薄毛毯，像一个粉雕玉琢的小女孩。我愣愣地盯着她看，有些不知所措，昨天是怎么回事？目送老冯离开后的事情，已完全失忆。青青怎么会跟我在一起？昨晚她好像一直不怎么理我。这个女孩有些怪头怪脑的。

我缓缓走到客厅饮水机前，一连喝了两杯白水。拉开窗帘，外面阳光耀眼，世界太平，好像什么也没有发生过。

再回到卧室，青青已经醒了，用一种古怪的眼神看着我。我不禁笑了起来。

"青青，昨晚你也喝醉了？"

"你醉了。我送你回来。寝室回不去，我就睡在你家沙发上。"

"不好意思，昨天我跟老冯都喝醉了，肯定出了不少洋相。谢谢你送我回来。"

她没理我，跳起来捋了捋头发，便走向洗手间，问了声："有新牙刷么？"

我从壁柜里找到牙刷和新毛巾递给她，她也不客气，拿着东西走进洗手间，随手关上门。

出来的时候，已是一个光艳照人的女孩，那种压抑不住的青春生机，透过没有化妆的脸颊散发出来。

我递上一杯热水道："不好意思，我这儿啥都没有。只能用清水招待你。"

她接过杯子，一口气喝下去。起身又去了厨房。

"你干吗呢？"

"饿了。"

我愣在那儿。这女孩特立独行，有点不拿陌生环境当回事儿。厨房里传来丁零当啷的声音，我好奇地来到厨房门口，看她已经拿出几枚鸡蛋，又找出平底锅。

"能去买点牛奶和饼干么？"她头也没回地说道。

我点点头，拿起号码本给小区超市打了个电话，几分钟后，便有送货员送来了大堆饼干、果汁和整箱牛奶。

青青已经煎好了两盘鸡蛋，又倒了两杯牛奶、两杯果汁，挑了一袋曲奇饼干，摆在餐桌上。

"吃早餐吧。"

我万分好奇地边吃边盯着她看，才发现她有着跟年龄不太匹配的成熟。

"青青，你有没有 20 岁啊？"

"问这个干吗？"

"你这个年龄的女孩，居然会做早餐，让我很惊讶。"

"有什么好奇怪的，我 12 岁就开始独立生活。"她不以为然道。

"你不会那么小就早恋，然后离家出走吧？"

"我 13 岁才恋爱，16 岁都已经有过四个男朋友了。"

"那现在呢，有过几个了？"

"阅人无数。"

我差点把嘴里的牛奶喷出来。杯里的牛奶被洒落了些在地上，我拿起桌上的纸巾将木地板擦干净，忽然看到她穿着拖鞋的脚踝旁，清晰地纹着一只彩色蝴蝶。

"你还有纹身？"

"吓着啦？我肩膀上还有一只呢。"她面无表情道。

我笑呵呵道："青青，我发现件挺有意思的事。围在我身边圈子里的，都是奇人。哦，老冯除外。也幸好这样，我们才能搭档这么久。"

"少见多怪。有纹身就是奇人？你是想说我是问题女孩吧？"

"你在影视学院读几年级了？"

"四年级了。"

"学什么专业？"

"主持人专业。你还想了解什么？我身高 1 米 68，体重 95 斤，三围标准，现在没男朋友，空档期。"

我开心地看着她："你这小姑娘真有意思。"

"怎么样，给你做女朋友？要么？"

"我有老婆了。"

她轻蔑撇撇嘴道："周末开车到我们学校接女孩子的男人，哪个没有老婆？"

我点燃一支烟，微笑着欣赏面前这个惊人直率的女孩。她用餐巾纸擦干净嘴唇，尽管没涂口红，嘴唇仍然粉润诱人。"给我一支。"她向我的烟盒伸出手。我连烟带打火机一起递给她。她熟练地拿出一支，点燃，颇为优雅地细细吐出一口烟气。

"大叔，你看什么呢？我不够漂亮，身材不够好？"

"你看，我本来想喊你妹子，你一声大叔，让我又回到现实。我36岁，白头发都有了。你20岁，青春妙龄。带着你逛街，朋友见到第一句肯定是，你侄女真漂亮。"

"我不会嫌弃你的。你在那帮男人里算是年轻的。喊你叔叔，干爹，我都无所谓。给你做女朋友，周末情人，我也无所谓。"

"那你希望我为你做什么？"

"我不在乎你有没有老婆情人，只想让你跟我谈一次恋爱，为我心碎一次。"

我呆呆看着她。她很严肃，不像开玩笑。我却再也忍不住，被刚吸的烟呛得连连咳嗽，止咳后笑得前仰后合，然后又咳得振聋发聩。

"很好笑么？我就是看不惯你那种心不在焉的样子。见过你两次，对人爱理不理。第一次见你，雯雯姐说你失恋了。她跟老冯都想撮合我俩，可我看你整晚谈笑风生，屁事没有。唱完歌，以为你会像那些猥琐大叔一样跟我搭讪，花言巧语把我骗走，结果你却把我送回学校，让我好没面子。你下车心不在焉送我，脸上在笑，心里为另一个女人破碎。可我就喜欢男人一边心碎，一边微笑死撑的变态样子。我年轻漂亮，才不怕跟你们这些老男人耗。昨晚，老冯哭你傻笑，你们这些老男人虽然贪财好色，却比我们学校那些白脸帅哥更有意思。"

这个新生代的宝贝实在令我忍俊不禁。

"小姑娘，我现在除了爱，什么都有。这样吧，你说三个愿望，看看我能不能满足你？"

她古怪地看着我，说道："我要成明星，我要你爱我，我要你为我心碎。怎么样？能满足么？"

我假装认真想了想，摇摇头道："满足不了。你是那个贪心的渔夫，你的愿望超过了小金鱼的法力。咱们吹了吧。"说完忍不住又大笑起来，"好了，小姑娘，我送你回学校了。"

在车上，她面无表情，对我不理不睬。我一直想逗她笑，可她正眼也不看我。在影视学院门口，我停车，她拉开车门准备下去。我说，等等。从座位旁工具箱找出一张银行卡，那是我平时加汽油用的卡，大概还剩几万。对她说，想成明星，首先得学会包装自己，拿去买些衣服吧。她轻蔑地把头一甩，径直下车。我看着手中的卡，尚在沉思，却见她又返身回来，拉开车门，一把将卡拿走。嘴里还嘟嚷着，傻冒的钱，不要白不要，密码多少？

4

飞机在虹桥机场降落。罗嫒来机场接我。

我们坐着车沿着延安路高架桥一路向外滩驶去。两边高楼越来越多，夜晚灯火璀璨，有种无边无际的茫远感。这个城市正在以不可思议的速度生长，越来越高，越来越繁华，也越来越陌生。无论是最初冒险挺进上海滩，还是今天成为一家上市公司董事长，我始终感到这座城市对内心的压抑和催促。它太庞大，太富有，让所有人都感觉欲望如海，奋斗无边。如今的我，已经富有到了当年不敢想象的程度，可仍然无法让内心解脱焦虑。人与财富之间，仿佛总在相互控制，你控制着数字，财富控制着心智。

两个月前，梁载道跟龙哥单独交流后，出人意料做出了妥协，答应按市值的 20% 溢价，由公司股东统一按 19.6 元转让给天华投资。我代表老冯等股东答应了转让条件，那场股价保卫战骤然消解。

通过盘面对敲，各方转让了所持股份。包括我们护盘时买入的股票，也一并转让给了天华投资。

股价开始平盘整理，沉寂数周后，嘉通股价忽然在一个下午点火升空，从 20 元出发，连续 7 个涨停，毫不犹豫地翻番，看得人神魂颠倒。老沈在电话里骂声不绝，说梁载道他们在 16 元附近就吸够了大量筹码，现在控庄的股数至少在 80% 以上，外面根本就没什么浮筹。这份独食吃得太旁若无人，毫不考虑我们这些原始股东的感受。

股东会前，老沈更愤愤地告诉我，已通过交易所内线查出了打压股价的元凶，正是天华投资。他希望我在股东会决议中，务必对高送配方案投反对票。

"现在，股价翻番，华蓉却出局了。集团里有人向国资局风言风语，说我们跟庄家有内幕交易，低价转让公司股票，出卖集团利益。审计部门也来找我谈话。我可是憋了一肚子火。老余，这次股东会上，梁载道总算犯到我们手上了。铁证如山，我看他怎么抵赖？"

"可当初作为交换条件，我已答应了。再反悔不妥吧？"

"就知道你面浅。这样吧，开会时你打哈哈就行了。我来唱黑脸。否则真没法向审计部门交代。蛋糕得大家分着吃，否则就都别想。"

空旷的红酒吧包间，三个人。心中刀光剑影，面容却平湖秋月。

梁载道从容禅定，老沈气沉丹田，我神游别处。

　　我们品着红酒，抽着雪茄，躺在沙发里比赛谁的无形剑气更收放自如。老沈悠然道："梁总，这拉菲果然是好酒。红酒如美人，越品越有味。"

　　梁总道："老沈，喜欢的话，我再送你几瓶。好东西，大家一起分享么。"

　　老沈笑道："我一直以为梁总喜欢独钓寒江雪，玩独行，吃独食。你看这酒，红红的，像不像我们自己放的血？老余，等会儿你也找梁总多要几瓶吧，你可没少给老梁献血。我们吐的是血，喝回来的是红酒，是吧，老余？"

　　我微微一笑，没吭声。老沈开始发招了。没有什么比干着卖白粉的行当，却领着卖面粉的薪水更让人抱怨社会不公了。

　　梁总淡淡笑道："呵呵，老沈，有话直说。我送你几瓶酒，你怎么就念天地悠悠，想得那么遥远？"

　　"梁总，我们这个合作伙伴，天华投资，喜欢玩缴枪不杀的游戏。先把价格逼到悬崖上，再让我们乖乖交出股票。高明是高明，不过，坏了江湖规矩。别忘了，这个公司可是余总他们一手一脚创办起来的。赏几个小钱，打发叫花子一般就让人靠边。这不好，我作为股东代表，觉得公司还是该回归正常经营，不要在股市里急功近利。比如像十送十的高送配，对公司发展后劲不利，股东会表决，我是一定要投反对票的。"

　　老沈逼宫，我的沉默更像是一种纵容，而梁总仍是羽扇纶巾，胸有成竹。

　　"沈总，当初各位股东可是自愿以高于市价20%的价格转让给天华投资的，现在，怎么？价涨了，眼红了？老沈你又不是才出道，说话怎么这么不上道？"

　　"是我不上道，还是你老梁不地道？你跟天华穿一条裤子，这已不是秘密。关键是，盗亦有道，你不能先举刀向合伙人下手啊。是谁把价格做到16元以下的？我让交易所的朋友查了交易记录，打压股价的卖单集中来自天华实际控制的仓位。老梁，你想收我们的股份做底仓无所谓，但让操盘手逼我们在低价就范，这就坏规矩了。"老沈已经扔掉笑容，开始针锋相对。

　　梁总沉吟道："说了半天，老沈，你并不是不同意十送十的高送配，而是不满意二级市场的利润分配吧？还是让我替你说了吧，你认为是我们逼着你低价交出筹码，是吧？"

　　"不是这样么？"

　　"好吧，老沈，我们洗盘，你们受不了，来找我做市。这个时候，我们有两种方案，一种，接受你们的筹码，向上做空间；另一种，你们继续观望，我们把股价打下去，向下找空间。你们选择了前者，余董事长还搬来了黑社会，对我百般威胁。我们迫不得已签署了高价收购协议。你现在反而反悔，不觉得很可笑么？"

老沈愕然盯着我，我尴尬笑笑。龙哥来上海那次谈判，八成是对梁载道的最后通牒。

"老梁，你要这样说，我也没啥好谈的。既然你要把我们当成散户来洗盘，我只能说，认栽。大家道不同不相为谋。"老沈觉出里面的文章，却仍不松口。

老沈已经图穷匕首现。梁总看着我道："董事长是什么意见？"

我见梁载道始终不出牌，那就只好逼他亮家伙了。我说道：

"梁总，龙哥是公司的隐名股东，看到股价持续下跌，有些不满情绪很正常。他可不是我搬来威胁你的。就拿另外那两个股东来说吧，老冯和小罗虽然表面不好说什么，心里其实对我意见很大。他们不懂股市，总感觉自己股份被贱卖了，好像你我之间有什么交易似的。我今后也不会替他们拿主意了。"

我暗示梁载道，今后即使我同意公司送配方案，老冯和小罗却可能投反对票，再加上老沈的投票，这个方案能否得到通过，尚未可知。

梁载道摇晃着酒杯说："好吧。余总，老沈，大家打开天窗说亮话。各位股东想高价套现，那个龙哥还用黑道手段威胁我。我忍辱负重，找到机构来协议收购。现在，价格上涨了，你们觉得卖低了。各位想过没有，如果你们的流通股不出手，股价能涨得上去么？没有进一步想象空间，哪个庄家能凭空做盘？就说现在吧，操作嘉通，庄家根本没有太多时间低价吸纳，要高价拉升，要低价打压，就算收了你们的股份，底仓成本至少25元以上。老沈你应该清楚，就算庄家把股价拉到50元后顺利出货，扣除拉升费用，交易费用，和一定的出货空间，最多也就是40%的利润。你们毫无风险，得到20%市场溢价，不觉得挺公平么？"

老沈毕竟是业内人士，对梁载道的报账没有太多挑剔，他说道：

"梁总，每一次操盘的底仓成本和拉升高度是庄家的核心机密。你刚才举例说明，我听得懂。我们今天坐在这里，不是来当怨妇的。实话实说，我们华蓉投资2个多亿，现在回收也是2个多亿。理论上，我们还持有嘉通未流通的9%股份，可没有流通前，银行也不好评估这些股份值多少钱。大家费了这么大力气，就挣了一堆无法沽值的股票，还不知猴年马月能变现？我们怎么给集团交待？"

梁总笑道："有钱大家赚，沈总想合作操盘，我不胜欢迎。不过，余董事长不表态，这事儿只能小打小闹，赚几瓶红酒钱收场。"

"梁总，需要我表什么态？你直说。"我问道。

"实话说了吧，余总，就算公司不配合高送配，我们也会速战速决，用一些朦胧利好消息，拉高出货。不过，我们并不是那种挣几个小钱就跑路的人。如果公司配合，股东方协同作战，那么局面就完全不一样了，我们也可以像那几只新疆股那样做长庄，赚大钱。"

我说道："梁总，别投石问路了，把你的计划和盘抛出吧。"

"那好。我的计划是，两年长庄，收益不低于300%。操作方除了天华投资，还有华蓉和嘉通本部。目前，嘉通流通市值超过60亿元。我们三方控制的筹码至少要达到90%以上，各方需要募集的资金至少50亿。其中30亿，由天华作为主力机构来筹措，华蓉和嘉通本部也需要各投资10亿，协助天华锁仓和攻克成交密集区。为了保证嘉通具备足够的市场吸引力，除了公司准备两次十送十的高送配方案，为弥补股本扩张而摊薄的公司业绩，还必须有企业并购题材。我会联络北京的佳美电器，让他们也参与投资。其实，说白了，是让他们参与演出，用同业敌意收购题材来刺激二级市场的神经，激发大家的无穷想象力。"

"佳美电器？呵呵，梁总，王明瑜跟我是死对头，你把佳美引入嘉通，那不等于把日本皇军引入中国搞大东亚共荣圈？"

"余总，商界里有永恒的敌人么？正因为是人尽皆知的竞争对手，当市场得知佳美对嘉通开展敌意收购，这样的演出票房才会大卖。你们成都话有个词叫假打。就算是假打总得有人头破血流，有人骂骂咧咧吧？"

"佳美在二级市场能够收到的浮筹有限，确实是领衔演出。"老沈看着我道。

"操盘方面你们是专家，我没什么意见。不过，佳美的王胖子是个好战分子，满脑袋算盘珠子。嘉通跟佳美几次大打出手，让他来搞演出，别弄成请董卓来整顿朝纲。"

"呵呵，老余，多虑了。利益才是最可靠的盟友。出场费给够，敌人也会变朋友。"梁载道笑道。

两人不约而同都盯着我，等我表态。

我想了又想，说道："这条先搁在这儿。其他的，好说。"

梁载道思忖片刻道："好吧，大家操盘思路算是基本达成一致。不过，现在我们合作操盘，是一路中央军加两路诸侯部队，要想顺利完成操作，必须强化操盘纪律。嘉通本部的操作由我直接负责，老余需要到银行融资10亿资金。老沈那边需要跟我签订一个内部协定，把手里筹码锁定。现在嘉通股价是37元左右，我们需要在前期高点38元附近盘整一个月，把前期套牢筹码全部洗出来，然后一路拉到50元。除权后我们要展开填权行情，拉升资金由各方分别向银行或证券公司再融资。还有，老沈你那儿的操盘手必须要到上海来培训一周。我们挂的单子都有暗号，两边对敲时，必须看清楚，不要大水冲击龙王庙。"

我跟老沈对这个计划都没意见。

梁总最后强调道："我再重复一遍。操作股票最忌讳是在建仓阶段走漏消息。这个计划，只能由我们三个掌握。即便是老婆孩子亲戚朋友都不能透露，否则，全世界都会知道。切记，切记。"

5

被股评遗忘多日后，休眠懈怠让人昏昏欲睡的嘉通股票，忽然在一个下午，毫无征兆地被汹涌买单一口气推升至涨停板。经过数周横盘或者震荡整理后，这个涨停板就是发令枪。往下，开弓没有回头箭，接连又是四个涨停，股价已接近 50 元。这样的疯牛股，必须以极强走势吸引广大散户的注意力。公司的公告更及时给出了股票上涨的理由：十送十的送股。收下红包的股评家即刻哗然鼓噪，擂鼓助威，预言此黑马即将脱缰成野马，再不下手，它就成了腾空而去的天马。

真实参与操盘后，我才发现，让股票上涨容易，而拉高股价后，不花自己钱靠吹牛能否继续保持上涨，就得看大势。嘉通腾空的时机似乎与大盘有些悖离，显得孤高自赏，无人追随。

两个月来，大盘犹豫徘徊，上涨乏力。散户们对高价股跟风谨慎。市场上利空消息不断，人心不稳。股票全流通的政策阴影徘徊不散。嘉通按 25 元除权后，不仅没涨，反而一路阴跌到了 22 元。

梁载道找到我，说佳美的特派代表已到了上海。他反复强调，目前天华跟华蓉的做盘资金都已经消耗殆尽，大势不利，要想顺利填权，迫切需要尽快引入佳美的合作，把敌意收购的题材公布出来。我问道，他们真要进董事会么？梁总说，那也仅仅是演出需要。宝延风波听说过么？你以为真的是宝平股份要吞并延广实业么？还不都是二级市场上控制的两个提线木偶而已。我说，我也是其中的一个木偶么？他笑笑说，"老余，大局为重，还是先见见佳美的特派代表吧。"

利益是人性最坚固的盟友。对此，我从不怀疑。可总觉得每个人对利益的计算公式不尽相同。我认为友谊信任带来的收益稳定而持久，而背叛出卖只是一次性交易。对于梁载道，如果嘉通是一台提款机，应该让它持续保持工作，而不应该一榔头砸烂，提光余额走人。要么两败，要么双赢，无论怎么计算，我看不到本次联合操盘还有第三种结果。梁载道跟我有过节，可就算他有本事把我捆在柱子上，真会燃烧自己的钞票来对我执行火刑么？

我勉强答应跟佳美代表单独会面。

走进楠亭酒楼包间，我一愣，坐在沙发上的这位佳美特派代表非常眼熟。当他转过脸，我已从黑色镜框下那双游移灵动眼睛中找到了答案。那张脸，那双眼，曾令我魂牵梦萦，这么多年，他一直欠我一个百思不得其解的答案。

"呵呵，是你，孙律师。命运太神奇了。我还以为你早就人间蒸发了。"

"余总，看来咱们缘分未了，转山转水又相逢。"

我没理会他伸出的手，径直坐在他对面的沙发上，点燃一支烟，故意饶有兴致地打量他。当年我们一起行骗四方，他跟刘总卷走了所有的胜利果实，还让我深陷警方追缴，逼得我走投无路，最终从良走上正道。我笑吟吟对他微笑：

"这么说来，那几封匿名信也是你写的喽？"

"没错，我写信，想跟你叙叙旧。结果你不理不睬，我只好投奔王老板。"

"孙律师，我以为你跟老刘卷走那笔巨款，从此过上了幸福生活。结果你看，你还在为别人打工，而且还在王老板手下。王老板算无遗策，火眼金睛，我估计你想重操旧业，不太容易。"

孙律师那张正人君子的脸上微微露出一丝尴尬。

"余总，取笑了。你不也没重操旧业吗？时代不同了，大家都在与时俱进，是吧？我现在是王总的特别助理，全权代表佳美来跟你洽谈二级市场合作。"这混蛋绵里藏针应答着我。

"王明瑜怎么会派你来谈判？你对我们的合作前景很乐观吗？对了，老孙，那笔钱，你跟老刘是怎么分的帐？五五开，还是六四？老刘人呢，还在跟你一起跑江湖吗？"我嘲弄地看着他。

"余总，你现在是知名企业家，上市公司董事长。过去那些见不得光的事，对我这种小人物倒无所谓，可你代表着嘉通形象，何必再纠结呢？大家都该往前看。王总就是考虑到这点，才派我来谈合作。"

我微笑道："你觉得我是准备出传记，还是准备给党组织汇报履历？这世界，成王败寇。成功能够证明一切。我成功了，能说明一切。你呢，浪迹江湖这么久，白道黑道，正道邪道，都不按规矩走，至今还是个混混。你幼稚，老王怎么也那么天真？还派你来谈判。估计，没把你当年卷款逃跑的事给老板汇报吧？"

跟孙律师狭路相逢，五分钟之内，双方已谈笑风生地交换了几回合封喉杀招。从见到他开始，我便清楚，绝不能露怯。这混蛋一副攥着我把柄的踌躇劲，王明瑜更老谋深算，派出孙律师，如同派出人肉炸弹。我必须回归到混蛋阵营中才能不受辖制。

他没料到我如此强硬，一脸僵硬的塑料笑容。

"有些事情，合则双赢，散则两败。余总，我今天想谈的是对大家都有利的合作，何必非要把我推到敌对面？就算你很强大，四面树敌总不是好事。"

我认真盯着他，意味深长道："这么多年，一直有个问题困扰我，当年你们向谢厂长点水，把我们卖了。可我一直没想明白，没有我的印鉴章，你们究竟怎么从银行提走那笔款？"

孙律师扶了扶眼镜，恢复了冷漠表情："余总，既然不愿意合作，我们也不勉强。这个项目一直是贵公司梁总在牵线，对佳美，其实无所谓。告辞了……"

目送他的背影离开，我陷入一种疲惫与沮丧。这个又黑又硬的孙律师大张旗鼓造访，又坦然自若离开，自己从此又得应接他的缠斗。每个人都需要为自己的过去付出代价。过去，我是一个不太成功的骗子，世人不会因为自己并未从骗局中牟利而原谅我。仅仅因为现在我是成功的商人，光环闪闪，所有人都敬仰着我占据的财富高度，才会选择性忽略我的过往。

这条路，渐行渐远，看不到彼岸。

第十章

人生如泡影，如露亦如电……

1

上海的深秋，天空阴沉，江边又刮起了那种可以钻进身体里的寒风。那天傍晚，收到清楣的邮件。我无处可去，紧紧裹着黑色风衣，独自来到外滩。

外滩已成为来上海的外地人的旅游拍照中心。夜幕降临，寒风吹拂，却挡不住人潮如织。一排售卖亭里的小贩，热情地向游客们推销着电动玩具、汉堡、明信片，还有宝利来速拍相片。我无论站在哪段栏杆凭栏远眺，都会被游客善意地劝开："同志，麻烦让一让，我拍个照。"即使袖手闲逛，也会被一对情侣或一拨人拦住："同志，麻烦帮照个合影，要把明珠塔拍下来哦。"是啊，江对岸高高伫立的东方明珠塔在渐深的夜色中通体璀璨，像这个世纪的图腾。我在人头攒动中隔江远远望去，在高塔下的停车场，那个醉酒的女孩曾在我怀里痛哭，我抱着她说："别怕，我是余野，我带你回家。"

> 余野，还好吗？我想了很久，还是决定给你写这封信。算是在翻页前，划上一个句号吧。无论曾经历怎样的无眠和挣扎，无论最初相逢时的嬉怒笑骂和离别飞机上的滚滚热泪，我还是感谢这一段莫名其妙却刻骨铭心的经历。感谢你的出现，带给我的痛和激情。你说过，不经历这一段，人生是不完整的。此刻，加州校园里，我看着蓝色晴空下几株晃动着阳光的红叶，莫名微笑，心情异常安静。当我开始微笑着面对往事，我知道，那股痛苦的激情终于消耗一空，记忆中只剩下厚厚的温暖灰烬……

我走过地下过街通道，站在南京路的人海里。人群好像与我隔着一层透明玻璃。我看见那些快乐的外地小姑娘，为选到一件中意的花裙子而灿烂微笑；年轻的情侣站在第一百货生活品柜台前，反复商量挑选着卡通水杯、白瓷餐具。繁碎家庭生活在这里露出温情脉脉的细节。三楼灯火通明的落地窗前，几对小资男女喝着咖啡，悠闲地俯瞰南京路上的人流灯火，而我在仰望着他们对视时的暧昧笑容，猜想着他们的对话。几年前的那天，无数次莫名其妙的巧合，让我坐在那群青春飞扬的校友聚餐桌旁，与她猝然相见。种种际遇，像被时光哗哗翻过的页面，像此刻灯海中飘浮的一帧帧蒙太奇镜头。

　　你的心里曾一直珍藏着跟你一起看星星的女孩，或许是一个，或许是两个。我的心里曾一直惦记着那个从上海风雪中归来的游子，他能够买下上海百货几个柜台的礼物，却在除夕无家可归。那一天，他眼睛红红地说，你们就是我的亲人。那一年，我在八廓街上随着手摇经筒的人流转街，幽蓝天空下，藏香缭绕中，流着眼泪，强烈地想见到他，几分钟后的大昭寺前，便听到他轻轻喊我的名字："我已经在这儿等了你三天。"有时候你看到的人生，是满纸无趣无味的文字，而有些点滴往事，却像优美的插图，照亮人生这本大书。感谢你曾经出现，照亮我一段青春……

我走过闸北的铁桥，来到靠近黄浦江的万豪酒店。江边已看不见游客，只有黑暗中闪烁灯光的驳船。人生总会从喧嚣人海中渐渐走向光影寂寥的江岸，无需感慨。点燃香烟，星星般的亮光闪烁在灰黑夜色。蓦然回首，只有滑行在街头的出租车和无声掠过的行人。那女孩不会再捋着额前的长发，跟你并肩坐进汽车。在车里握紧你的手，将头轻轻靠在你的肩头。四分之三支香烟，在火星和烟嘴之间，在烟雾升腾之间，燃尽一生思念。

　　刘悦堂每月都从纽约飞过来看我。那天，校园红叶上闪亮的阳光晃疼了我的眼睛。刘说，很多事情只有经过了，才会明白。是啊，在这颠倒轮回的世上，有多少领悟来自于不可追逐的往事。我想起了那人在刘悦堂回国的接风宴会上唐突地向我表白。他疾风暴雨地倾诉了三分钟，可我却整整用了三年才想明白。想起往事，我笑了。那种突如其来的像刺客一样的爱情，隔了那么久才让我疼痛。经过了，终于明白了。缘起缘灭，像晴空下鸟儿飞过的痕迹。那天，我接受了刘悦堂的求婚。心里有种内容丰富的平静。那些压在心底的往事，终于变成了那些压进书页里的彩色插图。感谢你，余野，人生除了不停的告别，也需要充满期待。再见，余野。祝你幸福。

我在夜色中努力微笑，想着那双被红叶上的阳光照亮的眼睛，想着那张仰望湛蓝晴空的美丽脸庞。

再见了，清楣。

2

只要有时间，我总是呆在成都，守在那个憔悴女人的身边。

秦娅的身体越来越虚弱，不知还能再坚持多少日子。只有在毒瘾和病痛发作间歇，她清醒平静的日子里，我才能陪着她晒晒太阳，说说话。看着她眼窝深陷，颧骨突出，脸色蜡黄，有气无力躺在椅子上，我意识到，自己是在跟一个即将死去的人交谈。我想着一个会说话会转动眼睛会微笑的人如何会慢慢变成一盒灰烬，这种荒谬感总是让我胸口发闷，心里被梗得难受。

11月的一个周末，忽然接到秦娅的电话，让我晚上过去坐坐。我才给过她钱，心想，应该不是毒品涨价了吧？

来到她租住的房间里，忽然眼前一亮，屋子被收拾得整洁一新，茶几上没有吃过的方便面盒，而是摆上了一束耀眼的鲜花。衣服，被子都叠得整整齐齐，甚至地面的瓷砖都被拖得干干净净。我好奇地把客厅和小卧室看了个遍，甚至没有看到针管和锡箔纸。我看着她，才发现她身上也有显著变化，尽管瘦骨嶙峋，眼睛里却闪烁一丝神采，脸上画着浓妆。眉线优美，红红的嘴唇仿佛烈焰般燃烧着。身上穿着一套黑色天鹅绒裙子，那个当年妖娆迷人的秦娅依稀归来。

"这是什么情况？"我不解地问道。

她微笑道："你搞忘了，今天是我生日。"

"不对啊，你生日应该是后天。"

"后天是周一，你要上班。所以提前两天过吧。"

"可我还没给你买生日礼物呢。"

"你来了，就是礼物。"

餐桌上已经摆好了一瓶红酒，几个菜应该是楼下餐馆里买来的。她从来不会做菜。她打开CD机，放的是班德瑞的轻音乐，空灵干净。我跟她相对而坐，安安静静地相互看着。透过红酒杯，时光快速倒流。广州，那个拖着行李问路的妙龄空姐；成都，那个小酒馆里性感妖娆的黑衣女郎；此刻，我面前残败凋零前用尽全力绽放美丽的虚弱女子。

"秦娅，你今天真漂亮。像当年一样。在广州，我第一次见到你，你拖着一个黑色行李箱，穿着白色短裙，烫着长长的卷发，墨镜挂在胸口衬衣扣子上，眼睛又大又迷人，像个仙女一样让我着迷。"

她灿然笑着："你那时是个热情可爱的小鞋匠，经常在我们寝室下面走几个小时，拿着那种又重又大的砖头手机，笨头笨脑追求我。自尊心又强，还不能过分打击你，只好躲着你。你那个时候以为自己很老练，眼睛却清澈见底。知道我为什么离开广州时，要跟你缠绵一晚么？是你的眼睛打动了我。那种受伤后忍住眼泪装作无所谓的感伤眼光，我忍不住想亲亲那双眼睛……"

她沉浸在往事的回忆中，眼光发亮，酒后的脸有了一丝血色，红红的，鲜艳的，让她混着死亡气息的美丽，妖冶绽放。

"没想到在成都你还能找到我，没想到那天晚上你会大胆拉住我，让我做你女朋友。没想到，我会那么决然离开你。人生没有后悔药。我自作自受，放纵无度，到如今这副模样，我认命了。可我最后还是能被你收留，让你陪我走完最后一段，这也是命。谢谢你，余野。有好多晚上，疼痛难忍，我想到死，恐惧得整夜睡不着，像掉进深渊一样。我就拿出《金刚经》读给自己听，人生如泡影，如露亦如电……读着读着，我就睡着了，也不知道还能不能醒过来？"

她平静温柔地看着我，喃喃说着。我微微颤抖着，脸色铁青，只是一支接一支地抽烟。

她收拾着桌面，把一个小小的水果蛋糕端了上来，一支支地插上蜡烛。

"我给卖蛋糕的小伙子说，一定要给我28支蜡烛，不能少。我已经有几年没过生日了。今天你能陪着我，我很知足了。"

她拿过我的打火机，一支支认真点着，像是将她的生命之火重新点燃。红红的烛光中，她脸上洋溢着喜悦的光芒。

"祝我生日快乐吧。"她温柔地看着我。

我无法说出一个字，而是慢慢站起来，走到她面前，拉起她，紧紧抱住她，越来越用力，像是害怕她被一种无可战胜的力量眼睁睁夺走。良久，从我的肩头，传来她平静柔和的声音：

"余野，一直没告诉你，我老家在川东北的一个小县城，妈妈还健在，家里还有一个大学毕业的弟弟。我曾经是家里的骄傲，作过那个小县城的形象代言人，好多人都认识。现在的情况，我一直瞒着家里人。你给我的钱，除了买粉和少量生活费，我都寄回去了。过几天，再给我20万吧，我要给妈妈买一套新房子。算是这辈子给家人做的最后一件事。我欠你太多，反正也还不了，下辈子吧。等我死了，把我带回家去。我走得太远了，想回家了，很想，很想……"

我闭上眼睛，仰着脸，浑身颤抖得无法克制……

秦娅平静地死在周一，她真正生日的那个夜晚。

她吞服了整瓶安眠药。床头放着一张纸条，简单地写着她最后的话："余野，带我回家。"

我带着200万的银行卡来完成她的心愿，她只是安静地躺在床上，一动不动，甚至脸上还带着浅浅的微笑。

3

失眠的晚上，我开始读《金刚经》给自己听。

"应如是降服其心……无我相，无人相，无众生相，无寿者相……"

忽然想起当年学校里，小马告诉我，读《金刚经》可以增进功业，避邪远灾，并赢得麻将桌上的胜利，就算输了，也能获得人生如梦富贵如纸的心灵超度。

云何降服其心？不如将往事扔进碎纸机里，变成一堆细碎的纸屑。或者，相信自己身在一个迷离的梦里，睡去是梦，醒来也是梦。

失眠的夜晚，我长时间站在窗台前，远处零星灯火闪烁，午夜玻璃上浅浅倒映的那张脸，落满废墟般的平静。

窗外，夜色温柔。金银花香在忽明忽暗的时光里浮动，像多年前某个阁楼里昏黄的灯光。过往岁月不再像扑簌飞舞的刀子，而是像长廊里挂着的一排无人欣赏的空虚油画。远远有朦胧的灯，似乎一直在远行，似乎一直坐在夜间的火车上，向茫然的前方开动，车窗外掠过黑色连绵的山脉和人间星星的灯火……

站累了，就躺在床头一遍遍读《金刚经》，慢慢地沉入睡眠。

4

日光之下，生活有时平淡无奇，有时光怪陆离。有时刻板重复如一个模具倒出，一日复制一生；有时那些不经彩排的情节却又在命运里横冲直撞，轨迹荒诞不经。

上海公司会议室里，梁载道和老沈看着我，我看着电脑。

这是论坛网站上被广泛转载的《从骗子到上市公司董事长》一篇帖子。网名御寒舟的作者以见证者姿态，绘声绘色描述了一个骗子当年在广东行骗，以虚假注册公司，开空头支票套货等手段，大肆骗取企业财货，却每每利用法律漏洞，一直逍遥法外。完成原始积累后，他转行进入家电销售领域，通过灰色交易，低价拿地，并获得国有企业的大量资金支持，最终暴富，成为一家上市公司董事长。除了没有直接写出我的名字，嘉通的成长史呼之欲出。

这篇帖子随即引发了证券市场的种种传言，包括嘉通被证监会调查，其董事长被公安机关立案侦查等等。网络时代，真真假假的信息随时能像寒流过境，迅速扩散蔓延。嘉通停牌半天发布澄清公告，复牌后被无情地打落至跌停。股价已跌到不足 20 元。

此刻，梁载道和老沈沉重地坐在会议桌对面，等待我的表态。

"现在大家都被推到悬崖边上。天华已经用满了透支额度，华蓉也好不到哪去。各路资金都打得山穷水尽。余总，你的负面传闻还在持续发酵，嘉通再跌几元钱，就会全线爆仓。不信，你问问老沈。咱们离全军覆没还有多远？"

老沈脸色凝重，皱着眉，在办公室一支支抽烟。

"华蓉前期操盘投入 10 亿，拿股票抵押融资后，又透资投入 8 亿。嘉通十送十除权后，股价始终在 22 元左右徘徊，大盘低迷，我们无论拉升洗盘，都像自娱自乐，散户不敢跟风。这段时间受传闻影响，股价急跌，确实逼近了警戒线。"

我沉吟不语。那张帖子无疑出自孙律师。这种阴狠小人无疑是最可怕的敌人。自己远远低估了他的破坏力。他给我写的传记小说里，贯彻着一日做贼，终身是贼的主题逻辑。重要的不是事迹的杜撰和数据的浮夸，或者将整个骗子团队的业绩冠于我一身。自己当过骗子不假，可并没享受到行骗果实。这种六月飞雪的冤屈该到哪儿去申诉呢？事实上，自己的创业史确实不干净，纵然多次捐巨资助学，不断改变公众形象，仍不能漂白这段灰色的历史。原罪是血液里的毒，无法救赎。我认命。目前股市中整个战局近于崩溃，除了妥协，自己似乎别无选择。

"一个杜撰的网帖就可以打沉一个上市公司吗？"我嘲弄道。

"步枪还能打下飞机呢。余总，先不讨论传谣信谣的社会问题，我们需要面对现实，股价再跌 20%，透支盘就要被强制平仓，咱们全体玩完。"梁载道阴阳怪气道。

"梁总，有什么解决方案就直接说吧。"

"除了引入敌意收购的概念，我们还有其他选择吗？"

"老沈，你的意见呢？"

"我们已经没有护盘资金，目前，只能玩收购概念。"

我点燃一支香烟，微笑道："佳美跟我玩城下之盟，够狠。我又输给王明瑜一局。不过，他手下的孙律师跟我有私人恩怨。这篇帖子应该就是他的大作。这个人得出局。算是我的一个条件。另外，对二位还有一个条件，你们得确保佳美对嘉通不构成实际控制权。答应这两条，可以启动敌意收购。否则，一切免谈。"

梁载道脸色舒展开来，"那个姓孙的，不过是王总手下马仔。我一个电话打过去，就可以把他炒掉。至于第二条，我们已控庄85%流通股。即使佳美全部拿到剩下的15%股份，又能怎样呢？不过一场表演而已。老余，多虑了。"

"呵呵，他一张帖子可以打掉我们20%股价，就算被炒鱿鱼，他再发一张帖，我们岂不又要全军覆没？"

"懂了，老余，那个姓孙的，交给我处理，包你满意。"

两人走后，我长时间站在窗前看远远的黄浦江。自从踏上上市之路开始，我便感觉身不由己。每一步好像都是必走的，但又不是自己心甘情愿的。这里面有着太多利益分割与交织，越来越难以控制。现在老沈的资金已深陷战团，欲退无路，欲罢不能。即使自己跟老沈这么坚固的联盟，局势所迫下，也会动摇。我有些心灰。

5

看守所的会客室，我跟孙律师隔桌而坐。

穿上号衣的孙律师被剃成平头，一脸阴暗疲沓，像一头病态的困兽。

"你已经把我弄进看守所，余野，还想干什么？"

"老交情了，来看看你，叙叙旧。另外，也想给你点忠告。"

"哼，很得意是吧？你现在有钱有势，可以为所欲为。等着瞧，有朝一日，我也会把这份待遇回敬给你。"他扯了扯身上的号衣道。

"这本来就是你该呆的地方。发布谣言，诽谤一个上市公司董事长，造成公司巨大损失。孙律师，你一直在知法犯法。"

他阴狠看着我道："一日做贼，终身是贼。你以前是个骗子，这段经历，你花再多钱也漂白不干净。"

"我干吗要漂白自己？英雄不问出处，成功者自带光环；只有像你这种失败的骗子才会来这儿静养。"

"没错。你赢了。我被王明瑜卖了。现在，我想跟你做笔交易。放我出去，给我一笔安家费，我远走他乡，永远闭嘴。你早年那段不光彩的历史没人再知道。否则，你就得想法关我一辈子。"

"你做事从不遵守规则，我对你的承诺没有信心。"我摇摇头道。

"余野，我反正已经是烂人一个。什么都无所谓了。要么给我钱，放我走人；要么等着我溅你一身污烂。别忘了，你可是当年皮包公司的主犯。"

"你不提醒，我差点忘了。那笔钱，你跟老刘是怎么卷走的？这些年，我一直想弄明白。"

他轻蔑道："告诉你也无妨。你的印章，我们早就仿刻了一个。从一开始，我们就没准备跟你分享那笔钱。你也不想想，天下哪有那样的好事？还不起我们的钱，还要分享我们的股份。说白了，当年我们就是想哄着你把钱骗回来。"

"明白了。不过，你们拿了那笔钱，既没有还给华伦公司，如今自己也没过上好日子。"

"所以嘛，才找你讨几个钱花花。余董事长，你如今事业有成，不至于吝啬这几个小钱吧？"

我再次摇摇头："我现在有很多钱。不过，一分钱也不会给你。就算你现在是茅坑里的石头，又臭又硬，可你现在得罪的是利益，法力无边的利益。就像现在，你能呆在这儿，并不是我的本事，而是各利益方的手段。我给你的忠告是，好好在这里面壁思过，重新做人……"

一个刺激神经的消息随即浮出股市：佳美电器旗下的佳美投资已经收购了嘉通 5% 股份。自从当年的宝延风波后，证监会要求任何机构投资人在持有一支股票超过 5% 时必须公告。通常庄家在操作股票时，为了隐蔽，总是利用不同的证券帐户，分散持股，很少有公告自身持股数量的做法。只有两种情况如此：敌意收购或故作敌意收购。

收购的消息一经公布，嘉通股价便开始一路上扬，从 22 元，一直上涨到 28 元。佳美投资开始第二次公告，持股量达到 10%。老沈曾打电话问梁载道，外面怎么会有那么多浮筹？他回答，为了让戏份更足，他故意让了些筹码出来。否则，怎么会刺激投资者神经？

联合演出似乎开场了，而且演得轰轰烈烈。股市的逻辑是：唯恐天下无事。

这里总是充斥着猎杀与被猎杀的游戏，血腥味是这个市场最迷幻诱惑的气味。每个炒家都仿佛追逐着腥气的鲨鱼，渴望捕猎，尽管更多时候，自己往往成为被诱捕的猎物。在这场弱肉强食的盛宴中，嘉通成为漂浮在整片海域最大的一块诱饵，我多年的梦想变得荒诞，在别人眼里却是一场狂欢。

我的电话从早到晚响个不停。如今的证券市场是一个不折不扣的消息市，在股票操作上，内幕消息超越一切技术分析。来电咨询的有各级官员、银行领导、朋友、合作伙伴。敌意收购让人有着太多遐想，股价的飞升更刺激着人们的投机欲望。

深夜一点，房间的座机刺耳地响起。我睡意迷蒙却无可奈何地接起电话，是明华的声音！这个电话让我骤然醒来，呆呆坐在床边，像被一道闪电击中……

6

龙哥死了。身中 16 枪，死在他车里。司机和一个保镖也身中数弹，一起被击毙。

龙哥死在回家路上。在一个弯道上，一辆大卡车突然横在马路中间，挡住了他们去路。后面迅速出现两辆面包车，下来十多个持枪者对着龙哥车辆扫射，里面甚至有包括微冲在内的重武器。三个人甚至连反击的机会都没有，便被乱枪击毙。后来，警方赶到现场，在龙哥车内搜出两公斤海洛因。几天后，当地媒体报道，警方根据可靠线索，在毒贩交易时包围伏击，毒贩负隅顽抗，全部被警方击毙，缴获两公斤毒品。

明华说，他跟随龙哥这么多年，从没听说公司有任何毒品交易。这就是一次谋杀后的栽赃。以前帮派的老大姓闻，后来被抓进监狱判了二十年。帮派便由龙哥打理。这么多年，龙哥精心运作，整个社团全面转型，主营酒店与夜总会，走上公司化。去年闻老大从监狱中被保释出来，社团内部便开始分裂。两人便各带一帮兄弟分别经营。中间难免一些摩擦，两方对立越来越失控，龙哥便向闻老大提出分家，各干各的。这次谈判没有达成一致意见，大家不欢而散。后来，龙哥便让他们兄弟三人离开海口，来成都投奔我。没想到刚刚过了几个月，便发生了惨剧。这件事无论是谁出的手，肯定跟帮中相互倾轧有关。现在追随龙哥的兄弟并没有四处逃命，而是准备联手去报仇。现在，闻老大也在四处躲藏。帮派里一片大乱。

我一脸肃然，问明华道："你们现在有什么打算？"

明华说："余总，你现在是我们老板，我们听你的。"

我摇摇头道："这是你们帮里的内务，我插不上手。这样吧，我给你们一笔经费，你们先回海口，摸摸情况。不过，不要轻举妄动。这件事情应该没有想象的那么简单。我也通过自己的渠道去了解。等这件事划上了句号，你们如果还愿意回来，就跟着我干。如果不愿意，我也不勉强。"

我把一张存有 100 万的银行卡交给明华。对他说，这笔钱拿着，无论怎么用都不需要告诉我。

他点点头，虽然失望，却还是平静地接过银行卡离开了。

无论如何，自己不会介入这场帮派纷争。

我没能力包揽自己命运之外的事情。不仅仅是生离死别，还有推动这些命运的冥冥力量。我忽然感觉自己从未有过的虚弱无力。

7

站在小区门口，怀揣沉重的消息，自己像一个黑色使者。

实在不知道该怎么把这个噩耗告诉嫂子。每隔一段时间，我总是定期去看望她和小侄儿。除了在公司里的股份，龙哥还托我买了些商铺。租金我总是代为收取，并让租户存入嫂子的银行卡。她们生活无忧，没有太多需要我帮助的地方。小侄儿小名叫龙龙，在幼儿园过得很开心。他还小，根本不知道自己还有一个父亲的时候，便失去了父亲。

现在，我来到她家里，在门门口等待。嫂子每天下午 4 点准时去幼儿园接龙龙，我不想在外面谈这些事，直接在她家门口等候。大约 4 点 10 分，我看见她牵着龙龙高高兴兴地回来了。看到我，嫂子兴奋地告诉我，龙龙在幼儿园又得了几朵小红花。我抱起龙龙，亲了亲孩子，跟着嫂子进了房间。

"嫂子，我找你有点事。能不能让龙龙去客厅看动画片，我们到屋里去谈。"

她看我严肃的样子，知道有事，便给龙龙放起了猫和老鼠的动画片，然后带着我来到小书房里。我尽量压低声音，对她说：

"嫂子，有件事情必须要告诉你。龙哥出事了。他遭人暗算了。"

出乎我意料，嫂子听后只是身上一震，没有表现出过度悲伤，不过，两行眼泪还是慢慢流了下来。

"他现在怎么样？"

"被人堵在车里，中了十多枪，当场就不行了。"

　　她点点头，擦着眼泪道："这就是命啊，早迟都要来的。他一直想躲开，可还是躲不过。我一直为他吃斋念佛，提心吊胆，可终究还是出事了。我认命。"

　　我艰难说道："嫂子，别太难过了。把你们母子安排好，龙哥才能放心地走。今后，你就是我的表妹，龙龙以后就叫我舅舅吧。对外，我会让所有人都认为你是单亲家庭，跟丈夫离婚了。现在，我们要让孩子快乐长大，好好读书。尽管没有父亲，但我这个舅舅会想办法让他一生受到尊重。"

　　嫂子流着眼泪道："余哥，谢谢你。现在龙龙就是我的命根子。你就是我的大哥，我们的亲人。"

　　我长叹一声，来到客厅。龙龙正目不转睛地看着动画片，孩子长得浓眉大眼，活脱脱龙哥的影子。我亲切地摸了摸孩子的头，对他说，舅舅走了，给舅舅再见。他迷惑地看着我，嫂子在他身后也说道，龙龙，说舅舅再见，经常来看我们。

　　我在桌上留下一张银行卡，对嫂子说，这是给龙龙的学费。

　　这是我唯一能做的。

第十一章
上市这步棋，一步错，步步错

1

成都城北项目所在地。我带着老冯转了一圈。这个昔日的老厂区已基本被拆空，白色围墙圈围的土地上，到处是荒草和碎裂的混凝土块。有几棵几十年的老桉树，孤零零地伫立在大片瓦砾中，三百亩地，看上去像一片辽阔起伏的荒原。

"老冯，现在我得承认，公司上市这步棋，越走越失去控制。这世上没有后悔药，我们也不可能全盘否定当初的决定。幸好，我们还有这块地，手上还有几亿现金。原来我打算慢慢开发，现在看来，得早做打算了。我们需要在这里开辟一期用地，想办法卖出去一部分住宅或商铺，还掉银行贷款。我已经让设计公司开始设计方案，咱们三个人的后路全在这个项目上面。你今后可以向董事会称病，长期呆在成都，经营我们的后院。"

冯志点头道："老余，别那么伤感。上市一直是你的梦想。我们实现了。呵呵，不管今后怎么样，现在还是挺过瘾。我至少也当了把上市公司总经理。这也该算黄袍加身吧？"

我笑道："什么黄袍加身？你最多也就是九千岁。"

冯志叹道："师爷，咱们走到今天，有了这么多东西。我挺知足，我想小罗也是这个想法。放心吧，这个项目我会守好的。"

我拍了拍他的肩膀道："好兄弟，这几天我还要出趟门，去办些其它事情。这里就交给你了。"

我独自开车来到深山里的古寺。副驾驶座的大理石盒子装着秦娅的骨灰，另外一个黑色相框嵌着在海口给龙哥拍的照片。从停车的农家乐院子沿台阶上行，整整走半个小时，才到达寺门口。迎客僧说，老主持在侧厢房等你呢。

老主持已经90多岁了，慈眉善目，目光笃定慈祥。我提着骨灰盒和相框，跪在他椅子面前，接受他的灌顶。他将手放在我头顶，念念有词，良久道：

"余施主，我为你念了几段密宗咒子，为你去灾。这些密宗咒，现在会的人不多了。我给你加持，是外力，还需要你自己的愿力。你要认知生命有如梦幻，要减低执著和嗔怨，对一切众生起慈悲心。不管外界如何对你，都要保持慈悲。保持积极的愿力，才是真正的修行。"

"谢谢主持大师。"我趴在地上给他磕了三个头。

"来吧，大家都等着你呢。"老主持站起身，在一个年轻和尚搀扶下，来到大雄宝殿，我跟在他们身后。殿内，穿着褐色袈裟的僧众分在佛像两边，早已等候在那儿。老方丈穿着红色袈裟，站在正对如来佛像的蒲团前，用手示意我跟着他跪拜。我跪在老主持身后，将骨灰盒与相框放在身边，抬头是高大的金身如来像，俯瞰世间，无比庄严。

老方丈开始带头咏经，众僧侣一起唱经附和。那声音似吟似唱，音调却没有多大起伏，如同平稳的河水，缓缓流动。一个小时的法会，我闭着眼睛，于香烟缭绕中跪听无法听懂的经文，忽然万念如灰。有一种放下菜刀，立地皈依的疲惫。一片浮云渡沧海。生命中的一切努力仿佛就是这样，渺小，盲目，挣扎前行，最终被风撕碎，成苍茫海天中轮回的水与烟雾。人生种种执念，无不空幻。生命短暂而荒诞，如身旁盒子里的灰烬。

辞别老方丈，离开古寺，我带着盒子开车前往秦娅的家乡，那个两百公里开外的川东小县城。我答应过她，要送她回家。对于我，人生好像就是一场又一场的告别，连续遭遇龙哥和秦娅的生离死别，此刻，我的心也如一片死灰般宁静。

高速路上车辆稀少，天空灰暗。我独自开车如同梦游。一个多小时后，我突然把车停在应急车道上，打开应急灯，趴在方向盘上大口大口喘气。一种堵在心口的难过让我无法自持。我的生命好像并不仅仅是自己的身体，它包括所有跟我有过人生交错的人和事。我感觉自己心里被戳出一个大洞，生命像被切除了一部分。一种刺骨的孤单，让我窒息般难受。我连抽了几支烟，总是抽到一半便扔掉，然后换上另一支点燃，直到缓过那阵突如其来的心碎。剩下的路，我完全没有力气走下去了，自己像泄了气的皮球，骤然瘫软。我缓缓开动汽车，在下一个出口处调转车头，向成都方向驶去。

2

晚上 7 点，我精疲力竭地将车开回小区地下室。

坐电梯来到自己房门前，楼道旁边，一个女孩正无聊地坐在楼梯上。我恍惚摸索着钥匙开门，身后那女孩突然喊道："大叔，你可回来了，我等你一个多小时了。"我虚弱地回过头，借着声控的走道灯，认出原来是青青。我朝她点点头，有气无力招呼她进门。

打开屋里所有的灯，我从手提袋里拿出一个牙雕观音和骨灰盒。牙雕观音是老主持送我的。这些年我一直为古寺的重建捐款，老主持得知我近来诸事不顺，这次特意将供在他房间里的这尊观音送给了我。我走进书房，将观音像郑重地放在书架上，对着它拜了三拜，又把骨灰盒与相框放进下面的柜子里。转身时，看见青青好奇地靠在门口盯着我。

我轻声道："青青，吃饭了没有？"

她摇摇头："我一直在等你呢。"

"你帮我买点东西，张罗一顿晚饭吧。我饿了，不想在外面吃。"我拿出几百元钞票给她。她接过来看看我，犹豫片刻，走出了房门。

我打开热水器，把温度调到 45 度，在淋浴房里整整冲了十分钟，让滚滚的热水温暖着我的全身，良久，才感觉麻木的身体渐渐恢复了生机。

青青回来时，我已经洗完澡，躺在沙发上看着电视发呆。她把从肯德基买来的一堆鸡翅、汉堡放在茶几上。我从饮水机里倒来两杯热水，递给她一杯："一起吃吧。"

"对了，你来找我有事么？"我问道。

"你怎么问得这么冷漠？"她开始收拾起桌上的残渣剩料，黑色的指甲分外显眼。

"那我该怎么问啊？"

"刚才你像使唤丫鬟一样让我跑腿，现在怎么突然问我来干什么？大叔，你人格分裂了。"

"唉，小姑娘，我今天没力气跟你理论。晚餐吃过了，我累了，想早点休息，你赶紧回学校吧。"

"你凭什么撵我走？今天不是我救你，你准饿得半死。还有，今天我是来投宿的。寝室被占了，我下铺女生的老乡来了，借了我的床。我没地方去，只好来你这儿住，谁让你是我的投资人呢。"

我笑了笑："你们搞艺术的人，逻辑怎么这么差？我作为你的投资人，就是你老板，老板让你跑跑腿算什么？没把你潜规则了，算你运气好。"

"什么明规则，潜规则，有本事你就来，谁怕谁啊。"她说着站起身来，到卫生间旁的壁柜里翻出一条浴巾来。

"唉，你干嘛呀？这么无组织无纪律的，在老板家乱翻。"

"我洗澡。不行么？"她没好气地答道。

她转过身，站在卫生间门口开始脱衣服，直到只剩内衣，才走进淋浴房。我看得目瞪口呆。这女孩也太大大咧咧了。

十多分钟后，她围着浴巾出来，毫不见外地坐在沙发上，掏出手袋里的润肤品，开始搽脸。

"你真的要住这儿？好像还没征求我的意见吧？"

"别装了。一个身材火辣、貌美如花的女孩主动投宿你家，需要征求你意见么？再说了，你投资我干吗？还不是想跟我上床。那么羞答答的干吗？像你这样的男人我见多了，人前一脸正气，人后搂着小美女花言巧语，乖，叔疼你哈。"

我微笑道："你不仅跑到我家强行投宿，还要洗刷我。是不是那句话啊？人傻，钱多，速来。"

"差不多吧。"

她搽完脸，看到我毫无动静地躺在沙发上看着她，有些迷糊。

"唉，大叔，我像盘菜一样，把自己洗干净了，送到你嘴边，你还矜持什么呢？"说着，她解开浴巾，露出身上黑色文胸和小内衣，"我的身材好么？"

我微笑道："青青，把衣服穿上吧。你身材一流，我已经品鉴了。"

"你究竟是个太监，还是真的喜欢男人呢？怎么一点本能反应都没有？"

我站起身，拿起她挂在衣架上的外套，披在她身上。

"你过来，我带你看样东西。"我带着她来到书房，指着那尊观音道，"这是古寺老方丈送给我的。我在这尊观音前发过誓，愿意用我的一切，保佑我老婆平安回到我身边。她已经离开我快一年了。"

我打开下面的柜子，拿出骨灰盒："这是我第一个女朋友的骨灰，我本来是带着她回老家的，路上开到一半，就开不动了。青青，并不是每个男人都像你想的那样，总是用下半身思考。这几天，我失去了生命中几个重要的人，感觉像大病了一场。"

我把她拉到卧室床前，让她坐下："青青，今晚你就睡这里。我到书房的小床去睡。记着，我的小姑娘，那个已经装在盒子里的女孩，当年跟你一样漂亮，身材一样火辣。可惜，她过度放纵自己，吸毒，还得了艾滋病。她最后的几个月我一直陪在她身边，看着她一点点地枯萎毁灭。还有比这个更残酷的么？现在，我看到你，就像看到当年的她。别挥霍自己，别拿自己不当回事。你缺钱，我会给你。你跟雯雯是最好的姐妹，就凭这个，我和老冯就不会让你受冷受饿。知道么？你想成为明星，还得靠自己努力。你不是想看我心碎么？现在就是。男人心碎既不好看，也不好玩。"

"可你不是为了我。"她赌气道。

"晚安。"

我拉上她房门，走进了书房，倒在小床上，浓重的黑暗沉沉地压着我的眼睛，我还没来得及翻身，便坠入了那片黑暗。

3

罗媛从上海打来电话，说刚刚收到佳美投资发来的公函，他们作为新股东，要求召开临时股东会。我电话询问梁载道，这是什么意思？他仍淡然道，不把敌意收购的戏演足，没有人愿意追高。

我跟冯志一起飞回上海。公司临时股东会在周二上午召开，出席股东会的，除了原来的股东，还有一个闪亮登场的新成员：佳美投资。会议只有一个议题：与北京佳美实施并购。

拿到会议议程我万分诧异。看了看佳美投资的股东代表，他们的表情煞有介事，完全看不出是来搞演出的。

我作为会议主持人，宣布会议开始。佳美投资首席代表吴先生开始陈述：

"各位嘉通的股东代表，大家好。我们作为佳美投资的代表，目前已经持有嘉通公司12%股份。我们代表佳美投资在此郑重提出议案，请求公司原股东考虑转让20%股份，由佳美入主嘉通，并对公司董事会和经营班子进行改组。"

我忍不住笑了起来。自己一直不相信持股12%的小股东，居然会气吞山河地要求改组公司董事会，还要收购公司原股东的股权。如今除了猪肉要注水，人的脑子也会注水。我看了看梁载道，他沉默不语。我说道：

"吴先生，你好。你们王明瑜董事长跟我是老朋友，他怎么没来？我不得不说，对你的提案很茫然。你们仅仅持有嘉通12%的股权，怎么会突然想到对嘉通控股呢？至于改组董事会，那就更遥远了。"

一直沉默的梁载道说道："余总，我觉得佳美的提案有很强建设性。目前公司经营太保守封闭，需要引入一些战略性的资产重组工作，加快公司的全国经营布局。我认为最好办的法便是与佳美实现并购，由佳美入主嘉通。强强联手，谋求双赢。"

我愕然道："老梁，你说这是倾情演出，还是假戏真做呢？"

梁载道面无表情道："余总，我们现在是在开临时股东会。我不清楚你在说什么？"

吴先生道："如果各位股东有什么异议，我建议大家投票表决。"

会场气氛骤然紧张起来。原来他们是要玩真的。奶奶的，梁载道引狼入室，居然是来逼宫来了。

我看了看老沈，老沈点点头，胸有成竹的样子。我说道：

"既然吴先生希望投票表决，那么现在就请各位股东按各自股份比例投票吧。公司的律师将为大家见证投票结果。"

梁载道拿出一叠持股证明和代理投票委托函，对大家说道：

"天华投资在公司持股18%，同时手里有15%左右股份的委托投票函。我现在代表公司33%的股权投票，赞成佳美投资的提案。"

吴先生："我代表公司12%的股权投赞同票。"

他们两方加起来，已经代表公司45%的股权进行了投票。

老沈发言道："我代表公司17%的股权投反对票。"

我心里长舒一口气，镇定说道："我代表公司原有的三个股东持股30%，投反对票。"

本次表决，我们以微弱优势否决了佳美的提案。

散会后，佳美代表走过时，我喊住他："吴先生，回北京后，代我向王董事长问好，我跟他之间还有一场决胜局比赛。告诉他，无论胜负，等见了分晓，我想请他喝酒。"

吴主任点头道："我一定代为转达。"

梁载道走过门口时，我在他脸上寻找着答案。他却笑吟吟说道：

"董事长，现在可以对外宣布实施反收购了。"说完，带着微笑离开了会场。

送走客人。我留下老沈、冯志、罗媛等人内部开会。老沈抽着烟，表情严肃。

"梁载道这个局做得太毒，一石二鸟。现在我们处境两难。这么微弱的优势，你保不定他们什么时候卷土重来。卖出股票还是抢筹到50%以上？实在不好决策。"老沈说道。

我对冯志道："老冯，你的意见呢？"

"我们手上的流通股已全部出手了。现在要从二级市场买回来，代价太大。我建议随他去了，老沈那边等价格合适就出手。"

我点点头道："目前我们的处境极其尴尬。梁载道引狼入室，现在是拿着刺刀对付我们。我们反收购，他们可以趁机出货；我们出货，他们就上门来收编公司。无论我们怎么做，他们都占尽主动。公司走到今天这步，其实已经输了。没必要再跟他耗下去。我的意见，老沈尽快出货，把手上流通股清完。我也不想陪他们再玩了。不过，老沈即使要出货，也一定要欲擒故纵，我们要做出反收购架势，然后你再突然下手。我要让梁载道弄不清我们的真实意图。"

罗媛道："董事长，这么好的一个公司就这样白白交给他们么？他们不会善待嘉通的。这可是你带领大家这么多年奋斗的心血啊。"

我黯然道："上市这步棋，一步错，步步错。到现在，我们已经无法回头。我们搞企业，需要投入感情，但也不能用情太深。否则，会非常痛苦。还是那句话，人生除了生老病死，其实没有什么大事。其他的，就当作一场修行吧。"

<h2 style="text-align:center">4</h2>

关于佳美敌意收购嘉通未遂事件，在各大证券报纸期刊上被大肆传播。亢奋的股评家预言，由于佳美和嘉通长期处于行业竞争状态，一场龙争虎斗在所难免。市场各界鸡血澎湃地关注着事态发展。我的手机再次被打爆。各行各业的朋友纷纷来电咨询公司是否实施反收购？我无法透露太多，只说公司董事会正在研究下一步计划。

到了周一开市，公司发布反收购公告，火药味十足地宣称，由于公司遭受恶意收购，目前经董事会商议决定在二级市场增持公司股份。这个消息让整个证券市场陷入亢奋，都对下午嘉通的走势翘首以待。中午一点，嘉通复盘，股价迅速上扬。从 36 元一路上涨到 39.5 元，几乎接近涨停板。

我在电脑前关注事态发展。在接近涨停板位置，抛压开始变得沉重，有密集大卖单连续抛出。K 线图上，股价如悬崖跳水一般直线下落。老沈应该在按计划减仓。到下午两点半时，股价竟然跌到了 35 元以下。股民们如梦方醒，觉得庄家是在借着利好出货，于是纷纷撤退，不再跟风。当日嘉通收盘价为 33.8 元，下跌了 6% 以上。我打电话问老沈，是否顺利出货？他懊丧地说，他这边开始出货时，上海和杭州的申远营业部也开始大量出货。几方轮流下重手砸盘，下面很快便没有接盘。今天他那边只出货不到三分之一。

后面几天交易极为惨烈。几乎每天低开，稍有反弹便有大卖单倾泻而来，每到下午两点都被死死封住跌停板。整个股价走势溃不成军，活脱脱的大败退。到周五收市，股价已经逼近 25 元。由于连续下跌，成交量急剧收缩，几乎没有敢死队进场抄底。老沈手里持仓量已降低到 30% 左右。我相信，老沈虽然没有全身而退，梁载道就更是功败垂成。也许，他没料到我准备跟他同归于尽，敞开大门，让他带着佳美这个打手入主嘉通，但却必须付出二级市场惨重的代价。

我一直等待着梁载道的电话。他却没有音讯。反倒是佳美的股东代表吴先生打来电话，要求再次召开公司临时股东大会。我笑道，公司临时股东大会不是想开就开，需要有一定程序。把这些程序走完，至少需要个把月时间。他说，好吧，30 天后股东会见。

我明白，这算是警告。如果继续在二级市场捣乱，他们就将在股东会上血洗董事会，全面接管公司。对这样的威胁我当然置之不理。我准备亲手砸烂自己一手创建，现在却被资本市场折腾得面目全非的公司。

"小余，这么不计后果抛售，对嘉通损害很大。回成都一趟吧，我们一起商量。"

林董忽然给我打来电话，让我无言以对，却倍感振奋。

再见到林董时，我百感交集。我竭力让自己跟清楣的那段往事沉没在心底，但见到她父亲，见到我的恩师，那种久违的温暖感受，那曾经历过的美好岁月，仿佛瞬间倒流而来。我手足无措地站在那里，喊了声："林伯伯，您还好么？"

他看着我，流露着一种慈祥目光，只有长辈才有的亲切目光。

"小余，我还好。一年多不见，你都有白头发了。"

我的鬓角和头顶已经生出了几茎白发。大家现在总调侃说，你这么年轻的上市公司董事长，没有几根白发简直不好意思在资本圈子里混。

老沈把操盘情况向林董作了汇报，林董思考着，良久才说道：

"天华投资背景复杂。梁载道的背后是陈公子，这个人很有背景。不过，小余，你也不是一个人孤军奋战。华蓉背后也通着省府，甚至可以到达中南海。我们是纯国资企业，只要没有中饱私囊，谁也不能把我们怎么样。我以前没下决心，是因为快到退休年纪，不想再惹事。不过，如果天华要乱来，我倒也不怕事。就算陈公子在江浙手眼通天，在四川，他的手还伸不过来。你把嘉通拱手送给他们，其实，对你，对我们大家都没有好处。没有你们这帮兢兢业业的经营班子，华蓉在嘉通的长期投资一定会受损。毕竟我们还有那么多非流通股在里面。所以，这场仗还得打下去。也许现在，仅仅是个开始。我把你们召集过来，要求老沈重新增持嘉通，务必在下一届临时股东会前保持控股地位。目前，嘉通股价已经跌到23元附近，对我们增持非常有利。现在老沈手上有十多亿资金，我再从集团调拨10亿，应该充分可战。小余，嘉通是个好公司，你也是个好孩子。我知道你是因为想帮助华蓉弥补亏损，才一步步走到今天。这件事，无论于公于私，我都必须出手了。"

林董一席话如同一股巨大的暖流，让我无比温暖。

这段时间，自己反反复复地跟天华斗法，一直被他们压制、逼迫，长期处于劣势，被动地接受一个又一个不平等条约，直到前几天我已经完全放弃了抵抗。而此刻，有了林董这番话，我顿时有了义无反顾跟天华战斗到底的勇气。

老沈笑道："余总，现在老板出手了，咱俩终于找到主心骨了。前段时间，让你受委屈了。不过，咱们这个级别，能抵抗到现在已经很不错了。毕竟是在别人地头上。不低头不行啊。"

我努力平抚了自己的情绪，说道："林伯伯，有您在我们身后坐镇，我们就有了强大的后盾。我原本是想放弃的。但现在，无论如何，我得跟这帮混蛋斗个翻天覆地。您放心，我和老沈一定不辱使命。"

5

大战在即，第一步要做的，便是全力筹措资金。成都新公司帐上还有3亿，我个人帐户上还有1个亿。这些钱得通过秘密渠道汇入上海的托管帐户。这些托管帐户大都是通过在边远农村买来的身份证开设的。公司的大额资金进入这些帐户需要一定程序，同样，今后资金转回到公司，仍然需要辗转经历一些复杂通道。

我跟老冯筹划完资金调拨的事，他忽然问我，晚上有没有空？雯雯想找你聊聊。我笑道，你老婆想找我说什么？老冯挺忸怩道，还不是青青的事。

"老冯，你现在怎么成居委会主任呢？这些婆婆妈妈的事你也要掺和？"

"董事长，雯雯也是一片好心。当初我跟雯雯闹别扭，是你老余费尽心思调解撮合。现在，女人嘛，自己幸福了，就想着给小姐妹做媒。再说了，青青已经跑我家里哭过两回了，说你欺负她，把她当空气。"

"我明天就要飞上海。跟天华投资的决战一触即发。现在你让我谈青青这小丫头片子的事，怎么有点隔江观赏后庭花的意思呢？"

"董事长，我不这么认为。男人总以为自己干着千秋大业，其实是非成败转头空，等你明白过来，都已经满眼夕阳红了。一辈子有啥奔头？还不是老婆孩子热炕头，这才是实实在在的幸福。嘿嘿，告诉你吧，雯雯已经怀上我的孩子了。我突然觉得其他啥都不重要了。"

我诧异地看着老冯，他妈的，这么返璞归真的见解，本应该由我传达给他们，怎么现在搞得老子成了受教育对象？他脸上洋溢着一副居家男人的稳定感，皮鞋铮亮，西服衬衣被熨烫得有棱有角。我思忖片刻说："这样吧，你给雯雯打通电话，我在电话里跟她沟通一下。晚上我还约了老沈谈军国大事。"

"雯雯，听说你要给我做思想工作，什么情况啊？是不是为青青那个小丫头？我说，你们俩口子别瞎操心了。那个新生代宝贝给我做女儿都得好好教育一下。代沟太宽。"我接过电话，先噼里啪啦地向雯雯陈述清楚自己立场。

"大哥，你是不是有些误会青青了？"

"我怎么会误会？"我随即把跟青青两次经历简要描述了一番，电话里不时传来笑声。"知道了吧？你的小师妹又前卫又开放。我在想，我女儿要是敢这样，看老子不把她收拾够。"

电话里雯雯大笑不止："青青这个傻姑娘，完全弄砸了。大哥，我告诉你，她上初中的时候，父母离异，一直跟着母亲过。继父家里很有钱，不过，她却无法融入到那个家庭，平时总是呆在学校里。她母亲管教很严，根本不准她在学校里早恋。她虽然很叛逆，可一直没有机会。现在读了影视学院，想放纵自己交男朋友，可她有严重的恋父情结，对班上学校的男生都看不上，一会儿暗恋中年教授，一会儿想去追求班上老师。总之就是喜欢你们这种大叔级的老男人。那次见到你后，对你挺有好感，后来几次你不理他，她反而真的动心了。到我这儿来哭得不行。大哥，这个妹子不仅是我家乡人，还是我闺蜜，特别信任我。可解铃还须系铃人，这个思想工作我是做不下来，还得您去跟她当面沟通清楚。"

我想了想道："这样吧，我把机票改签了。明天找老沈说事。今晚就留出来跟青青好好谈谈。不过，无论谈成什么样，你们俩口子都别再瞎掺和了。有些事情，你们不清楚。就是你们家老冯，我也让他置身事外。他倒是引退江湖了，可好多事情还得我来撑着。你告诉青青，晚上7点，我到学校门口去接她……"

6

晚6点50分，我已经等候在影视学院门口。没过几分钟，便看见青青踏着欢快的步伐来到校门口，她穿着牛仔裤，上身是一件红色紧身中长大衣。人逢喜事，朝气蓬勃。

我非常绅士地为她打开车门。青青坐在副驾驶位子上，显得有些羞涩。

我逗她道："怎么？我单独约你出来，有点不习惯？"

"我还不太适应。你一直对我很冷漠，怎么突然变得这么殷勤？"

"因为我已经被你彻底征服了，小姑娘。"我调侃道。

她诧异看着我："你今天怎么怪怪的？有点不正常。"

我微笑着开车，高深莫测地沉默起来。我把她带到一个欧式风情的餐厅，里面灯光暗淡，每张桌子上除了摆放着两个人的餐具，还摆放着宫廷烛台，大厅内烛光闪闪，映照着墙壁上的油画忽明忽暗，一种古老的异域文化氛围扑面而来。青青别扭地坐在椅子上，对我说，早知道要到这样的地方，就该换上一身晚礼服。

这是一种情侣高雅约会的场所，浪漫而充满情调。我直接点的是法国大餐，两个人的分量。要了一瓶意大利红酒。青青有些兴奋地看着我：

"你终于良心发现了。"

"带你吃顿法国大餐就良心发现了？"

"你终于开始重视我了。"

"当然，今晚我要跟你签一份重要的合同。"

她奇怪道："什么合同？"

服务生为我们斟上第一杯红酒后，将红酒瓶斜放在堆满冰块的篮子里，让这瓶系出名门的红酒受到了很大尊重。我端起酒杯对她道："来，为了合作成功。"

"合作什么呀？"

我故作惊讶道："你居然什么都不知道，就糊里糊涂里跟我跑出来了？"

"我知道什么呀？雯雯说你要约我，我就高高兴兴地跟你来了呀。"

我若有所思道："那我就当面说吧。雯雯说掉了一个字，是签约，不是约。你不是想当明星么？现在，我决定正式投资你。我要跟你签一份为期五年的合约，每年为你提供基础投资20万元，广告推广费和其它活动费另算。回报是你今后10年每年演艺收入的10%。合同期内，你不得传出乱七八糟的绯闻，否则本投资人将同你解除合约并索赔。怎么样？考虑一下吧。"

她大睁着眼睛瞪着我："你是当真的，还是开玩笑？我可什么演艺基础都没有。感觉你说的像是包养费呢？"

我笑得浑身颤抖。这里环境优雅，不宜大声喧哗，我压着笑声，忍得胸口发疼。这个女孩个性鲜明，心直口快，真是一朵奇葩出墙来。我甚至有些喜欢她了。

我整肃了一下表情："你知不知道韩剧里的明星是怎么包装制造出来的？她们成名前，都是先跟经纪公司提前签下十年二十年合同，这也算是风险投资吧。十个签约演员里，有一两个大红大紫，经纪公司便赚得盆满钵满了。我签约你，如果你未来火了，我也就赚了。"

"原来你是来跟我谈生意的。"

"当然了。你想，我准备花这么大价钱来包装你，除了100万的基础费用，还要投几百万的广告推广费，让你在国内成个二线明星应该问题不大。我在国内娱乐圈人脉挺广，上次还请歌神单独为我搞了次专场演出。"

"你的意思是说，现在我只是你的一个小投资项目。"

"你现在不过就是个漂亮女孩。虽然漂亮，却并不是不可替代的。必须经过投资包装，和你自己的努力，在影视圈大放光彩，个人魅力才显得独一无二。"

"那你究竟是看上我，还是看上我的潜力，才要投资我呢？"

我使劲正色道："我记得一个圈里朋友告诉我，在娱乐圈，一定要做到生意归生意，感情归感情，切不可混为一谈。现在如果我既要投资你，又要跟你搅在一起，对你的投资款就真成包养费了。明白么？"

"你刚才提到的乱七八糟的绯闻是指什么？难道这几年我不能谈恋爱么？"

"在合同期间，你不能去找开奔驰的干爹，不能找开宝马的大叔，不能搞师生恋，不能随随便便就跟人上床。不过，可以正常地谈恋爱。保持低调就行。我对你的投资检查是，在学校，你的各项成绩必须合格，操行分必须达到良以上。你知不知道，有几个港台明星就是因为早年生活不检点，成名后被爆出若干负面新闻，甚至还有艳照，让她们的经纪公司险些血本无归。"

她将信将疑道："你说的都是认真的么？还是在逗我玩？"

我忍着笑，转过脸，低头从带来的文件夹里拿出一份合同，和一张银行卡。

"这是我请律师起草的合同，你拿回去认真消化一下。我提前签字了，你觉得没问题就签。这是首期投资款20万。只要签约，我就把密码给你。回去好好考虑。一旦签约，你就将认真履行合同，否则将面临诉讼。我不跟你开玩笑，更不会跟钱开玩笑。"

她拿起合同认真地浏览起条款来，我一直按着胸口，感觉如果继续再谈这些明星话题，一定笑得穿帮。

"喂，不要浪费了法国大餐，好贵的。合同你还是拿回去研究吧。现在，让我们享受意大利红酒和法国蜗牛吧。青青，合作愉快。"

她极其复杂地看了我一眼，狐疑、兴奋，混乱，还掺和着一些莫名的幽怨，差点就把我看崩溃了。可爱的开心果，我这简直是签约收养了一个干女儿。只不过，我这个干爹可不是圈里那种干爹，真是吃素的。

深夜10点，把青青非常绅士地送回学校。我靠在车旁微笑着目送她的背影，只要等她走远，我就会拨通老冯的电话："老子先提醒你们俩口子，我跟青青签了份合同。她拿来请教你们时，不准笑，敢弄穿帮了，老子饶不了你们，哈哈哈……"

我想着等会儿扔掉电话后的狂笑，脸上的笑意已忍不住绽放。青青走了几步，却停了下来。仿佛下了决心似的，转过身向我走来。我猝不及防，竟然有些慌乱。

她走到我面前，神情古怪地盯着我：

"我知道你不喜欢我。在你眼里，我就是个不谙世事的小姑娘。可你又对我这么好，这么变着花样帮我。我也想配合你把戏演完。可我还是忍不住，真的忍不住……"她用手擦着眼泪，"谢谢你，大叔，别忘了我。"

她迅速扑向我，毫不犹豫在我嘴唇上印上了她的唇印，然后扭头跑向校门。

第十二章
焰火结束后，那片夜空更加寂寞

1

我飞往上海。酝酿已久的嘉通保卫战即将拉开序幕。

整个反收购计划的资金已初步集结到位。除了老沈手上的 16 亿元，我通过嘉通向银行融资 5 亿，另外我把成都项目的 3 亿资金全部调了过来，再加上我的 1 亿个人存款，合计 25 亿元。此外，林董还专门从华容集团预留 10 亿备用资金，嘉通目前股价不足 23 元，反收购的成本应该可控。

老沈营业部的账户被严密监控。要想不动声色地实施收购，难度较大。为保证操盘任务的隐秘性，老沈派人在西安、重庆和上海秘密开设分仓，在成都明修栈道，故意保持出货态势；在上海等地暗度陈仓，隐蔽吸筹。我们的计划很周密，不过，从现在开始到临时股东会，只剩下一个月左右。时间紧迫，我们分头紧锣密鼓地行动。临行，他还特意嘱咐我，整个计划只能由他和我完全掌握。

周一，这场不见硝烟的大战悄然启动。分时图上，嘉通延续着以往的颓废走势，要死不活，成交量萎靡。10 点之后，老沈欲擒故纵的卖单出场，他的卖单一出动，梁载道营业部的卖盘随即开始向下封单。他们认为老沈开始全力清仓，也不计代价地封住他的去路。股价一路由 23 元，被打压到 22 元以下。在这个价位上，开始有不少买单涌入，估计应该是老沈在上海和西安的分仓开始悄悄吸纳了。

一连两周，老沈如法炮制，开盘继续打压，然后股价下落，貌似有散户涌出抢反弹，又被打压，又接着抢反弹。股价很有节奏感地上下起伏，到周末股价收盘仍然压制在 23 元以下，而他却净增持上千万股。这绣花般耐心细致的活儿，常把我弄得昏昏欲睡，完全感受不到决战的沸腾肃杀。

周末，浦东项目要迎接政府部门考察，点名必须由我来陪同。我把收购股票的任务交给罗媛来完成，为谨慎起见，我没有告诉她为什么。

等我完成接待工作，老沈电话打来了，说情况有变。上午时都还一切正常。到了下午，梁载道的营业部不仅没有卖单出动，而且也开始出现了部分主动性买盘，仿佛是对我们的行动有所察觉。

本周六证券报纸期刊上，忽然出现了大量关于嘉通股价异动，有主力庄家进驻迹象的报道，认为该股交易性机会大大增加，提醒广大投资者密切关注。

经过股评煽动后，嘉通新一周刚开盘，便有大量散户跟风盘涌入。到了下午，更是风云突变，不停地有大买单进场，迅速将股价拉高到25元。电话里老沈说，这不是他们的单子，应该是梁载道在抢盘了。

第二天，股价诡异地保持着一种不上不下的漂浮状态。成交量较小，几乎都是散户在凑热闹。老沈让西安和重庆的分仓试探性地买进，他的买单刚刚现身几笔，一些巨量买单便蜂拥而至，见单便扫。老沈试图压上几笔大卖单造成卖压沉重的迹象，结果，刚挂出来，便被抢购一空。形势已经变得不利了。对方已经明确锁定了我们的西安分仓和重庆分仓。下午，老沈故意按兵不动。对方仿佛也保持着默契，八风吹不动，盘面又变得无精打采，股价继续无力漂浮。这个局面整整持续了两天，老沈用巨大的定力跟对手玩着心理博弈。像高手对决前的屏息对视，气凝如山岳，连未曾暴露的上海仓位也深潜下去，停止任何交易。周五开盘，正值大盘因央行加息的消息下跌，嘉通开始有卖盘涌出，老沈趁势放出少量卖盘，股价应声下跌。随即，他再次悄悄启动西安的仓位隐蔽接盘。不久，便有大量不明买盘蜂拥而出，见单即扫，不在意成交密集区，不理会大盘瀑布般下跌趋势，一味凌厉上攻。

老沈来电，行动完全暴露了。对方开始发力，咱们全力进场吧。我毫不犹豫打开自己的账户抢购，买单如潮水汹涌而来，股价几乎是直线上升。我几乎以涨停板价格挂单，才抢到不足200万股筹码。而短短几分钟以后，股价便死死封在涨停位置。

第三天、第四天开盘涨停。整个市场再次为嘉通疯狂。股价已经飞涨到37元附近。这支疯狂的股票让所有股民大跌眼镜，让所有股评家目瞪口呆。从38元下跌时，所有人都认为主力在出货，现在，所有人都不明白这支股票为何根本不理会任何技术线条，阻力位置等等，全力以赴地下跌后，又全力以赴地上涨。如同坐着电梯直下后又直上。有评论家将嘉通评价为神经病股。它上蹿下跳的走势打破了所有常规，是证券市场最诡异的股票之一。

我跟老沈通了近一个小时电话。现在，我们持股已经达到45%，这是一个要命的数据。再高些，或再低些，我们都好决策。更麻烦是，随着股价上涨，我们的操盘资金已经消耗殆尽。

离股权交易日还剩一周时间。双方都在备战最后的对决。如果说前期打的是秘密战和狙击战，那么下一步将是资金战和实力战。股价如果在这个位置上再连续五个涨停，会像脱离地心引力的气球，一直飞到60元的高空。他梁载道有这个接盘实力吗？我们此刻打空了弹药，估计梁载道也不会好到哪儿去。

老沈向林董申请来10亿后备资金，加上前期的16亿投资，华容几乎动用了全部流动资金。老沈又将手中的嘉通股票抵押给银行，融资10亿元。赌注越来越大。这已不再是我跟梁载道的过招，战斗也远远超出了嘉通股权争夺战，成了华蓉与天华两巨人之间的大决战。我像那个引发了第一次世界大战的刺客，在萨拉热窝开了几枪，然后全世界枪炮齐鸣，分成两拨阵营相互大打出手。战斗打到这个份上，我也顾不了许多了，直接绕开董事会，以嘉通资产作抵押向银行融资10亿。

我方帐上再次堆积起30亿资金，又有了旌旗蔽空，联袂成云的慷慨气势。现在不是思考风险之时，既然杀红眼了，干脆全力放手一搏。

2

决战来临前夜，我的心情忽然烦躁不安。罗媛在广东处理新店开张遇到棘手业务。我无所事事地在闸北附近的餐馆喝酒。很闷，很想找人说话。我现在越来越讨厌悬念，特别是等待那种决定自己命运的答案。我无聊地把一枚硬币扔到空中，看它不停旋转，然后落在地上。有时候，我要的答案总盘旋在空中，经过漫长等待才会姗姗落地。

昨天明华从海口飞到上海，带给我一头雾水般的消息。闻老大被击毙了。不过不是龙哥的人动的手，而是警方。据说，他也在进行一场毒品交易，被警察包围，里面四个人想拒捕，全部被乱枪打死。之前，闻老大曾几次找人给明华他们带话，说龙哥之死，是因为得罪了上海一个很有势力的财团。他并不是主谋，希望双方能和解。如今，两位老大都死了，所有线索全部断掉，恩怨消散一空，现在他们都死心塌地地跟随我。明华还把那张银行卡还给我，让我对他们三兄弟肃然起敬。

上海财团？是梁载道，还是陈公子？龙哥的死跟这次股权争夺有关吗？我脑子里乱哄哄的，这世界没有无缘无故的爱恨，自己卷入的这场战局，更像一个深湛莫测的巨大漩涡。

拿起手机，翻看着通讯录，想看看能跟谁联系，一个名字吸引了我的注意：赵琳。自从我把她带到上海工作后，虽然一直在暗中观察她，培养和提拔她，却几乎没有单独跟她交流过，就更别提一起喝酒聊天。她跟我之间始终保持着一种礼貌的距离，彼此都难以近身。我忽然心血来潮给她打去电话，让她尽快过来。

二十多分钟后，赵琳匆匆地赶了过来。带着笔记本电脑，穿着职业包裙，一丝不苟地以工作姿态，走进我独自喝酒的小包间。看得出，她还在公司加班，衣服都没换，便急急赶来。我不禁一阵感动。

"赵琳，来，请坐。"我指着自己身旁位置道。

"董事长，您这么晚让我来，有什么急事么？"她喘息未定道。

我微笑道："不好意思，赵主任，没什么急事，就是让你过来交流一下。呵呵，看来，我有点烽火戏诸侯了。"

她脸上闪过一丝慌乱："董事长，您没开玩笑吧？这么晚了，您想跟我交流什么呢？"

"我怎么会让你这么紧张？不习惯跟我单独聊天？"

"是的，很不习惯。"她平静了片刻道。

我忽然感觉很没趣。在她眼里，我似乎总是摆脱不了花心男人标签。她也从未试图走近我了解我。当然，如果有罗媛在，她也根本没法接近自己。罗媛其他方面都很大度，唯独对我身边的女同事，会严加管束。

"别忘了，赵主任，当年在联大我们俩还联合演出过，票房成绩好像还不错。"

她尴尬地笑笑，未作回应。

"怎么样？适应上海的工作生活么？"

她想了想道："我觉得挺好的。这是个国际化城市，每天都能感受和学习新的东西。"

唉，标准印刷体。我跟这女博士在办公室谈业务，谈管理都流畅自如，唯独私下聊天，忽然就觉得彼此隔着一条银河系。

"公司给你的期权还有多久到期？"我干脆说钱让气氛融洽一些。

"还有不到两年了。谢谢董事长。"

"你的份额好像是25万股，按现在的市值应该超过900万元。两年后，你将成为千万富翁。我希望，你能觉得当初来上海发展的决定是正确的。"

她脸上犹豫地释放些许喜色："董事长对我的提拔和关照，我会牢牢记住的。"

"赵琳，在我面前不用搞楚河汉界，把距离划的那么清楚。你现在是嘉通的大内主管，需要协调内外，把方方面面的关系搞融洽。"

"我记住了，董事长。谢谢您提醒。"

"好吧。今天有些晚了，你早点休息吧。"

目送她离开的身影，我忽然觉得心里更闷了。

3

股权登记日最后一周，梁载道突然火力全开，不顾一切，以近乎疯狂的手法让股价连续涨停。

从周一开始，接连四天，嘉通开盘便被 2000 万股买单迅速封死涨停。嘉通的走势不再是一部直上直下却加了顶盖的观光梯，而是一枚屁股冒火飞蹿升空的火箭弹。周四收盘时，嘉通已飞蹿至 55 元。

还剩周五最后一天，我们根本没有任何机会，几乎败局已定。

收市后，我提出一个大胆想法，明天如果涨停，股价将飞到 60 元。梁载道真敢拉涨停，我主张坚决砸盘。与其不明输赢，不如在二级市场赚个痛快。即使他们入主了公司，也将付出惨重代价。

"老沈，别犹豫了。嘉通这局咱们输定了。明天你务必从涨停打到跌停，血洗梁载道，强行突围。至少把前期操盘资金撤出来。别忘了，你现在是拿着华蓉全部身家在赌，你输得起么？"

电话里，老沈沉吟不语，良久才硬生生道："等我消息。"

深夜 11 点，我才接到老沈电话："集团紧急会议结束了。林董答应了⋯⋯"

周五决战日，9 点半刚开盘，嘉通再次跳空高开，然后头也不回地上涨，又是五分钟不到便封住了涨停。令我们惊讶的是，封住涨停的仅仅只有几十万股。跟前几天阔气地用上千万股封涨停的气势差距太大。这又是一个难堪的局面。梁载道真是一只老狐狸。我们如果砸盘，他顺势便会闪开。一旦暴跌，散户是不会来接盘。他们像偷吃几把青草的兔子，尽管贪恋那几根青草，却早已磨练出逃跑功夫，一有风吹草动便会迅速躲藏起来。老沈仍然决定投石问路地砸开涨停板。他只用了 200 万股便一路把股价打压到 56 元附近。市场中大量散户开始跟风杀跌。老沈开始反手作多，一路承接蜂拥的卖单，缓缓地将股价推上去。他出手不久，便有强劲的买盘跟风而至，迅速将股价再次封到涨停板位置。

应该是梁载道又出手了，仍然是几十万股不痛不痒地守在涨停板上。

这样纠缠下去，既无法出货，也无法抢筹。我对老沈说，下决心吧，坚决打到跌停板，血洗梁载道这龟儿子。老沈仍不甘心，在电话里，他狠狠地说，这次老子洗盘再凶狠些。

我盯着屏幕，一支接一支地抽着烟。老沈再次砸开涨停板，开始大单出货。股价一路下跌，如断线风筝。这次，他很有节奏，每到一个整数关口，或者技术支撑位，都作一些小反弹出来。每当股价启稳回升后，又抛出巨量卖单狠狠地打压股价，恐慌性抛盘纷纷被砸了出来。他仍不收手，继续无情抛出卖单，中午收盘前，股价溃不成军地来到了 55 元昨日收盘价。看着即将翻绿的股价，炒家们如梦方醒。原来，庄家真的是在出货。

下午开盘，兵败如山倒。股价抑制不住地继续下跌，很快便被落花流水地打到 50 元跌停位置。老沈一面在成都主仓打压股价，一面又安排潜伏已久的上海分仓开始悄悄埋伏买单。于是，无论怎样打压，股价一直在 50 元坚守着。下午两点，股价慢慢推高到了 52 元，步步为营坚守着阵地。卖盘越来越少，股价越来越高。两点半，老沈打来电话，兄弟，最后一搏了，全力进场抢筹吧。我这才明白，他前面高位打压股价，此刻又杀出回马枪。左边出，右边进，仿佛四渡赤水，忽上忽下，不要说炒家们，就连我也不一定真正明白他的意图，直到这最后半小时，才是真正图穷匕首见的时刻。

我打开帐户，对自己说，好吧，最后半小时，听天由命。股市里最戏剧性的一幕出现了。嘉通国际这支神经病股，在最后半小时开始疯狂发力，全力上攻。从 53 元到 60 元的空间里，不顾一切地抢筹，让所有人都为之瞠目。我仅仅投入了一半资金，股价便封死在涨停板上，这次不是几十万股，而是两千多万股。我目眩神迷地看着老沈神出鬼没的操盘，太刺激了。这样的战斗惊心动魄，充满悬念，让人虚脱。

最后的统计，我们持股嘉通股份合计 46.2%。我们尽了人事，剩下的事情应该交给命运来裁判了。

4

周六，我亲自到机场去接老沈。明天开临时股东会，老沈提前一天过来，跟我碰面。

经过了这场二级市场股权争夺战，我对老沈非常佩服。他操盘风格像个真正的军人，凶悍而灵变。反而是平时看着，仅仅是个挺着肚子发福的领导。

前往酒店的车里，老沈问我，还有谁知道我们的操盘计划？我说应该没有了。他迟疑地说，我们暴露得太早，但从每个环节来看，又找不到漏洞。否则，梁载道这次必败。我点点头道，我们已经尽力了。梁载道在这个行业多年，也算是顶尖高手，他处心积虑对付我们，应该对市场里的风吹草动都不会放过。现在需要探讨的是另一个问题，如果明天输给梁载道，我们该怎么办？老沈叹息道，这是最坏的结果，我们不仅没从二级市场获利，又丢掉公司控制权。唯一欣慰的是通过高抛低吸腾挪出了前期部分投资。如今临近年报编制和审计期，按照证监会的规定，即使我们想继续回购股份，再次召开股东会夺回控制权，也得等到半年后了。我无奈道，没办法，这就是资本市场的游戏规则。老沈笑道，只要你放得下公司的坛坛罐罐，我们也不是没有制约他们的办法。我们之所以出货和扫货都非常困难，是因为梁载道在里面对着干。同样，如果他想出货，也得看我们的脸色。他砸烂公司，我们就砸烂他的股价。

安顿好老沈，我忽然想起他的怀疑。随即打电话问罗媛，除了她，还有谁知道公司在回购股票？她想了想，说连她都清楚公司的反收购行动。不过，那天她去证券公司替我操盘，中途接到赵琳电话说有份急件需要签字，她害怕误事，便让赵琳来大户室找她。我忽然心头一凉，赵琳，难道是她？这个平日不苟言笑，兢兢业业工作的女人，这个已被我引为心腹，准备大力提拔的后备高管，实在不像一个背叛者。可那晚跟她对话的一幕幕情景浮现脑海，她确实让人感觉别扭。

第二届临时股东会在周日上午 10 点准时召开。这场公司的激烈内战，到了最终摊牌时间。

各方代表陆续到达会场，或面无表情，或面带微笑。梁载道看到我们时，笑容可掬："余总，该到了大结局的时间吧？"

我也笑道："梁总，你喜欢内战。不过，我们之间不会有赢家。"

他摇摇头道："伟人说过，与人斗其乐无穷。我喜欢享受这个其乐无穷的过程，特别是作为胜利者。"

"梁总，你喜欢喝几万块一瓶的洋酒，更喜欢花上亿成本来赢得一场虚荣的胜利。其实，不如把这些钞票点燃更壮观。"

"羊毛出在羊身上，我烧了这些钞票，会有人来帮我买单的。"他笑道。

"别高兴得太早，你这一套，我也会玩。即使你今天赢了，半年后，我会用同样的办法把你撵走。"

他哈哈大笑道："余总，你真可爱。为了让你明白事理，打个比方吧。嘉通就好比一个漂亮女人，现在，我从你手上夺了过来，邀请朋友一起玩弄她半年后，再还给你，你觉得滋味如何？"

我脸色大变，拳头捏紧，几乎想一拳打飞他的眼镜。

见我脸色不善，他微笑走向自己座位，边走边说："开会吧。"

我泰然坐下。这才注意到对面佳美股东代表席上，除了上次见过的吴先生，竟然赫然坐着孙律师。他阴冷地笑着，看守所里剪成的短发已渐渐长出，一脸胜利者姿态。看到他，我才恍然明白，他进看守所，也是这部大戏的一个小剧情。

"哦，孙律师，你刚从看守所放出来，就来参会吗？"我嘲弄道。

"没想到吧？余总，你的联盟并不像你想象的那么牢固。那天你送给我的忠告，现在看来得还给你，你得罪了利益，必输无疑。"

会议开始，首先仍然由佳美股东代表吴先生向临时股东会提交议案：改组董事会，调整经营班子，实现跟佳美的并购。

我打断他喋喋不休的阐述，说道："情况很清楚了。请各方投票吧。"

我方以 46.2% 的股份投反对票，梁载道和佳美以合计持股 47.5% 投赞成票，剩余股份弃权。根据公司章程，议案有效，获得通过。

我们最终以微弱差距输掉这场股权争夺战。

梁载道春风得意道："余总，尘埃落定了。原本调整经营班子的议案，应该由董事会继续讨论，我看大家好容易聚齐，董事会成员都在会场，不如把董事会一起开了吧。"

他没准备等大家的意见便拿出一张清单，对在场各位宣读道："鉴于嘉通公司运营思路保守落后，原经营团队缺乏全国性拓展的视野和经验，导致公司从上市起，发展速度远远落后于股东预期。为此，在股东会通过改组董事会后，我正式向董事会提出调整经营班子的议案：建议撤销冯志公司总经理职务，提名李振担任公司总经理；建议撤销罗媛公司常务副总经理职务，提名公司原董事办主任赵琳出任公司常务副总经理。至于公司董事长余野……"

老沈打断他道："老梁，你不会不懂法吧？公司章程里写得很清楚，公司法人代表兼董事长的改选需要公司三分之二股份通过。"

梁载道胸有成竹道："沈总，你何必这么急打断我？我的提案是，公司董事长余野，继续保持原有职务。但公司需要严格实施董事会领导下的总经理负责制，董事长不得越俎代庖，干预日常经营。"

梁载道最后一条提醒的是，即使我仍然是公司董事长，却已经被架空，毫无实权。我心冷如冰，并不是别的，而是赵琳。这个深受我厚待的女人果然背叛公司，卖主求荣。如果不是她出卖公司反收购信息，老冯和小罗这样的公司元老也不会这么屈辱地被撵出公司。还有李振，原来也是一直潜伏在自己身边的卧底。居然连孙律师，都上演了一出苦肉计。这环环相扣的做局，精彩而惨烈。尽管我已经对今天的失利结果反复思量多次，但还是难以承受公司任人肢解踩躏的痛苦。

我面无表情。经历了太多风浪，这次，已经不是一次修行。心有惊雷，而面如平湖，每当出现这种过人冷静之际，便是火山即将爆发的前奏。不是鱼死，便是网破，没有第三种选择。我甚至对自己的状态感到害怕，龙哥最后的劝导在耳畔响起，他太了解我的性格，可现在没人能够拉住我。梁载道是我的敌人，这场战斗早已超越商场中的利益争夺。总有一天，我要让他跪在我脚下。

董事会表决没有悬念。我看了看冯志和罗媛，他们脸色暗淡，安静而沉默。我的目光落在赵琳脸上，她很镇定，平静地迎接着我含着杀气的目光，毫无愧疚和慌乱。反倒是李振，眼神游移，不敢正视我的目光。

临时股东会，梁载道春风满面，大获全胜。我也不能输得全无风度，我走上前道："梁总，这个回合你赢了。祝贺。不过，这才刚刚开始。呵呵，我现在非常认同你的观点，应该享受与人斗其乐无穷的过程。对了，李总，赵总，同样祝贺你们。欢迎你们加入这场精彩的战斗。"我转过脸对李振和赵琳道。

梁载道仍然笑容可掬："余总，你这算是祝贺呢？还是下战书呢？"

我也笑道："呵呵，梁总精彩做局，环环相扣，算无遗策。今天我愿赌服输。不过，手上还有大堆筹码。梁总，你不会赢了就跑，不陪我玩下去了吧？"

"好啊，余总，我奉陪到底。"

"一言为定。"

送走沮丧的老沈，我在酒店房间里留下老冯和罗媛。

两人沉默着，我点燃香烟，良久，对他们俩长叹道："对不起。老冯，小罗，让你们受委屈了。公司弄到今天这般田地，都是我的责任。不过，我一定会给大家一个交代的。"

冯志道："师爷，别这么说，咱们风风雨雨这么多年，什么没经历过？没有你，也不会有我们的今天。哎，就算我们不在嘉通了，你不是早就给我们开辟第二战场了么？我们现在不仅有成都项目，在嘉通仍然当着股东。师爷，当年，我们破产，都没见你现在这么伤心。你养尊处优久了，可别扛不住啊。"

我苦笑道："我本来都准备养老去了，梁载道这孙子又把我的斗志激发出来了，跟他在一起，我真的又年轻了。哈哈。"

罗媛缓缓道："董事长，问题是出在赵琳身上吧？是我犯了大错，不该让她来证券公司。刚才老沈说我们功败垂成，秘密回购公司股票却被梁载道察觉了。"

"小罗，这不是你的错。赵琳当初是我从成都带过来的，也是我一手提拔起来的，让她参与核心层决策也是我的主意。我自以为阅人无数，可还是走眼了。在利益面前，人性都是脆弱的。不论李振还是赵琳，出卖我们，我倒希望他们能卖出个好价钱，否则，我们就太悲哀了。"

罗媛惨然笑道："交接工作不复杂。我还要去安慰那些跟我们一起奋斗多年的员工们，他们能不能经受这次变故，只能听天由命了。"

我黯然道："我不怕梁载道，更不怕赵琳、李振这些跑龙套的演员。我最难受的便是这些追随我们多年的员工。小罗，只有辛苦你了。现在我没办法面对他们。但我承诺，即使他们被迫离开公司，我也会一定会给他们一个交代。"

冯志道："董事长，我也没啥好交接的。明天办完离职手续，我就回成都了，全心全意地完成你的任务，把我们的城北项目经营好。你什么时候回去？"

罗媛忽然伤感地问道："董事长，你能在这里多呆几天么？"

我看着她的眼神，里面藏着委屈，孤单和无法言述的痛苦，让人心痛。我一声叹息道："小罗，我等着你一起回成都。"

5

罗媛在交接工作，安抚下属。我无事可干，整天在酒店里面对着窗外的黄浦江发呆，心情空落。难为小罗了，在这国破山河在的时刻，让她这个弱女子来抵挡那些令人悲伤的善后工作。我曾安慰小罗，不要对企业太投入感情，可对于像我这样没有家庭的人，企业就像是我们的家，我们的孩子。从小到大，努力伴着他成长，喜怒哀乐都寄托在他身上。现在，真到了如此境地，说不难过是假的。每晚那种无言的心痛，让我辗转无眠；每天早晨那种无事可干的空虚，让我黯然神伤。

我等着小罗完成这些工作，不能在这时候让她觉得是她一个人在孤单地战斗。每次看到她瘦弱而疲惫的身影，我都忍不住有种想拥抱她的冲动。兵败国破时，还能跟你一起患难与共的人，应该是你生命中不可或缺的人。

一个早晨，我被电话持续的振动声吵醒，看看闹钟，还不到 9 点。谁会在这个时间打电话给我？我拿过电话，振铃已经停止，未接来电栏显示的是王明瑜。我想了想，把电话扔在一边，先穿好衣服，刷牙洗脸后，再慢条斯理地给他回拨过去。

"你好，王董事长，这么早就打电话过来，我还没起床呢。"

电话里传来一种调侃的声音："老余啊，我就是想问候一下你。怎么，上班时间还没起床？不要太懒散哦。"

"老王，我刚刚下岗，你不知道么？呵呵，兵败城破，割地赔款，正在办理投降手续呢。这次，你赢得漂亮，虚虚实实，兵不厌诈。输给你，我没啥好说的。"

"据我所知，你并没有被免职。呵呵，再说，胜败兵家常事，按你老兄的性格，应该正筹划绝地反击呢。这场比赛还没有最后结束，你手上也还有底牌。"

"嗯，咱俩较量了那么久，现在才明白，决定比赛胜负的，往往是最后一局。这就像下棋，如今我中盘大败，只剩下收官机会，得首先面对现实。不过，把嘉通交给你，总比交给梁载道强。他对嘉通，顶多是个嫖客，你至少还有包二奶的想法。我没说错吧？"

"哈哈哈，老弟，你这个比喻打得非常贴切。你我是商人，永远以利益为导向。不过，我今天关心的是另一件事，听我的吴代表说，你想请我喝酒？怎么样，定个时间吧。"

"呵呵，你刚才不是说了么？还没有最终尘埃落定，收官未见分晓，咱们这酒还得再等等。"

"那好。老弟，世事如棋局局新，真到棋局终了，反而没意思了。我喜欢你这个对手，更期待你的酒局啊……"

兵荒马乱的几天过去了，小罗终于完成了各项签字交接手续。下午，她疲惫地给我打来电话，说想回去休息一下，晚上约我在东方明珠塔旋转餐厅一起吃饭。我说，到时候我来接你吧。她回答，不用了，6 点钟准时在餐厅里等我。

这几天我也过得万分疲惫，那种无所事事，内心又动荡不宁的疲惫。现在，解脱的时刻到了，我甚至有些兴奋。这个餐厅我一直没有去过，上海，我要告别了。

晚上，我准时来到旋转餐厅。罗媛已经到了。看得出来，她细心化了妆，脸上白皙干净，眼角却已有若隐若现的鱼尾纹。她脱下大衣，身上是一套精致的紫红色裙子，再次显出风姿绰约的女企业家风采。见到我，她甜美地笑了笑，招呼我坐下。

我们坐在靠窗的位子上。看着她如此放松的样子，我的心情也忽而开朗起来。

她微笑道："董事长，你说过，还没有来这里用过餐，今天终于心想事成了。"

我笑道："小罗，好气魄。难得你败军之际还能风情万种，视成败如浮云，谈笑间得失灰飞烟灭。"

"董事长，你就别夸奖我了。"她说着拿起准备好的红酒，给我缓缓斟上。

我转过脸，看着窗外。这里高度是 1500 米，高于上海任何一幢建筑。春寒时分，这个时间已是华灯初上，整个上海仿佛高低错落地在我们眼前铺陈开，闪着星星点点的灯光，落日余晖还没有完全散尽，夜色刚刚开始启动幕布。站在这种高度，有种强烈的俯瞰感和征服感，但我们恰恰是在灰暗败落之际来到这里，背景音乐放的竟然是张国荣的《当年情》。最是仓皇辞庙时，教坊犹奏别离歌。命运真是懂得煽情的幽默大师。

我微笑道："小罗，还记得我几年前带你来上海时的那些豪言壮语么？那时候我像个冒险家，你像个女学生。不过，今天你这个坚强女学生，成了一个不折不扣的女企业家。风情万种，又干练过人。"

罗媛认真地举起杯子，眼中闪烁着一种奇特的光，像眼泪的反光，像感激和祝福的温柔光泽。她缓缓说道："董事长，今天请你来这里，是想……是想跟你告别的。"

我的杯子停在空中："小罗，我……不是很明白，你说的告别是指什么？"

她微笑着，眼泪也静静流淌着："董事长，我要走了。告别嘉通，告别上海，告别成都，还有……告别你。"

我看着杯中荡漾的红酒，沉吟道："能告诉我为什么吗？"

"董事长，我 26 岁来嘉通，今年已经 34 岁。我追随你八年，也爱了你八年。这么多年，我一直等着你。等着你有一天能够关注我，拥抱我，爱我。直到你向何小姐求婚那天，我知道没有希望了。不过，我仍然不愿意离开。因为嘉通还在，我还可以跟你并肩战斗，为你分忧解愁。那天，股东会宣布让我们离开嘉通的时候，我突然感觉解脱了。这些年，无论我这份感情多么绝望，却始终没办法割舍。我想听到你的声音，你安排工作的表情，你思考的样子，你的开心笑容。我心甘情愿地追随你四处开疆拓土，为你每一次的赞赏，为你每一次的信任和喜悦。

　　"我刚来嘉通的时候，还是个刚毕业不久的大学生。我记得最初，挺怕你，你教我怎么从事行政工作，带我去接待领导和客户。我记得有些客户对我毛手毛脚，你宁愿跟他们翻脸也要保护我。有时候我喝醉了，你总是耐心把我送到家，还让女同事来照顾我睡去。我记得我们第一个卖场开业，人山人海，我兴奋得不想吃饭，你笑我像个小姑娘。我记得那年国庆放假前，你突然拿出一个信封，告诉我已经是公司股东了，我很久都没缓过神来。我记得你让我给你整理屋子，我兴高采烈地为你打扫清洁，买家具，整理衣服，像是在给自己的男人在做家务。我记得你让我来上海时，我都快哭了，你说上海是你的梦想，你要跟我并肩战斗，我才高高兴兴地来到这里。你每次来上海都喜欢住酒店，可你的房间，我一直在为你打扫着，怕你什么时候想有家的感觉。你失恋后，不停换女朋友，我替你担心，可又没办法劝导你，只好多为你分担些工作。有些时候，你不在上海，我会整晚整晚想你。这个地方让人寂寞到骨子里。这么多年，我没有男朋友，没有恋人，就是靠着对你的思念在这里生活、工作着。

　　"你是我见过的最孤单，也是最有魅力的男人。我从没见你害怕过什么。就算明天天要塌下来，你也会该喝酒就喝酒，该睡觉就睡觉。你的梦想和激情，有时候像个大男孩胡闹，有时又像个历尽沧桑的人，却总能让我感动。有时候，我真羡慕何小姐，那天你在演唱会上向她求婚，我痛哭了整晚。你说你孤单了一生，我想也许我比你还要孤单。事业从来就不是我的梦想，尽管像你所说，自己不知不觉成了干练的女企业家。可我总是一次又从一次地梦想，那个站在舞台上接受你求婚的人是我。这上海滩，不知有多少有钱有势的人，向我献殷勤，追求我，可我，完全没有办法接受他们。我幻想着有一天，你会拥抱我，让我在你怀里痛哭一晚，幻想着你会告诉我，这个世界上，我们俩都已经孤单得太久，今后不要再分开了。"

　　她说着已经泣不成声。我仰着脸，不让那股湿润的潮水溢出眼眶。

　　"真的要跟你告别了，我突然难受得要命。董事长，嘉通就是我的家。我在这里工作，忙忙碌碌，看着它一点点在上海发展壮大。我把所有对你的感情，都投入到这个家里。就像当年我为你整理屋子时那样，傻傻的开心着，想着为我爱的男人操持着家务。我的青春，我的爱，我的悲伤快乐都跟这里的一草一木，一桌一椅连在一起。今天上午我交出钥匙离开的时候，好像就是在跟你告别，跟我们的家告别，疼得血肉模糊。我爱你，爱得如此艰难婉转，也无怨无悔。但现在，我已经无家可归了。如果不彻底离开这里的一切，我没法活下来了。董事长，对不起……再见了。"

　　她痛哭起来。我走过去，把她紧紧抱在怀里，让她靠着我的肩膀尽情哭泣。窗外，餐厅缓缓旋转着，此刻正对气魄宏大的外滩。整个上海的灯火像一片无边璀璨的海洋。这万丈繁华深处，有我们毕生追求的成功倒影，有辉煌的虚空和寂灭的雄心。

　　良久，我对着怀里的女人说道："跟我回成都吧。如果我还找不到晓雅，让我们重新开始。无论事业，还是生活。"

　　"太晚了……董事长，我要去新西兰，跟一个爱我的人。他是个普通男人，但前几天，当我晕倒在办公室时，他抱着我去医院。他说会保护我，爱我。不管他是怎样普通的人，无论如何，我要开始自己的生活了。董事长，求求你，放过我吧。我已经好不容易下了决心，不要让我动摇，不要让我回头，如果再让我经历一次这样的别离，我会死掉的。"她泪流满面地说道。

　　她从我怀里脱出身来，泪眼婆娑地看着我。我轻轻地问道："我能知道他是谁么？"

　　"等会儿下楼，你就会知道。"

　　我抿着嘴唇上的红酒，努力微笑着。突然想起当年看《泰坦尼克号》，自己并不是被那伟大的爱情而感动，而是被一个沉船在即还在镇定欣赏油画的老绅士深深震撼。我发誓，有朝一日也这样安静地面对生离死别。

　　我举起杯子缓缓说道："罗媛，我不喜欢告别，但人生就是一场漫长的告别。有时候，你看到辉煌的盛会，就会想到盛会落幕后那些闪烁发亮的空杯；看到灿烂的焰火，就会知道焰火结束后，那片更加寂寞的夜空。这么多年，我一直在向往高处，追求巅峰，期待像今天这样站在上海最高的地方，俯瞰城市，让自己充满成就感。但今天，我们却是在这里无奈地告别。这些灿烂的灯火，确实是让人寂寞到骨子里的东西。也许，我这份孤单是命里带来的，没有解药。但愿你能好好生活，重新开始。我辜负了你一生最美好的时光，错过了你的爱。这份感情，我还不了。算我这辈子欠你的。再见了，我曾经的小姑娘，我患难与共的朋友，我亲爱的战友。男人的眼泪是往心里流的。我希望自己的心足够坚强，能够一直微笑着看你离开。"

　　我将杯子里的酒一饮而尽，那是一种难以下咽的味道，"走吧。"我黯然道。

　　从电梯中出来，小宋早已在电梯口等待着。看到他，罗媛转过身缓缓对我道："董事长，我走了……再见。"眼泪从她脸颊扑簌而下。

　　一切都明白了。我点点头，微笑道："罗媛，照顾好自己。"

　　她惨然地笑笑，转身走向小宋。我突然喊道："小宋……"

小宋转过身道："董事长，有事？"

我缓缓道："好好照顾罗总。拜托你了。"

他向我深深鞠了一躬，转身，扶着罗媛离开。走远。上车。车灯划出两道银色的光束，消失在无尽的夜色中。

我站在黄浦江岸的冷风里。寒风像针一样刺进衣服，而蔓延到骨头里的却是一种灰烬般的荒凉。我就这么站着，好像越来越深地漂浮在那片灯海中。那两道车灯射出的银色光束，仿佛一直在前方晃动，越来越远，越来越模糊。

我像站在孤岛，目送茫茫大海上最后一艘渐行渐远的航船。

第十三章
晚上，我成了牢房里众人唯一的娱乐

1

"当我回望往事，我的爱已成荒原。"

躺在床上，我经常弄不清身在何处。广州，上海，重庆，西安，北京，成都，一个又一个大同小异的宾馆和床，那些曾经逗留过的地方混杂起来，时空交错，让我经常陷入错觉。我将在广东某个小城醒来，为着一张皮鞋的订单，或是在西北某个城市入睡，等待天明会见一个合作伙伴。房间布置相仿，窗外夜色雷同，浅浅睡梦中，我好像总是漂泊不定，随机地呆在任何一个陌生地方，等待明天。

装满回忆的脑子会莫名陷入对自我的失忆。往事清晰鲜活，我却在一边隔岸观火。我陌生地打量着过去的自己往来奔忙，行色匆匆。看着那个充满力量的年轻人，不需要理由地热烈生活，痛苦，怀着奇怪的希望。他狂妄而张扬，从不愿意向底层命运屈服。他嘴角流露着嘲笑，怀着打劫般的激情，目光悠远坚定，像一个纯洁的赌徒。他掠过我身边，擦肩而过，走进烟雾弥漫的人群，消失在一堵玻璃墙后面，隔着那堵坚硬而透明的墙，我远远看见，他正朝我微笑，挥手，告别。

黑暗中，我感觉灵魂慢慢漂出躯体，能够审视那个躺在床上的自己。不知道自己醒着，还是已经在梦里，往事在我的脑海里分裂成小碎片，组成一个奇异拼合的万花筒。没有逻辑，没有顺序，凌乱粘接着一个个似是而非的蒙太奇镜头，光影和色彩流成一条河流，那些美好的人与事，在这条闪闪发亮的时光河流里正重新开始。我感到额头在发烫，血液在沸腾。漆黑的房间里，昏昏沉沉不停睡去和醒来，浑身汗水。我打开床头灯，现实模模糊糊而又坚实地回到灯光照亮的空间。我试图支撑起身，却发现头晕目眩，自己已经绵软无力。

我在发烧。房间里没有药。当年那种风餐露宿，强悍的身体好像已不复存在。感觉自己无比虚弱，却不想给任何人打电话，仿佛不愿让任何人看到我的孤单疼痛。我缓缓从壁柜里找到另一床棉被，把所有衣服被子都厚厚地盖在身上。这是儿时父母治疗我发烧的方法，大量喝水，捂一身汗。

半小时后，我开始全身出汗，渐渐感觉汗水呈颗粒状滴落，背上衣服逐渐湿透。头依然昏沉。不知过了多久，感觉浑身犹如泡在汗水中。我起身来到卫生间，把水温调到最大，用发烫的热水冲刷全身。一种奇异的感觉传遍自己的四肢百骸，我正在经历一次脱壳。

一个人生活惯了，也不止一次在异域孤独生病。我从不会顾影自怜，在这种最软弱的时刻，那种强悍求生的意志便会自发启动，像迎接一场战斗。

重新躺回床上时，已经没有刚才那么难受。头仍然昏胀，但额头热度在降低。我趴在床上，等待倦意慢慢来临，窗帘空隙处，灰白的天光已经少量泄露进来，不知不觉间，我昏昏睡去。

2

我站在窗前看着黄浦江。身体仍然虚浮，高烧已大半退却。第一次无悲无喜面对这一泓昏黄的江水，没有感慨，没有焦虑。我订了晚上飞回成都的机票。现在，是告别的时刻了。

这匆忙世间，人们心中总是只有输赢两个字，没有人在乎你的感觉。时间在流逝，失败者回味过去，而赢家只是向前看。自己以往所有的焦虑都包含在这输赢所代表的搏斗里。而此刻，我却微笑地对着窗外说，我输了。我要离开这里。

是的，我要回去了。去找晓雅，我的亲人。没有什么比皇图霸业更虚无的追求，没有什么比远方家乡有一盏为你亮起的灯更迷人，更温暖。

电话响起，我没理会。

电话再次响起，一种持续不断的振动声音，像蚊子嗡嗡飞行在耳边。是梁载道的电话。

在这个虚弱而疲惫的早晨，我刚刚放下了心里的屠刀，而蚊子般的声音却令我愤怒地嗡嗡作响。我躺在酒店沙发上，想了想，按下接听键。

"呵呵，余总，忙什么呢？"

"这不，等着你召唤呢。"

"现在有空吗？我们聊聊吧。"

我笑了起来："梁总，我也想找你聊聊呢，不过不是聊天，而是跟你真刀真枪地在股市里聊。呵呵，公司你尽管拿去。不过，你要想从股市里逃跑，每天晚上做梦的时候可以想想。"

两天前，公司公布了股东会决议，并于当日下午复牌交易，兴奋的炒家看到佳美与嘉通并购的消息，像注射了1000CC鸡血，狂热入场抢筹。迎接他们的是一个血淋淋的跌停；第二天一波汹涌反弹之后，又是一个蛮横无理的跌停。举起屠刀的，正是老沈。"兄弟，我把梁载道他们全部封死在里面，关门打狗。算是给你们报仇了。"老沈先下手屠城，减持过半，以逸待劳，"老子要给他们点播一首《十面埋伏》，然后大开杀戒，每天赏他们一个跌停。"

老沈在当初引入敌意收购概念时投了赞成票，却被无情戏弄。他对我们一直心怀愧疚，发誓对梁载道还以颜色。不过，两个惨烈跌停后，梁载道随即以股票异动为由向证交所递交停牌申请。这个龟儿子总算找了个龟壳把自己罩了起来。

电话里梁载道的声音倒很从容："我为什么要逃跑？我还要好好地把公司搞成蓝筹股呢，长期持有，坐享丰厚回报。"

"那好啊。求之不得。我会慢慢地陪着你走，天荒地老，海枯石烂。哈哈哈，表白得有点肉麻是吧？"

"余总，不开玩笑了。希望你下午回公司一趟，我们希望你能解释一下，你调动公司资金私自买股票的事情。你不会把责任抵赖给罗总吧？"

我怒火中烧，却仍然平淡道："我有什么必要跟你解释？我又有什么必要把责任推给罗总？"

"余总，你别忘了，你还是公司的法人代表和董事长。董事会正在等着你开会说明这些投资问题呢。"

我笑道："现在想起我这个董事长了？对不起，我要回成都办事。你们保持通讯畅通，等我召集吧。"

"余总，无论你有什么情绪，我们是在二级市场股权争夺战中，合理利用规则打败你们。你一向说，赢要赢得光彩，输要输得磊落，对吧？既然你还是公司法人，应该继续承担这份责任。你说呢？"

妈的，跟我玩激将法。我想了想，道："好吧，我下午过来。"

尽管我一万个不情愿，下午却仍然回到了公司。在我心里，这里已经成了满目疮痍的敌占区。当我进入会议室，才发现气氛不对，梁载道坐在中间，两旁各有一个穿着制服的警察。没有其他董事会成员。他奶奶的，他要跟我玩什么？

见我到来，梁载道微微一笑，指着对面座位道："请坐。"

呵呵，这情形像是审问。妙极了，老梁竟然动用国家机器来对付我。

梁载道振振有词道："余总，我们经过调查，发现你私自调动公司10亿资金，在证券公司设立账户，收购公司股票。你未经董事会讨论，也没拟定公司的项目投资计划，便擅自用公司资金炒股。现在，我们需要你解释清楚，这项投资是准备用于为自己谋利，还是违背证监会规定，恶意操纵公司股价？对了，忘了告诉你，这两位是董事会专门请来协助调查的经警，陈警官和王警官。"

我朝两位警官点点头，平静地说道："梁总，你的说法非常可笑。第一，我是嘉通的法人代表和董事长，当公司面对恶意收购时，我有权迅速处理这些突发事件，实施反收购；第二，所有的股票账户在股东会之前，就全部移交给了财务部，怎么叫为自己牟利？梁总你是逻辑混乱，还是根本没有逻辑？"

梁载道肃然道："你能拿出董事会的授权文件么？"

我反问道："你能拿出我无权处理这项反收购的限制文件么？别忘了，这个公司是我一手创立的。请你翻翻公司章程和公司管理制度，哪条哪款限制了我调动公司资金用于公司项目的决定？"

梁载道无奈道："既然余总这么不配合，我只能恳请司法部门介入了。两位警官，你们来吧。"

旁边的陈警官道："余总，我们根据现有的一些证据，怀疑你有挪用上市公司资金牟利的嫌疑，请你回局里配合我们调查。"

原来梁载道是把我诱骗到公司来，根本就不是什么董事会问询答疑，而是直接要将我弄进局子里折腾。

我冷静对陈警官道："对不起，陈警官，现在是法制社会。我希望知道你们的证据已充分到什么程度，才会让我去配合调查？另外，我是上市公司董事长，市人大代表，你们需要一定的程序，才能让我走进你们的风水宝地。"

陈警官慢条斯理拿出一份文件，递给我道："你自己看看吧，这是检察院出的调查函，程序合法吧？"

我恍然意识到，这里是梁载道的主场，背后还有陈公子，什么手续弄不出来？"好的，我配合警方工作。不过，我有权请我的律师来。"

实在没有想到梁载道会突然给我来这一手。现在没有更好的办法，只有先让律师来，把我的消息通知给冯志和老沈，让他们想办法在外围做工作。

走出公司时，所有遇见我的职员都诧异地看着我被警察带走的一幕。这份屈辱太大了。

3

在经侦审讯室，无论警官如何问询，我总是那几句话，请告诉我，凭什么怀疑我挪用公司资金为私人牟利？证据何在？别以为我是法盲，我在等律师。鉴于我特殊的身份，审问我的警官倒也对我挺客气。一个多小时后，袁律师急急赶来。他是我从成都带过来的公司法律顾问，多年交情，应该没有被梁载道收买。

"老余，问题不大。退一万步说，就算你擅自决策，动用了公司资金实施反收购，也只是违反公司规章制度。一来有公司反收购公告作支撑，二来这些证券账户在公司财务上已经入帐，盈亏都跟你自己没有关系，谈什么中饱私囊？最多只是公司内部手续不太完善。"

"像这种情况，他们最多能扣留我多长时间？"

他说道"原则上不能超过三天。检方必须要有充分证据，才能对你提起公诉。那都扯远了。现在仅仅是调查阶段，不能超过法定的 72 小时。"

我叹气道："还好，最多三天。不过，这三天我有的苦吃了。强光灯，24 小时连续审问，这些花样都要尝尝了。妈的，都说人生是场修行，老子修着修着就到修局子里来了。这些地方，进来容易出去难。你要尽快通知给冯志和老沈，让他们在外围开展营救工作。"

律师离开，警官们的轮番审问也正式开始，每隔两个小时换一两个人来问话。几年前，为五津县张书记的事情，我曾被纪委提审，协助调查了整整一天。这种无休止的车轮战早已领教。起初，你的态度可以表现得滴水不漏，但几轮问话之后，会感到异常疲倦。

几轮审问过去，我开始恹恹欲睡，强光灯忽然耀眼闪亮，直扑面门，火烧火燎。那种灯让你根本无法睡眠。我打起精神，回答警官的问话。

"余野，请你解释一下为什么你们实施反收购，不用公司的账户，却使用这些个人的证券账户？"

"我已经说了很多遍了。有人敌意收购公司股票，要么是为了炒作，要么是为了真实控股。公司如果使用法人账户，必然被这些恶意炒家所利用。所以，必须以隐蔽身份实施反收购。这些账户都是到农村里收购的身份证件，再到证券公司开户，现在机构炒股普遍都是这么操作。"

"那么，你又怎么能说明不是为自己牟利呢？"

"呵呵，我已经说了五六遍了。实施回购后，我们的证券账户上持股成本是 36 元，而公司股价已达到了 46 元。已经产生了巨大利润。在这种情况下，我把这些证券账户交给财务入账，作为公司回购的股份。这算是为自己谋私利吗？"

"为什么没有董事会授权，你就动用这么大笔资金炒作公司股票？"

"警官，我是这个公司创始人，法人代表兼董事长。现在仍是这个公司最大的个人股东。当面对紧急情况，我有权利迅速决策保卫公司的利益不受侵害。至于你说的程序是否得当？那是公司内部管理问题，跟法律没有关系。"

"你公司里有证券部门，为什么你要亲自操作？单独操作？"

"这种证券操作，隐蔽性是成功的关键。知道的人越少越好，否则每个人都把信息传递给自己最亲近的人，那么很快整个证券市场就都知道了。"

......

我就这么没完没了地接受着反复问询。深夜时，我已经非常疲倦，刚一闭上眼，强光灯便如火焰喷射器一般把炽热的光打到我的脸上。我变得暴躁起来，向对面的警官说道：

"你们没有任何证据，仅仅凭借一些捕风捉影的谣言，便这样没完没了地折磨我。我是上市公司董事长，市人大代表，我为这个城市作出了巨大贡献，你们应该尊重法律，保护我的合法权益。"

"余先生，我们现在开展的询问，都是依法执行的。你的身份，我们很清楚，这不作为你可以豁免的依据。比你位高权重的人接受质询时，一样需要跟警方配合。而不是摆出很了不起的架子。"

我很清楚，他们现在做的谈不上违法逼供。自己不能心浮气躁，乱了阵脚。于是，省着力气跟他们周旋。多余的话不说，多余的感慨不发表。虽疲惫，但不打瞌睡。模样像死狗，内心如铁石。

天快亮时，来了一个领导模样的警官。我半死不活地靠在椅子上，以最节能的身体姿势和表情，迎接着新一轮的问询。

开场还是那些重复的问话，我也重复地以印刷体回答。末了，他突然问道：

"余野，我们怀疑你跟其他人联合炒作公司股票，以达到非法牟利目的。"

我微弱笑道："警官，你问到事情的关键了。我建议你去调查一下公司副董事长梁载道先生。在公司，证券方面业务都由他全权负责，公司还有一笔 5 亿的资金，借给了天华投资，他就是经办人，协议上有他的签字。这笔钱是否也用于炒作公司股票？我不清楚，把他请到这里来问问就清楚了。"

我心里高兴，这把火终于烧到了梁载道头上。

"请主要说自己的问题，你是否参与不正当操纵股价？至于牵涉的其他人，我们会去调查的。"

"呵呵，我向你们提供的是关于操纵公司股价的重要线索。至于我自己，你们可以看看公司上个月的反收购公告，已经说得很清楚……"

他开始问一些琐碎问题，倦意袭来，我不知不觉闭上了眼。刚刚睡去，一股强烈的光又打了过来。我被再次弄醒。

对面警官道："余野，我们是请你来接受调查，不是请你来睡觉的。"

我已经忍无可忍了："警官，我看你像一个领导。好吧，我告诉你事情的整个经过。多年前我跟几个朋友一手创立了嘉通公司，经过数年发展，嘉通越做越大，不但在成都发展良好，还进入了上海。成为一家全国性公司。这位梁载道先生鼓动我上市，我听信了他的鼓吹，引进了像他这样的战略投资者，通过层层审批，终于上市了。结果，梁载道为了达到炒作股价目的，便引入了我们的竞争对手佳美电器，以收购我们的股权作为题材，在二级市场上大肆炒作。你们可以查看公司的临时股东会纪要，第一次临时股东会上，他们险些取代公司领导权。那一次，他们失败了，不过很快又卷土重来。现在的结果是，佳美在梁载道帮助下入主了嘉通，把原有经营班子全部解散，夺走公司控制权，把我架空不说，还要诬陷我的清白。我知道他们这帮人在这里很有势力，但权力真的可以遮蔽正义？有了权力就可以胡作非为、颠倒黑白么？我不相信。他们可以嚣张一时，但绝不可能一辈子为所欲为。人在做，天在看。我相信这个世上总还有良知和正义，否则这个世道就要完蛋。"

一阵沉默之后，强光灯关闭了。对面的警官盯着我。我惊讶地抬起头。他笑了笑说："我也相信这世上还有正义和良知。"

4

尽管昏天黑地的轮番问询还在持续，可我已经逐渐适应了思维半梦半醒，眼睛半睁半闭的审讯时光。都说人生的一切阅历都不会白费，这么说来，前几年那次在纪委12小时审问，该算是一次热身训练。自己本次蒙冤受审，想要熬过这72小时，除了充沛的体能、顽强的意志、节能技巧，更需要宝贵的经验。二十世纪是中国企业家风云跌宕的时代，需要上得庙堂，下得班房。

三天煎熬总算挺了过去。我走出经侦局大院，置身日光下，感觉恍若隔世。袁律师陪着我走向大院外的停车场，我得意洋洋地对袁律师道：

"老袁，如果这辈子不想留下遗憾，我建议你抽空尝试一下审讯室72小时极限生存，包管你终身难忘。"

老袁笑道："这些难忘经历你还是自己体验吧。我这把老骨头，被这么弄72小时，不大小便失禁，也会老年痴呆。"

"老袁，我发现中国的企业家不是在蹲监狱，就是在前往监狱的路上。这下我全醒了。今后再不盲目发展了。企业越大，离班房就越近。你看，阳光，蓝天，自由的世界，享受这些才是最重要的。"

我一边抒情，一边跟着他走向停车场入口，却被两名警官拦截下来。

"对不起，余先生，我们刚刚获得了新的线索和证据，你已涉嫌非法操纵股票，需要接受进一步调查。"

我惊讶看着他们："你们已经问询我整整三天三夜。超过法定时间了吧？"

"对不起，这是新一轮调查。"一名警官面无表情道。

我盯着老袁，老袁无奈道："如果有新证据支撑，他们可以这么做。"

我苦笑道："老袁，你说的三天，原来是三天出来放放风，然后再找理由让你进去。"

"我在外面跟冯总他们一起想想办法吧。"老袁叹息道。

5

这次，我没回到熟悉的审讯室，而是直接被扔进了城郊附近的看守所。我询问负责登记我资料的警官，为什么把我弄到看守所？他抬头轻蔑地看了看我说，你不知道为什么进来么？呆在里面就知道了。

被人带到更衣室，我被剥夺了手机、钱包、香烟、打火机、皮带、身份证、衣服、裤子、总之，被剥了个精光，然后领了一套陈旧的散发霉味的号衣。穿上这衣服，人立即便有了一种在押嫌疑犯的身份归属。

我被带到一间牢房，里面已经塞满或坐或站、表情阴郁的各类疑犯。身后铁门哐当关闭，我迷迷糊糊置身在一个可以被目击致死，被混浊气流熏死的阴暗铁屋内。十多个面目狰狞，目光凶狠的家伙齐刷刷盯着我，像数十根锋利的刺扎进我身体。饶是我江湖漂零多年，蹲班房却仍是一个新手。我故作镇定。门左侧通铺的床头，坐着一个脸上横肉四溢，三角眼如刮刀般凶悍的中年男子，一只脚垂放床边，另一只脚光脚踩在床上。旁边人都站着，簇拥在他周围。看样子便是传说中的"牢头"。

我对他及身边人道："各位老大，小弟初来乍到，还请各位大哥多多关照。"

牢头旁边的瘦子说道："让你说话了么？一点规矩都不懂。把衣服脱掉。"

我愣在那儿，不明白他想干什么？

"让你把衣服脱掉，没听见么？"那个瘦子冰冷声音再次响起。

我想了想，利落地脱掉上衣，看着牢头。

"全部脱掉。"

我犹豫片刻，把上衣和裤子全部脱掉，只剩一条内裤。

"你听不懂么？全部脱。"

我狠了狠心，全身赤裸地站在十几个家伙面前。不能当婊子还要做羞涩，我索性大方地站直身体道："大哥，这样可以了吧？"

几个家伙都直直盯着我下身看。看就看吧，老子又不是女人。

那个阴郁冷漠的牢头终于说话了："叫什么名字？犯什么事进来的？"

"余野，被合作伙伴陷害进来的。"

"听不懂。"

"我的合伙人告我挪用公司资金炒股，就这个。"

"经济犯罪？"旁边一个家伙补充道。

我懒得跟他解释那么多曲折，一声不吭，算是默认。

那牢头懒洋洋地向瘦子努怒嘴："开始培训吧。"

瘦子示意我站到墙边，面壁顶上一杯水："就站那儿。不准说话，不准把水弄掉。"

我问道："我能把衣服穿上吗？"

话音刚落，便被旁边一个家伙狠狠扇过一个耳光，接着被一脚踹倒在墙角。已经有多年没挨打了，这两下弄得我头晕目眩。可自己随即有种强悍力量被激发出来。我慢慢站起身，不理会滴淌的鼻血，只固执地穿着衣服。旁边又是一脚踹来，我略有准备，可仍然被踹得靠在墙上，我仍然不管不顾，慢条斯理穿上内裤，上衣和裤子。一声不吭，拿起杯子顶在头上，对着墙壁站立。

一帮家伙有些愣神。身后牢头缓缓道："慌什么，慢慢来。"

我面对墙壁站着，脑子在高速运转。旁边是马桶的位置，臭气充沛地溢出，让我有种缺氧的痛苦。我不太明白这样的法律程序，但有一点很清楚，自己正在循序渐进地跌入对手设计的深渊。这个牢房将是本次劫难的一个环节，以嫌疑犯的身份被羁押，最多只有两周时间。这两周炼狱时光，自己必须硬抗过去。

这里没有时间概念。我站了大概一个小时，或者更久。浑身开始抖动，有些摇晃，头顶的塑料杯滑向左侧头部，我没理会。恍神间，水杯不稳滑落到地面，杯水四溅，我刚想去捡，背后却瞬间被击中，几个家伙扑上来一顿拳打脚踢，伴随着瘦子的叱喝："妈的，还敢偷懒，起来，继续站。"

我忍着身上疼痛，扶着墙站起来。这里没有尊严，只有暴力和屈服。黑色人性，肆无忌惮如野兽。可你根本找不到仇恨的目标，这里就是原本是流淌黑暗罪恶之地。我对着墙壁，再次把杯子放在头顶，继续面壁思过。麻木自己，将注意力集中在牢房之外，如同生活在别处。这次竟然坚持到了晚饭时间。牢门被打开，瘦子取下我头顶的杯子，我短暂恢复了自由。

送进牢房的是一脸盆干硬的米饭，一小碗泡菜，一盆飘着几片菜叶的汤。面对伙食，瘦子首先拿起一副碗筷，盛满一碗米饭和大勺泡菜，拿给端坐在牢门口通铺上的牢头，然后自己盛满一碗。剩下十多人开始抢着剩下的饭菜。我等到最后一个家伙抢完，才拿起一只空碗，准备打捞剩下的一点米饭。瘦子忽然道，滚开。不懂规矩么？今晚没你的饭。

说实话，看着这些猪食，自己原本毫无食欲。索性袖手一边，靠在墙壁上，打量着这群被饥饿和封闭空间弄成半人半兽的家伙。十分钟不到，这些东西就被风卷残云一扫而光。看着空空荡荡的碗和盆，自己忽然觉得挺饿。

晚上，我成了牢房里众人唯一的娱乐。仍然是瘦子在指挥，让我不停下蹲，倒立，或者面壁。直到将我折腾得筋疲力尽，靠在墙壁上苟延残喘。被折磨到熄灯时间，瘦子对我道，今晚没你的铺位，你给大家站岗。我被拖到铁门边站立。

"听着，敢偷懒，狱规伺候。"瘦子阴森森说道。

我麻木地听从他的指令。熄灯了，黑暗中，十多人分别躺在房间两端的通铺上。脚臭，汗臭，屎尿臭，混合着其他怪味阵阵袭来，不久便听到鼾声，渐渐此起彼伏。时间缓慢难捱，我慢慢靠在铁门上，有些难以支撑。巨大的倦意一浪接一浪席卷而来。我迷迷糊糊将身体滑向地面，渐渐睡去。不知过了多久，一阵剧烈的疼痛将我惊醒，我的头上被蒙上一件衣服，黑暗中暴雨般的拳脚无情袭来。没有叱喝，没有咒骂，拳脚从前后左右几个方向准确降临我身上。我竭力蜷缩身体，用双手抱住头，全力忍受，一声不吭。几分钟后，拳脚消歇，蒙在头顶的衣服被抽去，几个黑影默不作声回到自己铺位上。一切，在静悄悄中发生，又悄无声息结束。我躺在地上，疼痛和倦意从两个截然相反方向继续袭击我。我晕了过去。

6

第二天清晨，我被人从地上半死不活拖了起来。早饭前是整理内务时间。瘦子指挥我给大家叠被子。我以为自己已经被打散架了，还好，多亏早年那些经历，身体底子仍保留着，挨揍的技巧仍然娴熟。除了背上和大腿几个地方青淤疼痛，额头被打破，似乎并没受到内伤。我摇摇晃晃坚持着把通铺上的被子一一叠好。饥饿难耐，疼痛也阵阵尖锐起来。

早餐送了进来，是一盆稀饭和少量咸菜。这次，我意外得到了一小碗。这碗稀饭救了我。此前，我认为自己快要支撑不住。充满复活幸福地用两分钟吃完自己的口粮，我抬头看见牢头异样目光盯着我，我不想招惹他，迅速移开自己的眼光，收拾好碗筷。忽而，又被瘦子叫住，"你，过去，墙壁那儿站着，继续培训。"

大概考虑到科学培训观，这次，没有塑料水杯加顶。我沉默地面对墙壁，斑驳的白墙上，到处是破了外壳露出水泥底子的坑洼。我想象着墙壁上自然形成的各种图案，努力让自己麻木。腰上被人踹中过几脚，站久了，如同要断掉，双腿麻木到失去知觉。这个魔鬼训练营，调动着自己全部的潜能。我以为可以被中午吃饭的开门声解脱，可希望落空，身旁通铺上，一个光头说，他妈的，晚饭估计还有三个多小时，老子饿得不行了。原来这里一天只有两餐。

身体开始无法控制，一直在晃，摇摇欲坠。不知过了多久，头昏沉沉的，像喝醉了，总感觉再这么站下去，下一分钟就会死掉。

晚饭时间来临，那如同救世福音的开门声响彻脑海。我已经挪不动步子，腿已经站肿了。我虚弱地等待所有人开始享用晚餐，才拖着半残身体给自己舀了一口米饭和菜汤，用这点食物维持着我剩下的半条生命。

晚上娱乐时间开始，我已经如同死狗，没有任何力气给大家表演。只一拳一脚，瘦子便将我打翻在地。被弄翻在地上时，我享受着度假般的休息。无论瘦子如何叱喝，我也不站起来了。在瘦子指挥下，两个家伙将我架起来，用衣服蒙着头，另一个人对着我的小腹用力击打，只感觉被凶狠撞击了两三下，我便晕了过去。良久，感觉有凉水泼向我全身。我迷离醒来，意识已不再清醒。

瘦子仍不依不饶追击穷寇："敢装死。混蛋，起来。"说着用脚踢着我的背。我一动不动，麻木不仁。

朦胧中听到牢头说话："这个家伙有些来头，别弄死了。扔到铺上吧。"

沉沉睡梦中，我感觉自己忽冷忽热，忽而来到冰窖，忽而遭遇山火。一直逃跑，一直在耗尽力气地走路，腿走断了，仍然在爬行。有人在摇动我，可我怎么也醒不过来。身上没有了疼痛，没有了肿胀，甚至快要失去知觉。

我醒来时，发现自己身在一个简陋的医务室。手上打着吊针，身旁的支架上，挂着吊瓶。额头仍然滚烫，全身疼痛不已。我还活着。在72小时不间断审讯后，又连续48小时遭遇殴打，体罚，强制站立。只吃了半碗米饭和一小碗稀饭，此刻，虚弱不堪，奄奄一息。我甚至连愤怒的力气都没有。

一连躺了三天，高烧终于退去。感觉鼻子里冒出了阳气，而不是吐纳游丝。晚上，我刚刚能坐起来吃碗面条。放下碗，便被推车接走，再次运回牢房。进门时，我看清了房号，14号。这是个吉祥数字，跟我36岁本命年正好合为半百整数。

牢头冷冷看着我，我也破罐子破摔平静注视着他。他朝对面铺位指了指，让我安顿在靠近铁门的第二个睡榻上。当晚，我睡得很香。无论到了深夜，是否还要享受他们的拳脚加餐，我都无所谓了。能不能活着出去，不再是我关心的内容，我虚弱得只想睡个好觉。

我平安地活到第二天早上。早餐不仅有一整碗稀饭，还有了半个馒头。牢头忽然对我道，你可以说话了。我愣了一会儿，说了声谢谢。看来，我已经转正，成为这里的正式住户。放风时间到了，房间里的人鱼贯而出，我尚未恢复元气，懒懒地躺在床铺上休息。牢头坐在对面，也没出去。

"你叫余野？"

我仰起身，用手臂垫高头，说道："是。"

"你是干什么的？"

"一个上市公司的董事长。"

"怪不得，托我收拾你的，托我保你的，都有。"

"你好像只完成了一方委托。"

"我受人之托，给你上了双份。你挺过来了。现在，我要开始保你。两边都不得罪。"

我点点头："明白了。老大，怎么称呼你？"

"大家都叫我勇哥。"

"你好，勇哥。"我坐起来伸出手去。他迟疑着，还是伸手跟我相握。

"好气度，余野。我看你这两天一直硬扛着，一声不吭，像个爷们。老弟，把你折腾得不善，你不怪我么？"

我笑道："进来了，不都得培训么？我怪你干吗？"

他点点头，说道："今后，这儿没人敢碰你了。"

吃过晚饭，勇哥将我介绍给大家。我非常江湖地跟号子里人逐一结识。这里面有小偷，骗子，嫖娼的，吸毒贩毒的，打架伤人的，强奸犯，只有勇哥规格最高，属于黑道打手。总之，五花八门的人渣集中营。有人称我余总，我赶紧打住他话头，说老子都混到这儿了，还叫我余总，那是骂我呢。叫我师爷吧，兄弟以前在海南也干过社团。前几天，我还是这帮混蛋的沙袋，娱乐对象。现在，我已经跟他们称兄道弟，骂骂咧咧。我在上市公司董事长位置上时，曾被本地多家知名高校邀请参加他们的MBA总裁班。如今，老子没能参加到那个高端人才聚会，倒加入了班房里的MBA，虚心向小偷请教他们的行规，如何踩点掩护和销赃，向嫖客询问他们被捉拿在床的细节，向毒贩子打听白粉的价格波动规律和他们用白墙灰掺假的工艺手段。轮到我介绍犯罪经验时，我向他们传授如何操纵股市，联合庄家收割散户银子的案例。如果在这儿呆足三个月，人人都将是一本犯罪大百科全书。

7

一天下午，铁门再次开启，门外又送进一个身材单薄带着眼镜的嫌犯，这次，我成了十多个阴郁地在他全身扫荡的凶恶看客之一，看着他胆战心惊，魂不附体的样子，我忽然开心起来：新的娱乐节目终于来了。

勇哥说我刚进来时娱乐性不强。挨打一声不吭，从不求饶，看到大家杀气腾腾地迎接，眼里露出凶光，浑身不抖，一看就知道是个硬茬，观赏价值不高。我说，知道进来要挨杀威棒，求饶有屁用。勇哥说，所以给你上的培训课，用的是硬功夫，还有好多软花样呢。

我看到这个新来的眼镜浑身颤抖的样子，心想，嗯，这个货应该有观赏价值。牢房里光线昏暗，看不清眼镜的面部表情，只听他结结巴巴道："各位老大，请多多关照。"我暗自笑了起来，这话好像跟我进来时如出一辙。这个世界上，善良会传导，邪恶也会转圈。来这蹲过的人，进来时都受到狱规培训，转正后一定会将狱规手手相传，关照每一个新生。放心吧，眼镜，他们会好好关照你的。

程序跟我遭遇的大同小异，首先由牢头助理瘦子，叱喝新来的眼镜脱光衣服，眼镜脱到内裤时，果然羞涩不肯再脱。瘦子果断两个耳光扇过去，眼镜的内裤便应声而落。我正看得津津有味，忽而觉得不对，这个眼镜怎么越看越眼熟？

"叫什么名字？犯什么事进来的？"瘦子问道。

"我叫马宇良，他们说我不正当操纵股票交易。"眼镜双手抱在胸前，微微颤抖说道。

"经济犯罪？"瘦子继续问道。

"小马，是你么？"

眼镜听到这声音，忽然抬起头向声音发出的昏暗中张望。我从人群后面走下通铺，来到他面前。"果然是你，小马，没想到咱俩在这儿见面了。"

"余野，是你？你不是上市公司大老板么？怎么会在这儿？"

"哈哈哈……年轻的朋友们，我们来相会，再过二十年，……我们告别在寝室，相会在牢房。"我改编着八十年代那首励志老歌，笑得前仰后合，把身边一帮匪徒愣在旁边。

我笑着指着小马对勇哥道："老大，这个眼镜是我大学同学。你看，培训课是不是简化一些？"

勇哥缓缓道："既然是师爷的同学，那就简化些吧。不过，规矩不能坏了，瘦子，你来搞个速成班吧。"

瘦子让小马光着屁股顶了两个小时水杯，然后让两人架着，朝他小腹上打了三拳，小马疼得弯腰蹲在地上。瘦子骂骂咧咧道："眼镜，你他妈运气太好。这儿都能遇到同学。妈的，本来想给你上五六道疗程，现在节目取消。好了，眼镜，你毕业了，起来吧。"

小马捂着肚子，惊魂未定站起身，看着一屋子横肉匪徒，仍然心有余悸。我笑道："还不快谢谢勇哥。老子进来的时候，是双份课程，差点被弄死。"

晚饭后，为弥补新生培训课缺失，造成整个号子里没有娱乐节目的损失。我让小马给大家介绍他的犯罪经历。

小马说，他毕业后原本进了成都一家投资公司，后来转到跟这个投资公司有关联的上海一家基金公司，一干就是六年。进班房前已是投资部经理，公司金牌操盘手。去年疯炒网络股时，公司跟本地机构联手坐庄，赚得盆满钵满，原本应该收手，搂着美女去海边度假。可公司老总坚持要从一个胜利走向另一个更大胜利，换了另一只票炒作，却被里面的庄家杀得丢盔卸甲，几乎全军覆没。公司亏损严重，更被证监会查处该股违规炒作事件，老总无奈，只好弃卒求活，让小马揽下所有责任，坐个两三年牢房，担保他出来后，一生衣食无忧。

小马谈及本行，不无得意道："我们这行，那些泰斗级大佬们如今都在班房里蹲着。像我们这些操盘手蹲过两三年班房后，再出去混，身价得提高好多倍呢。"

旁边惯偷问，你们怎么赚钱啊？小马绘声绘色将他高抛低吸，借助题材猎杀散户的事迹一一道来。好半天，那小偷笑道："我明白了，原来师爷、眼镜跟我们是同行，我们在公交车、菜市场扒人钱包，你们在股市里悄悄扒散户钱包。"

我不高兴道："你这小贼，说什么呢？老子们干的是大买卖。你问问小马，他经常干的，就是砸跌停出货，那基本就是直接拦路明抢。"

小马谦虚道："哪里，哪里，还是师爷他们干的买卖大，他们上市公司老板跟庄家经常联手屠城，投资他们股票的散户基本都是冤鬼。"

8

一晃十多天过去了。我以自己出色的领导魅力，很快升任这里的二当家。眼看勇哥要出去，将牢头传位于我只是时间问题。我不仅快要混成号子里的老佛爷，而小马的到来，更让我的班房生活不再寂寞。一直没人来探望我，小马却经常有。我嘱咐小马让人多带几条香烟进来，分给室友们享用，免得他们总是骚扰我们阳春白雪的谈话。我们俩经常回忆起从校园到班房之间的这段人生旅程，感慨人生何处不相逢，不在同学会，就在看守所。

"眼镜，咱俩前后约了几次，都他妈阴差阳错没碰面。十多年没见，居然会在班房里重逢。" 我也开始习惯把小马喊成眼镜，无聊时候总跟他追忆过往，畅想未来。

"这就叫殊途同归。你是上市公司大老板，日理万机。我呢，工作特殊，一开始操盘，在秘密别墅里一关就是几个月，手机都得上交。现在好了，咱们终于有时间在班房里促膝谈心。"

"出去以后，准备先干点什么事？"

"操，这还用问？先吃顿海鲜大餐。龙虾、象拔蚌、九头鲍鱼双上，再找两个丰满的美女给我在床上补补身体。半年之内，美女不重样，夜夜当新郎。必须的，老板要不给报销，老子直接向有关部门举报他。"

"眼镜，我记得你以前在学校，都是为中华之崛起而努力，现在怎么是为小弟弟勃起而努力呢？哥们，你变了。"

"谁他妈变了？是这社会变了。你犯了什么事儿进来啊？我又犯了什么事儿进来呢？咱哥俩现在蹲大狱，吃霉干大米，喝虫眼白菜汤，脸上连几颗油珠都挂不出来。你的合伙人如今多半左手端着人头马，右手搂着洋奶妈；你公司女职员，他想睡谁就睡谁；你公司的钱，他想花多少就花多少。我那老板呢，早就三妻四妾了，夜夜服伟哥，感慨肾虚不饶人。他妈的，等老子出去了，必须把他的女人都拿给我用一遍。否则，老子就推荐他来这儿当牢头。"

我叹息道："白马非马。小马哥，你现在心里装满了仇恨，这不好。我们要心平气和畅想未来。你看，哥们我，现在随遇而安，心宽体胖。就等着勇哥传位给我，黄袍加身，在这儿当几天牢头狱霸，鱼肉一方。呵呵，挺传奇吧。"

"传奇个球！"小马不屑道，"你这家伙我还不了解？当年阿泰带人在寝室搞了你，你他妈伤刚养好，就带根铁棍就去找阿泰决斗。要不是他哭着求你，那天他得死在你手里。我给你算个命吧，你进来是企业家，出去就是一个悍匪。"

"哎，男人和男人之间的事情，不要乱用什么搞不搞。多难听。什么悍匪？如今我已经深刻领悟到色即是空，财即是空，恩怨也是空。等老子，啊，不，等老身出去后，一定会宣扬世界和平，乐善好施，做个笑不露齿的大善人。"

旁边躺着的勇哥，用脚踹了我一下："老子实在听不下去了。师爷，你真他妈欠揍。早知道你这么贱，你刚进来的培训课，就应该上双份再外加单锅小炒。"

我转身扔了件衣服盖在他脸上道："敢踹老子，老子不等你传位了，现在就动手篡位。"

我们正闹着，牢房的铁门忽然打开，一个狱警威严地站在门口。

"闹什么闹？保持安静。"

我们赶紧正色端坐在床铺上，等待狱警训话。

"余野。"

"到！"我高声答道。

"跟我来一趟。"

我稀里糊涂地跟着他走到会客室。

"有人要见你，进去吧。"

我走进一个四面墙壁的房间，里面仅仅有一张黑色长条桌，一边两张椅子。两个摄像头一左一右挂在墙角。桌子对面，端坐着西装革履的孙律师。

"余总，我们又见面了。呵呵，命运真是神奇。你这个上市公司董事长转眼就成了阶下囚。这才几个月啊，咱俩的角色就互换了。"他开心得意笑道。

"孙律师，我印象里，你很少笑。"我淡然指了指墙角的摄像头，"等会儿让警官帮你调调录像看看，什么叫小人得志？全写你脸上了。"

"那有什么？人生得意须尽欢。我倒建议你去照照镜子，看看自己在押嫌疑犯的新形象。"

我微笑道："你原来找快感来了。呵呵，落魄这么多年，难怪变态。"

他抑制不住得意道："看到你这个样子，我真的很开心。你不过是个破产鞋匠，二流骗子。有什么资格拥有亿万身家？还混成上市公司董事长？这班房才是你该呆的地方。当初在报纸上看到你高调做慈善，大肆吹嘘自己，我就下决心戳穿你这个骗子的嘴脸。怎么样？打回原形了吧？谁让你有钱做慈善，没钱给封口费，哈哈哈……"

看着他笑得变形的脸，我淡然道："上帝要一个人灭亡，必先让他疯狂。孙律师，继续……"

"余野，你当年破产前，也是这么死硬。这么多年，秉性不改。如今又混到身败名裂的边缘，还不知悔改吗？"

我已失去了谈话兴致，边起身边道："好好享受你的开心一刻吧，孙律师，我就不陪你了……"

他见我起身，忙收拾住笑容道："余总，别急嘛，还有正事没聊呢。"

"哦？你找我还有正事？"

"问你个问题，余野，你想要自由吗？"

"我的自由跟你有关吗？"

"当然。现在只有我能给你指条明路。"

"说来听听。"

他轻蔑道："听着，让你成都的同伙把股票锁仓，配合梁总操盘，我们就放你去出。否则，你就等着把牢底坐穿吧。"

我微笑道："终于说到重点了。想听听我的答复吗？"

"说吧。"

"孙律师，你今天一直在笑，现在，让我也笑笑。我送你和你的老板们两个字：'做梦。'呵呵，拿回去裱在墙上，天天欣赏吧。再见！"

第十四章
把事情做这么绝，你真的一点都不怕报应吗？

1

狱警拿过一个文件表格道：

"签字吧，有人保你出去。"

这个幸福有些突然，跟孙律师摊牌刚过几天，自己已做好当牢头的准备，怎么这么快就时来运转？我愕然拿着表格，缓缓道："报告警官，我能不能回号子里，跟兄弟伙告个别？"

他笑道："还互留电话号码，友谊地久天长，是吧？先把表格填了，等会儿我带你过去。"

我回到 14 号牢房里，不禁百感交集。不仅跟大家互留了手机号码，还逐一握手道别。我这个上市公司董事长，如今多了一帮小偷劫匪等兄弟伙。轮到勇哥时，我笑道，还是没能接成你的班，兄弟先走一步，外面给你接风。

小马搂着我的肩膀："老余，我过几天，就得去过堂接受庭审，可能判两三年，也可能是五六年。常来看我。你不在，这儿真是很寂寞。"

"再见，兄弟。在学校我们住一个寝室，在看守所我们也是同一个班房。这份交情，是一辈子的。好好保重。"

"对了，忘了告诉你，丁兰从美国回来了。就在上海。你们有空聚聚吧。"

看守所外，明晃晃的阳光让我久久睁不开眼睛。

老袁站在一旁，安静等着我恢复过来。他身旁还有两个陌生人。

我不止一次想象自己走出班房的情景，如今已成为现实。那感觉真不是做一个色即是空的哲学家，而是那个被关在海底瓶子里的魔鬼，被渔夫打捞上岸，拔开瓶盖后飞身而出。我自由了，要去吃一顿大餐，然后，不是要找女人，而是要去找一个男人。

看着老袁身边两个陌生男人，我疑惑问道："老袁，我自由了么？是不是又得转地方。"

老袁长叹道："也是，也不是。你被保释出来。不过，现在调查没结束，还得限制居住。"

"怎么会这样？"

老袁摆摆手道："一言难尽，咱们先上车吧。"

汽车来到一个高墙围合的大院，里面是一幢五层高的灰色老房子，看样子像个招待所。门岗戒备严格，车辆进入时，做了仔细登记。老袁没法进大楼，说在会客室等我。我随着两个男子来到前台办理入住手续，表格的填写详细得如同入狱手续。不仅是姓名和身份证号码，还有身高、体重、民族、职务、政治面貌、家庭住址、手机号码，以及随身携带物品的详细登记。手机和身份证都被扣下。在旁边一侧的小房间，还现场拍了照片，留了指纹。

办好各项手续，被工作人员带至位于三楼的房间。开门看看，简直大喜过望，至少有乡镇招待所的标准。房间里有两张床，在靠窗位置还有两把椅子，一个小茶几。电视柜上摆放着一台旧天虹彩电，是几年前的老款式。尽管地面的米黄色瓷砖缺角裂缝，家具上到处是破损，床单上污迹斑斑，墙壁上有不少被拍成黑点的蚊子遗骸，卫生间的马桶盖几乎要脱落，可这里窗外绿树婆娑，床上垫的是席梦思，空气清新富含氧气而不是脚气，刚刚走出班房，这里就是我的超五星宾馆。

幸福是一种差价，痛苦也是。关键是你在过往和今昔之间，是比较优势，还是比较差距。我心满意足地放下行李：一个从看守所带来的蛇皮口袋，里面装着简单的生活用品。

我走出房门，两名男子站在门口等候着。跟随他们来到会客室，老袁早已等在那儿。我们谈话时，两男子仍没回避的意思。垂手站在我身后，仿佛我带的保镖。我回头道："二位，我跟律师谈话，你们需要参与么？"

"对不起，余先生，我们接到指令，你是重点监控对象，必须实施 24 小时不间断监控。请支持我们的工作。"

我朝老袁苦笑道："原来这就是监视居住。对了，老冯呢？老子出来，他怎么也不来接风？"

老袁道："余总，事情很复杂，一言难尽。目前，只有我作为律师可以跟你接触。"

我笑道："老袁，你把我从睡通铺的班房捞出来，又进了睡单间的班房。"

老袁道："我可没那么大本事。你在成都的大老板林董亲自来斡旋的。具体怎么回事等老冯告诉你吧。总之，我现在能为你做的，就是给你带些水果，香烟，内衣内裤。哦，对了，书也可以带，不过必须要弘扬主旋律的那一类。"

"那你下次来给我多拿些东西来，能带的都带，老子安心在这儿隐居了。"

我心里一惊，林董亲自来斡旋，事情必然非同小可。当着两个家伙，不能多问。

"你需要什么，给我开张单子吧。"

我接过他拿来的本子，一件件写着需要的物品。身后的男子也鬼头鬼脑凑近，看我具体写些什么。

我想了又想，写了张清单：

带以下东西：

个人物品：牙膏牙刷、润肤露、洗发水、梳子、内衣内裤、外套、感冒药、手动剃须刀、收音机、香烟、各种书籍、茶叶、电脑、笔记本、签字笔、机械表、水果、各类食品等等

身旁男子越凑越近，我索性把清单拿到他眼前，"老兄，仔细看看，有问题没有？"

男子大略地晃了几眼，觉得挺正常，便没多说什么。

我将清单递给老袁，说道：

"对了，袁律师，我的手机也被扣了，跟外界没有什么联系。你争取每周来一次吧，别让我太与世隔绝。如果老冯能来，争取让他来看望我，带些钱给我。"

老袁接过单子，简单看看，便放进皮包道："争取吧，我尽量每周来看你。你刚从看守所出来，好好休整一段时间吧。"

送走老袁，我暗自企盼，老袁千万别是猪一般的队友啊。我那简单的藏头体只要稍加留心，便会看明白："带个手机。"这比什么都关键。我现在急需打通与外界的联系。

2

住在这个特殊的酒店里，可以洗澡看电视，睡得很舒服。虽然比不上星级

酒店，我已很知足。连续的审讯和班房岁月，已经把我折腾得没有人形，先得好吃好喝好睡几天，养精蓄锐。还是那句话，这次你灭不了我，就等着我出招吧。现在，考验老袁革命觉悟的时候到了。我像王牌间谍等待一支手枪般等待着，就等老袁看懂密码，突破封锁线，带给我手机。

一连两三天，我出奇的安静。这个招待所是座豪华版监狱。出入大院门都有警卫，所有外来者都需要在这里领取出入牌。我房间的门口平时总有人值守，两个家伙就住在我对面的房间，白天把门打开，便正对我的房门。一天，我要求饭后到院子里散散步，两个男子跟着我一起在院子里走了两圈。

院子里有三三两两的人在散步。这些被限制居住的人以中老年人为主，长得像退休教师、下岗职工、城镇小贩，个个目光冷淡，不苟言笑。跟号子里那帮凶巴巴的恶棍截然不同。这鬼地方究竟是拿来关什么人的？我心中满是疑惑，这他妈是疗养院，还是精神病院啊？

走回楼道时，我有些冒火地对两个沉默的看守道："两位，你们可以不理我。但至少我要知道该怎么称呼你俩吧？"

他俩相互看看，其中一个道："我姓周，他姓张。"

"小周，小张，知道了。"我转身快速上楼，走进房间，随即关门，将两人扔在外面愣神。

躺在床上，我平静地思考着最近发生的一切，心里已经有了一个计划。无论怎么推演步骤，关键是，我要一部手机。

一周后，老袁终于再次来探访我。会客室里竟然还多一个人，老冯。我喜出望外道："他妈的，老冯，你总算来了。老子在班房里吃苦耐劳，你龟儿的在外面快活逍遥，居然这么久不来看我。你良心大大地坏掉了。"

老冯苦笑道："就这次探监，还是梁先生特批的。你就知足吧。像你这样桀骜不驯的家伙，就应该好好劳动改造。老子给你带了一个集装箱的物资，你就安心在这儿颐养天年吧。"

老袁道："余总，你还没付我律师费。我实在没办法给你垫钱买东西，怕赔本。只好请冯总给你采购。"

"放心，老袁，等我出去了，加倍给你补偿。"

老冯把一个大旅行袋提上桌子，把给我带来的东西摆了一桌子，衣物、香烟、食品、牙膏牙刷、手表，一切清单上有的东西都齐了。另外还有一摞现金，整整十万，连银行封条都没拆。两名监控人员认真地检查着每一件物品，他们的注意力最终被整捆现金吸引了，问道，余先生，你要这么多现金干吗？我笑说，就这点钱，我不到一个月就会花完。过几天你们就明白了。他们俩拿着现金，左看右看，犹豫不决。我笑道，放心，我不会逃跑的，要逃跑的话，银行卡更方便。

两人将检查过的东西重新装进旅行袋。

我若有所思看着袁律师道："我要的东西都齐了么？"

他意味深长地微笑道："放心吧，余总，幸好你要的不是一个女人。"

我点点头，明白他应该是看懂了我文字里的暗号。转脸对老冯道：

"老冯，准备好几个美女，等老子出来得好好补补。"

"余总，你安心在这儿养好身体。等你出来，我保证你天天荒淫如帝王。"

"他妈的，画梅止渴。说得老子心痒痒的。"我斜眼看见两个监视我的家伙已经收拾好东西，便又道："老冯，不留你们了。每周争取来看望我一次，东西用完了，得给我及时补上。老子已经一个月没吃过好饭，抽过好烟了。"

回到房间，关上门，我并不急于拿出东西翻检。等吃过晚饭，洗过澡，才慢条斯理地打开行李袋，将每件物品仔细检查。终于在封了塑料纸的一条香烟里发现了异样，里面少了两包烟，藏着一支小手机。我打开手机，里面已经存入了老冯和袁律师的号码。呵呵，我不是跟猪一般的队友并肩战斗。其实，有个号码是一直存在我脑子里，明华，这才是我行动最关键的人物。

我藏好手机，拿着那捆现金来到门外。对面房间门一直开着，小周坐在正对我房门的椅子上，只要我出门，他便能第一时间看见。

我单手拿着现金走进他们的房间，小周起身愕然看着我，小张躺在床上看电视，我进门后，随手关上门，非常随意地将那捆现金扔在床上，对俩人道：

"两位兄弟，不要乱想。我在班房里蹲了个把月了，这是一个月的伙食费，拜托两位，帮我弄些好吃的东西。怎么说，我也是大老板，不能天天吃猪食。对了，我是四川人，最好弄点辣的东西。"

两人面面相觑，我知道，能够震撼人心灵的，除了伟大的上帝，还有大捆的现金。

3

一部手机，连通着我与外面的世界。

深夜，我打开电视，调到一个新闻台，房间里响起播音员字正腔圆的声音。自己躺在床上，用新手机给明华发去一条短信："明华，我是老板。请速回电话。"自己不能贸然地用新号码打给他，他不会接听陌生来电。

一分钟后，明华的电话打了过来。我蒙在被子里小声说道：

"明华，我现在在上海，遇到了麻烦。你们三个尽快动身来上海，坐长途汽车或者火车，带上全部装备。到了上海，先找一个郊区住下，然后跟我联系。这是我专门跟你们联系的手机，记住这个号码。"

明华道："明白了，老板。其他还有什么吩咐？"

"到了上海，一定要选择那种民工比较多的城中村租房子住。那里环境复杂，警察不大光顾。还有，护照驾照等证件要带着，万一有什么问题，可以随时出境。"

"明白。我们马上动身。"

我记得在班房里跟小马聊天，说如果出去，自己要重新做人，被他嗤之以鼻。他理解错了，我说的重新做人，是说要重新做回当年的自己。当我从社会名流骤然被打成阶下囚，我不准备用正常手段对付梁载道。既然社会机器已经为他所用，我能动用的是那些隐形社会的机器。在这里，除了让自己回归成亡命徒，我就算三头六臂也不是他的对手。

10万元一个月的伙食费，极大改善了我的饮食，经常在正餐之外，享受到额外的啤酒和卤菜。它更极大地改善了我跟两位看守之间的关系。每到晚上，我便跑到他俩房间里吃宵夜。闲聊时，不经意地问起他们的情况，知道俩人都是这里的合同工，每月收入大概在3000元左右，他们跟梁载道其实没关系。我心里算了笔帐，这样的宵夜每天消费不超过200元，一个月也无非五六千。他俩每人可以坐地分帐四万多元。呵呵，看在钱的份上，我已慢慢成了他们的老板。

晚上，吃完宵夜，9点半左右，我便回到自己的房间，关好门，打开淋浴龙头，把头蒙在被子里跟老冯通话。

"老冯，究竟什么情况？林董怎么会亲自来上海斡旋？"

老冯在电话里道："你的事情已经惊动了林董。是他亲自出马跟陈公子谈判。"

我惊讶道："谈判？谈什么？"

"梁载道上周便给沈总打电话，说想放你出来，就必须答应他们的合作条件。他们要再次炒作嘉通，要求我们锁仓，并保证在35元以上不能出货，否则就会反反复复地拿你开刀。就是这些，丧权辱国的二十一条。"

"老沈他们答应了？"

"他请示了林董，林董通过自己的渠道找到陈公子，亲自飞来上海跟他谈判。对方做了些让步，答应先让你搬出看守所，在这里监视居住，等操盘结束才能完全恢复自由。"

怪不得自己能走出看守所，却仍在招待所作为人质，都是确保他们能顺利拉升出货。为了这点钱，他梁载道可以把老子弄得死去活来，身败名裂。

我不想透露自己的计划，只是对老冯道："老冯，办张 200 万的银行卡交给老袁，下次送东西过来时一起给我。你尽快回成都吧。我这边你不用担心了。告诉林董，谢谢他出手相救。不过，你要提醒老沈，梁载道这个混蛋做事完全没有底线，千万留神。"

4

明华已到达上海，在安亭一个偏僻的城乡结合部租了一间房子。

晚上，我在房间里悄悄跟他通话，让他跟踪调查上海申远证券公司副总经理梁载道的日常活动，在上海的住址。而主要任务是找到他在杭州的老婆孩子，目前，我只知道他儿子在西湖边一所贵族学校上小学，更多信息就不太清楚了。明华淡淡道，放心吧，老板，我们会找到的。

"老板，你现在是在什么位置？"

"我现在应该是在郊区一个秘密招待所，被限制居住，具体位置不清楚。我现在还算安全，如果需要行动，我会通知你们的。"

"好的，老板，你多保重。"

从现在开始，我这个人质，也终于开始撒网捕猎。现在，需要的是耐心和信息，等待机会反戈一击。

我渴望了解梁载道对嘉通的操盘情况。可这里除了电视，什么都没有。暂时只能由老冯每天将嘉通的收盘价发送给我。一个晚上，我来到两个看守的房间照常喝啤酒吃宵夜，小张问我，余老板，你怎么会呆在这儿？这地方一般都是限制那些屡教不改的老上访户，还有一些邪教组织成员。

我随口答道："有人告我在股市里违规炒作股票。"

小周惊讶道："余总，你是玩股票的？就是传说的那种庄家？"

我点点头："最近股市行情如何？我呆在这儿，什么也不知道。"

小周道："又涨了。"

我叹口气道："妈的，大好行情，赚不了钱。"

小张接口道："余老板，你肯定知道不少内幕消息吧。"

"我吃这行饭，这些消息都不清楚，靠什么赚钱？"

小周兴奋道："余总，能不能给我们透露点，让我们也赚点小钱。"

"这个倒没问题。不过，看不到行情，我也不知道他们是开始拉升，还是开始出货了？"我喝了口啤酒，胸有成竹道。

两人相互看看，最后还是小周开口了："余总，明天我们带你去管理办公室，那里有台电脑可以上网。这种事有点违规。不过，只要你的内部消息准确，我们可以说服科长，让我们使用那台电脑。"

我不动声色道："如果违规就算了。我给你们推荐股票，必须赚钱才行，否则这日子就没法过了。压力太大，我看还是算了吧。"

小张赶紧道："没关系的，余老板。说服科长的事情，包在我俩身上。你只需要把消息透露给我们，是盈是亏，我们都认了。"

我笑道："我给你们找条财路，那你们告诉科长，今后把正餐给我弄点单锅小炒。"

两人兴高采烈地跟我频频碰杯。

5

第二天上午，我随着兴奋的小周来到一楼办公室，小张已经到了。给我介绍了一个中年人，刘科长。我们简单握手寒暄后，来到电脑旁，小张已经将炒股软件调了出来。我输入嘉通国际的股票代码，那熟悉的K线图很快呈现在眼前。

近期，嘉通股票持续上涨，题材非常诱人。股评大肆宣称，佳美入主嘉通后，强强联手，效益将大幅上涨。重组后的嘉通慷慨地给投资人十送三的分红。目前，嘉通除权后又回到42元高位，而大盘也在奋力地冲击2200点历史新高。股评朦胧透露，嘉通国际很有可能再次实施十转增十的高送配。

我指着这支股票对屋里的三人道，这支股票开始进入主升浪了。大概会拉到60元附近，然后出台十送十的利好消息。不过，我这个合伙人手法凶悍，洗盘和出货都非常凶狠，必须随时盯住盘面。你们赶紧买，不要犹豫，我帮你们盯着。切记，千万不要把消息扩散出去，否则买的人多了，他们一定会疯狂洗盘。

几个人见我说得斩钉截铁，纷纷出去用电话交易系统挂单买票。从此，每天早餐后，我都会被小周他们恭恭敬敬请到管理办公室看盘。

一连数日，嘉通都在强劲上涨，边拉高边洗盘。这样的手法，老沈说过，是在力求以最短时间完成上攻。周五收盘，嘉通已经稳稳地站上 50 元大关口。几个人每天都看得兴奋不已，对我的内幕消息已经心悦诚服。

我笑着问他们几个人，怎么样，满仓没有？小周和小张点头，刘科长却叹气摇头说，可惜，买少了。

等候了大约一周，我终于收到了明华的消息。他们已经掌握了梁载道老婆孩子的详细情况。她们的住址，每天的生活，上班和上学的线路，都查得一清二楚。我让他继续跟踪监视梁载道，主要是了解他的行踪，住址，办公地和经常去的交际场所。要确保不被发现。

新一周交易开始。嘉通正式公布了 10∶10 的转增方案，引发股价大涨。不过，股价到达 56 元后，开始横盘整理，然后突然拉向 60.5 元的涨停板。一时人气沸腾，炒家纷纷出手追涨。涨停板时而封闭，时而打开。

我向围聚在身边看盘的刘科长等人道，赶紧卖票吧。要快。几个人连忙打电话去了。涨停板一直持续到下午两点，然后卖盘雪片般地飞来，很快便将涨停板打开，股价一路下行，今天注定是有大动作的一天，股价企稳后，再次强劲上行，场内炒家认为刚才不过是一次洗盘，又开始奋勇追涨。不过，这次股价没有冲击涨停，而是又被大量卖单打压下来，回到 56 元的整理位置。

收盘后，我笑着问刘科长，你们的货出干净没有？庄家的屠刀已经举起来了。几个人点点头，赞叹不已道，余总，你真是太神了。

周三周四，屠杀继续。不过收市后的各项股评却仍在鼓噪，这支票还远远没有走到位，最保守也会拉到 65 元以上再除权。在庄家引领下，散户们幻想着丰厚回报杀入场内，每到收盘前半小时，又是上千万卖盘倾泻而下，股价一直被打落至 50.5 元后才回稳。

晚上，我蒙着被子打通老沈通话，形势不妙，希望他当机立断出货。老沈黯然道，锁仓是林董的指令，必须遵守协定。

后面的交易日，每天都是煎熬。股价天天拉高，天天小幅下跌，中间还故意做出一个强劲反弹。热炒中的股民和热恋中的女人智商相等，都是零。看到前期走势强劲的股票下跌，就认为是强势回调，看到反弹，就认为庄家发动反攻，看到股价从 56 元高点降落到 42 元，忍不住诱惑，又冲进场抢便宜货。包括刚刚赚了钱的小周和小张，纷纷问我，现在可以抄底么？我摇摇头说，还早呢。唉，股市里最痛苦的是，你明明知道他们在干什么，却没办法行动。股价稳在 40 元后，又有一批炒家认为完全企稳了，再次进场抄底。我实在弄不明白，所有的技术形态已经走坏，他们怎么又放弃了技术分析，转而听信股评和直觉？

6

明华已经秘密跟踪梁载道一周多时间了，终于有了重大收获。梁载道除了在证券公司里有办公室，在一个江淮路写字楼里还有一个隐蔽工作室。这个工作室楼下是另一家证券公司，应该专门为他接通交易网线，方便他秘密操作股票。他在浦西有一套高档公寓，在浦东有一套别墅。平时住在浦西公寓，周末回浦东别墅。有两三个女人跟他同时往来，其中一个便是赵琳。我看着彩信里，他们偷拍下的赵琳跟梁载道的照片，颇为感慨，这女人究竟得到了什么？背叛的成本和成果如何？

老沈手中股票还没脱手，林董对陈公子的承诺还在生效。我只能隐忍不发。

一连有几天，股价都在 40 元以上徘徊。拉高，又被打压下来，再拉高，再被击落。就在这不上不下之际，嘉通再次发布公告，宣布收购本地一家网络公司，正式进军 B2B 市场。尽管股市已不再一沾网络便鸡犬升天，但这个消息却再次激发起人们的想象力。股价借助利好，再次大涨 8%，到达了 44.44 元。嘉通刚刚来到这个价位，便像收到信号弹一样，四面八方的抛盘便蜂拥而出。股价毫无反手之力地下跌，从上涨 8%，一路下跌 5%，股价跌至 38 元附近。屠刀的寒光闪闪发亮，谁要是看不到这锋芒，简直是失明了。这根带着长长上影线的大阴线，终于击破了人们最后的幻想。原来，庄家一直在出货，而且，从未犹豫。

晚上，我紧急打电话给老沈，明天必须动手了，否则整个股价已接近崩溃。老沈沮丧道，这不仅是因为你仍被扣着，还因为林董跟陈公子之间的口头承诺，两个人都是场面里有头有脸的人，股票输赢是一回事，面子却输不得。不过，他会想办法去说服林董。

新交易日开盘，一切都晚了。老沈不需要去说服林董了。股价开盘仅仅挣扎了二十分钟便被死死地压在了跌停板上。34.2 元。是的，根据协议，这个价格老沈他们可以自由行动了，不过，却根本无法行动。

周三开盘，尽管我报以悲观态度，却仍然没有料到梁载道出手之狠，开盘十分钟便把股价打入跌停板。30.6 元。没有任何可以挣扎的力道，超过 2000万股压死跌停。

老沈束手无策。林董他们被梁载道他们无情地戏弄了。这就是他们所谓的君子协定，给你一个所谓卖票区域，当股价来到这个区域，却被他们封死跌停。

自己必须行动了，不仅仅是因为林董，我新公司的 4 亿资金如今也被套在里面。这是我们几个股东最后的资本，绝不能因为自己的失误而付诸东流。吃过宵夜后，我跟两个看守有说有笑地道别。

回到房间，我用电话悄悄通知明华，准备行动。

7

周四早上，我用招待所管理室的座机拨通梁载道的号码。振铃响了很久，他才慢条斯理地接起。

"哪位？"

"是我，余野。我现在呆在一个招待所里，用的是这里的座机。"

"呵呵，余总，怎么突然想起给我打电话？"

我语气平缓说道："梁总，我能过来跟您聊聊么？"

他哈哈大笑道："余总，你不是说跟我只会在股市里聊么？"

"梁总，能不能给我个机会，让我跟您沟通一下？" 我低声下气道。

"听你这口气，好像有些服软了，你是在哀求见我么？"

"算是吧。还有个事情得求你帮忙，我现在被限制居住，必须得到您的同意，才能出门。您看能不能给他们打个招呼，请他们派几个人陪我到您这儿来拜访？"

"哈哈哈，余总，终于学会礼貌了。让你这样的野马低头，确实费了我不少精力。好吧，我给那个招待所打个电话，替你申请半天放风时间。明天下午两点，我让他们带你到申远证券公司三楼机构室来。"

"好的，谢谢梁总，明天见。"

按照约定时间，小周和小张陪同我准时来到申远证券公司。一楼大厅是散户交易的场所，人头攒动，像一群在野狼环伺中快乐觅食的羔羊。二楼是大户室，有 100 万以上资金便可以入驻。三楼才是真正的食物链上游地带，机构单间。里面看不见刀光剑影，杀气冲天，却天天上演掠食游戏。

我敲响 338 号房门。门打开了，两个彪形大汉站在门口，里面除了梁载道，还有赵琳和那个被小宋打伤过的司机。赵琳见到我，并没有慌乱，我也泰然自若走进房间。这是一个套间，外面是客厅，里面是交易室。梁载道见我到来，微笑着让我坐在门边沙发上，两个大汉一左一右地守在我两旁。

我笑道："梁总，这么大排场，不至于吧？我就是想来跟你单独聊聊。"

梁载道笑道："我们之间都是公事，没必要单独聊。就算你想跟我聊女人，也可以当着大家么。呵呵，林小姐还好么？像这样的人间美色你可不能独享啊。"

"我是来跟你谈股票的。据我所知，我还是嘉通公司的董事长，尚未被免职，但现在公司一系列决策公告都没得到我的签字认可。"我面无表情道。

梁载道得意说："余董事长，我看好像不需要你什么签字了。我们几个股东已经有足够的表决票数，形成决议。你签字与否，根本无所谓。"

"也好，像你们这样恶性炒作，我最好不介入，免得到时候有人找你们清算，还要把我牵连进去。"

"余总，昨天你的口气好像不是这样的。怎么，你是来下战书么？"

"我只希望你兑现承诺，不要封死道路，给华蓉一个出货通道。"我镇定道。

"你是在求我，还是在威胁我？"梁载道轻蔑地说道。

"我是在请求你，给我一个机会，也给你自己一次机会。"我的语气非常温和。

"我没听错吧？你是说，让我给自己一个机会？是么？"他诧异地看着我。

我平静道："你没听错，是给自己一个机会。"

梁载道大笑道："好吧，我给你一个机会，也给自己一个机会。先说你的机会吧，把林小姐乖乖地送到我的房间里，陪我几个晚上，说不定我心一软，就饶了她和她老爸。再说我给自己的机会。赵琳，现在几点了？"

"2点25分。"

"还愣着干嘛？动手吧，余总让我给自己一个机会。我让他亲眼欣赏一下。"

赵琳熟练地打开股票炒作系统，开始快速地下单，全部是百万级的卖单。嘉通股价一直徘徊在28元附近。这些卖单抛出，股价秋风落叶般，横飞而下，仅仅过了几分钟便被打到了27元的跌停板上。

梁载道无法遏制地笑道"余总，看清楚了，这就是我留给你和我自己的机会。我还要告诉你，现在我手上全是盈利盘，想怎么玩就怎么玩。呵呵，前段时间，你们不是给我封了两个跌停吗？现在我得涌泉相报。下周开盘，我会一路把跌停板打到15元去。彻底把你和你的同伙打回石器时代。"

我缓缓说道："梁总，我想知道这一切都是为什么？我一直以为联手操盘应该是大家合伙发财，而不是股东中一方非要置另一方以死地收场。"

梁载道露出了胜利者清算战俘的表情，"好吧。余总，今天我也让你和你的盟友死个明白。余野，你太嚣张。在上海，还没有人敢跟陈公子和我作对。

让你配合炒作你不肯合作。我想玩那个姓林的女人，还被你恶狠狠夺走。你知道你的人那天打伤的是谁么？呵呵，陈公子的小表弟。不仅如此，你还以停止上市为要挟，让我追到机场给你道歉，让陈公子亲自飞到成都来劝说你。陈公子果然是大将风度，忍过你所有的乖张，就让嘉通成为上市公司，给你甜头，让你一步步走到今天。把你的公司夺走，把你关进局子里调查，又把你限制在上海当作人质，你居然还没有清醒，现在还要来跟我叫板。呵呵，我都有点佩服你了。我告诉你，余野，这次我们不仅仅是要在嘉通上赚大钱，把嘉通玩残，还要让你们这帮人血本无归，身败名裂。现在，你明白了？"

"把事情做这么绝，你真的一点都不怕报应吗？"

"报应？"他脸上露出恼怒和轻蔑，"你有什么实力提报应？扎个草人来咒我吗？实话告诉你，余野，以前你背靠海南黑帮，把龙旺兴的股份也掺和进嘉通，我们还对你有所顾忌。呵呵，如今陈公子彻底铲除了在这股涉黑势力，你依靠的两颗大树，龙旺兴倒了，现在，华蓉也得栽在股市。今天让你来，就是让你亲眼见证一下你和你的盟友们灰飞烟灭的命运。"

我冷静点点头，说道："原来真是这样。梁总，我都明白了。"说完，对着赵琳道："赵琳，我想听听你的想法，出卖我们，你得到了什么？值得么？"

梁载道一把拉过赵琳，对我道："我来替她回答吧，她现在是我的女人，我晚上睡她，白天让她给我卖命对付你们。这种感觉好极了。她以前是你的董事办主任，我每晚玩她的时候，都有一种玩你的感觉。"他说着把手伸进赵琳胸口，一通乱摸。赵琳不声不响接受着这种玩物身份，眼中没有悲伤和尴尬。真是一个了不得的女人。

我对赵琳笑道："呵呵，这世界远比我想象的精彩。赵琳博士，能回答我么？现在你的肉体，灵魂，还有朋友，一共卖了多少钱？我对这个价格真的非常好奇。超过了我给你的那份价值1000万的期权么？"

赵琳冷冷地看着我道："这跟你没有任何关系。你以为自己很高尚么？我不值钱，你不也是个卑劣的混蛋么？你把我骗到上海，就是让你女朋友老爹摆脱我。呵呵，你带我来上海，提拔我，给我平台，你没安好心，我也将错就错。现在，我只想祝愿你也身败名裂。"

我哈哈大笑道："有意思，真有意思。好吧，梁总，赵琳，你们赢了。我告辞。不打扰各位了。"

梁载道冷冷道："余野，你还是那么嚣张。别忘了，你还被限制居住呢。怎么，还想再尝尝看守所的滋味？"

我笑着摇头道："梁总，做人做到赶尽杀绝的份上，会不得善终的。"

梁载道气得发抖，我也收敛了笑容。拉开房门之际，我又回头看了看梁载道和赵琳，那目光中不知流露了怎样的锋芒，我看到梁载道下意识扶了扶眼镜，躲开了我的逼视，而一直强悍的赵琳也有些不敢正视我目光。

两名看守陪着我来到停车场。明华三兄弟已经从几十米开外的消防通道走了过来。

我对两人道："两位兄弟，我在招待所这段时间承蒙二位关照，先谢谢你们。天下没有不散的宴席，咱们就在这儿告别吧。"

小周和小张惊讶道："余总，你说什么呢？我们怎么听不懂？"

三个戴着墨镜，一身黑色夹克的男人已经从身后靠拢他俩，两把军用匕首几乎同时横陈在他们咽喉处。

"就这样吧，我也不难为你俩。你们无力对抗暴力劫持，等会儿先受点委屈，免得自己说不清楚。得罪了。"我朝明华示意道。

明华干净利落地以掌为刀朝两人颈部砍了两下，两人随即闷闷倒在地上。

"走吧。"我跟着明华兄弟上了一辆二手桑塔纳轿车，扬长而去。路上，我问明华，"确认过停车场没有监控镜头？"

"放心吧，老板，我们仔细检查过。"

第十五章
那枚在空中疾速转动的硬币即将落下

1

周末，梁载道通常住在浦东的别墅里。我坐在桑塔纳里，跟明华一起在别墅区门口蹲守了两天。这种高档小区守卫严格，一般人不好进出，我们只能在外围等候。整整一天，没见到梁载道人影。他一定知道我已逃出生天，加强了戒备。我们一直等到晚上 10 点，才悻悻离开。

星期一，我们一早便等候在申远证券公司附近。上午 9 点，梁载道的奔驰车终于出现在门口，他懒散地走下车，像是没休息好。明华问我，怎么办？我说，先等明远他们的消息吧。

时间过得分外艰难，我害怕梁载道突然从视线中消失，让我们功败垂成。10 点左右，明远的电话终于打来了："老板，得手了。"

我兴奋地对明华说，明远他们成功了。现在，你用我另外一个新号码给梁载道打电话，让他五分钟内下楼，否则就再也见不到自己老婆孩子。

我交给明华一个全新的手机。他拨通梁载道的号码，对方没有接听。我让他不停地打。打到第三遍，对方接听了。

明华冷冷说道："请问是梁先生么？……你不用管我是谁。你老婆和儿子现在在我手里，我给你五分钟时间，你马上下楼到大门口来，否则你就永远见不到她们了。"

明华问我，他会下来么？我说，给他五分钟让他打电话给老婆，如果发现找不到她们，他就会下楼来看看。我们现在只能这么赌了。

这五分钟过得极为漫长，我靠在方向盘前，不停地看着表，一分钟一分钟数着刻度。六七分钟过去了，梁载道还没有出现。我紧张得几乎窒息。明华手中的电话终于响了起来，与之同时，我们在证券公司门口看见了梁载道正焦急地拨打这电话。我说道，行动吧。

我把车快速开到证券公司门口，急停在梁载道面前，明华迅速下车，拿出正响着铃声的手机对梁载道说："梁先生，别打了，我带你去见你老婆孩子。"说着，趁他还没反应过来，便不由分说将他迅速推进车里，关闭车门。我启动汽车，飞快开走，整个过程，不到 30 秒。梁载道惊魂未定坐在车里，问明华道："你们是什么人？想干什么？"

我边开车，边摘下墨镜，对梁载道笑着说："呵呵，梁总，那么健忘。老朋友都不认识了？"

"是你，余野？你想干什么？你把我老婆孩子怎么样了？"他惊惶道。

"哈哈，梁总，我现在开车。等会儿到了地方再慢慢向你汇报。"

我把车开到了梁载道秘密工作室所在的大楼。在地下室停好车。我们一左一右夹着梁载道坐电梯上楼。梁载道万分诧异："余野，你带我来这里干吗？"

"上去你就明白了。"

我们把他带到七楼那间秘密工作室，我冷着脸道："开门。"

他这时才明白，我们已经掌握了他的全部行踪，抵赖毫无意义，他的老婆孩子还下落不明。他顺从地拿出钥匙，打开房门。

我们进去后，随即将房门反锁。

2

这是一个装修得颇为奢华的办公兼休息的工作室。看样子有一百多平米，被隔成三个空间，进门是一个会客厅，客厅左边是工作间，里面有几张办公桌，上面摆着五六台电脑。右边是一个小卧室和卫生间。

我笑着对他道："梁总，真会享受，工作室布置得这么周全。你看，咱们认识这么久了，也不请我来坐坐。"

梁载道灰暗着脸道："余野，你究竟想干什么？我老婆孩子呢？"

我微笑道："梁总，别急。咱们先把正事做了。把电脑打开，我们先看看今天的行情吧。"

正说着，他的手机响了，我使了个眼色，明华一把将他手机抢了过来。

"梁总，按我说的做，打开电脑，我们先关心工作，再说儿女情长的事。"

梁载道无可奈何打开电脑，调出了股市行情。嘉通开盘不久便被悲惨地打在跌停板，上面压着数百万股卖盘，显得不可动摇。

我摇头道："梁总，你太绝情了。我看你 9 点 20 分来上班，9 点 45 分你就把嘉通打成跌停。手够快，心够狠。现在是 11 点 40 分，中午休市时间。我希望下午开盘时，你打开跌停板，把股价拉上去，做一波反弹。这就是今天请你来这儿的目的。"

"我老婆孩子呢?"他强硬问道。

"梁先生,考虑到你今天的操盘会得罪一些人,我已经派人把她们接到一个安全地方。怎么样,考虑得非常周全吧?"

我说完,拿出一张明华他们在跟踪时偷拍的照片,上面他老婆正接着儿子放学,女人露出微笑牵着孩子的手,儿子背着大书包,显得稚气可爱。

"温柔贤惠的妻子,聪明可爱的儿子。"我对着照片温和说道。

梁载道气得浑身颤抖:"余野,你知道自己在干什么吗?你是在绑架。不仅仅是对我老婆孩子,还有对我。你已经成了罪犯,你会身败名裂的。"

我惊讶道:"是么?梁总,你的意思我还不是阶下囚么?你忘了我刚被你们抓进警局连续审讯,又扔进在看守所关押,昨天之前都一直被监视居住。呵呵,我以为自己早就身败名裂了。所以一时糊涂,干脆铤而走险。"

"余总,你是社会名流,上市公司董事长,有钱有地位,怎么会做出这么疯狂的举动?"

"梁总,不好意思。以前是这样。现在我的公司被你抢了,我和股东们的资金被你套在股市,我的团队被你解散,我的人身自由被你限制。在这里,随时随地可以被关押起来。我活得挺没趣,既然当不了名流,干脆当暴徒。"

"余野,你想过今天的后果么,就算我满足你的要求,让你解套,你也只有亡命天涯,成为逃犯了。大家有什么事好商量,何必要这样不给自己留任何余地?"

我指着趴在跌停上的股票道"你给我留余地了么?你给我留得是死地吧?"

"我不过是个前台人物,所有的决策都是陈公子。我跟你无冤无仇,犯不着跟你玩命。老板在我身后指挥,你就算绑了我老婆孩子有什么用?"

我笑道:"别以为我欺软怕硬。走到现在了,我还有什么好顾忌的。我告诉你,先收拾了你这个马仔,我再去会会你的老板。龙哥的帐我还没跟他算呢。"

"好吧,既然你考虑清楚了,说吧,让我做什么?"他垂头丧气道。

"很简单。等会儿下午开盘,打开跌停板,把股价拉起来,我要出货。"

"这不可能。跌停板上卖单是在申远挂的单,这里是另外的证券公司,怎么撤得下来?再说,我也没有资金把股价拉高。"

我淡淡说道:"梁总,我不跟你探讨技术问题。现在离下午开盘还有 20 分钟,我想让你先听听儿子的声音,然后给你 20 分钟考虑。"

我打开免提键,拨通明远的电话,让他把电话交给小朋友接听。

电话里传来一个稚嫩的声音:"喂,爸爸,今天我没有去上学。有两个叔叔说是你的朋友,要接我们去上海玩。我和妈妈都来了。"

梁载道几乎带着哭腔道："儿子，听妈妈的话啊，爸爸很快就会来接你的。"

我关掉电话："梁总，现在明白你的处境了吧？好好考虑吧，时间不多了。我告诉过你，给我一个机会，给自己一个机会，现在，你还要给你的老婆儿子一个机会。"

梁载道颓然坐在沙发里，他已经明白了我破釜沉舟的决心，明白了自己没有退路。时间分秒流逝，可他仍在痛苦下着决心，仿佛有什么艰难的决定必须在跳楼和上吊之间选择。

还剩两分钟了。我平静问道，考虑好了么？

梁载道颓然道："我实话说了吧。帐上有钱，不过那是陈公子近期必须归还的一笔款项。一共需要20亿，现在还差两三亿。我打跌停除了封掉你们退路，更重要的便是要凑出这笔尾款。还不了这20亿，陈公子同样会要我的命。"

"你至少还有时间，可以另外想办法筹集。不过，如果你不按我说的做，就根本没有任何机会了。"

他突然崩溃般咆哮道："你懂什么？这是20亿社保资金。如果还不回去，不要说陈公子，就算他老爹也要栽倒。你说他能放过我么？反正我都没有活路了，大家干脆就彻底摊牌吧。你想怎么样就怎么样。"

已经开盘了。嘉通仍然风轻云淡匍匐在跌停上，毫无反应。我朝明华伸出手去，他会意地把手枪交给我。我熟练地拉开保险，把枪对准梁载道的头。

"梁载道，你犯了一个很大的错误。你根本不知道我是什么样的人。我以前就是一个亡命徒，这些年，我有钱了，所以被伪装成商人。我不在乎你的死活。一切都是你应得的。"我冷冷地说道，"我再说一遍，我反正已无路可走。现在，如果你不按我说的做，我先杀掉你的老婆和儿子，然后再干掉你。我才不会为你抵命，我会去找陈公子，跟他同归于尽。"

我把枪口对准他太阳穴："我再给你十秒钟考虑。"

几秒钟之后，梁载道彻底崩溃。他长叹道："好吧。"

他颤抖地打开股票操作系统，输入密码，调出自己的账户，开始投入买单。接着，他又在另一台电脑上调出一个新账户，将部分前期卖单撤掉。这里的操作系统，应该是一根专线，梁载道可以在这里进行所有帐户的操作。

屏幕上，嘉通出现了异动。不停有巨量买单出现，对着跌停板上的卖盘狂扫。很快，嘉通便打开了跌停，股价开始毫无征兆强势上涨。

梁载道的手法越来越熟练，时而拉升，时而洗盘，很快便将股价拉升翻红。市场里人气迅速聚集。这支股票的股性一直活跃，经常神经病似的在跌停和涨停之间当日往返。不断有跟风买盘涌入，抢筹行动在迅速扩散。梁载道的手机捏在明华手里，一直不停响着振铃。明华想关掉手机，被我止住了。就让手机开着，让他的同伙不知道发生了什么。

股价一路上行，势不可挡。经历了连续跌停后，嘉通股价已经被腰斩过一次，市场顺理成章地接受这样的一次大反弹。

我打通老沈的电话，只有一句话："赶快出货吧，你只有不到两个小时。"

昨晚，他问我怎么会知道今天有出货时机？我说，别问那么多，切记，这是最后机会。

梁载道已经杀红了眼，一不做，二不休地把股价直线拉到了涨停位置。他故意不封闭涨停，而市场早已被疯狂刺激了起来。大量买盘跟风涌入在涨停位置抢筹。老沈已在有条不紊地出货。股价始终封闭不了涨停，而一旦被打落两三毛钱，梁载道便用买单接住，继续把股价维持在涨停附近。两人如有默契地吸引着市场的跟风资金。成交量不断放大，越是如此，越吸引着那些迷信成交量的投资者认为大行情来临。似乎冥冥中有天意，大盘也在上攻 2230 点，整个市场人气沸腾，各路庄股纷纷启动。整个市场兴奋点不断，再度让炒家们推波助澜，追涨杀跌。

接近两点半时，梁载道长吁一声，好了，钱已经全部用完了。现在，老沈自己努力吧。我在电话里问老沈如何？他说，只剩很少一部分了。我说，最后15 钟留给我。老沈没有直接砸盘，而是边拉边退，让股价始终在涨停附近徘徊。到 2 点 40 分左右，他打来电话，让我行动。我手上大概有价值 4 亿的股票，我对梁载道说，送佛送到西吧，这些都是申远证券营业部开户的，帮我把这些全卖了。

他接过我的账户，利用最后十多分钟开始出货。不能不佩服这些专业人员的精湛操盘，只有这么短的时间，他却能从容地先小幅拉高，然后大单卖出，不停交替。一直到最后一分钟，才把我仓位里剩下的 200 万股以低于市价 2 元的价格全部扔了出去。股价瞬间被打到了开盘位置，而后一些进场抢筹的散户小买单又把收盘价幽默地拉到涨停附近。

收盘了。经过两个小时惊心动魄的搏杀，终于完成了股票的胜利逃亡。当然，我跟梁载道的命运却走出了万劫不复的第一步。

他瘫倒在沙发上，我让明华给他倒来一杯热水，又递给他一支烟，给他点燃。

我微笑道："老梁，现在，咱俩一起面对下地狱的命运吧。呵呵，不过说实话，刚才看你操盘，真是顶尖高手的水平。忽然觉得，当初如果交你这个朋友，会不会大家都不用走到今天这般地步？看看现在，网破了，鱼也要死了。"

他惨笑道："余野，你真是个疯子。谁会带着亿万身家来当亡命徒？这么多年，陈公子在江浙，在上海滩，无论是达官显贵，还是亿万富豪，没人会不给他面子。他还从没有遇到像你这样敢玩命对抗他的人。他走眼了，我也失算了。权力再大，也不要去跟一个亡命徒赌命。"

"陈公子算什么？就算威加海内的秦始皇，遇到陈胜吴广也要倒霉。他陈公子的老祖宗干的就是亡命造反的买卖。现在他要把老子我逼成他祖宗，呵呵，老子也造反给他看看。"

他黯然道："时间不多了。再过半个小时，他们就会找到这里。通过上交所的交易记录可以轻易查到这个交易点。我了解陈公子，他跟你一样，是个心狠手辣的人。现在，我想最后跟你做一笔交易。"

我看他严肃的表情，点点头道："你说吧。"

他看了看明华。我会意。对明华道："你先到客厅等我。"

梁载道关上了房门，来到书架旁，打开下面的书柜，里面是一个精致的保险柜。他转动密码锁，打开保险柜门，从里面拿出一摞文件，还有一些银行卡和国债等有价证券。

他郑重说道："余野，几小时前，我们是生死对头。现在开始，我们又必须是生死战友。陈公子挪用来炒股的 20 亿社保资金，原本我还差 2 亿左右便可以凑齐归还。但我刚才动用了 10 亿来帮你护盘。这就把他也推到了悬崖上。他绝不会放过我和家人。这里的一摞文件，都是他老爹从社保局挪用 20 亿资金到天华投资的各种凭据。我悄悄地做了影印件备份。这边一堆银行卡和有价证券，就是我的全部身家，现在我都交给你。条件只有一个，如果我有什么不测，请保护好我的老婆和儿子，让她们过上安定的日子。你为了一个女孩可以放弃上市，为了朋友的股票可以跟我玩命。我也相信，现在我可以把老婆孩子放心地托付给你。"

我默默接过他手里的两个文件袋："我答应你。马上通知他们把你老婆孩子转移到安全地方。你的钱我会如数交给她们母子。至于这些秘密文件我会妥善保存。现在，这些东西是我们俩活命的本钱。呵呵，命运真是幽默。咱们刚才杀得你死我活，枪口相向，现在却又必须生死与共。"

"这世上，没有永恒的朋友，也没有永恒的敌人。好了，我们现在要尽快离开这里，分头逃亡了。余野，别被他抓住，否则我们就全军覆没了。他会调动一切力量来对付你我，别低估他的能量。你打通电话吧，我想跟老婆孩子再说几句……"

我们开车从地下车库绕上地面，汽车还没有驶离大楼正门 100 米，便看见几辆车风驰电掣地开来，车顶还闪烁着警灯。这些车急促停在大楼正门口，十多个人迅速下车扑向楼梯和电梯。我面无表情坐在副驾驶室，明华缓缓随着车流驶离这条大街。半小时后，我们把车开到一个路口，梁载道下了车，我也下车。我们俩默默握了握手。

"保重。"

"你也是。"

他拦下一辆出租车，消失在茫茫车流中。我看着他远去的背影，心中敌友混淆，百感苍茫。

3

我暂时还不能离开上海，因为刚刚卖出股票的资金，明天才会回到帐户上，只要转走这4亿资金，我便可以从上海全身而退。

我让明华以最短时间护送梁载道的老婆孩子回杭州收拾东西，然后坐车一起回成都。刚开始是绑架，现在是保护。命运是最伟大的戏剧导演。我安排老冯给她们准备了房子，还要给孩子安排读书的学校。自己又摊上了两个亲戚。无论梁载道是否安全，我要对得起自己的承诺。

明华把车开到徐家汇的一个居民小区。这是最早来上海时，我给自己和罗媛分别购买了一套公寓。尽管家具齐全，自己却从没住过。因此，公司里也没有人知道这个地方。现在城中村虽安全，但路程太远，害怕中途遇到警察查车，只能暂时呆在这套公寓里。

在附近超市里，我跟明华分别买了几套普通衣服。出于工作原因，自己平时一直衣冠楚楚，这个装扮，不利于逃亡。自己还在眼镜店买了一幅平光眼镜，戴上眼镜，穿上200元的夹克衫，自己瞬间变成上海街头随处可见的普通小职员。

回到公寓，我把那个要命的文件袋存放在床底。在车上，我已简单翻看了里面的内容，有陈公子老爹签批的文件，有社保局的转账记录，双方签订的投资协议，还有梁载道拿这些钱购买股票的交割凭据。可以说铁证如山。不过，要是天真地认为把这些东西交给有关部门，就会贪官落马，天下清白，那就太天真了。必须要有过硬的渠道，这些东西才不会被只手遮天的神掌弄得不知去向。

当我从梁载道那里得知陈公子的资金来源后，我就明白自己跟陈公子之间，又成了你死我活的战斗。现在我手里捏着他和他老爹的犯罪记录，像个炸药包一般，既可以把他们炸飞，也能把我炸得粉身碎骨。好在，如果梁载道能够顺利潜逃，一时半会儿，他们应该没办法查到我头上。

第二天，我大摇大摆来到自己开户的证券公司大户室，跟我的客户经理探讨，如何转走这笔资金。当初是秘密操作公司股票，我自然不会公开自己的身份。

在客户经理眼中我也就是个有钱的大户。当他听说我有转走资金的想法，便开始千方百计挽留，还特意请出他们营业部负责人跟我谈进一步的手续费优惠。我害怕他纠缠不清，只好告诉他我只是随便问问而已。

尽管帐户暂时还没有暴露，可一旦转款，就必须亮出真实身份。我的头都大了，一时想不出更好的办法。我离开大户室，我百无聊赖地在街头晃悠。

早晨 10 点过的上海街头，闲人寥寥。这是一个全速前进的城市，一个必须不停奋斗才能生存的钢筋丛林。很少有人会在这个时间像我这样闲逛街头。我漫无目的地走到 CBD 区，中央广场附近新开的一家星巴克的旗舰店。这是罗媛最喜欢的咖啡店，她说过，这是白领咖啡和小资咖啡，有小小的浪漫和超过咖啡价值的小小的奢侈品味。而我，需要一个地方安静思考。我端着咖啡来到二楼，在靠窗位置坐下。店堂里只有寥寥几个顾客，其中一个还是美女。饱暖思淫欲，现在老子即将亡命天涯，还要破解携带 4 亿巨资离开的难题，任重道远，不要说美女，就连打量裸女的欲望都没有。不过，这个美女却分外吸引我。我偷偷看了一眼，又一眼，后来干脆直直盯着她看。这么目光如炬的露骨凝视，终于使眼神这种能量改变了美女闲看窗外的状态。她扭过脸看着我，脸上表情分别是鄙视、诧异、迷惑和惊喜。

我微笑走过去道："丁兰，是你么？"

等待这样的重逢，整整近 15 年了。15 年前，她是充满梦想的孤独舞者，我是装满野心的艰辛学子。现在，时光刻骨匆忙。她脸色苍白，身形单薄，眼角已经有了细微的皱纹，那曾经飞舞在阳光下的长发已经剪短，成为硬而简洁的式样。而我，早已飞黄腾达到亢龙有悔，穿着 200 块的普通夹克，带着平光眼镜，一副中年小职员打扮，实际上却是兜里装着 4 亿巨款的成功商人和绑架嫌疑人，一个即将在逃的上市公司董事长。多年来，我曾不止一次设想我们重逢的场面，但无论自己想象力如何充沛，也绝然不会想到在此刻尴尬相逢。

"余野，真的是你。"她保留了惊喜的表情。

"呵呵，相逢的人会再相逢。不过，转眼就快 15 年。丁兰，你还是那么漂亮。只是，成熟多了。"

她笑笑，淡然道："你意思是我老了吧？呵呵，你没怎么变。还是那样野心勃勃，对未来咬牙切齿，对现实永不满足？怎么样？你飞黄腾达的梦想实现了么？"

"当年在大学里，我好像整天想的都是飞黄腾达。丁兰，问个问题，在女人眼里，什么样的男人是成功男人？"

"嗯，当下的标准，男人应该有自己的事业，有不动产和汽车，有老婆，甚至还有情人，财务自由，心态平和，为人谦和。有一个精英荟萃的圈子，至少坚持一种体育项目，哪怕是高尔夫球。每年至少有一两个月的时间用于旅行。大概就这些吧。"

"那我应该算个彻头彻尾的失败者。我刚刚丢掉自己的事业，没有老婆，没有情人，心态浮躁焦虑，为人粗暴坚硬。没有精英圈子，只有人渣朋友。根本没有自己喜欢的运动，经常居无定所，每年至少有一两个月吃的是泡面。"

"以前在学校，你的野心和激情都是清澈的。可现在，你根本让人看不透。有一种面目狰狞的东西，是从内心散布出来的。"

"我印象里，你是一个喜欢跳舞富有梦想的女孩。这么犀利的评价，实在不像是你说出来的。没错，十五年后面对世界，我还是心怀焦虑，面目狰狞。"

我摘下装神弄鬼的平光镜，安静地看着她，血液中忽然凝结出一种苍老。

"这些年，你过得怎么样？"我缓缓问道。

"在美国呆了十几年，读硕士，工作，经历一次失败的婚姻，去年回到上海，现在是自由职业者。就这些。"她握着杯子，一脸淡然。

"还跳舞么？"

"早就不跳了。"

"人生真是挺有意思，是吧？"我端起杯子道，"15年前，我们怀着梦想和野心从学校出发的时候，谁会想到今天我们会在上海街头相遇？这么疲惫，如此平静。你实现了梦想，去美国留学，却带着一脸沧桑回归。我满足了野心，却即将作为一个失败者离开上海。也许，我们都到达了自己心中的那个顶峰。不过，残酷的是，顶峰之后，人生就只剩下坡路了。"

"余野，为什么没结婚？"她微笑问道。

"大概是命吧。"

"为什么？"

我面无表情道："我本想紧紧扼住命运的咽喉，却被它紧紧捏住了睾丸。"

她大笑道："问你为啥没结婚，跟命运有什么关系？"

"命运老跟我耍流氓，我哪儿有机会结婚？"

"你变了，怨天尤人。"

"丁兰，在回忆里，我们彼此都非常美好。你在我心里，是校园时光的美好化身。而我，曾经充满力量，为了梦想一往无前。可现实是，这么多年过去，我们都是满身伤痛。你没发现么？我现在一身膏药味道，创可贴经常贴在胸口，免得心碎成一地玻璃碴。"

她缓缓摇头道："我确实很难想象你如今这个样子。有种深深的挫败感。"

我喝光了杯里的咖啡，黯然对她道："老同学，我得走了。其实，为了这次相逢，我期待了15年。不过，人生就是这样。为了梦想奋斗不息，为了成功期待不已，结果得到的，往往是过期变质的东西。就像我今天见到你，在错误的时间，尴尬的地点，怀着奇特的心情。呵呵，命运不仅会耍流氓，还挺幽默，是吧？"

我站起身，向她道别。

"留个电话吧。"

我扭过头道："别留了。丁兰，相见不如怀念。再见！"

4

坐在出租车上，另一个手机的振铃忽然响了，一看，竟是梁载道打来的。这是我单独留给他的一个号码，仅仅用于自己跟他之间联系。如果没有急事，他不会这么快来电。

"余总，你在成都么？嗯，我知道了。我交给你的东西一定要保管好啊，那可是我们俩的命根子。切记啊……"梁载道声音有些奇怪。

我下车，来到路旁。他还没说完，声音便被什么打断了，另一个声音从手机里传来：

"余先生，你好，我姓陈。你现在是在成都么？"

我恍然，梁载道竟然这么快便被陈公子找到了。他给我打来电话，一定是为了保命，告诉陈公子他已把绝密材料交给了我，让陈公子投鼠忌器，不敢伤害他。我笑着答道："陈公子，好久不见哈。我刚回成都，找我有事么？"

"呵呵，我听说这个梁老弟把一些资料交给你了。我想来成都找你谈谈。大家都是商人，我就想知道一个价钱。"

"陈公子，就不麻烦你来成都了。那些资料是我和我朋友拿来保命用的。我会把它们藏好。不到危险的时候，我是不会打开看的，更不会给别人看。我还想多活几年，是吧？陈公子。今后大家最好相忘江湖，你不认识我，我也不认识你。"我得帮梁载道把戏做足。

"现在你的两个朋友都在我手上，我们不如做个交换。"

我故意问道："那得看看是谁，交换的价格公不公道？"

"除了你的朋友梁载道，还有赵琳，你的董事办主任。"

我哈哈大笑道："陈公子，你可真幽默。赵琳刚刚把我卖过一次，居然还没卖出个好价钱。这种女人你就慢慢拿去享用吧。我不陪你玩了。再见了。"

"等等，我知道你还在上海。需要让我告诉你，你现在的具体位置么？"

我突然明白了，他故意拖着跟我通话，这个电话一定被监听并被警方迅速定位。我迅速关闭手机。路过一个垃圾箱时，顺手把手机扔了进去。

5

这个区域活动已经很不安全。我回到公寓给老沈打去电话，让他再想想有无办法将我的资金转回成都。他想了想说，几个月前刚刚上市一家石化股，盘子极大。上市后一直跌到不足 4 元，应该站稳了。他让我把 4 亿资金全部买成石化股，然后把这些股东代码卡寄回成都，由他在成都重新开户，然后卖出。可能会损失些价差和一些手续费，不过却是最方便的解决方案。我大声叫好。这个法子太妙了。因为买成股票后，便直接托管在上海证交所，可以在任何一家证券公司开设账户买卖。

第二天早晨起来，已经 9 点，我不慌不忙梳洗完毕，下楼在小食店吃过早餐，坐出租车来到证券公司大户室。

我打开电脑，也顺便把房间里的电视也打开。石化股份流通股接近 60 亿股，目前价格是 3.8 元，我的 4 亿资金就算买光，也只占它流通股的 1.5%，太渺小了。我调出资金账户开始买股票，全是百万或千万级的买单，进货非常方便。正享受着找到资金通路的快乐。电视里突然传来一条重要新闻，女主播声音在房间里响彻："昨日，本地发生一起恶性入室杀人案。两名死者一男一女，据调查，男性受害者名叫梁载道，是本市申远证券公司的副总经理；女性受害者名叫赵琳，是嘉通公司的职员，两人被杀害在女子的家里。根据警方初步掌握的线索，嘉通公司董事长余野与两人的被害有密切关系，目前嫌疑人余野已脱离监控。警方正在全力搜寻，希望广大市民积极提供线索。"

我看见自己的照片正作为重大嫌疑犯，在电视屏幕上公布良久。

"老子奋斗了这么久，如今终于在上海滩混得家喻户晓了。" 我苦笑道。

这个时候慌里慌张跑出去，只能引起怀疑。好在这几次来这里，都带着平光眼镜，穿着普通夹克，跟电视里那个风度翩翩的企业家反差较大。我镇定地买着股票，上午收盘前，放出几笔大单，终于把 4 亿资金全部用完。

中午，吃完客户经理送来的盒饭，我镇定地走出大户室，穿过散户大厅，在门口叫了一辆出租车，不慌不忙回到公寓里。直到关上门，我才长舒一口气。

太险了！老子的照片一直在本地电视台滚动播放，而自己竟然还在证券公司大摇大摆炒股。我打开电视，欣赏自己在本地电视台里的出镜。除了我的照片，还有在梁载道工作室那幢大楼里调出的监控录像，我跟明华都戴着墨镜，挟持梁载道的举动清晰可辨。有了这些证据，所有人都相信他的死铁定跟我有关。

明华回来时，竟然也长舒口气说，好险。刚才他回安亭的暂住房取东西，被警察拦下来查车对比照片。"照片上的人竟然就是你。幸好听你的指示，没带家伙。"我笑道，养成好习惯会救人性命的。

看着电视里的自己，我突然哈哈大笑。明华诧异道："老板，你笑什么？"

我笑得眼泪都快出来了，"昨天，我刚好在街上碰到大学的初恋情人。她刚从美国回来，我跟她在咖啡店只聊了20分钟就匆匆溜走了。电话也不愿留。今天她看到新闻，一定浑身发抖，铁定认为昨天是跟杀人犯在一起喝咖啡。"

明华不明所以，仍然一脸茫然地看着我。这种高级幽默感，他不具备。

我拿出两个文件袋。一个装着梁载道的家产，另一个装着我的一摞股东代码卡。让明华马上去邮局把东西寄回成都，收件人写冯志。至于那个装有陈公子证据的文件袋，我只有冒险带在身边。

事情交待完毕，我心里略微轻松，开始思考下一步计划。陈公子果然狗急跳墙。我把电视里这些线索连贯起来，可以判断出，梁载道是躲在赵琳家里，结果很快被陈公子找到。他打来电话是向陈公子证实东西确实交给我了，希望陈公子顾忌我手中证据，保留他性命。但陈公子却通过监听电话，知道我还在上海，于是对梁载道和赵琳实施杀人灭口，然后嫁祸给我，将我弄成嫌疑犯。他老爹顺手利用这起重大刑事案件，全力调动警方力量全城搜捕我。他和他位高权重的老爹必须赌这一把，抓住我，然后搞个车祸之类事故，让我无声无息地消失，否则他们将终生无法睡得安稳。

我躺在床上，回忆自己从海南逃出的那年，距离现在正好十二年。相隔一个轮回年。自己奋斗了这么久，一不小心又成了逃犯。命运如此精彩，简直到了拍案惊奇的程度，人生如此荒谬可笑，无论怎样逃避、努力、奋斗，宿命却无可更改，无非由当年逃命的盲流，变成此刻一个逃命的富翁。

第二天中午，收到了老冯的短信：包裹收到，已按计划处理。我心里的石头终于落地。老沈帮我们在股市套现后，我们便可以归还银行贷款。那个城北项目是最后的方舟。我们已经丢掉了嘉通，不能再丢掉这个项目。否则，辛辛苦苦十多年，一夜便回到解放前，我没法向跟着我奋斗多年的老冯和小罗交待。

现在只剩下一件事，如何从这里脱身？身负侦查任务的明华，直到晚上才回来。他基本把各个路口的情况全部调查清楚了，毫不夸张地说，各个出城口层层设卡，对所有离开上海的车辆严加盘验。长途车站和火车站，四处是检查站和流动便衣，飞机场就更别提了，我的名字只要一出现就会有大量警察将我当场逮捕。反倒是市区内相对安全。毕竟，上海太大了。

我终于走到了穷途末路。

6

等待下一步行动期间，明华带着我给的银行卡，回福建老家安顿老人。下面的路，生死未卜，需要早做安排，心无牵挂。

我独自躺在房间里，梳理着这环环相扣的奇妙线索，回味着一路从良民到暴徒，又从暴徒转化成受害者的跌宕变化。实在太刺激了，我不由自主向天空竖起中指，不管这下流手势，是否会误伤到正在天上值班或正巧路过看热闹的神仙们。反正已经千疮百孔，要摔就要将自己这破罐子摔得响遏行云。我最后的价值，就是这一声响了。只是不知是一声闷响，还是一声巨响。

手机振铃响了起来，是一个奇怪的号码，尾号是888，看着挺熟，又实在想不起来。要知道，自己这支被袁律师带进招待所的电话，目前只跟四个人通过电话：老冯，沈总，袁律师，还有明华。我好奇地思考着，这第五个人，会是谁呢？为了避免好奇心害死人，再次被监听并锁定方位，我戴上眼镜，下楼坐上出租车，来到七八公里开外的闹市区，在街边一个公共电话亭内，回拨了这个令我好奇不已的电话。

"你好，哪位啊？"一个操着广东普通话的声音在电话中响起。我笑了起来，立即知道对方。

"呵呵，王总，你刚才给我连打了两次电话，我真是万分好奇。一，你找我有什么事？二，你怎么会知道我的新电话？"

电话那头，王明瑜笑得颇为开心："余总，好奇心害死人呐。不过，就算你不接电话，我赌你一定会回拨给我。其实，我现在对你才是万分好奇。我在电视上看到你照片了，从上市公司老板到杀人嫌疑犯，真是太精彩了。老余，不要以为我在嘲笑你。我费尽力气才找到你，就是想找个地方跟你好好聊聊。"

"王明瑜，你他妈的究竟是变态，还是疯了？老子现在是通缉犯，现在有一万个嫌疑在协助警方查找我。现在让我跟你聊天，你是不是认为我智商为零啊？好了，老子已经穷途末路了，还是对你有点风度，不骂你了。你赢了。再见，祝你千秋万载，一统江湖……"

"等等，等等，千万别挂电话。老余，如果我要协助警方，应该是利用让我得到你手机号的那个人，怎么会自己来做诱饵？我好歹也是有几十亿身家的人，你好好想想。这样吧，如果你不放心，换个地方，换个电话再打过来。"

"老子确实不放心。等会儿给你打过来。"

我再次坐上出租车，到了几公里外的另一个电话亭。我拨通电话，王明瑜笑道："老余，别到处乱跑了。你反正已经穷途末路，不如再赌一次，就赌相信我。"

"我凭什么要相信你？哎，你究竟想干吗？实话实说吧。"

"那我告诉你一件事情。你一定以为梁载道是陈公子的人，其实，他是我的人。他老婆孩子现在都由你保护着，这是他临死前一天告诉我的。这么说吧，现在，陈公子既是你的敌人，也是我的敌人。这就是我想见你的原因。"

我脑子里立刻翻卷起一片糨糊，这世界太复杂了。我混迹江湖这么多年，人人尊称师爷，居然仍是做打手的智商。

我不耐烦道："你告诉我，是怎么得到我这个号码的，我就相信你。"

电话那端沉默片刻，听他说道："不告诉你，是不想打击你。其实，袁律师，也是我的人。你被关押的时候，这个手机就是他悄悄送给你的。"

"我操。"我感觉脑浆快要崩溃成一滩摔在地上的烂豆腐。

"对你而言，确实太复杂了。不过，等我把所有的底牌翻开，你就知道其实这世界一点都不神秘，一点也不复杂。怎么样？约个地方吧，我也正在上海。"

"行行行，老王，我告诉你，我也不是一个人在战斗。你要真是来当诱饵，骗我现身，你自己也别想活着离开。你考虑清楚。"

"呵呵，我是商人，永远考虑的是利益。我敢来见你这个亡命徒，就是确信咱们利益是一致的，所以，我会很安全。"

我想了想道："等我电话。"

回到自己的房间里，我感觉周围的世界乱得太离谱。更乱的是脑子，已经完全失去了正常分析的能力。从理性角度，有80%可能是陈公子玩的手段，用王明瑜引我出来，毕竟我手上捏着要他命的证据。可从直觉判断，应该相信王明瑜。用袁律师引我出来，岂不是成本更低？他王明瑜就算是跟陈公子狼狈为奸，必须除掉我而后安，也真没必要提着性命来当鱼饵。

无论如何，我要去看这张底牌。这张牌不翻开，这口气咽不下去。

7

五天后，明华安顿好家务，明远、明志也开车从成都重回上海，跟我在公寓汇合。我们制定了一个周密的计划，确保我跟王明瑜的会面处于三把手枪控制的范围。我始终觉得手枪不够气派，随口问明华，能弄到一些更有威慑的武器不？让老王始终处在跟我同归于尽的恐惧中。明华想了想说，有个朋友搞电影道具的，看能不能去借些东西来撑撑门面。晚上，他回来时，提回一个手提袋。几个人拉开一看，竟然是雷管和炸药。我心生怯意，对明华道，这东西质量有保证么？别提前把我们几个炸飞了。明华笑道，很逼真吧？这是电影道具。

我们将信将疑地摸着，明华直接取下雷管，拿到我手上，轻飘飘的，果然是塑料道具。我笑道，这东西好，可以彰显老子穷途末路的气质。

我用一个新买的手机打给王明瑜。

"老王，我再次提醒你，如果你是陈公子的诱饵，那你得替你几十亿身家好好考虑一下，不要让它们孤单存在银行，你却去了天堂。"

"放心，老余，我相信你会保护我的安全，说吧，在哪儿碰面？"

"明天早上9点坐在车上等电话。"

第二天，王明瑜第一站被指挥去恒隆广场报到，下车露了脸；被我通知到下一站，成都路的一家咖啡厅门口，下车露脸；然后转往第三站，上海松江区的一个大众4S站，戴着墨镜围巾的明远开着一辆套牌汽车作为接应。让他换车，由明远开车带到我们在安亭城中村租的房子。

原本一个小时的路程，就这么七转八弯地用了三个半小时才到达。应该确信，没有警察跟得上这种曲折线路。

我在棚户区一处三层高的旧红砖房里亲切接见了王大老板。为了消除他的侥幸心理，他刚刚坐下，我便友好地请他检阅一下我的武装力量：明华三兄弟掏出枪，一起对准他；我拉开黑色提包，露出雷管和炸药。

"老王，我也不知道你身上带着跟踪器没有，反正，今天如果有诈，明天本地报纸上就会登出佳美和嘉通两位董事长和谈未遂，壮烈升天的新闻。"

"呵呵，老余，你什么时候变成职业暴徒的？"说着他环顾着堆满破旧家具的屋子，"看看，两位国内家电零售领军企业家，竟然就在这民工宿舍会面。太不讲究了。"

"老子现在亡命天涯，百忙之中能抽空接见你，算给你面子了。今后你犯事逃亡，没准被蛇头塞在集装箱里，跟几十号人挤成一堆肉饼出境，还比不上老子呢。说吧，想聊什么？"

王明瑜看了看明华兄弟道："余总，我想跟你单独聊聊。"

我对明华道："你们到外面盯着吧。"

屋里只剩两个人，我拿出超市里买的两瓶冰红茶，递给他一瓶。

"余总，今天我来找你，一是想跟你叙叙旧聊聊天，二是想跟你谈一项重要合作。你这又是安排杀手又是布置炸药的，让我有点找不到情绪。"

"叙旧就免了。也别跟老子从宇宙起源一直说到人性原罪，说着说着，门外就被警察包围了。"

"哈哈哈，老余，电影看多了吧？你不想知道咱俩比赛的最后一局我是怎么赢的？"

"老王，我就没见过你这么变态的。你难道非要显摆自己的胜利，冒着枪林弹雨来调戏一个暴徒，你需要这么变态的快感么？"

他摇摇头道："把原委说清楚，对我们合作很重要。"

我想了想道："那你说吧。"

"你记不记得是怎么拿到浦东项目的？"

"当然，老子收买了你的大将李振，断了你的粮道，让你灰溜溜地退出竞争。所以，也引发了你后来疯狂的报复。估计，你事后又花大价钱把李振回购过去了。这小混混现在过得如何？狡兔亡，走狗烹，他没被你收拾吧？"

"余总，你能成功真是一个奇迹。感觉你就像当年那些以为念着咒语就可以刀枪不入的义和团大哥。你根本不懂得怀疑才是信任的基础。做一个老板，首先是一个怀疑一切的人。李振是我派到你那儿诈降的。我根本没有购买浦东项目的意思，只想跟你捣乱。你恼羞成怒来策反我的大将。我将计就计让他投奔你，帮你成功获得浦东项目。他获得信任后，便成了我的金牌卧底，除了随时向我报告你公司的动向，还在暗中引诱你的女帅。可惜，他没有策动罗媛，却顺手拿下了赵琳。为了让梁载道他们击败你们，我又让李振把赵琳送给梁载道。梁载道实在是个扶不起的阿斗，跟赵琳这种女人，玩玩就行了么，他却玩出了情谊。最后，被陈公子他们堵在赵琳家里围歼。"

"梁载道的老板一直是陈公子，他怎么又成了你的人？"我问道。

"赵琳的老板一直是你，怎么会成为我的人呢？"他反问道。

"你多少钱收买赵琳的，说吧。我一直想弄清这个价格。"

"你给她1000万期权，我让梁载道给她2000万期权，还配别墅和汽车作为定金。你看，这枚小棋子根本消受不了这些横财，死于非命，还是为我省钱了。"

"那孙律师那个宝贝，你又是从哪个地摊淘来的？"

"这个宝贝可是你送给我的。他写匿名信讹你不成，就投奔我来了。呵呵，他可真是我的一手妙棋。物美价廉。一张网帖，一出看守所的苦肉计就弄得你心智大乱。"

"孙律师穷极无聊，你赏碗剩饭他就能见人就咬，可梁载道身价不菲，你用了多大本钱收购他？"

"我没用多少现金，就是承诺把你的嘉通送给他。"

"他脑子有毛病么？嘉通那个时候还在我手上，你开空头支票，他凭什么相信你？"

"哈哈哈，余总，从为你策划上市开始，你就是一条菜板上的鱼。我们一直在讨论是清蒸还是红烧，你却还得意洋洋地蹦跶。只有一次，我紧张了。你跟梁载道争风吃醋，突然为一个女人宣布中止上市，差点让我们前功尽弃。直到嘉通国际股票挂牌交易，我才松了一口气。你没发现从这以后，你再也没有主动权了么？我和陈公子为你环环相扣，步步为营地设计了一条败亡之路。无论你怎么挣扎，都最终会走到今天。"

"你他妈的刚才不是说，你跟陈公子不是一伙的么？"

"在你没有败逃之前，我们是合伙人；在你败走麦城后，我跟陈公子必然刺刀相向，开始第二轮分配。我得到嘉通，可以占据家电市场半壁江山，苏购目前却只有不到15%。你说得对，陈公子玩嘉通确实是一个快进快出的嫖客，我却是真心诚意想包下这个二奶。你目前在全国已经布下了三十多个营业点，都是一线城市黄金口岸。谢谢你，余总，古人说得好，窃钩者诛，窃国者得诸侯。我把你这么多年的心血一起打包带走了。"

"你得意什么，我们几个创始人还有不少非流通股份在里面呢。你想包二奶，也得看看价钱。"

"这就是今天我来找你的主要目的。"

"你想干吗？"

他微笑着从随身携带的文件包里掏出一份合同，一支笔，一盒印泥。

"余总，这是我起草的股权置换合同。我的佳美已经在香港上市，股份全流通。你持有的嘉通非流通股目前还没法上市流通。我给你的交易是，按佳美昨日在香港联交所的收盘价，以及嘉通昨日在上交所的收盘价，实现嘉通与佳美对价折股。用我佳美的股权置换你在嘉通剩余的股权，实现双赢。怎么样？公道吧？"

我像打量外星人般看着他："老王，我见过刀口舔血的，见过火中取栗的，就是没见过你这种冒着性命危险来跟我签协议的。三支手枪一包炸药都无法阻止你强悍的商业精神，你可真是商人中的商人。如果老子不是输得一败涂地，成了在逃嫌疑犯，我还真想交你这个朋友。"

他微笑道："看看合同有没有问题，咱们不用那么客套。你签了字就是我的合伙人。虽然是我收编你，可我给的价格很公道。"

我认真看了看协议道："没错。不仅价格公道，甚至可以说，你还做了很大让步，用流通股来换非流通股。"

"别急。在你签字前，我还要说一条不能写进合同的条款。"他又笑了笑，"现在你背负着杀人嫌疑犯的罪名潜逃，被陈公子逼得走投无路。而我入主嘉通，最大的障碍也是陈公子。现在，我想跟你合作，一起板倒陈公子。你手上仅仅有他老爹挪用社保资金的证据是不够的。像他们这种级别的官员，很难用这些经济问题扳倒。我告诉你，陈公子手上有两条命案，梁载道和赵琳，是他亲自动的手，用的是他那把收藏版银色勃朗宁手枪。呵呵，他太自负，也太业余了，冲动之下，这种脏活居然自己动手。杀人后还舍不得扔掉这把枪。我告诉你他的住址，找到这把枪，就坐实了他杀人的证据。一举扳倒他和他老爹，你就能得到清白了。"

"你怎么什么都知道？你为什么如此神通广大？"

"余总，别怀疑我的信息来源，也别神化我。这些事情其实并不神秘，只是一些价格而已。"他微笑道，"明说了吧，他身边还有我的人。"

"王明瑜，你不过是个商人，你有什么资本跟陈公子斗？就算你利用我这个过河卒子冒险，可你自己明白，一旦我失手，我的今天就是你的明天。"

"呵呵，别小看我身后的这个系统，不会比陈公子的逊色。借你的话，我也不是一个人在战斗。"

我沉吟良久道："我明白了，王总，一直到现在，我仍然身不由己走在你设计的通道里。你的棋一直环环相扣，步步为营。我埋伏的杀手和炸弹都奈何不了你。你在我兵败之际以如此慷慨的价格收购我的股份，你在我无路可走之际，告诉我陈公子的住址，他的罪证。我明知你想借刀杀人，也没法不走这步险棋。能被你一路从开局算到收盘，让我每一步棋都走得别无选择，我真是输得心服口服。"

他忽而正色道："老兄，如你所说，我是一个商人，纯粹的商人。我计算的是利益，也是人性。我永远知道应该在什么时候跟什么人成为盟友，或是敌人。比如你，我从来没讨厌和恨过你，一开始我需要你作为我的对手，当有了更强大的苏购，你的使命就结束了。我需要吞并嘉通并迅速跟苏购决战。我的快乐不在那几十亿的身家，而是不停地寻找对手，战胜对手。你总是僵化地理解朋友与对手的界限与鸿沟，总是感情用事，这是你最软弱的地方。我一经发现这点，就知道你必败无疑。"

"好吧，老王，你赢了。不过，在签字之前，我也有个不能写进合同的条件。"

"请讲。"

"孙律师对你已经没用了。我呢，跟他还有些没结清的私人恩怨。现在我出200万，买他五年的自由。让他在班房里面壁思过五年。"

"呵呵，余总，你真慷慨。对于这种弃卒还肯花这么大价钱。办这事，20万足够了。"

"少讨价还价，也别妈再跟我玩苦肉计。老子就是要十倍出价，让你不做都对不起自己的智商。还有，货到班房，呆满两年后，我才让人付款。"

"成交。"

他微笑看着我，我笑着点燃一支雪茄："王总，这是我最后一支雪茄。我记得自己在广州破产前夕，也抽过这种滚滚的浓烟。抽完烟，我就在合同上签字，按手印。你看，你想得多周到，连印泥都带着。趁着还有点时间，我也给你算个命吧。你跟我有一点太像了，永远在寻找一个巅峰，有一天也必然会迷路。你还有一个致命的弱点，你太精于利益的算度，甚至到了迷信程度。有一天即使你出价最高，也同样会被出卖。因为，除了像我这样的亡命徒，没有谁会觉得在你身边是安全的。呵呵，我会去找陈公子的。无论是否被你利用，你至少给了我一次盘活残余价值的机会。我必须去赌，祝我好运吧。从现在开始，我们已正式成为盟友……"

8

深夜 11 点半，别墅门外终于有了汽车动静。陈公子的银色劳斯莱斯缓缓停在门口。他跟保镖一前一后下车，司机将车停放进后门的车库里。

保镖开了门，陈公子走进客厅。两人在客厅，保镖帮着陈公子挂上外套。我已经安静地出现在他们面前的楼梯前，两人吃了一惊，保镖刚刚喊了声：什么人？还没来得及反应，明远和明志的两把手枪已经对准了他们。与此同时，我揭开放在电视柜旁的炸药包，冷静地对陈公子道："陈公子，别慌，是我，余野。你们最好不要乱动，否则我会把这里炸成一片废墟。"

客厅里，几个人面面相觑看着三个园林工人杀气腾腾拿着手枪对准他们，不知所措。不一会儿，明华便用枪押着司机也进了客厅。从保镖身上搜出一把手枪，几个人的手机全部被缴获。我让明远和明志分别把司机和保镖全部按照先前对付保姆的方式捆绑起来，自己跟陈公子坐在沙发上。

陈公子目瞪口呆看着我，还不时朝我身上打量，"余……余总，你这是……怎么会在这儿？"

我笑着扯了扯身上园林工人的制服："陈先生，你们这是高档别墅，没身份的人可进不来。看看，这行头还不错吧？我们可是 500 元一套高价租来的。"

我们早已对滨江毫庭别墅区观察多日。保安对进出的车辆和行人严格盘问，却对正在实施小区园林维护的工人不怎么检查。我们租来制服，轻松混进小区后，迅速潜入陈公子的别墅，先拿下了买菜回来的保姆，捆好，扔在地下室。守株待兔一整天，才等到了姗姗归来的陈公子。

"余总，你想干什么？"陈公子已掩饰不住一脸慌乱。

我微笑道："陈先生，你派人杀了梁载道和赵琳，却嫁祸到我头上，现在电视里天天播放我的照片，现在我无路可走，特地投奔你来了。"

保镖和司机已经被五花大绑，嘴上贴着封条，戴上眼罩。明远和明志将他们拖进一楼卫生间里。客厅里只剩下三个人。我面对陈公子，而明华在旁边用枪对准他的头。

　　陈公子慌张道："你不要胡说八道，梁载道和赵琳不是我派人杀的。你被警方通缉跟我有什么关系？"

　　"那我就真没活路了。一旦被抓住，我将会有不同的死法。与其这样，今天咱们就了断吧。我的公司没了，钱也没了，现在又变成了逃犯，呵呵，加起你的保镖、司机还有保姆，这个房间里一共有四个人陪着我一起上路。"我向明华指了指陈公子，"捆上吧。"

　　我拿出一个小遥控器，点开启动键。炸弹上的液晶屏开始显示，20分钟。

　　明华准备捆绑陈公子，他突然道："等等。余野，我们大家谈谈交易吧。要怎么样你才满意？"

　　"我想让你还我清白，你做得到么？"

　　"我明天就让老爸解除对你的内部通缉。"

　　"我没法相信你。梁载道追随你多年，你都毫不留情，你我现在是死敌，怎么会对我发善心？"

　　"那你想怎么样？"

　　"你得有点把柄在我手里，我才安全。"

　　"梁载道不是把那些资料给你了么？"

　　"是的，你老爸帮你挪用20亿社保资金来炒股。这件事可大可小，以你的能力迅速搞来几个亿填平窟窿，归还社保资金。那么这样的过错，即使被报上去，也不过是违规而已。对你和你老爸影响不大。我还是不安全。"

　　"你觉得怎样才安全？"

　　"把枪杀梁载道和赵琳的凶手告诉我，我才安全。"

　　"这不可能。我根本不知道。"

　　"那好，现在还剩10分钟，你就带着这个秘密跟我一起上路吧。"

　　明华开始动手捆陈公子的双手，陈公子浑身发抖，终于气馁道："他们俩已经离境了，去了缅甸。"

　　"他俩叫什么名字？从哪儿弄到的枪？"

　　"我不清楚。具体是交给我的保镖经办的。"

　　我笑吟吟地看着他，没有说话。明远走下楼来，对我道：

　　"在书房里找到个密码柜。"

　　我点点头道："陈先生，我们一起上楼吧。"说着向明华作了个手势。明华会意，用枪押着陈公子上楼。明志假装刚刚从书房博古架的一幅油画后，找到了这个暗藏的密码柜。

　　我对陈公子道："打开吧。兄弟们逃亡，需要钱花。"

　　陈公子道："这里面没钱。"

"让你开你就开，别躲躲闪闪的。姓陈的，你不至于死到临头，还在乎这几个小钱吧？"

"里面真的没钱。"

明华粗鲁地用枪抵住他头部，我也不耐烦道："少废话。有价证券老子也要。"

陈公子无奈，只好输入密码，然后拉动手柄，一声金属脆响，柜门打开了。我推开他，走到密码柜前，里面确实没有现金和有价证券，而是放着一把银色手枪，旁边还有两盒子弹。我饶有兴致戴上手套，小心翼翼将手枪和子弹取出，用一个塑料袋装好。

陈公子浑身发抖道："你拿我的枪干吗？那是我防身用的。"

"陈先生，刚才跟你饶了那么多圈子，其实我不是来找你，而是来找这把枪的。嘿嘿，这把枪上面牵着两条人命。有了这个证据，我就安全了。以前你用它来防身，现在得我用来防身了。实话实说吧，我呢，也还抱着一线生机。如果没有人来招惹我，我就老老实实去找个地方过日子。如果我的安全不保，我就把这东西还有你们挪用社保资金的事情全部捅出去。大不了，鱼死网破。"

陈公子瘫软地靠在墙上，气焰完全消尽。

我拍拍他的肩膀道："走吧，送我一程吧，要不我怎么走得出上海？"

他无奈地被我们架着来到车库。

明华拿出了司机身上翻出的车钥匙，发动汽车。我坐在前面副驾驶位置。明远和明志陪着陈公子坐在后排，用枪抵着他的后背。

汽车开出小区，经过门岗时，明华熟练地拿起车里的进出卡，在自动读卡器上扫描过，横杆自动升起，我们绑架着陈公子出了小区。然后一路向京沪高速方向开去。出城时，只遇到一个检查岗，明远用枪抵着陈公子，让他摇下车窗报上名头，警官连多余的问话都没有，便放行。这辆车和他的名字在本地太有名了。

车在高速公路上飞驰。不过，不是朝成都方向，而是先向北，然后又折返向南，直奔武汉。几个人轮流开车，并轮流监控陈公子。十几个小时后，我们开到了宜昌这个小城市。从这里坐汽车到成都，仅仅需要不到十个小时了。陈公子根本没想到，我们会让他一路相送到这里。我们把车停在城区街边，让明远下车，然后继续开车到达一条僻静道路上，安静等候。半小时后明远驾驶着一辆没有牌照的新车出现了。

我们下车。将陈公子推进附近一间民房，三下五除二捆好，嘴里塞上毛巾。我笑着对地上兀自扭动的人道："不好意思，陈公子，为了安全起见，最后还要委屈你一段时间。几个小时后，会有人来放你出去。我们先告辞了……"

二十多分钟后，车开到了机场。明远把车停放好，跟我们一起进了候机厅。

在这里，明华陪着我登机，而明远和明志带着那把重要的银色手枪开车回成都。这个小机场的安检和身份检查流于形式。明华拿出一个为我准备好的假身份证，检查证件的机场工作人员懒散地看了看身份证和登机牌，便放行。

一个小时后，我们顺利走出成都机场。我再一次感觉到家乡的空气如此亲切。

9

我并没有幼稚到以为自己已经胜利归来，便安全无忧，而是迅速隐藏了起来。

老冯已通过公安系统的朋友了解到，内部通缉的命令已经从上海那边发了过来。只要我露面，便会被抓捕。

即便是老冯，也受了牵连，不仅被警方问讯我的下落，还经常有穿着便衣的警察监视他的行动。

即使回到成都，我仍然背着嫌疑犯的名头，被机场、酒店的计算机系统追踪。不能一辈子像老鼠一般躲藏在这个城市。自己必须下决心了。不过，在这之前，我必须见见林董。

在老沈安排下，我终于秘密地在一个餐厅包间里见到了林董。

经过了这么多曲折，当我再看到他，不禁万般滋味，恍若重生。

林董温和道："孩子，让你受苦了。"

这是父亲对孩子的慰问。我不禁眼眶湿润。当我面对刀尖般的危险，面对四面八方的绝境，面对身份由知名企业家到逃犯的巨大落差，都不会这样。

我迅速擦掉眼中湿润的东西，羞愧地对林董道："林伯伯，不好意思。您刚才一句话，让我好像见到亲人了。"

"我知道你这段时间经历了太多。"

我认真说道："林伯伯，我现在还是在逃嫌疑犯，不能跟你呆太长时间，更不能让你也处在危险中。长话短说吧。需要您帮我一个忙。我已经决心去举报陈公子和他父亲，挪用巨额社保资金炒股，杀人灭口等等劣迹。证据如山。需要您给我找一条可靠的通道，我去投案自首。确保我能够扳倒这帮混蛋。他们的势力毕竟太大了，我不想白白牺牲，但如果我背着炸药包可以跟他们同归于尽，我愿意。另外，有两件事情，我一定要跟您交代清楚。华蓉也参与了对嘉通的炒作。这是我最投鼠忌器的地方。好在，梁载道死了，所有细节也就此湮没。除了梁载道，我准备把所有炒作公司股票的责任扛下来。要让老沈做好准备，可能会让他协助调查。这个案子太大，牵涉面太广，不可能迅速了结，他要有心理准备，必须成为一道防火墙，否则就会蔓延到您这里。那是我绝对不愿看到的。老沈是军人，我相信他有这种素质。最后，还有一件事，林伯伯，代我向清楣问好，也代我向她祝福。如果有一天她问起我的事情，请告诉她，我尽管曾劣迹斑斑，却一直忠于自己的朋友，从未背叛自己的友谊和亲人。在我心里，您和她，都是我的亲人。"

林董长叹一声道："孩子，让我考虑考虑吧，是否还有另外的解决途径？至于你跟清楣的事情，我都清楚。我会告诉她真相的。"

"谢谢您，林伯伯。我等着您的答复。"

两天后，林董终于回话了。他安排老沈秘密地将我接到省机关的一个招待所里，让我去见一个人。

在机关招待所小会客厅里，我独自等待着，几分钟后，林董陪着一个人走进了房间，我不禁喊出声来："老爷子，原来是您。"

老爷子笑道："怎么？小余，我退下来就不能过问你的事情了？"

我红着脸道"老爷子，我不是这个意思。是怕这么大的事情，扰乱你的清静。"

老爷子缓缓道："人在江湖之上，心存魏阙之下。呵呵，我们这些人什么时候能真正地脱离这个圈子呢？"

林董道："老爷子的一个门生，现在就在中纪委工作。这样的通道不正是你想要的么？"

我终于明白了，林董请老爷子出山的真正意图。

老爷子说道："把你的事情大概说说吧，我也帮你参谋参谋。"

我把整件事情的来龙去脉简要地给老爷子作了汇报。还带来了几张关键文件的复印件，甚至把跟陈公子在别墅里的对话录音也放了一段给老爷子听。

老爷子听后沉默不语，良久才叹息道："这件事情确实太大了。不过，又不能不做。政治这个东西，讲究天时地利人和。时机刚刚好，而且已经箭在弦上。否则，小林再怎么游说，我也不会出山的。这个案子一旦捅上去，必然又是一场不小的官场地震。我也是考虑了两个晚上，才下了决心。小余，这中间有个重要的环节，就是你。你是主要当事人，上市公司董事长，人大代表，知名企业家，这件事一旦曝光，你的这些头衔就将不复存在了，而且你将承担很大的责任，会被处以刑罚，面对牢狱生涯。这些你都考虑清楚了么？"

我郑重地点点头："老爷子，我早就想好了。只要能扳倒这帮混蛋，我在所不惜。至于那些头衔虚名，还有今后的牢狱生涯，我都做了充分思想准备。我不想背着杀人嫌疑犯的名声流亡海外，也不想做个东躲西藏的老鼠。我要让所有人都公正地看待我的经历，我的过错，还有我的不幸。"

他沉吟道："那就好。再给你几天时间，把自己的私事都处理好吧。一旦开始接受调查，你就不会再有自由时间了。不过，你现在身系重大案件，千万要低调隐蔽。我也会让国安局的朋友暗中保护你的安全。明天，我就会通知中纪委的同志，他们会在几天后来到成都，并秘密地把你带回北京。你需要把一切都说清楚，把证据都如实展示给他们。"

"谢谢老爷子，给我三天时间，我把自己剩下的事情全部处理完。"

老爷子挥了挥手道："小余，去吧。祝你好运。"

10

有一本书叫做《假如给我三天光明》，是一个盲人感人肺腑的作品。现在，我也只剩下三天的自由了。我用了两天时间，清理完个人财产，把自己的私人物品整理归档。又跟老沈作了长时间沟通，把所有细节都相互印证和确认一遍。在他协助调查时，让他坚持是我请华蓉参与公司反收购的口径。我秘密地见了老冯一面，把自己大部分的后事都交代给他。特意地，我把照顾龙哥老婆孩子的任务郑重地交代给他了，包括梁载道的遗孤，也让他代为安置。我已经完成了自己的承诺，结束了自己的使命，现在只能移交给老冯了。另外，我还给明华三兄弟又准备了300万资金，让他们尽快离境，远走高飞。

最后一天，其实，我已经没有太多自由了。我住进省府招待所的一栋小楼里，附近有国安局人员把守。所有来访的客人，必须经过严格的审核程序，还要经过我的同意。现在，即使警方也没办法将我带走了。

这最后一天，我准备完整地留给晓雅。之前，我联系上了菲菲，让她无论如何在这最后的日子，让我跟晓雅见上一面。未来，我还不知道是否要在牢狱里度过残生，我希望在仍然自由的时候，能够跟晓雅见上一面。她答应了，要陪同晓雅一起过来。

我设想过千种万种跟晓雅重逢见面的场景，却仍然无法描绘再见到她时的那种无限亲切与黯然神伤。

在会客室，我呆呆地看着晓雅，一年时间，思君令人老。世界像纷飞倒退的雪片，我像是坐在疾速飞驰的时光列车上，回到那个夜晚，她转身离去，而我就像此刻这样呆呆地看着她消失在茫茫夜色中的背影。

太多感慨、伤情、激动、思念、回忆，而汇集在脸上的，却只是一个浅浅的微笑，这里，此刻，每一分钟都在发生着告别，每一个故事都在努力地结尾，每一刻都在光影流变中变成往事。我缓缓说道："晓雅，终于见到你了……"

她脸色苍白憔悴，还是那样温柔迷人，身体微微有些发胖。她的眼睛里还是波光闪烁，有晶莹的眼泪潮湿着眼眶。

"晓雅，我一直在找你，也一直在想你。这些时间，你过得还好么？"

她点点头，两行泪水已经溢出眼眶。

"我知道生命中那些最宝贵的东西，一旦错过，就永远错过。今天，我就是想跟你告别。再见了，晓雅。原谅我的无知与狂妄，原谅我的荒谬，我一直希望能够自我救赎，为我曾经对你的伤害，对你的错过。可惜，已经没有时间了。我一直以为人生除了生老病死，再没有其他大事。可我错了，如果还有一种感情能够穿越未来的岁月，我想，那一定是爱。晓雅，我就要走了。即使失去自由，失去一切，这份爱我会一直带在身边，放在心底。晓雅，我只想告诉你，我爱你，从未改变。"

晓雅热泪盈眶："小野哥，我早就原谅你了。可惜，还是跟你错过了。你等等，我想让你见一个人。"

她转身走出会客厅。再进来时，菲菲跟在后面，她从菲菲怀抱里接过一个婴儿，泪水盈盈的脸上带着微笑，

"小野哥，这是我们的儿子。已经三个月了，现在已经十斤多重，是个小胖子。"

我浑身颤抖地接过晓雅手中的婴儿。襁褓中的孩子毫不怕生，他圆圆的小脸泛着嫩嫩的红润，胖嘟嘟的小手在挥舞着，咿咿呀呀地发着声音，他用漆黑的眸子看着我，竟然格格地笑了起来。

"菲菲说，他笑的时候特别像你。"晓雅微笑看着我。

眼泪毫无知觉流满我的脸颊。我是个男人，眼泪只能流向心底，可现在，它欢乐地从灵魂深处溢出了眼眶，这清澈的溪流肆无忌惮地流淌，滴落，洗润过我全部生命。我浑身颤抖，泪流满面，无法自制。

"小野哥，我早就原谅你了。一直想给你一个惊喜。可惜，这份惊喜还是来得太晚了。"她流着泪道。

我一直在低声哭泣，无法说话，无法抑制那巨大的幸福中颤抖。

"孩子还没有名字，你给儿子起个名字吧。"

我抬起脸，眼泪模糊着视线："我这个父亲太不称职。儿子跟你姓吧。就叫他云生吧。何云生。"

晓雅热泪满脸微笑道："你这个父亲真的不称职，什么云生，水生的？怎么给儿子起个这么土气的名字？"

我从巨大的冲击中渐渐苏醒过来，紧紧抱着孩子道："晓雅，突然知道自己有了孩子，也突然发现真的没有多少时间了。我想好好跟你叮嘱几件事。我在老冯的公司里以你的名义持有45%股份，桌上文件袋里还有其他一些以你的名义持有的股权、房产和现金。这不是一种补偿。这些钱足够你跟孩子一生的

花费。看到这个孩子，我明白自己这个父亲已无法陪伴孩子成长，分享他的痛苦与快乐，只能一生一世为他牵挂。我希望从一开始，他就能享受最好的教育，从幼儿园到小学、中学、大学都是最好的学校，让他从小不会感觉清贫，从小不对金钱膜拜，长大后不去刻骨追求成功。他的冯叔叔和罗阿姨都是优秀企业家，会把公司经营得稳健而优异，让他的财富不断增长。他的母亲有一个庞大的家族，他从小到大，将享受到社会的尊重和亲友关怀。等他长大了，他可以用这些财富去实现自己的梦想，创办自己的企业或者追求自己喜爱的事业。我要让他一生一世不为金钱忧心，要让他做一个无欲则刚的好孩子。切记，不要让他养成纨绔习气，要培养他勤俭的习惯，让他虽然背靠巨大的家族和财富支持，但一切又都必须由自己努力。让他成为一个健康快乐的普通人吧，不要期待他日后飞黄腾达，万众瞩目，不要让他去尝试那条光芒万丈背后的荆棘之路。要让他知道，成功和富有并不意味着一切。不要成为名望的仆人，不要为虚荣而奋斗。做一个阳光大男孩，娶一个健康快乐的女孩。让他相信爱情，相信生命中那些美好的东西。"

孩子在我怀里渐渐睡去，睡得安详可爱。

我盯着儿子无比温柔说道："晓雅，带着儿子到国外去吧。我想让你和儿子都有一个崭新的开始。不要让他因为我而一生笼罩着阴影。如果有一天，儿子问起他的父亲，请告诉儿子，他的父亲是个勇敢的人，一生都在追求他心中金光闪闪的顶峰。只可惜，他迷路了，像那头僵卧在雪山上的豹子。最重要的是告诉儿子，他的父亲一生都在等待着他的来临，一生都会爱着他。再见了，我的亲人，我爱你们……"

这个初秋的夜晚，无比温柔地来临。

几天前，有两架飞机撞上了美国的世贸大厦，大厦倒塌，世界一片大乱。纽约响起阵阵哭声，为数万名死者哀悼；随即阿富汗响起隆隆炮火，大片城市被夷为平地。全世界的股市如瀑布般跌落，投资者对未来有些茫然。可生活仍在继续。中国西南腹地的这个小院里，温柔宁静的夜色中，桂花香阵阵飘来，让人如痴如醉。院外的大街小巷里，火锅飘香，人声鼎沸，快乐的人们仿佛对身外世界的纷乱毫无知觉。他们生活着，平凡而坚定，从容不迫。这个城市几千年来如此，藐视一切苦难，无畏一切纷繁，淡化一切沧桑流年。他们活在此刻，当下，眼中却有着平静的未来。

是的，未来。我想着那个叫做云生的孩子，带着喜悦慢慢入睡。未来属于那个孩子，他的名字一点也不土气，他的笑脸闪着神的光辉，他胖胖的小手向空中挥舞着，拥抱着他心中闪闪发亮的空间和时间。

这最后的夜晚，那枚在空中疾速转动的硬币即将落下，我带着微笑沉沉睡去。

（全篇完）

2012 年 12 月 9 日，星期日，15 点 11 分，完成初稿

2013 年 4 月 3 日，星期三，晚，23 点 32 分，完成第二稿

2013 年 8 月 10 日，星期六，15 点 15 分完成第三稿

2014 年 1 月 1 日，星期三，凌晨，1 点 49 分，完成第四稿

2014 年 3 月 29 日，星期六，13 点 55 分，完成第五稿

2014 年 9 月 23 日，星期二，13 点 12 分，完成第六稿